阿彩 著

新世界出版社
NEW WORLD PRESS

图书在版编目（CIP）数据

神医帝妃．第一部．第四卷，圣主朝朝暮暮情 / 阿彩著．— 北京 ：新世界出版社，2019.4

ISBN 978-7-5104-6733-2

Ⅰ．①神… Ⅱ．①阿… Ⅲ．①长篇小说－中国－当代 Ⅳ．①I247.5

中国版本图书馆CIP数据核字(2019)第039898号

神医帝妃．第一部．第四卷，圣主朝朝暮暮情

作　　者：阿　彩
策划编辑：张铁成
责任编辑：张晓翠
责任印制：王宝根
出版发行：新世界出版社
社　　址：北京西城区百万庄大街24号（100037）
发 行 部：（010）6899 5968　（010）6899 8733（传真）
总 编 室：（010）6899 5424　（010）6832 6679（传真）
http：//www.nwp.cn
http：//www.nwp.com.cn
版 权 部：+8610 6899 6306
版权部电子信箱：nwpcd@sina.com
印　　刷：三河市金元印装有限公司
经　　销：新华书店
开　　本：710mm×980mm　1/16
字　　数：407千字　印张：18
版　　次：2019年4月第1版　2019年4月第1次印刷
书　　号：ISBN 978-7-5104-6733-2
定　　价：149.80元（全四卷）

目录

【第四卷 圣主朝朝暮暮情】

第一章　最是无情帝王家

萧王府。苏茶在书房足足等了一个时辰，也没有等到林初九来，眼见天色越来越晚，苏茶已有几分焦急了。

“你们谁谁谁，去看看，王妃何时过来？”苏茶已经喝了三壶茶，吃了五盘点心，再吃下去都要撑了。

“王妃在用膳，苏茶公子。”之前跑去打听林初九什么时候过来的侍卫，冷着一张脸道。

“怎么还在用膳？吃个饭怎么这么久？”书房只有他一个人，苏茶无聊得快哭了，瘫坐在椅子上，手指有一下没一下地敲打着桌面，整个人都懒懒的，像是没有骨头一样。

可当侍卫通报“王妃来了”时，苏茶瞬间跳了起来，飞快地整了整衣服，又略略调整了下表情，一秒就变成精明能干、温文尔雅的苏大公子。

“王妃。”苏茶到门口亲迎，林初九也不敢拿大，欠身道：“苏公子久等了。”

“不敢，不敢，王妃请……”苏茶不是流白，他很清楚林初九不是一个善茬儿，不敢在林初九面前拿大。

等到林初九坐下后，苏茶才道：“王妃，事情已经处理好了，福寿长公主查不到人，请您放心。”

“嗯。”林初九点了点头，她相信苏茶的办事能力。

苏茶又道：“王妃，玉美人谋害七皇子证据确凿，皇上却没有处死她，只是下令将玉美人关起来。”

“哦？”林初九挑眉，“皇后同意吗？”

“皇后自是不肯，可皇上心意已决，任皇后怎么说都不肯处死玉美人，甚至警告皇后，不得擅动玉美人。”苏茶猜测墨玉儿能活命，十有八九与墨神医有关。

墨神医死前，肯定和皇上做了什么交易。

“皇上这么做，其实是给墨玉儿树了一个大敌。皇后有的是办法，不动声色地整死墨玉儿。”皇后的狠辣，林初九是见识到了的，她可不认为，墨玉儿动了皇后的心肝宝贝七皇子，还能全身而退。

皇上这次重处了墨玉儿还好，皇上越是护着墨玉儿，皇后越是不会放过她。

苏茶没有接话，略一停顿又道：“王妃你离开后，福寿长公主因剧烈挣扎，以至伤势加重，太医不方便救治，医女没那个能力，最后是墨玉儿为福寿长公主医治的。”

换句话说，墨玉儿找上了福寿长公主这个靠山，只是福寿长公主自身难保，哪有能耐保她。

“让人盯着墨玉儿与长公主，她们都是不知天高地厚的主，做起事来毫无顾忌，什么事都做得出来。”有时候和聪明人打交道更省心一些，因为聪明人会想后果，蠢货行事完全不计后果，什么疯狂的事都做得出来，让人头痛不已。

“我知道了。”苏茶点头应下，又细细地将孟家的事说给林初九听，还有京中一些大家族对此事的反应。

至于萧子安为了林初九还跪在殿中的事，苏茶果断地选择忽视。这种事还是别说了，万一王妃因此感动了，移情别恋怎么办?

要知道，他们家王爷此时可不在京城，若是乱七八糟的男人乘虚而入，得了王妃的芳心，王爷到时候肯定得哭死。

“王妃你大可放心，经此一事后，那些蠢蠢欲动的人，短时间内绝不敢再对你出手。半个月后，第一杀手荆池便会进京保护您的安全，到时候王妃就不用再担心那些宵小之辈了。”

“荆池？王爷请来的人？”林初九曾听萧天耀说过，不过是说荆池失手的事。

“是的，当初王爷请荆池杀周肆，结果荆池因他师弟来晚了，累得王妃受伤。王爷让他将功折罪，保护王妃。”苏茶真心觉得，他就是最佳好兄弟，时刻不忘给萧天耀刷好感，洗清当初的误会。

“人来了，让我见一面。”林初九听到苏茶这话，打从心底不信任荆池。

堂堂第一杀手，连点儿时间观念都没有，这样的人真的靠谱吗?

“好。”苏茶不知林初九在想什么，只当她好奇第一杀手的长相。

说完外面的消息后，苏茶轻咳一声，清了清嗓子，说道：“王妃，王爷给你的信，你看了吗？”他在这里等了一天，就是为了这封信。

天耀还在等林初九的回信呢。

“看了。”想到萧天耀的信，林初九的眼中飞快地滑过一丝笑意。

光看字，就能想到那个男人别扭的样子。

苏茶一见就知有戏，打铁趁热道：“王妃，我今晚要给王爷送信。不如王妃写封回信，我好让人一并送出去。”

“回信？”林初九有点儿小纠结了，她还没想好要怎么回信呢。

“对，就是回信。王妃随便写一点都行，左右隔个三五天，我还得给王爷送信的，王妃到时候还能再给王爷写。”苏茶不给林初九拒绝的机会，上前替林初九研墨：“王妃，我替你研好了墨，你随便写一点就行。我去外面等你，写完了叫我一声就好。”

苏茶虽然很想，很想，很想看萧天耀给林初九的信，更想看林初九给萧天耀的回信，可他更不想死……

强压下心中的好奇，苏茶坚定地走出去，关上门，然后……

一个人蹲在门口画圈圈：天耀，我好吧？为了你的回信，我真的是拼了！

书房内，林初九看着面前铺好的纸，一时间不知如何反应。

回信吗？回吧！萧天耀都主动给她写信了，虽然没有认错，可也算是主动求和，她总得给一点儿甜头，才能让萧天耀朝好的一面发展。好男人都是好女人调教出来的，她虽然没本事把萧天耀调教成好男人，可总能让他比之前好吧。

提笔，蘸墨……

和写给孟修远的信一样，平白直述，没有特别的讲究，完全是想到哪，就写到哪。简单地汇报了一下近况，叮嘱萧天耀照顾好自己，在战场上小心一点，整个萧王府上下还指望着他呢，要是萧天耀有个三长两短，她当寡妇事小，萧王府上下能不能活下来才是大事。零散的琐事写了三页半纸，看着还剩下的半页纸，林初九犹豫了一下，提笔写道：来信已阅，君意妾知，妾心似君心，愿君多努力，与君共勉之。

她和萧天耀都是缺爱的人，也是谨慎的人，他们都吝啬先付出。想要她付出，萧天耀就不能什么都不做……

信写好后，林初九待字迹晾干，就立刻封了起来。第一次用火漆封信，林初九没弄好，信口像是狗啃的一样，不过好在是封死了。

苏茶看到这个信的封口时，差点儿哭了。

林初九封信的手法和萧天耀有异曲同工之妙，不过一个封得特整齐，像是印出来的，另一个则是参差不齐，让人模仿也模仿不来。这简直是要逼死送信的，想打开偷看一眼都不行。

拿着信，苏茶恨不得自己能透过信封，看到里面到底写了什么。真的，真的好想看，怎么办？带着无限怨念，苏茶离开了萧王府……

重楼离开萧王府后，去了一趟天藏阁新建的东文分阁。

一身血衣，如同鬼魅，蓦然出现在胖特使的房间，为了让胖特使发现他的到来，重楼在桌上轻敲了一下。

“谁？”胖特使抱着美人，正准备度过一个浪漫的夜晚，不料被猛地惊醒，将怀中的美人推开，拿起一旁的衣服披在身上，匆匆往外走去。

一身血衣映入眼帘，胖特使还没有看到重楼那张标志性的鬼面，就先一步露出笑容，谄媚地道：“原来是魔君大人，魔君大人大驾光临，有失远迎，还望大人不要见怪。”

“本座向你买一个消息。”重楼没有与胖特使废话，开门见山道。

“天藏阁做的就是消息买卖的生意，不知魔君要买什么消息？”对上门的客人，胖特使都非常热情。当然，萧天耀除外，哪怕萧天耀每次给钱都特别大方，可是……最后算出来，他们天藏阁还是亏的。

“南远五皇子南诺离的下落。”重楼说话时，将一张十万两的银票拍在桌上。

胖特使看了一眼，很想要，可惜……

“魔君，你也知道我们的规矩，我们不卖皇室的消息。”胖特使忍痛别过脸。

天藏阁之前全塌了，重建花了不少银子，他现在很需要银子呀。

“啪……”重楼又拍了十万两下去。

胖特使咬牙切齿，眷恋地看了一眼，恋恋不舍地移开眼。

二十万两买一个消息，真的很多了。

“啪……”重楼又拍了一张银票下去，加起来足足有三十万两。

胖特使顿时双眼放光，可他仍旧紧咬牙关不说，只是这一次重楼没有再甩银票，而是一手卡住胖特使的脖子：“本座的耐心有限。”真当他是散财童子，银子全是大风刮来的呀。

“咳咳……”胖特使吓得双腿一软，可就在他瘫倒之前，重楼松开了手：“南诺离的消息卖不卖？”

这话中的意思就是，三十万两已是顶天，再多就没有了。

胖特使刚刚逃过一劫，这会儿心有余悸，可转眼看到桌上那三十万两，他又两眼放光，吞了吞口水道：“魔君你也知道的，天藏阁的规矩不能坏，南诺离的消息我们天藏阁是绝不能卖的。”

胖特使说得义正词严，可当重楼准备将银票收起来时，胖特使又飞快地去抢，急切地道：“不过，魔君你要是问别的事，我肯定能告诉你。”

大家都是聪明人，胖特使这么一说重楼就明白了，问道：“隐风山的密道在哪里？”隐风山就是南远建山庄的地方，重楼换了一个问题，实则是同一件事。

胖特使就知对方上道，笑呵呵地将三十万两收了起来，毫无负担地道：“据说隐风山的旁边有一座深潭，至今还没有人知道那深潭到底有多深，魔君要是感兴趣，可以去看看，说不定会有意想不到的收获。”

看在银子的份上，胖特使说得极直白，重楼怎么可能不知。

“天藏阁果然讲信用。”重楼得到自己想要的，丢下这话就消失了，如同来时一般，没有惊动任何人，简直神出鬼没。

胖特使在重楼走后，又将怀中的银票拿出来数了一遍，原本就被肉挤得看不到的眼，此时更是眯成一条缝，小眼闪着寒光，坐在椅子上发呆，也不知在想什么。

屋内的美人，见胖特使迟迟没有回来，娇俏地唤了一声：“大人……”

“叫什么叫！”胖特使不耐烦地吼了一句，“滚，滚，滚，滚出去……”

“是，是，是。”美人儿不敢再娇，抱着衣服连滚带爬地跑了出去。

胖特使又在椅子上发了一会儿呆，才召来手下：“去，告诉薛家大公子，就说我有一个大消息卖给他，三十万两问他买不买？”

薛家大公子就是与南诺离交好的，东文皇商薛家的继承人。至于胖特使找上薛承文，原因很简单……

薛承文与南诺离的关系，胖特使是知道的，至于重楼找南诺离做什么，胖特使管不着，左右他可以把这个消息卖给薛家，从中再赚一笔。

重楼拿到消息，第一时间与苏茶碰头："隐风山的密道入口在山庄附近的深潭，立刻带人去找，不可耽误，让旁人抢了先机。"

胖特使的人品，重楼很清楚，他对天藏阁从来不抱信任。

"好，我这就去安排。"明显，苏茶也知天藏阁有多无耻，天藏阁的人从来没有信用可言。

苏茶转身就走，快到门口才想起一件事："对了，王妃给你的回信写好了，你是要现在看，还是让我和官府的信件一起寄？"

苏茶问这个问题，绝对是欠抽了，重楼冷着脸道："拿来！"

"嘿嘿……"苏茶得意一笑，就好像在说，我就知道会是这样。

将封口像是狗啃了一样的信件，递到重楼手里，苏茶觍着脸蹭到重楼身旁，踮起脚，伸长脖子看向重楼手中的信："王妃在信里，给你写了什么？"

弄得人心里痒痒的，真是的……

"滚！"重楼毫不客气地抬脚一踢，力道不大，却也把苏茶踢得摔出去三米远。

"啪……"苏茶一屁股跌坐在地，疼得他眼泪直飙："你这是过河拆桥！媳妇娶进房，媒人扔过墙，小心……"

重楼不给苏茶说完的机会，一个冷眼扫过去："还不快去办事，要我请你？"

冰冷的眼刀子，配上狰狞的鬼面，饶是见惯了重楼这张鬼脸的苏茶也吓了一跳，忙不迭爬起来往外跑。他又不是非看不可，他就是试着问问嘛，不给看就不给看嘛，至于动手动脚吗？简直不能再小气了！这不是重楼第一次收到私人信件，却是他最期待的一次……

"啪……"随手将门关上，重楼走到主位上坐下，将手中的信封来回看了数遍。

软趴趴的字，丑爆了的封口，让重楼有那么一刹那，失去了拆开的信心。林初九太不认真了！这么不认真的情况下，能写出人看的东西吗？他不计较封口难看，也不嫌弃林初九的字丑，但内容一定要符合他心意。不然，他会让林初九明白，什么叫一人之下，万人之上的权势。

信封在指尖轻转了数圈，重楼的视线一直随着信封转，沉思片刻重楼还是决定将信打开。不打开，他怎么知道信中的内容是不是他想看到的呢？不打开，他怎么知道，林初九在想什么？

信封里有三页纸，这是重楼没拆开之前就猜到了的，毕竟这封信的分量不轻。展开信，熟悉的字映入眼帘，一堆软趴趴毫无形象的字挤在一起，看上去就更丑了，重楼的眼中闪过一抹嫌弃，又有几分无奈的宠溺。

这么大的人，还能把字写得这么丑，可真是不容易，他得找机会好好教教林初九这字要怎么写，不然让人知道，堂堂萧王妃写出来的字，比幼儿还不如，岂不是丢他的脸。

林初九在信上写的东西，大多是她身边发生的事，不管好坏都写上了，看到信就好像参与了林初九的生活，重楼不由得露出一抹笑容。

今天的事，重楼全程都看在眼里，在他眼中林初九是被欺负了，被皇上欺压得不得不反抗，可是由林初九写出来，却是她把皇上逼得无力招架，把福寿长公主气得口不择言，好似上风全部被她占了一样。

“傻成这样也不容易。”指腹从信纸上滑过，重楼似乎能想象到林初九得意的笑颜，眼中的笑意越发地浓了。

可当他看到最后一句，眼中的笑冻结了！“与君共勉？”重楼咬牙切齿地重复着这四个字。林初九这是什么意思？敢说他做得不好，活得不耐烦了！？

重楼磨牙，眼中的笑意一瞬间凝结，幽深的眸子如同深潭，看似平静，实则暗潮汹涌。狰狞的鬼面挡住了他的脸，看不出他此时的表情变化。五指微拢，手中的信纸瞬间揉成一团，纸张摩擦的声音，在安静的书房里显得异常尖锐。

“咚咚……”敲门声响起，重楼一瞬间收敛情绪，将捏着信纸的手背到身后：“进来！”

“天……”苏茶一进来，就发现屋内气氛不对，身体不由得绷直，脸上的表情一瞬间变得无比正经，严肃地道，“人手安排好了，随时可以出发，您要一起去吗？”

紧张过度的苏茶，一不小心连“您”这个尊称都飙了出来，可见他此时的心情。

苏茶此时已经在心里骂娘了，他原本以为重楼看到林初九的信，会很高兴，他还想着从重楼嘴里问点有意思的事呢，不想……

重楼这表情，简直就像是遇到了死敌，哪有半分欢喜的样子。简直是太倒霉了。

“本座随后就到。”重楼原本没打算去，可他现在心情不好，需要好好发泄发泄，南诺离只能自认倒霉了。

“是，我这就去安排。”苏茶一刻也不肯多待，转身就往外跑，走之前还不忘将门关上。

苏茶走后，重楼将背在身后的手，放在书桌上，手指松开，捏成一团的信纸在手心中晃了一圈，又稳稳地滚回手心。

看着手心的纸团，重楼摇了摇头：“跟你一个孩子计较，本座也是蠢了。”

林初九比他小了近十岁，不是孩子是什么？

缓慢而优雅地将纸团展开，看着上面略显幼稚的字体，重楼越发觉得与林初九计较，太失身份了……

一炷香后，敲门声再次响起，只是这一次苏茶没有进来，连敲三下后，苏茶隔着门道：“可以出发了！”

今夜，苍穹无月，漆黑一片，正是杀人放火的好时候。

重楼仍旧是一身血衣，融入夜色中，却半点儿也不引人注目，那一闪而逝的身形，普通人看不到他的存在，而侥幸看到他的人，也会被那张狰狞的鬼面吓哭。

苏茶安排的人并不多，一共三十人，如同幽灵一般朝城外跑去，不过是眨眼的工夫，人就不见了。

打了个哈欠，苏茶打了一个响指……

空气浮动，一黑衣人静静地跪在苏茶面前，苏茶看也不看地道："去，盯紧天藏阁。"

回答苏茶的仍旧是空气的响动声。

东文薛家，薛承文看到手中的信件，眼中闪过一抹挣扎，起身，又坐下，复又起身，如此反复……

内心挣扎的薛承文，犹豫再三，还是拿着信件往外走去，穿过长长的回廊，来到薛家最南边的院子。院子里，住的是薛承文的祖父，薛家的老太爷。

"祖父……"薛承文走到内室，恭敬地对着床幔后的老者行礼，即便老者根本看不到，薛承文也不敢有一丝怠慢。

"何事？"苍老而威严的声音，隔着床幔传了出来，让人不由自主地紧张起来。

薛承文已不是第一次独自面对薛老太爷，此刻仍旧紧张到手心冒汗。

喉节滑动，薛承文吞了吞口水道："祖父，诺离可能出事了。"

"出事？谁让他惹上萧王。"老人的声音带着渗骨的冰冷，就这么一句话，便让薛承文明白了什么意思。

他的祖父，不肯为了南诺离与萧王对上。

事情早在预料之中，薛承文并不失望，只是将头埋得更低："孙儿明白。"

薛承文从进来就不曾抬头，直到此刻退出去，仍旧是低着头。

低着头，显得卑怯、懦弱，同时也能掩饰眼中的悲凉。

他祖父的眼中只有薛家，不管平时多么看重他这个孙儿，又多么重视南诺离那个外孙，一旦他们出事，或者他们对薛家不利，他的祖父都能毫不犹豫地舍弃！

离开南院，薛承文长长地吐了口气，招来自己的心腹，让他给天藏阁送三十万两银票，至于城外山中的南诺离……

薛承文看着外面漆黑的夜色，缓缓地合上眼……

隐风山一片漆黑，伸手不见十指，风吹过，树枝哗啦作响，远远望去好似群魔乱舞，让人不敢靠近。

一阵窸窸窣窣的声音响起，打破了林中的平静，栖息在林中的鸟儿们，因这声响惊得四处乱飞，扑腾作响，使得林中的气氛更加紧张，似乎处处都充满了肃杀之气。

隐风山内，有两支人马驻守，分别是皇上的人和萧天耀的人。皇上的人不知对方的存在，萧天耀的人却清楚地知道皇上的人在哪里。

当林中的动静传来时，皇上的人立刻戒备起来，原本燃起的火把一瞬间被扑灭了，烟火味也被青草味取代。

萧天耀的人同样戒备起来，不过，当他们看到半空中燃起的紫烟，就知来者是谁了。

一阵轻动，如同鬼魅，虽不可避免地惊动了林中的鸟雀，可在此时的情况下，却不会让人怀疑什么。

双方人马会合，留守的人看到戴着鬼面的重楼，先是一惊，随即本能地跪下："大人。"

"嗯，情况如何？"重楼开口，声音在这黑夜中，显得有几分冰冷。

"找不到人，皇上的人这几天一直在寻找，同样无果。"来人说话时一直低着头，不是害怕而是羞愧。

"附近的水源在哪里？"重楼轻轻点头，眼眸轻扫，左手轻轻转动右手拇指上的扳指，看似漫不经心，实则将一切尽收眼底。

留守的人不知重楼是什么意思，只试探地道："东南方三十里处，有一潭溪水，水质清澈，可饮用。"

"过去。"重楼转身，朝东南方向走去，留守的人小跑着跟在身后，殷勤地想要替重楼扫清面前的障碍，结果发现在黑暗中，他们大人一样行走自如，反倒是他们跌跌撞撞的，要不是大人在前面开路，他们怕是会被树枝绊倒。

一行人行动极快，往东南方向奔去，动作虽然不大，却也引起了另一拨人的注意，皇上的人发现重楼一行人的动静后，不敢轻举妄动，可也不想什么都不做。

"走，我们跟上去看看……"皇上的人怕对方是南远的人过来接应南诺离。

"将军，要不要让援兵赶来？"副手小声地建议道。

如果是南远的人，等到他们双方会合，皇上这几百号人，可不是人家的对手。

主事之人犹豫片刻，点头道："通知援兵赶来，不管是什么人，半夜出现在这里都很可疑。"后面这句话，明显是在安慰自己。

信号发出去后，重楼一行自然看到了，有人询问重楼，是否要截住皇上的援兵，却被重楼拒绝了："不必。"他们和皇上目的相同，找到南诺离后，双方说不定还能联手。

他只要南诺离的命，至于功劳？他不介意让给皇上的人。

三十里路不算短，哪怕这一行人都不是普通人，在山间行走依旧会影响速度，等他们赶到深潭时，已是半个时辰后。

重楼看了一眼，没有发现异常，对身后的人道："下水！"

早知他们此行的目的，苏茶安排的三十人全是水中好手。三十人换上鱼皮服，潜入水中，悄无声息……

薛承文从南院回来后，就一直在屋内发呆。他能理解祖父的决定，却不能接受，他们明知南诺离有危险，却什么也不做。

薛承文与南诺离是表兄弟，两人私交不错，且都是被薛家看重的人，再加上两人之间不存在什么竞争关系，平日里也是互相帮助，感情比亲兄弟还亲，现在南诺离有危险，薛承文实在无法坐视不理。

只是，薛老太爷不点头，他根本调动不了薛家的死士，力不从心。

真的要眼睁睁地看着他出事吗？薛承文心里一片悲凉，为南诺离，也为他自己。

他很清楚薛家人的凉薄，要换作是他出事了，他的爷爷也会放弃他。

如果真有那么一天，他只希望有一个人能出手救他，哪怕救不了也没关系，至少让他知道，会有人在他遇到危险时，对他伸出援助之手。

薛承文越想越坐不住，在屋内走来走去，眼中满是挣扎：救还是不救？救，必然会引起爷爷的不满，甚至有可能暴露薛家。不救，他的良心会一辈子都不安。

老天爷，你真的太折磨人了。薛承文痛苦地闭上眼睛，双手紧握成拳，青筋暴起。

“我……”薛承文张了张嘴，却始终说不出自己的决定。

“我……”犹豫许久，薛承文视死如归地道，“救！我救！要是不救诺离，我这辈子都会不安，这件事会成为我一生的心魔，我永远不可能再走远。”

下定决心后，薛承文不再犹豫，立刻去书房，提笔写了一封信，墨迹刚干，便立刻装入信封：“来人！”

属于薛承文个人的护卫，立刻进来：“少爷。”

“将这封信交给南远的诺瑶公主，记住，一定要亲手交到诺瑶公主手里。还有，这件事不能让除了你之外的任何人知晓，包括老爷子。”薛承文一脸凝重，精明的眸子中闪着杀意，护卫心中一惊，连忙应下。

交代好属下送信后，薛承文又命人服侍他换衣服，准备马车，他要外出。

“少爷，此时城中已宵禁，这个时候不能出门。”院中的管事听到薛承文的命令，苦着张脸道。

“本少爷不知现在宵禁吗？让你准备就去准备，记住，此事不得泄露，倘若让我知晓有人通风报信，告诉爷爷和父亲，我把他全家都卖去西北挖矿。”薛承文冷着脸威胁，院中的管事很清楚薛承文说到做到的性子，根本不敢说不，只得将心中刚升起的打小报告的念头压下。

马车很快就准备好了，薛承文换了一身黑色带帽子的夜行服，将自己从头到尾都包在里面，只露出一双眼睛。

马车上面没有任何标记，拉车的马亦是普通得很，完全看不出，这是视珍珠如粪土的皇商薛家大少会坐的马车。

薛承文满意地点了点头，上了马车，报了一个地名，让车夫立刻将他送过去。

影月楼，江湖第一杀手组织，是和天藏阁一样神秘、强大的存在，又不像天藏阁那么高调。有不少人知道影月楼的存在，却没有多少人知道影月楼在哪里，要如何与影月楼的人联系。很幸运，薛承文是知情者中的一个。带着百万巨资，薛承文来到东文最大的青楼——绮情阁。

夜晚，除了绮情阁所在的这条花街，其他地方皆是一片漆黑，路上早不见行人，安静得可怕。绮情阁前，车水马龙，人来人往，很是热闹。而夜晚，大家富少瞒着家中长辈乔装过来还真不会引人注目。

这也是薛承文院中的管事与车夫听到薛承文的警告后，没有去报给家主老太爷知晓的原因。

薛承文所坐的马车，直接驶进绮情阁后院，就算有人在外监视，也只能看到一辆马车，至于车中是何人却是不知情的。

绮情阁内，灯火通明，三步一盏灯，处处张扬着奢侈华贵，就连后院的假山上，都有烛光，可见其奢华。薛承文对绮情阁的布置没有兴趣，比起富贵奢华，绮情阁远比不上薛家。

“我要见你们老板。”薛承文下了马车，对引路的龟公道。

龟公呵呵一笑，讨喜地道：“少爷说笑了，来绮情阁哪有见老板的，我们楼里的姑娘个个精致，不知少爷喜欢哪个？小人这就给你领来，要是少爷不熟悉我们楼里的姑娘，小人也可以给少爷介绍。”

薛承文脚步不停地往里走，嘴上却仍是强调：“我要见你们老板。”

“少爷，我们老板是男的，不接客。”龟公故作为难，坚定地摇头，“再多的银子，我们老板也不接客。”

薛承文毕竟是少年，听到这个暗示面色臊红，不由得暗恼，语气不善地道：“我要见你们老板，你去告诉他，他会见我。”

龟公不再说话，只是低头不语，薛承文作为商人之子，常年与各色人物打交道，自然知道是什么意思，朝身后的人使了个眼色，护卫立刻掏出一锭银子：“带路！”

“哎，少爷这边请。”龟公欢喜地收下，将薛承文一行人引到一处幽静的竹屋，“少爷稍等，我这就去禀报给我们老板知晓。”

不多时，一位身着胭脂色长袍的男子缓步走了进来，男子的脚步又轻又慢，如同猫一般，高贵中透着慵懒，随性又带着骄傲。

薛承文抬头看了一眼，却久久地收不回眼神……

男子五官精美，不似凡人，一张脸可谓是倾国倾城，真正的瑰姿艳色。长发散开，随意地披在身后，随着男子的行走，衣袍与长发有韵律地跳动，让人不由自主地加重呼吸。

胭脂红的长袍穿在男子身上，丝毫不显女气，五官精致却不阴柔，哪怕不开口说话，也没有人把他错认成女子。

薛承文就这么看呆了，完全不知如何反应。

男子随性地坐下，冷哼一声，毫不客气地道：“薛家大少是傻子吗？半夜跑来逗我玩呢？”

薛承文一个机灵，猛地惊醒，看到男子面上的不屑，薛承文暗自懊恼，强自镇定地道：“抱歉，承文失态了。”

薛承文略低头，掩饰自己臊红的脸颊。

男子不屑地抬头，高傲地道：“说吧，你见我有什么事？”

漫不经心的语气，却带着无与伦比的霸气，让人不敢拒绝，薛承文原本想要先铺垫一番再开口，现在却是不敢说废话，直接切入主题道：“我想请贵楼帮我保护一个人。”

“哈哈哈……”男子狂妄地大笑：“保护人？薛少爷你在开什么玩笑，我这是青楼，不是镖局，你来错地方了。来人呀……”

“慢着。”薛承文急切地打断对方的话，“我知道这是影月楼接生意的地方，我出十万两，帮我保护一个人，只要一晚就可以。”

“影月楼做的是杀人的买卖，你确定你的脑子没有傻掉？”男子一脸的嘲讽，看薛承文的眼神，就像是在看白痴。

薛承文一脸恼怒，可看到对方那张脸，却又怎么也无法生气。

薛承文暗自吸了口气，压下心中的不满，柔声道：“一流的杀手必然精通各种杀人的技巧，一般的杀人手法，在影月楼的杀手面前肯定不够看。我要保护的人，今晚非常危险，除了贵楼外，我想不出还有谁能保护他。”

“这马屁拍得我高兴，我影月楼的杀手是一流的，当护卫自然也是一流。这天下没有我影月楼杀不了的人，也没有我影月楼护不了的人。”男子理所当然的态度，让人牙酸。

自恋成这样，真的好吗？

薛承文却重重地应是：“阁下说得对极了，除了贵楼外，我实在找不出还有谁，能帮我保护那人。”

这明显是恭维的假话，男子当然听出来了，不过他最近闲得无聊，若有好玩的事儿，他不介意掺一脚。

男子连个眼神也没有给薛承文，骄傲地道：“说吧，你要我们影月楼保护谁？对手是谁。”

“南远皇子南诺离，他人在东文，我请你们今晚派人保护他。”薛承文没有隐瞒，只是在说对手时，薛承文却犹豫着，不知如何开口，直到男子露出不耐烦的神情，薛承文才闭眼道，“对方是东文战神萧天耀！”

萧天耀三个字一出，薛承文就在等对方拒绝，不想男子听到这个名字后，却是双眼一亮：“萧天耀？倒是一个值得出手的对手，这买卖我影月楼接了。不过十万两不行，一百万两不还价。”

开玩笑，他堂堂少主的第一个任务，怎么可能只值十万两。

“好，一百万两不二价。”薛承文见对方听到萧天耀的名字，没有退缩，立刻掏出银票。

一张十万两，总共十张。

男子连看也没有看一眼，就道：“我影月楼一向讲信用，买卖接下，南诺离一定会活着见到明天的太阳。”至于见到太阳后，能不能活下来，那就与他无关了。

“敬候阁下佳音。”薛承文起身，双手抱拳，告辞离去。

薛承文走后没有多久，绮情阁真正的老板才赶过来，看到男子坐在屋内，老板富态带笑的脸立刻变成苦瓜脸：“少主，你怎么在这里？”

老天爷呀，可千万不要出乱子，他可没有能耐给少主扫尾。

男子挑眉，不满地道："你不在，本少主帮你处理一下事务，怎么？不行吗？"

他能说不吗？

老板简直是要哭了："少主，这种小事哪能劳您大驾。"老板看到桌上的银票，已经哭不出来，"少主，买卖你接了？"

"接了，一百万两，算是本少主赏你的。"男子随手将桌上的银票，丢到老板手上，轻飘飘的银票在男子手中，却像是有生命一般，男子随手一甩，银票就稳稳地落到老板手里。

"一，一百万两？什么买卖？"老板觉得自己的心跳快要停了。

肯出一百万两，绝不会是什么简单的任务。他们影月楼的杀手，最近都派出去了，哪有人接任务呀。

"小买卖，本少主亲自接了。"男子起身，轻拍衣袖，将上面的褶皱抚平，不等老板多问，便从窗子跳了下去。

"好了，别一副你们家少主要死了的样子，有本少主出马，还有什么事办不到。"男子的声音从窗外传来，那傲然的语气，让人不由自主地信服，可是……

老板却笑不出来，他不怕少主搞不定，他怕少主惹事呀！

"他娘的薛家，早不来晚不来，偏偏在老子忙的时候来，要是坑了少主，我灭你们薛家满门。"老板气得大骂，直到看到手里的一百万两银票，脸色才稍稍好转了些。

看在银子的份上，他忍了！

凌云苑是皇上安排给南远公主南诺瑶住的别院，离皇宫只有两炷香的路程，可见皇上对南远的看重。

南诺瑶来东文后，就一直住在凌云苑。之前她因出言污辱林初九，被萧天耀强制送回宫，可没过两天又被皇上送回了凌云苑。

倒不是皇上不想处罚南诺瑶，而是处罚南诺瑶一点儿意思也没有。南诺瑶污辱东文亲王妃，自然是要南远有分量的人来道歉，南诺瑶还代表不了南远皇室。

当然，皇上把南诺瑶送回凌云苑，并不表示她就不用受到一点儿惩罚。皇上限制了南诺瑶的自由，不许她离开凌云苑，若有特殊情况，还得皇上同意。

南诺瑶这段时间，一直被关在院子里，火气非常大。只是她犯错在先，人又在东文的地盘，着实不敢乱来，只能让人私下做点儿小动作。

南诺瑶无法离开凌云苑，并不表示她与外界脱节，南诺瑶来东文的时候，身边带了不少能人异士，这些人在皇城不敢乱来，不过打听几个消息还是可以的。

林初九被关进大牢，福寿长公主艳画流出的事，外面的人都知道，南诺瑶自然也知道。林初九只被关了一天就逃了出来，南诺瑶很不满，不过看到皇家人对林初九的态度，南诺瑶就知道萧天耀走后，林初九在京中的日子不好过。

南诺瑶正在听下人汇报林初九从宫里回去后的事，一个粉衣丫鬟行色匆匆地走了进来：

“公主。”

粉衣丫鬟一脸急色，却不急着说话，而是看了看左右，南诺瑶立刻把屋内人打发走了，冷着脸问道：“什么事？”

粉衣丫鬟是南诺瑶的贴身大丫鬟，只是她是南诺离送来的人。之前，诺瑶公主对南诺离这个五哥很信服，对他送来的人自然是以礼相待，可自从周贵妃和南诺瑶说了那些话后，南诺瑶对五皇子就心存芥蒂，连带着对南诺离安排在她身边的人也不喜了。

“公主，有您的信。”粉衣丫鬟并不受南诺瑶的喜好影响，双手将信奉上。

“信？五哥还能给我写信？”南远山庄的事，南诺瑶知道一些，南诺离当初为了哄南诺瑶，稍稍透露了一点，以示兄妹二人亲近。

粉衣女子不说话，垂手立在一旁，南诺瑶厌恶地看了她一眼，原先只当这丫鬟宠辱不惊，是个做大事的，现在却觉得她压根没有把自己放在眼里。

喜欢一个人时，看他做什么都是顺眼的，对方再不合理的举动，都能为他想出合理的解释。同样，讨厌一个人时，不管他做什么，都会觉得他是别有用心。

南诺瑶现在就觉得她的五哥，做什么都是有目的，都是为了利用她。

随意将信拆开，满不在乎地扫了一眼，可看到上面的内容后，南诺瑶脸色一变，手指微微收拢，强压下怒气道：“谁送来的信？”

“奴婢不知。”粉衣女子低头，一副恭谦的样子。

“不知你还敢把信送来？”南诺瑶半点儿不信，粉衣女子也不惧，轻声道：“公主，信封隐秘处有五殿下的私印，奴婢看到信后，便斗胆将信呈上。”这话是在告诉南诺瑶，她压根就不知道信中的内容。

南诺瑶果然在缝隙处找到了南诺离独有的印记，脸色也越发难看了。这信虽不是她五哥亲自写的，可同样代表了五哥的命令。

想到信中的威胁，南诺瑶就知自己没有选择。南远的女子虽然比东文的女子地位高，可同样没有继位当女王的可能，她和母妃一直依附于五哥一派，她要是不听南诺离的话，这个时候和南诺离撕破脸，恐怕连南远都回不去了。到时候她死在东文，就是父皇再宠她也没有用。

心里万分不甘，可南诺瑶知道自己只有听从命令的份。紧紧地拽着信，南诺瑶深深地吸了口气，闭上眼道：“去，给我熬一碗催经药，双份量。”

催经药一般是给月事久久不来的女子用的，在南远后宫，有不少妃子为了能怀上孩子，会一再催经。

南诺瑶在十五岁时没有来初潮，当时太医就给她开了催经药，至今她还记得喝下那药后，腹中那让人痛不欲生的绞痛。

如果可以，南诺瑶一辈子都不想再喝那玩意，可现在她没有选择！

粉衣少女的动作很快，不过一炷香便将药端来了：“公主……”

南诺瑶死气沉沉地坐在那里，黯然的眸子落在药碗上，眼中一片悲凉，完全没有在人前的高傲。

粉衣少女见南诺瑶迟迟不动，也不催，就那么屈膝半蹲在她面前，像是不知道累一般。

时间一分一秒过去，粉衣少女手中的药，从温热到没有一丝热气，粉衣女子也因长时间保持一个姿势，而双手发抖，脸色发白。

南诺瑶淡漠地扫了她一眼，没有再为难她，伸手端起托盘上的药，也不在意冷掉的药有多苦，闭上眼一口饮尽。

嘴里充满了苦涩的味道，南诺瑶恶心得想吐，可她知道药喝下去后，就是吐也没有用，而且她现在全吐光了，还要再喝一碗。

一炷香，只有一炷香的时间，南诺瑶便脸色发白，全身发汗，身子蜷缩成一团，痛苦地大喊："啊……好痛，好痛。"

南诺瑶抱着肚子在床上打滚，扯着嗓子道："快，快去请太医，快去！"

"公主，此时请太医太早了，请您再等等。"粉衣少女一动不动，南诺瑶撕心裂肺地喊着，痛得在床上直打滚："我不管。快去，现在就去请太医来。"

可是，不管南诺瑶怎么说，粉衣少女都不动，直到看到床单上染了血，粉衣少女才往外跑："公主，我这就去给你找太医，你撑住。"

太医，太医……寻太医不是最主要的目的，他们只是要让人知道，南诺瑶确实是病了，需要大夫，最好是一个女大夫。

凌云苑配有太医，粉衣少女很快就带着个须发皆白的老太医赶来。

老太医还未进屋，就听到诺瑶公主的惨叫声，不由得加快脚步，粉衣少女也连番催促："快，快，公主疼得厉害。"

老太医匆匆进屋，药箱还没有放下，就见一个枕头飞了过来："走，走，走开，我不要太医，滚，滚……"

粉衣少女一脸担忧，松开太医的手，扑到床前："公主，你别这样，快让太医看看。"

"不要太医，医女，你让医女来，我不要见太医，不要……"诺瑶公主一脸抗拒，完全不肯让太医近身。

太医没有就此放弃，他抱着试一试的心态上前，可当他看到床单上的血迹时，立刻僵住了。腹绞痛，下身流血，这，这，这是小产呀！白发太医觉得自己知道了什么不该知道的秘密，当即吓得连连后退，再不敢上前。

"好痛，好痛……我好痛。"诺瑶公主双手死死拽着被子，那模样非常吓人。

"公主，太医来了，太医来了，我们让太医给你看看好不好？"粉衣女柔声劝说，诺瑶公主却始终摇头："不要太医，不要太医给我医。医女，给我找医女来，听到没有？"

说到最后，已是暴戾的大喊，粉衣女子一副拿诺瑶公主没有办法的样子，忙安慰道："好，好，好，公主你别激动，奴婢这就去找医女。"

说完便急忙起身，转身看到白发老太医，粉衣少女慌忙道歉："太医，实在对不起，我们家公主打小身子不适，也不知怎么的，这一次就这么突然。太医，别苑可有医女？我们家公主这个时候只让女子靠近，我刚刚一时急糊涂了。”

粉衣女子含糊的一句话，既表达了自己的要求，同时又将诺瑶公主的病情点明。她们公主才不是小产，不过是来了月事罢了。

老太医恍然大悟，他行医多年，当然知道有些女子每次来月事都像是死了一次一样，见南诺瑶这般模样，也就没有多想。

“别苑没有医女，公主在南远用什么药？可有备而来？不如给公主煎一份先服上？”老太医给出最好的意见。

粉衣女子一脸急色地道：“我们刚刚按方子给公主用了药，没用。真是该死，公主已经好长时间没有发病了，本以为服了药就好了，不承想药一点效果也没有，偏偏我们身边又没有得用的大夫。”

南诺瑶这次来东文，带了许多人，却独独没有带大夫。倒不是她不想带，而是她带来的大夫，在半路上病死了。

医者不自医，那大夫看着身体很不错，不想一到东文就水土不服，上吐下泻，一个医治不及时，人就死在了路上。

“这，这可怎么办？”太医看南诺瑶痛成那样，知晓她不是小产，便又试探着上前，只是仍旧不行。

哪怕南诺瑶痛得快要失去神志，仍旧不肯让老太医靠近，哪怕老太医的年纪，做她爷爷都足够，她仍旧不肯让老太医碰她。

试了几次无效后，老太医双手一摊：“老夫也无能为力。”

“这，这可怎么办才好？”粉衣少女急得要哭出来了，“太医，京中可有名声、医术俱佳的女大夫？”

“女？女大夫？是有几个，可凭她们的医术，也不知能不能为公主缓解病痛。”老太医结巴了一下，一脸犹豫，不知要不要把那几个女大夫的名字说出来。

南诺瑶的刁蛮与狂妄，老太医是见识到了的，要是他介绍来的人医不好南诺瑶，必然会被南诺瑶处罚，到时候岂不是害了别人？

“这可怎么办？难道要让公主活活痛死吗？”粉衣女子特意加重痛死二字，老太医吓得一哆嗦。

南诺瑶要是死了，他怕是也活不成了。怎么办？这可要怎么办才好？

粉衣女子见到老太医的表情，知道火候差不多了，突然“啊”的叫了一声：“我，我想起来了，萧王妃，萧王妃的医术很好。我们在宫里就听说萧王妃医好了安王的顽疾。萧王妃的医术那么好，一定能医好我们家公主的病。太医，你说是不是？”

“啊……这个……”老太医一脸犹豫，转念想到诺瑶公主真要痛死，他也得承担责任，便重重地点头，“是，是，萧王妃医术很好，她一定能医好诺瑶公主的病。”

萧王妃，对不起了，你身份贵重，就算没有医好诺瑶公主的病，南远也不敢拿你怎么样。

老太医在心中默默地给林初九道歉，粉衣少女轻蔑地扫了太医一眼，得到自己想要的答案后，粉衣少女急切地道："太医你说得对，萧王妃肯定能救我们家公主。我，我去求萧王妃，求萧王妃救救我家公主。"

说完，一阵风似的往外跑……

第二章　见不得光的病

林初九完全没有想到，自己人在家中睡，祸却从天上降。

半夜三更，一群南远人无视宵禁的规定，举着火把冲到大街上，遇到东文的巡视小兵，就拿出来使的身份说事，并表明他们家公主快要死了，等着大夫去救命。

毕竟是南远特使，病的又是南远公主，巡视的小兵也不敢乱来，忙差人去问了头儿，最后特事特办，准他们去寻大夫，不想南远的人居然一路来到萧王府。

巡视的小兵是出于两国友好，万一南远公主死在东文，他们东文是要负责任的，不想他们给南远面子，南远却是不要脸的。

“这是萧王府，你们来这里找大夫？”巡视的小兵，拦住南远人的去路，不准他们往前。

“是，我们来萧王府，求萧王妃救我们家公主。”粉衣女子被小兵挡住，便扯开嗓子大哭，“萧王妃医术高超，我们家公主快要死了，我们想求萧王妃发发慈悲，救我家公主一命。”

“萧王妃不是大夫，别说你们南远的公主，就是南远的皇后病了，也不至劳驾我们萧王妃，我劝你们还是老实一点儿，去前面那条街上寻太医。”小兵们死死地挡住粉衣女子，不让她靠近。

开玩笑，萧王府可是硬骨头，多少大人栽在萧王手上，他们可不敢去触霉头。

“太医不行，我们家公主不能接受男大夫靠近，别苑里的太医束手无策，我们万般无奈，这才想来求萧王妃。”粉衣女子哭花了脸，悲伤的样子让人心疼，小兵依旧不肯退让：“不行就是不行。实在要去萧王府，也请你们等到天亮，半夜三更打扰萧王妃，你以为你们是谁呢。”

粉衣女子见哭求无用，便威胁道：“我们家公主在南远也是受尽宠爱的，是皇上的掌上明珠，要是公主在东文有个三长两短，我们皇上绝不会放过你们。到时候两国开战，你们负得起这个责任吗？”

“这……”小兵一犹豫，粉衣女子就朝同来的人使了个眼色，一行人立刻动了起来，轻巧地突破包围圈，飞快地朝萧王府奔去。

小兵反应过来，忙追上去：“站住，站住，你们给我站住。”

可南远的人哪里会听他的，一行人飞快地冲到萧王府，结果不等他们敲门，就被人挡在台阶下：“何人擅闯萧王府！”

“扑通……”南远一行人，包括粉衣少女在内，什么也没有说，直接跪在地上。

“你们要干吗？”萧王府的侍卫后退一步，手放在刀柄上，一脸戒备。

粉衣少女将姿态放得极低，哀求道：“几位大人，我们是南远来使，想求见萧王妃，求求你们让我见见萧王妃。”

“半夜三更求见我们王妃？你们当这是什么地方？南远的皇宫吗？随便你们进出？”侍卫一脸的冷傲，完全不将少女的可怜样看在眼里。

“我们家公主病重，命在旦夕，求你们发发慈悲，让萧王妃救救我家公主。”粉衣少女越说越严重，“我没有骗你们，也不敢拿这种事骗你们，求求大人进去给王妃通报一声吧，求求你了……”

“砰砰砰……”粉衣少女不断地磕头，很快地上就积起一摊血水，脸上也满是污血，火把一照，看上去十分骇人：“求求你，求求你们救救我家公主，我家公主真的要死了。”

萧王府护卫有些头疼：“这……”这事他们绝对不能应，可是万一南远公主死了，会不会把责任推到他们王妃身上？

“我求求你们了，我们家公主真的快要死了。她不肯让太医亲近，京城医术好的女大夫，我们也不认识，只能求萧王妃。求萧王妃救救我们家公主吧，我们家公主她……她……”

粉衣少女说到这里，身子一软，咚地栽倒在地，血，从她的脑门流出来！

“快给她止血。”萧王府的侍卫，一脸厌恶地道。

半夜三更遇到这种事，简直不能再倒霉了。

和粉衣少女一起来的南远人，立刻将粉衣少女抱起，撕了衣摆缠在少女头上，替她止血。

可他们仍不肯走，继续哀求道：“我们公主要是有个三长两短，我们也活不下去了。求求几位大人，让我们见萧王妃一面。我们家公主真的很严重，只有萧王妃能救她。”

这话说出来，侍卫们也有同感。主子要是死了，他们肯定也不会苟且而活。只是，同情归同情，这件事萧王府的侍卫怎么也不肯答应。

这件事真要报给王妃知晓，王妃要是不医，南远定要说王妃冷血。要是南诺瑶的病很棘手，王妃医不好，说不定还要怪王妃，说王妃害死了南诺瑶。

好人比坏人难做。侍卫此时拦下，有黑锅也是他们背，怎么也算不到林初九的头上。是以，侍卫再同情南远的人，也不肯动摇自己的原则。

侍卫开始劝说南远人离开，让他们去寻太医，实在不行进宫求皇上，宫里有一个妃子是墨神医的女儿，她的医术绝对不差，而且一个小小的宫妃，只要皇上同意，出宫也不是难事。

侍卫自认心肠算好了，给南远人指了一条明路，见南远人仍不肯离去，不由得多想了，怒道：“你们半夜三更找上门，非要我们家王妃去凌云苑为南远公主医治，莫不是别有用心？”萧王府的侍卫，一脸怀疑地看向对方。

这事怎么看都像是阴谋。

“我们家公主命都快没了，我们哪敢有别的用心。”南远人哭丧着脸，恨不得以死明志。

“不是别有用心，那就进宫去求皇上，别耽误你们家公主的病。”侍卫双手环抱，心里那点儿同情，此时已半点不剩。

他们刚刚才想起来，凌云苑离皇宫更近，墨玉儿这个墨神医的女儿，在四国的名声必然比他们王妃大，南远人不去宫里求见，跑来他们萧王府，指名要找王妃，绝对是别有用心。

王府外动静这么大，府中的人不可能不知晓，下人犹豫再三，还是将林初九唤醒，将外面的情况报给她知晓。

林初九听后，冷笑：“我见过南诺瑶，她不是短命的人，死不了。把人打发了。”

林初九完全不相信南远人的话。什么南诺瑶快要死了，简直是胡扯，她会上当才有鬼，可事情却由不得她说不！

南诺瑶早就料到林初九不好请，毕竟她和林初九妥妥的是有仇恨在。林初九要是二话不说，提着药箱就来给她看病，她才觉得奇怪呢。

为了让林初九非来不可，南诺瑶除了让人去萧王府门口闹事，同时也让人进宫说明情况。

她的病不是假的，有太医作证，谁也不能说她装病。

特事特办，南诺瑶就算在东文犯下了错，皇上再不待见她，也不能让她死在东文。宫里的人收到消息，不敢怠慢，考虑到此事是女眷的事，便立刻将此事报给了皇后娘娘知晓。

皇后为了照顾七皇子，昨天一晚上没有休息好。好不容易今天七皇子病情稳定，可以睡一个安稳觉，半夜又被人吵醒。

皇后面上不显，心里却是万分不满，听到宫人报来的情况，皇后冷笑一声：“去，派人走一趟萧王府。告诉萧王妃，诺瑶公主是东文贵客，让她去给诺瑶公主看一看，一定要保住诺瑶公主的命。”

宫中的人得到命令，快马加鞭往萧王府赶，在萧王府的侍卫，准备强制驱逐南远人时，皇后的懿旨到了。

“诺瑶公主病重，皇后请萧王妃看在两国邦交的份上，代皇后娘娘去凌云苑看看诺瑶公主。”来人很客气，并不说非要萧王妃医治南诺瑶不可，只让她去一趟凌云苑。

可是，只要林初九去了，就沾上了这件事，南诺瑶要是出事了，林初九绝对撇不清。

“皇后懿旨？”萧王府的侍卫听到这话，脸色微变，相视一眼，最后侍卫小头目，朝身旁的人点了点头，示意他进府问问。

林初九正准备睡了，就听到下人说皇后来了懿旨，让她非去不可，还是代皇后去！

“简直是强买强卖，皇后这是要撕破脸？”林初九气得磨牙，在一旁伺候的丫鬟，大气也不敢喘，低着头假装自己不存在。

林初九深深地吸了口气，压下心中的烦躁，起身道："让南远的人等着。"

"是！"屋外的人急忙跑出去交代林初九的命令。

"过来，服侍我换衣服。"林初九见进来服侍的人，一点眼色也没有，更加烦躁了。

小丫鬟第一次服侍林初九，根本不知道林初九的喜好，听到林初九的话，忙不迭地去寻衣服，这一找又花了不少时间。

林初九也懒得催，天知道，她一点儿也不想去见南诺瑶。如若南诺瑶真的生病了，她一过去，医圣之心就强制她为南诺瑶医治，那她不得憋屈死？

"坑人的医圣之心！"林初九忍不住吐槽。

南诺瑶会盯上她，不就是因为萧天耀吗？这要是她与萧天耀恩恩爱爱，被南诺瑶嫉妒，她还能暗爽一下，偏偏她和萧天耀还处在不亲不熟的地步，南诺瑶却盯上她，简直是虐心。

"哈啾……"站在水潭边上的重楼大人，鼻子一塞，不受控制地打了一个喷嚏。

"怎么回事？"重楼眉宇微皱，眼中闪过一抹嫌弃。

重楼带来的属下，听到重楼打喷嚏的声音，一个个低头不敢说话，却默默地以重楼为中心，呈扇形站好，帮重楼挡风。

夜风，还是很寒的！

重楼默默地望天，凭他的身体，这点儿风不算什么，可这事要怎么解释？

正在此时，潜入潭中的人传来消息："大人，找到了，潭中有一面石墙，打开就可以进去了。"

"通知人来。下水，将石门打开。"重楼立刻下令，上前一步就准备跳下去，却被手下的人挡了一下："大人，此等小事交给我们就好了。"大人，你身子这么弱，寒风一吹就着凉，哪能下水，万一病倒了怎么办？

重楼没有吭声，只是冷冷地看了他一眼，只这一眼就把那人吓得连连后退。

他错了！

大人您请……

水中的人收到命令，立刻动手将石门打开，只是水中有浮力，想要将门打开并不容易。

……

东文，萧王府。

林初九磨磨叽叽地换好衣服，打发小丫鬟出去，从医圣之心里取了常用药备上，考虑到南诺瑶是女子，又取了一些女人会用上的药，至于能不能派上用场，林初九也不知道。

"我现在只希望，医圣之心你个傲娇货能傲娇一点儿，别什么阿猫阿狗的都要我医。"林初九合上药箱，眼中闪过一抹担忧。

她真的挺担心的，因为她根本不想医南诺瑶。

林初九出去时，南远的人还在，见到林初九出现就像看到救命稻草一样，齐刷刷地跪在她面前："谢谢萧王妃。萧王妃您是好人，您肯出手，我们家公主就有救了，您的大恩大德，我们没齿难忘。"

皇后的懿旨，只是让林初九代她去看望南诺瑶，到了南远人嘴里，却是林初九去救南诺瑶的命。

林初九不屑与南远人多说，冷笑一声，丢下一句："你们南远人的膝盖真软。"便登上马车。

南远人站在原地又羞又恼，然而这是在东文，不是他们能够撒野的地方。

萧王府的侍卫冷哼一声，一脸不屑地从他们身边走过。敢坑他们王妃，南远人简直是活得不耐烦了。等王爷要攻打南远时，他们一定自请去前线!

马车缓缓前行，车夫是萧王府的人，任凭南远的人说得多急，车夫都不肯加快速度。

凌云苑内，南诺瑶足足疼了一个时辰，整个人已陷入癫狂状态，床单上全是血，可她腹中的疼痛却没有减轻半分，南诺瑶痛得想杀人："林初九，林初九……本宫记下你了！今晚你带给我的痛苦，来日我一定会加倍偿还！"

柿子挑软的捏，南诺瑶不敢拿南诺离出气，只能挑上林初九了。

林初九以为南诺瑶是三分病，说得十分严重，一路上不管南远人如何催促，她都慢悠悠地晃着，完全没有把南诺瑶的病当回事，可当她看到一床的血，还有痛得在床上打滚的南诺瑶，就知事情不是她想的那样……

林初九进来时，南诺瑶已经痛得失去神志，医圣之心也没有提醒林初九非救她不可，这让林初九大大地松了口气。

林初九放下药箱，询问照顾南诺瑶的宫女："你们公主是怎么回事？"这要是装病，牺牲也太大了。

宫女不敢隐瞒，说道："公主她来……月事，然后就痛成了这个样子。"

"来月事？"听到这话，林初九着实愣了一下，同时亦松了口气，"只是痛经就不用担心了，死不了。"

林初九问道："给你们家公主熬了红糖水没？"

"熬了，公主也喝了，还是疼得不行。"宫女连忙点头，林初九表示知道，示意对方让开，然后上前一步，说道："诺瑶公主，把手伸出来。"林初九拉了一把椅子，在床边坐下。

"我，我……"南诺瑶听到耳边有声音，挣扎着抬起头，就看到林初九的脸，她那本就因疼痛而扭曲的面孔，顿时更加狰狞，"林初九，是你？你来干什么？看我的笑话吗？走，走开……"

守在门外的萧王府侍卫，听到这声音立刻破门而入，唰地抽出长刀："大胆！"只是，一冲进来才发现，他们太紧张了，屋内什么事也没有！侍卫愣了一下，不知该进还是该退。

南诺瑶抬头看了一眼，惊恐地道："出去，出去，你们快出去。你们以为这里是什么地方？这是本宫的闺房，出去……"

“王妃……”侍卫并不走，而是询问林初九。

林初九见南诺瑶似乎是怕男人靠近，趁南诺瑶挣扎时，林初九扣住她的脉搏，确定她气息混乱，不可能有战斗力气，林初九才道：“你们先出去，我有事再叫你们。”这是告诉侍卫，要守在门口的意思。

“是。”侍卫收刀出去，南诺瑶死死地盯着他们，一直到他们走出去，才放松紧绷的神经，瘫在床上，随即……

刚刚忘记的疼痛再次袭来，南诺瑶嘴唇咬得出血，撕心裂肺地喊道：“啊……好疼，我好疼，来人呀，来人呀！”

这一挣扎，南诺瑶就抽出了自己的手，林初九差点儿被她乱挥的双手打到，不由得冷着眼道：“好了，别叫唤了，再叫也减少不了疼痛。”

“我叫不叫关你什么事？林初九，走，你给我走……我不要你同情我，也不要你可怜我。”南诺瑶双手挥舞，根本不让林初九靠近。

林初九试了一次，发现接近不了南诺瑶，也就懒得再上前。她是大夫不是圣母，南诺瑶不配合，她也不屑管南诺瑶的死活，反正痛经又死不了。

“公主还有力气叫唤，恐怕一时半刻死不了，天亮后让旁的大夫来看吧。”林初九起身，刚转身就见照顾南诺瑶的宫女，扑通一声跪在地上：“萧王妃，你不能走。求求你，求求你救救我们家公主。我们家公主与旁人不同，她真的会死的。”

林初九没有理会宫女的话，而是冷傲地道：“你们南远人是不是特喜欢跪？”

“不，不是的……奴婢只是求萧王妃救救公主。”宫女一脸苍白，身子摇摇晃晃，明明林初九什么也没有做，对方却是一副受尽欺辱的模样。

林初九最烦这种白莲花了，她那个好妹妹林婉婷就是一朵大白莲，现在又来了一堆白莲花，简直不能再惹人厌了。

林初九居高临下地打量对方，一脸高傲地道：“你以为你们公主是什么东西？她不让我碰，我还要上赶着救她？你们太把自己当回事了。”

说完，林初九就从宫女身边绕过，宫女一急，扑上前，抱住林初九的大腿：“萧王妃，萧王妃，不是的，我们公主不是不让你救，是……”

“放手。”林初九踢了踢脚，脸色不善。她就知道，来凌云苑没有好事。

“萧王妃，求求你了，再等等，容奴婢劝说公主，公主一定会同意的。”宫女一脸急切，死死地抱住林初九的腿不放，扭头对南诺瑶道，“公主，公主，奴婢求求你了，别拿自己的身体开玩笑。公主……”

“啊……啊……”南诺瑶一脸泪水，痛苦地大叫，不是之前因疼痛而喊叫，而是因为愤怒，因为悲伤，因为痛恨……

“啊……”南诺瑶失声尖叫，叫过后便一脸惨白地平躺在床上，像是所有的力气都被抽空了一样。

“林……萧王妃，我求你，救救我！”声音就像是从牙缝里挤出来的，可以想象南诺瑶说这话时的心情。

“你说什么？”林初九不是刁难南诺瑶，她是真的以为自己听错了。

南诺瑶再一次没有感情地重复道：“萧王妃，我求你……你救救我。”

“奇了怪了，你居然还会求我？”林初九摇了摇头，没有再为难南诺瑶，让宫女放开自己，便转过身为南诺瑶诊治。

这一次南诺瑶很配合，躺在床上也不叫痛，像是木偶一样，林初九说伸手就伸手……

南诺瑶静下来，林初九扣脉也能准确一些，同时也方便医圣之心诊断。

很快，医圣之心的诊断结果出来了，只是这结果让林初九很吃惊。

这……不可能吧？

林初九愣住了，扭头看向南诺瑶，只见南诺瑶一脸死灰，心里瞬间明白，南诺瑶应该知道自己的情况。

难怪，难怪不肯让男大夫看。难怪这么抵触，这姑娘还真是挺可怜的……

南诺瑶明面上是来了月事，医圣之心却是诊断出她子宫内膜出血，而且她的子宫存在严重的缺陷，需要尽快就医。

具体是什么缺陷，林初九没有看过，还不知道，但可以肯定，绝对不是什么好事。

林初九诊完脉后便收回手，看着南诺瑶，一时间也不知道要说什么。

她需要为南诺瑶检查一下，才好对症下药，可南诺瑶会愿意吗？

即使她是女子，恐怕南诺瑶也不会乐意将自己最私密的部位，暴露在人前吧？

林初九有些犹豫，如果是普通病人，出于为病患考虑的原因，她会尽最大的努力说服对方，让她检查一下，可这个病人是南诺瑶！

南远的公主，刁蛮不说，身份也是一个麻烦，要是医治的过程中出了问题，或者泄露了什么，严重性会上升到两国邦交。

南诺瑶是一个大麻烦，林初九不想招惹。

在林初九犹豫间，南诺瑶一言不发，她可不认为林初九只凭诊脉，就能诊出她的情况。服侍她的宫女却是很上心，大着胆子问了一句：“萧王妃，我家公主怎么样了？”

林初九回神，眼神落在南诺瑶那张死寂灰败的脸上，叹了口气说道：“诺瑶公主，你的病情想必你自己很清楚。你要我暂时缓解你的疼痛，我也能做到，可要将病症医好，我需要给你检查一番，至于检查哪里，我想你心里明白。”

她做不到不管南诺瑶的死活，可也无法毫无芥蒂地主动揽事。她是医生，可也是人；她有医生该有的职业操守，也有正常人会有的情绪。

“你知道什么？”南诺瑶睁大眼睛，一脸惊恐地看着林初九。不可能，不可能，林初九不可能知道她的秘密。

林初九很明白病人的心理，装傻地回问了一句：“我知道什么？我只是让你同意我检查一下。”

“是吗？”南诺瑶不信，可她从林初九的脸上看不出破绽，最后只能咬唇道，“给我开药。”

“可以。”对南诺瑶的不承认与拒绝，林初九暗自叹了口气，不过也没有再劝说。

这是南诺瑶自己的选择，每个人都要为自己的选择负责。

林初九庆幸自己提前准备了女子可能会用上的药，只是这些药给南诺瑶用，效果不会太明显。林初九犹豫了一下，还是给南诺瑶开了止痛药。

“倒一杯温开水来。”林初九打发宫女做事，这才将药取出来。

有七粒药，林初九用药瓶盖子装着，待宫女端水过来，便将药递给对方：“让你们公主服下。”

“这是？”宫女小心翼翼地捧着盖子，一脸的不解。

“药丸，没见过吗？”林初九理所当然地说道，那笃定的神情，就好像你不知道不应该一般。

宫女不敢再问，将药递到南诺瑶的唇边，南诺瑶没有拒绝，张嘴就服下，只是药没有那么快见效，南诺瑶依旧痛得死去活来，不过这些就与林初九无关了。

“服了药，两炷香后疼痛就会缓解，等你们公主有力气起身，用当归给她煮红糖水，暖暖身子。”林初九将药箱盖上，提起药箱就往外走，不料刚抬步就听到南诺瑶的声音：“等等……”

“还有事？”林初九扭头看了一眼，却没有太当回事。

“你要去哪里？”南诺瑶质问道，那语气就好像是在审问犯人，林初九笑了：“我要去哪里，需要告诉你吗？诺瑶公主？”

最后四个字，林初九说得异常讽刺。

南诺瑶咬了咬唇，说道：“我的病还没有好，你不能走。”

“呵……”林初九嗤笑一声，“诺瑶公主你是不是搞错状况了？我不是大夫，你的病与我有什么关系？你放心，我已经给你开了药，你不会流血而死。”

林初九的视线，落在床单上的血迹上。按南诺瑶这个出血量，要是不及时止住，说不定还真会出事。

“你，你们皇后可是让你过来照看我的，你现在离开算什么事？”南诺瑶紧紧地拽着被单，气得直咬牙。

林初九现在走了，那她今晚的罪岂不是白受了？

没有确定五哥是否安全，林初九不能离开凌云苑。

“诺瑶公主你错了，皇后只是让我过来看你，没有说要照看你。你以为你是谁，也能劳我来照顾你？”林初九一脸嘲讽，而她确实有这个底气。

身为萧王妃，就是皇后病了，也不会劳她去照看，南诺瑶还真把她当大夫看待了。

“我不管，总之你不能走。”南诺瑶说不过林初九，索性撒泼，反正她在东文就是这个性子，可林初九会惯着她吗？

“你以为人人都是南远的奴婢，要围着你转吗？诺瑶公主，本王妃要走便走，谁也拦不住。”林初九没有搭理南诺瑶，抬步就往外走。

门外是萧王府的侍卫，南诺瑶知道林初九真的要走，她根本留不住。

林初九身份不同，不是她能随便指使的人，要不是这样的话，她也不会作贱自己，换林初九来一趟。

眼见林初九就要走到门口，南诺瑶急忙唤道："等一等……"

"萧王妃你等一等。"南诺瑶不顾身体的不适，挣扎着起身，这一动血流得更快了。

"啊……"南诺瑶痛得尖叫，宫女忙上前搀扶："公主，公主，你没事吧？"

林初九没有停下来，伸手将门打开，门刚开到一半，就听到南诺瑶哽咽地道："萧王妃，求你……帮我医治！"

"你说什么？"林初九手一顿，到底没有将门打开。只是，林初九并不是因为南诺瑶的话，而是该死的、傲娇的医圣之心，突然提醒林初九救治病人。

林初九气得大骂，不是说，对我有坏心的人，就不会强制我医治吗？为什么南诺瑶这个女人病了，却要我医治？难道就因为她装白莲花吗？林初九简直想死了！遇上这么一个不着调的传承，这日子没法过了！

林初九脸上的表情非常精彩，好在她背对着南诺瑶，没让旁人看到她此时的神情。

南诺瑶闭上眼，哭着道："我求你，帮我医治，求你……"她一点儿也不想将自己的缺陷暴露在人前，可她没有选择，不这么做就没有办法把林初九留下来！

"我求你，帮我医治，求你……"话说完，南诺瑶已是泪如雨下。

最终还是暴露了，不管她怎么隐瞒，最终还是让人知道了，而这个人还是她最厌恶、最嫉妒的女人。然而，更让人无法接受的事，她还要求那个女人救她，就像是卑微的奴仆，开口求那个女人医好她的病。真的好讽刺！

南诺瑶不断地哀求，哭声越来越大，只听就能知道她此时有多么的伤心绝望。林初九无奈地转身……

她不是因为南诺瑶才妥协，而是受不了医圣之心这个小妖精。医圣之心真的是一点儿节操也没有，南诺瑶装个可怜，挤两滴眼泪它居然就妥协了，简直丧心病狂！

"混蛋。"林初九低咒一声。

"砰……"药箱砸在桌子上，林初九没好气地道："把房门关上，窗户关上。"

她尊重病人的隐私，有些事不宜让外人知道。

"还不快去……"南诺瑶听到林初九的回应，心中闪过一抹喜悦。

至少，林初九肯医她，这是今晚所有糟糕的事情中最好的一件了。

宫女是知情人，知道林初九的用意，忙不迭地上前将门窗都关死。

林初九隔着门说了一句："没有我的命令，你们不要进来。"万一侍卫闯进来，看到不该看的总是不好的。

南诺瑶不是什么好人，可她林初九却没有想过用卑劣的手段，毁掉南诺瑶。如果她真那么做，那她和南诺瑶有什么区别？

南诺瑶没有吭声，紧咬着唇不说话，林初九也没有奢望南诺瑶感激。她又不是因为南诺瑶开口而救治，她是因为医圣之心才不得不救，南诺瑶感激与否她都不在意，只要记得付诊金就好。原谅她小气，这个时候还惦记着钱的事。

林初九转身说道：“还愣着干什么？把裤子脱了。”林初九的语气很不好，任谁被这么耍着玩，都不会高兴。

“啊？”宫女一愣，僵在原地不肯动，林初九又补一句：“还愣着干什么？快脱呀！”

宫女不敢妄动，怯怯地看了南诺瑶一眼。南诺瑶闭上眼，泪水从眼角滑落，紧咬牙关，点了点头。

宫女这才上前，替南诺瑶将裙子与裤子脱下。

林初九坐在床边，示意宫女把灯拿过来。

“不要……”南诺瑶开口，强烈的羞耻感让她害怕烛光。

“同为女人，你在意什么？”林初九没有理会她，强硬地让宫女把灯拿近。

果然如同林初九所预料的那般，南诺瑶身上有缺陷，她是石女，但有技术高超的大夫替她开了道口子，让她看上去和正常人一样，只是大夫医术一般，刀子动得不错，却没有做完全，以至于让南诺瑶只是看上去和正常人一样。

“你的伤处，需要重新切开。”林初九检查完，将染血的工具与绷带放在一旁，“不是太难的事，明天白天我来给你医治。”

最难堪的一面，已经露在林初九面前，南诺瑶索性破罐子破摔，睁开眼问道：“今天晚上不行吗？你既然跑了一趟，今晚便替我医好吧，明天，明天……我怕自己没有勇气。”

南诺瑶这个理由让人挑不出来毛病，林初九却知道事情没有表面这么简单。南诺瑶一再要她留下，甚至不惜暴露自己的缺陷，要说没有目的，林初九根本不信。

“诺瑶公主，说吧，你为什么一再要我留下来？”林初九双手环抱，眼含嘲讽。

“你在说什么？我不懂……”南诺瑶木着一张脸，将被子盖在自己身上，“就今晚，我不想再等了。”

“你说不想就不想吗？我不乐意今晚医。”南诺瑶越是咬定今晚，林初九越发肯定南诺瑶别有用心。

今晚，她还真不能留下来。

南诺瑶见林初九不配合，阴冷地道：“你知道了我的秘密，又不肯给我医治，你不怕我杀了你？”

“你可以试试看，是你的秘密先暴露，还是我先死。”林初九会怕南诺瑶的威胁才有鬼。

这里是东文不是南远，南诺瑶要是东文的公主，她还会忌惮一二。

“你……”南诺瑶咬着唇，一副我很受伤的样子，“我把自己最隐秘的事情，都告诉给你知晓了，你还想怎么样？”

“诺瑶公主，你似乎忘了我是大夫，你要医病，我知晓你的病情，这是再正常不过的事。”这算什么私密的事，她以前知道的私密事，比这个更劲爆。不过，作为大夫，她一向不喜欢谈论病人的隐私。

林初九不是普通的大夫，她是萧亲王王妃，南诺瑶是南远公主又如何，林初九不乐意今晚医，南诺瑶就是再逼也无用。

无视南诺瑶的请求与威胁，林初九开始收拾药箱。

见南诺瑶还在那里说个不停，林初九也不耐烦了，转身，一脸嘲讽地道："诺瑶公主，明人不说暗话。我既然能看出你的病症，还能保证医好你的病，就表明我的医术比你以前看过的大夫只好不差。你为什么会突然出血，你比我更清楚。"

林初九就差直说南诺瑶故意把自己弄成这个样子了。

之前，林初九只是猜测，现在却是肯定了。依南诺瑶的身体，她不可能自然来月事，南诺瑶这个样子，必然是用药催出来的。

"你……知道什么？"南诺瑶脸色一白，牙关打战。

"诺瑶公主，自作聪明和自欺欺人一样愚蠢，别把所有人都想得和你一样蠢。想要让我今晚留在凌云苑，只有一个可能，那就是你真的死了。"南诺瑶要有这份魄力，她林初九认了。

"你……"南诺瑶咬牙切齿，却不敢说重话，她的病还指望林初九医呢。

五哥交代的事，注定办不成了。南诺瑶不想竹篮打水一场空，没有再阻止林初九离去，而是闷声问道："我的病你真的能医好？你也肯为我医治？"她不相信林初九会这么好。

将心比心，换作她是林初九，她绝不会给一个羞辱过自己的人医治。

"你若愿意相信我，我会给你医，你若不相信，我也不勉强。"林初九猜测，如果南诺瑶排斥她医治，医圣之心应该不会强制她怎样。

"你……给我医治时，会不会动手脚？"南诺瑶看着林初九，心里一片挣扎。

她当然是想医好，刚刚也一直希望林初九能医好她的病，可冷静下来，她才发现事情不是她想的那么简单。林初九是答应为她医治了，若是医治的过程中出了什么意外呢？这事，谁也不敢保证！

"我不是你。"林初九提起药箱，看了南诺瑶一眼，"明天，派人去王府请我。如果不来，以后就没有机会了。"

说完，开门离去。

门口的侍卫见到林初九出来，皆是松了口气，刚刚见林初九命令关门、关窗，又不让他们进去，他们还以为出大事了。

"王妃，请……"萧王府的侍卫，走在前面给林初九开道，南远的人见林初九要出来，忙上前想要阻止，可在东文的地盘，他们还不够格。

南远的人不敢来硬的，只能不顾受伤，拿身体阻挡："萧王妃，我们家公主还病着，你不能走呀。"

"萧王妃，救人救到底，送佛送上西，你等我们家公主没事再走吧？"南远几个侍卫，嘴上说得可怜，手上的动作却一点儿也不含糊，死死地挡住林初九一行人的去路。

"我们家王妃说了，你们公主死不了。怎么？还赖上我家王妃了？"萧王府的侍卫不好下狠手，万一把人打死了，总是一件麻烦事。

“快让开，听到没有。再不让开，别怪我下狠手了。”侍卫只能放放狠话。

“萧王妃，我求求你了，我们家公主还没有脱离危险，你这个时候走，不是让我们公主自生自灭吗？”南远的人死活不肯让，双方你来我往，场面一时间乱了起来。

南远人越是不让他们走，萧王府的侍卫就越发地肯定这里面有猫腻，说什么也要快点儿离开。

而这个时候，林初九又冷冷地补道：“拦路者，杀无赦！”

声音不大，话中的意思却让南远人背脊一寒。他们敢缠着林初九，就是确信林初九看在两国邦交的份上，不敢对他们动手，不想他们失算了，萧王妃完全不在乎邦交不邦交，下起令来毫不含糊。

而萧王府的人，一向习惯听从命令。萧天耀走之前就有交代，他不在京城期间，府中一切皆由林初九说了算，哪怕林初九要烧了萧王府，侍卫也要帮忙倒油添柴。现在，林初九下令杀人，萧王府的侍卫就是知道后果严重，也不会含糊。他们王妃的命令，他们只要执行就可以！

南诺瑶带来的人不是善茬，可是林初九带来的侍卫更多。人多势众，以多打少，萧王府的侍卫又没有顾忌，放开手脚去砍，南远的人不想得罪死林初九，不敢下死手，很快就不敢再拦，纷纷避开了。

林初九从南远人身边经过，看他们一副可怜兮兮的样子，林初九不屑地哼了一句：“敬酒不吃吃罚酒，犯贱！”

“哼……果然是犯贱。”侍卫有样学样，跟着哼了一声，护送着林初九走了出去。

在萧王府磕破头的粉衣少女，听到林初九离开，当即顾不得额头上的伤，急忙跑来找诺瑶公主：“公主，你怎么让萧王妃走了？她走了五殿下怎么办？你这是要置五殿下于死地吗？”

因为心急，语气不由得带出几分责怪。

南诺瑶本就情绪低落，听到粉衣少女的话，当即拉下脸来：“本公主行事，什么时候轮到你评论了？”

林初九不给她面子，一个小宫女也敢踩她头上，简直是活得不耐烦了。

“来人，把她拖下去，给我打三十大板。”三十大板不会要人命，却能让粉衣少女一个月下不了床，更不用提她头上还有伤。

“公，公主……”粉衣少女惊恐地看着南诺瑶，似乎不敢相信自己听到的。

南诺瑶眼眸一挑，冷声道：“怎么？本公主打个下人都不行？”就算是五哥的人又如何？

“奴婢不敢，奴婢只是一时情急，恳请公主恕罪。”粉衣少女扑通一声，跪在地上求饶，南诺瑶不为所动，执意要人打粉衣少女三十板子，而且就要在她的门外执行。

下人不敢违背南诺瑶的命令，立刻将粉衣少女押到板子上。

“啪啪啪……”板子打在臀部的声音，隔着木门传来，粉衣少女撕心裂肺的呼痛声，也传到了南诺瑶的耳朵里，可南诺瑶只觉得快意！

她疼成这样，总要有人付出代价，不是吗？

第三章　痛失至亲

深潭下的石门，在一干“鱼人”的通力合作下，终于打开了……

石门一开，潭中的水立刻涌了进去，举着火把往前，能看到潭中的水位以肉眼所见的速度下降，很快就只到潭中鱼人的腰间。

重楼身后的护卫，见到这一幕齐刷刷地松了口气。潭中没水，他们就不用担心大人亲自下水，也不用担心大人会着凉了。

水往石门里涌，很快处在地下宫殿的南远人，就发现了异常。

“殿下，殿下，不好了……”守卫的人，见到池中的水突然猛涨，就明白他们暂居的地方被人发现了，当即慌得大叫。

南诺离正在与手下商量，要如何离开的事。他们在地下，虽然有足够的食物，撑一个月没有问题，可终归是不安全。

听到守卫的话，南诺离眼皮一跳：“出什么事了？”

“殿下，池中水位上升，石门被打开了，我们被人发现了。”护卫这两句话足够说明事情的严重性，南诺离当即脸色大变：“怎么会这样？”

“什么？石门被打开，难道是东文的人找过来了？”

“怎么可能会这么快？”

“殿下，这，这可要怎么办才好？”

与南诺离一同商量离开计划的人，听到这话一个个脸色大变。他们所在之地，十分隐秘，除了自己人再无旁人知晓，就连薛承文也不知。

“小人，小人也不知。”守卫之人惊慌失措，他要知道哪里出了问题早就说了，哪里会等到南诺离询问。

“该死！”南诺离用力捶向桌面，砰的一声巨响，左手鲜血淋漓，与他一同商讨大事的手下，一个个脸色大变："来人，来人，快拿药来给殿下包扎。"

"是，是……"门外的守卫立刻跑去取药箱，南诺离却不在乎地再捶了一下，一瞬间伤上加伤。

"快，殿下，先包起来，止住血。"有反应快的人立刻将衣服扯成布条，给南诺离包扎，南诺离却是不耐烦地挥开了。

"一点儿小伤包什么包？当务之急是想着如何离开。要让东文皇帝人赃并获，我们南远就是有一千张嘴也解释不清楚。"最重要的是，负责这个计划的他，绝对没有好果子吃，而他在外经营的势力，也会因此大大缩水。

其他人也知道事情的严重性，可现在这个情况，他们能有什么办法？这是东文的地盘，他们南远人就算是龙也得盘着，还别说他们不是龙。

"殿下，现在我们能做的就是断尾求生，进出的路只有一条，我们现在要做的，就是趁对方没有全部杀进来之前，把人杀了，先一步逃出去，万一让人瓮中捉鳖就惨了。"南诺离身边得用的人，立刻献计。

有心思细腻的人，提醒道："殿下，你带着人快点儿离开，手下留在这里清扫痕迹，绝不会让东文人找到线索。"

这是要把地下宫殿里属于南远的痕迹全部清掉，只有这样才不会让东文找到借口。南诺离知道这是最好的法子，也是唯一的法子，可是……

"我真不甘心！"他在东文经营了数年，才有现在的规模与人手，还没有派上用场就被毁了，他怎么能甘心？

"要让我知道是谁出卖了我，我一定灭他九族。"南诺离一脸的阴狠。正抱着美人准备入睡的胖特使，突然打了一个寒战，然后就……

"殿下，留得青山在，不怕没柴烧。只要我们杀出去，再寻一个地方重建山庄，也不是多难的事。"虽然今晚会损失惨重，可总比全部死在这里强。

"对对对，殿下，我们快杀出去！"

……

南诺离听着身边人的劝说，脸色越发狰狞，却没有出言呵斥他们，只是长长地呼了口气，像是下了什么重大的决定一般，咬牙切齿地道："传令下去，攻出去！"

"是。"收到命令的众人，半刻也不敢耽搁，快步跟上，而这个时候守卫也将药箱拿了进来，不想刚走到南诺离身边，却被他一拳将药箱打翻了："滚！"

他现在要的不是包扎，而是杀人！

随着南诺离的命令下达，南远的地下宫殿人仰马翻，那些死士一个个面色惊恐又充满斗志。

他们被训练了许久，平时也是见过血的，但没有真正战斗过，现在听到即将有一场大战，这些人在慌乱过后，又战意高昂，想要借此机会证明自己的能耐，可他们注定会失望，重楼压根没打算和南诺离一行人正面交锋。

猎人找到一群猎物的老窝，会傻得冲进去和他们正面交锋吗？答案当然是不会！如果说龟缩在地下宫殿的南诺离是凶猛的猎物，重楼就是狡猾的猎人。重楼虽然召来了援兵，却从来就没有想过正面与南诺离交手。

在水位下降时，重楼就下令让人砍树，等到潭中的水流干后，就命人把树枝丢进通道，点火。

重楼命人不断地加树枝，把火堆往里挤，再点火，往上面泼火油，很快，石门里就燃起大火，浓烟不断地朝四周涌去，大部分都顺着风，往石门里面飘。

重楼压根不在意地下宫殿有多大，他现在要做的，就是不断地往通道里添柴加火，左右他们就在山里，山上什么都缺，但绝不会缺柴，不能把里面的人全烧死，也能把人全部熏出来。

南诺离好不容易下定决心，想尽快杀出去，刚到出入口就见一股浓烟涌来，差点儿把他呛死。

地下宫殿进出的这条通道，是呈下坡之势，不仅仅烟会顺着这条道涌进来，就是火堆也会往下滑。

“无耻，无耻，东文人简直是太无耻了。他们怎么可以用火？简直过分。”南诺离见到这一幕，气得跳脚，见身后的人一动不动，几个管事的人，气得大骂，“还愣着干什么？还不快灭火，把通道清空……”

“属下遵命。”身后的死士立刻反应过来，拼命上前，可事情有这么简单吗？

南远的人知道清理通道里的火堆，重楼难道会想不到吗？

南远的人清得有多快，重楼的人点的火堆就有多快，而且南远的人把通道里的树枝清出来后，后面的火堆原本只有小火星，被风一吹火苗就往上蹿，越清理，通道里的火烧得越猛。

不仅如此，重楼一行人动静颇大，引来了皇帝的人的注意，很快皇帝的人就带着大队人马过来了。

重楼一行人远远地就发现了，却没有任何动作，依旧是该干吗就干吗，完全不将即将到来的人放在眼里。

“咚咚咚……”脚步声由远及近，毫不掩饰，可见对方是存了试探之意。

很快，皇上的人就来到眼前，火把微弱的光芒，照不全对方的身影，也看不到对方脸上的表情。

双方壁垒分明，领头的人眼神一交锋，便是火花四溅，杀气渐起。手握在刀柄上，随时准备拔出来，可当皇帝的人走近，看到重楼脸上的面具后，立刻收起了杀意，颇为客气地道：“原来是魔君大人，久仰大名，今日终得一见。”

朝廷与江湖的关系，并不像外人以为的那么远。江湖上处处都有朝廷的影子，就连天藏阁或多或少都与朝廷有些关联，要卖朝廷的面子，朝廷的人对魔君重楼自然也不陌生。

魔君重楼是江湖人，也是一个自由人，他不受江湖管束，他不插手江湖事务，他杀人如麻，可杀的都是该死之人。在江湖人眼中，魔君重楼亦正亦邪，算不上什么好人，可要说他是坏人，和那些邪道相比，他又正直了许多。魔君重楼一手建立起来的魔宫，短短几年便成了江湖上一股不容忽视的实力，但从来没有人敢惹他。

在江湖人眼中，魔宫与重楼一样都是异类。魔宫秉持重楼的风格，自成一局，与其说他们是江湖门派，不如说他们是商会来得恰当，因为魔宫做的更多的是生意，是靠本事赚银子，与打打杀杀的江湖人截然不同。这样的魔宫与魔君，在江湖中是非常特别的存在。江湖人虽不喜欢重楼，也不会无缘无故与之交恶，虽然叫他魔君，可除邪教、魔教时却不会带上他。

朝廷对待重楼的原则，和江湖人差不多，不得罪，不动手。

魔宫虽然不怎么与朝廷、江湖人交好，却也不会与他们交恶。现在朝廷的人主动示好，重楼自是不会为难，但也不会高看，点个头就算是打招呼了。

皇上的人也不觉得自己被怠慢了，虽是第一次见魔君重楼，可也知重楼为人高傲，冷漠，能拿眼神看你已是不错了。

皇上的人与重楼打过招呼后，就询问重楼身边的人，来这里是做什么事。

重楼身后的护卫，看了重楼一眼，得到重楼的首肯后才道："南远的五皇子南诺离藏在里面，我们大人带人来抓他。"

那人指了指潭子里的入口："这是出入口，我们人少，不好与他们正面交锋，便打算用火攻。"

"南远五皇子，他真的在这里？"皇上的人将眼睛猛地睁大。

功劳呀，天大的功劳呀。

"要不是南远五皇子在这里，我们半夜三更来山上，往水里泡是为了好玩吗？"重楼的手下没好气地道。皇上的人也不生气，继续问道："不知几位特意寻南远五皇子所为何事？"

"有点儿私人恩怨要与五皇子谈谈，众位官爷放心，我们家大人定不会让几位官爷为难。我们大人与五皇子谈完就走，绝不会妨碍大人办公。当然，要是大人能当我们没有来过那是最好。"

重楼的手下说得很明确，他们找南诺离是解决私人恩怨，不会妨碍朝廷办公，甚至不介意把功劳全部让给朝廷的人，只是有一个条件，那就是朝廷的人帮他们遮掩此事。

此事是双赢，皇上的人不可能不同意，左右现在答应了，他们回头在皇上面前，也可以把重楼说出来。

双方愉快地达成合作协议，朝廷驻扎在这里的人多，重楼的手下毫不客气地开口，请求对方支援一二，皇上的人没有拒绝的理由。

双方合作，效果绝对不是一加一等于二那么简单，外面的人感觉不明显，在地下宫殿的南诺离一行人，却瞬间感觉压力倍增。

从通道落下的火堆越来越多，浓烟呛得人无法呼吸，也无法视物，一行人只能将布打湿，捂住口鼻。

"咳，咳……怎么回事？怎么烟越来越浓了？再这么下去我们会被活活闷死。"

"东文人狡诈，这是把我们当猎物堵在洞里，想拿烟熏死我们。"

直到此刻，南远人才发现东文人用的不是什么火攻，而是浓烟……

“殿下，对方人多势众，早有准备，我们这么耗下去不行。”有年纪稍大的人，受不了浓烟的呛味，咳个不停，忙跑回去找南诺离。

南诺离在后方，相对来说要好些，可地下宫殿就这么大，他不可能不知晓。

原本是保命的地下宫殿，现在却成了他们的坟墓，不尽快逃出去，他们会被活活闷死在这里。

见前方形势紧张，南诺离知道他们不能坐以待毙，必须自救。

“命五十人将全身打湿，冲进通道。”南诺离打算用人清路，这是他们现在唯一能用的法子。

南诺离一声令下，立刻就有人安排死士冲锋。所有人都知道，这五十人必然是送死的，可明知如此他们也得拼，不然死的就不止这五十人。

很快，就有五十人自愿上前。跳入水中，将全身打湿，又在身上披上打湿了的厚被子，冲入火中……

南远建的这条通道算不得宽敞，最多只能让两人并排而行。现在通道里堆满了树枝，就是一个人也很难行走，可是……

南远的人没有选择，地下宫殿还没有完全建完，他们只有这一条出路，想要保存实力，只能选择把挡在通道里的树枝清理掉，将火扑面。

五十个人义无反顾地往里冲，他们全是南远的死士，虽然骨子里害怕死亡，却不敢退缩。他们很清楚，要是冲不出去，像他们这样的人也是先死的。与其在地下宫殿等死，不如闯一闯，也许能拼出一条血路。

带着这股信念，五十个南远死士“啊”地叫了一声，便往火里冲。

“咔咔……”树枝被踩断的声音传来，五十个人一个接一个冲了进去。

这一段路还算顺利，几乎没有遇到太大的危险，不过越往前危险就越大……

“千万要冲进去！”

“一定要成功！”

“全靠你们了！”

守在后方的人，不顾浓烟呛人，焦急地等在外面，不断地为通道里面的人鼓劲，可惜没用！不多时，通道里就传来凄厉的嚎叫声，听到这声音，南远人不由得红了眼眶：东文欺人太甚！

南远人一味将错算在东文人头上，却忘了这是东文的地盘，他们在东文的地盘私下培养死士，本就是不应该的事，东文要灭了他们，这有什么不对的吗？只可惜，这个简单的道理，南远人是想不到的。在他们看来，东文重文轻武，国力渐弱，一群只知无病呻吟的文人，有什么资格占据大陆最肥沃的土地？在南远人的认知中，东文的财富应该属于他们南远，因为他们南远是前朝大族，是这片大陆上最有资格的继承人，这些通通都是他们的，是无耻的东文人窃居宝地。

“你，你，你……冲进去，我们绝不能让东文的奸计得逞。”通道里凄厉的喊叫声，刺激得南远人失了理智，一个个不顾危险地往里冲。

死士没有说不的权利，哪怕明知前面是死路，哪怕一点也不想往里冲，他们也得冲。

越来越多的死士冲进通道里，他们身上披着打湿了的被子、用身体扑灭里面的火星，拼命地把树枝往外推，好将通道清干净。

在南远死士不要命的进攻下，通道里燃起来的树枝，被反推了出来，好在重楼的人早有准备，见到这一幕半点也不惊讶。

他们没有继续往通道里点火，而是将树枝堆在深潭里，很快就堆成一座小山的高度，然后淋上火油，点燃……

通道里的南远死士，好不容易用生命将路清开，不想身后的人还未跟来，就听到“嘭”的一声，外面燃起了熊熊大火。

“不好，快去告诉殿下，东文人在外面点火，我们出不去。”冲在前面的死士，朝身后的人吼道。

一声一声传下去，最后进来的死士听到这话，转身就往回跑。

“东文人，东文人在外面点火，我们出不去。”人未到，声先至，在通道口等待的人，听到这个消息简直是要气疯了。

他们后悔了，真的后悔了！

早知事情会变成这个样子，他们当时就应该与萧王爷正面对上，哪怕惨败也能杀出一条血路，哪像现在，想要杀出去，都成了奢望。

南诺离在后方根本坐不住，结果一上前就听到这个消息，整个人都不好了。

东文这是要逼死他呀！

南诺离深深地吸了口气：“所有人准备，冲出去！”

“是！”所有管事和死士异口同声，他们很清楚，他们越晚离开，危险会越大。

地下宫殿不缺水，每个人冲进通道前，都会先跳进水里，把身上打湿再往通道里冲。上千死士，前赴后继地往通道里冲，很快就将通道里面的树枝推了出去，可也加快了外面的火堆燃烧速度。

火光照入通道里，映红了半边天，南远死士也是人，被烈火灼得生痛的他们，不由得心生怯意，想要往后退，可是不行！

身后全是人，而且一直往前挤，他们除了跳进火里，从火堆里杀出去外，别无选择！

跳入火中，并不会立刻要人性命。皇上的人、重楼的人，就看到一个个人影，在火中挥舞，全身燃烧着，从火堆里跑出来，聪明的知道在地上打滚，而笨的则是到处乱窜。

重楼冷眼看着这一幕，右手轻抚扳指，看着从火海中跳出来的南远死士越来越多，重楼平静地道：“给他们一个痛快！”

这是慈悲，也是收割性命的开始。

“是！”重楼的手下“唰”的一下抽出刀子，快速往前奔。

皇上的人马尊重重楼，却没有打算听从重楼的命令，见重楼的人杀人去了，他们则往火堆里添树枝，时不时再放放冷箭……

越来越多的死士，从通道里涌出来，任凭皇上的人添柴添得再快，也挡不住这些人拿身体去扑火，很快，火堆渐渐变小，而从火堆里跑出来的人，只要速度快一些，冲出来后在地上打两个滚，就能灭掉身上的火。

南远死士见状狂喜："快，快出来，火灭了！"

随着这一嗓子喊出来，通道里的死士速度更快了，越来越多的人出现，让火堆起到的作用越来越小。

这个时候，皇上的人也不敢再耽搁，立刻拔刀上前，不想重楼比他们更快一步。

重楼后退一步，右手一扬："放箭！"

什么？皇帝的人一听，愣住了：这里有弓箭手？

不给他们反应的时间，就见一排排密密麻麻的箭矢，从树林的四面八方射来，有好几支箭都惊险地从他们耳边扫过。

皇帝的人吓出一身冷汗，心中暗自庆幸自己警觉，没有与重楼动手，不然他们今天是怎么死的都不知道。

随着箭雨袭来，南远死士冲出来一批倒一批，死前那不甘的声音能将人的耳膜叫破。

山中血雨腥风，让人胆战心惊，不过这一切都与林初九无关。林初九带着侍卫，强硬地从凌云苑离开，在巡视小兵的开路下，顺利地抵达萧王府。哪知不等林初九下马车，曹管家就一脸急切地跑了出来……

出事了！曹管家急急忙忙跑来找林初九，并不是萧王府出了事，而是蒙家出事了！

之前蒙家几位少爷，还有林初九出事的事，大家都瞒着老夫人，今天晚上却有不长眼的下人，特意在蒙老夫人面前提起这事，还把情况说得十分凶险。除了此事外，那下人还将昨天宫里的事说给老夫人听，说林初九因为涉嫌下毒谋害七皇子，被皇上关在宫里，现在生死不明。

蒙老夫人这一生，第一放心不下的是蒙家，第二放心不下的就是林初九。听到下人的话，当时就不对劲了。蒙老夫人睿智精明了一辈子，哪里不知这是有人故意的，可聪明如她，也明白这事必然是真的，因为假的根本糊弄不住她。

"啊……"蒙老夫人张嘴，想要叫下人进来，可她现在虚弱极了，什么也做不了，只能眼睁睁地听着那两位婆子，在她面前描绘几个孙子的惨状，还有林初九的惨状。

"说起来，几位少爷还真是可怜呀，要不是受萧王妃的牵连，哪里会吃这样的苦头。要不是老爷及时派人去救，几位少爷可就得死在外面了。"

"要说可怜，小少爷才可怜呢。那么小的孩子被一群恶人掳走，虽说最后是救了回来，可到底伤了身子，现在还在床上躺着，没法下床呢。"

"不过，萧王妃也吃了苦头。王爷不管她，她只能一个人出面，一个弱女子在外被人关一夜，不知会发生什么事呢。"

"萧王爷碍于面子，现在是不会拿王妃怎样，可以后就保不准了。这事一旦传出去，萧王妃可就没有清白可言了。”

“萧王去战场，把王妃一个人丢在京城。听说王妃被关在大牢，连个去看她的人都没有，想想还真是可怜。皇宫的大牢呀，那些人个个眼高于顶，见萧王妃没人撑腰，不知要如何折磨她呢。”

“能有什么办法呢。萧王府除了王妃外就没有别的女眷，王妃和娘家关系又不好，林夫人肯定不会为她进宫求情。至于咱们府上？”

“三位老爷和夫人本就不待见萧王妃，碍于老夫人的面子才对萧王妃客气一些，不想一转身，几位少爷又因萧王妃而出事。”

“三位老爷此时怕是恨死萧王妃了，哪里愿意为她出力。要不是有老夫人镇着，三位老爷恐怕还会报复回去。”

……

两个老婆子当着蒙老夫人的面，将林初九的处境说得十分危险，这些话虽然有夸大的成分，事实也确实是这个样子。

蒙老夫人无法阻止这两个婆子，只能眼睁睁看着她们一句句编排林初九，瘫在床上的身子不断地颤抖。

那两个婆子对蒙老夫人视而不见，自顾自说：“可惜了，老夫人现在这个样子，自身都难保，还怎么保萧王妃？”

“娘家不管，舅家不支持，萧王爷又不喜欢，老夫人一走，萧王妃的日子可就难过了。”

“皇上厌恶，皇后不喜，现在又得罪了长公主和南远来的公主，萧王妃想要活着等到萧王回来，怕是不容易。”

“恐怕老夫人一死，萧王妃也命不久矣。”

“啊……”老夫人又气又怒，身子不断地颤抖，激动之余居然让自己翻了一个身，然后“扑通”一声从床上摔了下来。

“不好，快走……”两个婆子见状，根本不去叫人，而是悄悄地溜了，直到老夫人的贴身嬷嬷过来，才发现老夫人倒在地上。

“来人呀，来人呀……”心腹嬷嬷大喊，抱着老夫人又哭又叫。

不多时就有下人过来，蒙家几位老爷收到消息，也匆匆赶来。众人将老夫人抬上床后，又是喂热水又是请大夫，好一通折腾后，直到大夫宣布老夫人没有生命危险，众人才松了口气。

老夫人一脱离危险，蒙家大老爷就开始询问身边的下人：“这到底是怎么一回事？你们是怎么照顾老夫人的？老夫人身边守夜的人呢？”

大夫人一听，就知这事自己脱不了干系，立刻让人去查是谁为老夫人守夜，怎么会发生这样的事？

不多时，管家一脸急色地跑了进来：“老爷，不好了，不好了……给老夫人守夜的两个嬷嬷死了。”

蒙家大老爷当场就傻了，大夫人也是吓得不轻。

人死了，就说明这不是单纯的玩忽职守，是刻意的，有人刻意要老夫人的命。

“这，这怎么回事？”大夫人手脚冰冷，其他人倒是想要安慰她，却不知怎么开口。

蒙家三位大老爷，你看看我，我看看你，一个个不知如何是好。

“等母亲醒来再说。”最后，还是大老爷拍板。只是蒙老夫人这个情况，就是醒来又能如何？

发生这样的事，蒙家几位当家人也不敢睡了，一起在外室守着。

好在此时天气暖和，蒙老夫人在地上躺的时间不长，不多时就醒了，醒来后的第一件事，就是抓着心腹嬷嬷的手，费力地道：“初……九，九。”

两个字，蒙老夫人却用尽了全身的力气，眼角泪花闪烁，嘴唇咬出血来。

“老夫人，老夫人你快别说了，奴婢知道你的意思。你要叫小小姐是吗？”心腹嬷嬷跟着老夫人几十年，隐隐能猜到老夫人的心思。

“嗯，嗯……”老夫人用力地点头，浑浊的眸子被泪水盖住，没有人知道她在想什么。

心腹嬷嬷转身就去交代老夫人的命令，蒙家三位老爷听到老夫人的要求，也顾不得半夜三更，宵禁不宵禁的事，连夜派人去萧王府叫人，却半天没有等到人。

老夫人迟迟等不到林初九，心里越发地焦急：“九……孙，孙儿”只恨她无法完整地表达自己的意思，只能拉着心腹嬷嬷的手，不断地叫着林初九的名字。

“老夫人，老夫人，您别急。萧王妃马上就会到。”心腹嬷嬷不知老夫人听到了什么，只得如此安慰她。

然而，迟迟等不到林初九，蒙老夫人就认为林初九出了事，一个激动，两眼一闭就晕了过去。

蒙老夫人的昏厥，把蒙家上下都吓蒙了，刚离去的大夫再次被叫了回来。

老大夫跑得满头是汗，一进屋连药箱都没来得及放下，就被蒙家大老爷一把拉了过去：“大夫，大夫，快看看我母亲怎么了？”

“来了，来了，国公爷别着急，老夫人不会有事。”大夫刚给蒙老夫人诊过，虽然摔了一跤，但好好养着不会影响寿命。

“你，你快看看。”没有准信，蒙家大老爷哪里肯放心。

“好好好，国公爷别急，我这就来。”大夫不慌不忙地吸了口气，平定气息后，这才在一旁的矮墩上坐下，扣着蒙老夫人的脉搏。

大夫起初十分沉稳，可很快的，他脸上的表情就绷不住了，眼中飞快地闪过一抹慌乱，扣住蒙老夫人的手也加重了：“这，这不应该呀！”

这个表情把蒙家上下惊得魂都要出来了：“大夫，怎么了？”

“没道理呀。”大夫扣着老夫人的脉，一副要哭出来的样子。

“怎么回事？”蒙家大老爷见状，更是不停地催问，可大夫不敢说呀。

“你们再等等。”大夫一瞬间就急得一头大汗，松开蒙老夫人的手，起身为蒙老夫人检查瞳孔和颈脖的呼吸。

蒙家见状，心中暗道不好，而下一秒大夫就证实了他们的想法。

“咚……”大夫一屁股跌坐在地上，讷讷地道：“老，老夫人……没了！”

“你，你说什么？”蒙家大老爷像是被雷击了，直直地矗在那里，一动不动。

大夫重复一遍道：“老夫人没了！去了，老夫人去了！”

“不，不可能，母亲怎么会……”蒙家大老爷完全无法接受。

“母亲，母亲……”蒙家二老爷和三老爷一瞬间泪如雨下，扑在蒙老夫人的床前。

“老夫人，老夫人，你别吓奴婢，别吓奴婢呀！”老夫人的心腹嬷嬷，跪在床脚，哭得像个泪人，完全不能接受自己所听到的话。

“不，不可能，不可能的……老夫人怎么会去世？她刚刚还好好的。”大夫人听到这个噩耗差点晕了过去。

蒙家没了老夫人，就等于没了主心骨，他们这一家大小要怎么办？

“老夫人，老夫人……”

一屋子人哭得不成样子，蒙家几位少爷和少夫人听到消息，又一次赶来，在屋内又是哭又是劝，完全无法接受老夫人已经去世的事实。

林初九在门口听到曹管家的话，也不坐马车了，直接让人牵了马来，骑马赶往蒙家。

林初九的骑术不错，哪怕是在夜晚也不受影响，暗卫与侍卫皆在身后跟着，一行人很快就来到蒙家，可再快也晚了！

林初九过来时，正看到蒙家的下人在换灯笼，将门口喜庆的红灯笼取下来，换上白灯笼。

林初九从马上跳下来，看到这一幕，双腿一软差点就跪了下去，幸亏身后的人反应快，一把扶住她：“王妃，小心！”

“不会的，不会是那样的……”林初九甩开对方，跌跌撞撞地上前，抓着换灯笼的下人道：“府上谁去了？”

“王妃，你可算是来了，老夫人，老夫人去了……”守门的人见到林初九，当即就哭了出来。

林初九忙摇头：“你说什么？外祖母……不可能，这怎么可能。”泪水毫无预兆地落下，“外祖母怎么会……这么突然呢？明明我前天来看她，她还是好好的。”

林初九提起裙子就往蒙家内院跑，她不能接受，不能接受那个疼爱她的老人家，就这么去了，甚至她连最后一面也没有见到。

下人此时正在府内挂白幡，林初九入眼所见，一片白色，无一不在告诉她，蒙老夫人去了。

“外祖母……”林初九边跑边哭，脑子里不断地回放着蒙老夫人去萧王府见她的画面。

她就只有这么一个长辈疼她、护她，为什么老天爷要残忍地将她收走？

蒙家几位主子，此时已经接受了蒙老夫人去世的事实，蒙家大老爷已经止住了泪，可当他看到林初九跑进来时，眼泪又再次落了下来。

“初九，你总算来了，你外祖母她……”蒙家大老爷泣不成声。他的母亲是带着遗憾而死的，死前想见的人，最终还是没有见到。

“舅舅……”林初九哭着唤了一声，见蒙家人让开路，林初九也不行虚礼，一路跑进蒙老夫人的房间。

房间里，蒙老夫人安详地躺在床上，她的心腹嬷嬷站在一旁。一切如常，就好像蒙老夫人只是睡着了一样。

“外祖母。”林初九走进来，不自觉地放缓脚步，就好像是怕惊扰到蒙老夫人一样。

“小小姐，你总算来了。”心腹嬷嬷之前如同一个木桩子，看到林初九进来，却又是止不住落泪。

老夫人死前最放心不下的，就是林初九。

“外祖母，我来了，我来了……你醒醒，你陪我说说话。”林初九趴倒在床边，抱着蒙老夫人冰冷的尸体，心如刀绞。

她是大夫，她见惯了生死。但这一刻，她终于明白了……

痛失至亲的痛，她一辈子都不想再感受一次。

“外祖母，外祖母……都是我不好，我明明知道你身体不好，我应该多陪陪你的。”林初九自责，很自责……

她自己是大夫，有她在身边，外祖母肯定不会这么快离世。

“外祖母，你怎么可以，怎么可以把我丢下，你要我一个人怎么办呀。”林初九抱着蒙老夫人，越想越伤心，越想越难过。

以后，再也没有人在她被欺负后，上门给她撑腰，对萧天耀说：“我家的初九也是有娘家的。”以后，再也没有人会拍着她的手，对她说：“好孩子。”没有了，她什么都没有了。没有亲人，没有家……

“我错了，我错了。外祖母，我错了，你回来，你回来好不好？以后我都陪你，一直陪着你，求求你不要丢下我一个人，我会怕，我真的会怕……”

心腹嬷嬷看着哭成泪人的林初九，实在不忍心对她说：老夫人死前想要见你一面，老夫人她死不瞑目呀！

人死不能复生，不管林初九能不能接受，任她哭得柔肠寸断，也无法让蒙老夫人死而复生。

蒙老夫人的心腹嬷嬷，在林初九冷静下来后，最终还是把老夫人死前，一直叫着林初九名字的事，说给了林初九听。

“小小姐，老夫人她放心不下你呀，你一定要好好的，千万别让老夫人为你担心。”心腹嬷嬷这个时候已经冷静下来了。

在老夫人瘫痪后，她就知道这一天早晚会来，只是没有想到这一天会来得这么快。不过，来了也好，至少老夫人可以少受一点罪。

“是我不好，是我来晚了，我早点来就好了。”林初九心里又悔又恨，如果没有皇后娘娘的强制插手，她就不用去凌云苑，她就能赶来见老夫人最后一面。

"小小姐，这不是你的错。"心腹嬷嬷拿着帕子，给林初九擦拭脸上的泪，压低声音道，"小小姐，老夫人是被人害死的。"

"你说什么？"林初九一怔，哭声立刻止住，眼睛一眨不眨地盯着对方。

心腹嬷嬷将事情经过，一一说给林初九听："自从老夫人得病后，奴婢每晚都要过来查看三四次，今天也不例外，只是没有想到一进来就看到老夫人倒在地上，而她身边一个服侍的人都没有。原本在身边的守夜婆子，之后被人发现死在了房里，至少死了半个时辰。

"大夫来得及时，老夫人的情况虽然危险，最终还是救了过来，可老夫人醒来后，一直叫着小小姐你的名字，见小小姐你久久不来，老夫人的情绪越发地激动。

"小小姐，奴婢怀疑有人跟老夫人说了什么，老夫人是因为担心，才会，才会……"后面的话，心腹嬷嬷说不下去。

她告诉林初九这些，并不是怪林初九害死蒙老夫人，她只是希望林初九知道事情的真相，为老夫人报仇。

"是我害死了外祖母？"林初九听到这话，还有什么不明白的？因为担心她，老夫人才会情绪激动；因为没等到她，才会激动地闭了气，都是因为她……

心腹嬷嬷不断地摇头："不是的，不是的，小小姐你千万不能这么想。老夫人是被有心人害死的，小小姐你不能把责任背在自己身上。"

心腹嬷嬷看了老夫人一眼，抹了抹眼角的泪道："小小姐，老夫人去了也好。老夫人这么骄傲的人，怎么会容许自己一辈子躺在床上，老夫人只是放心不下，不然……不然，老夫人早就去了。"

心腹嬷嬷一直都知道，老夫人根本就没有求生的欲望。躺在床上，吃喝拉撒都无法自理，对老夫人这么骄傲的人来说是一种羞辱，她的骄傲与尊严，都让她无法接受这样的自己。

林初九没有说话，痛苦地闭上眼睛，心中的自责要将自己湮没。

心腹嬷嬷也不知如何劝说林初九，只能转移话题道："小小姐，这些事奴婢也不好对旁人说，府上的大老爷也不是一个有能耐的人，他就算知道老夫人的死有蹊跷，恐怕也查不到什么。奴婢在这里求小小姐，你一定要查出幕后真凶，为老夫人报仇。"

心腹嬷嬷说完，跪在林初九面前，咚咚咚地磕了三个响头。

"嬷嬷，你快起来。这件事你就是不说，我也会做的。"林初九伸手搀扶，却被心腹嬷嬷强硬地拒绝，硬是扎扎实实地磕够三个头："有小小姐这话，我就放心了。小小姐，大老爷他们还在外面等你，小小姐快出去吧，奴婢要给老夫人梳妆。老夫人这一辈子都是金尊玉贵的，这个时候可不能怠慢。"

"好。"林初九知道，心腹嬷嬷必然是要给老夫人换装，没有留下来打扰。

起身，眷恋地看了一眼老夫人的遗体，林初九刚止住的泪，又往下落。

"外祖母，对不起。"林初九正对着床跪下，郑重地磕了三个头，这才坚定地往外走。

她不会，她一定不会放过害死老夫人的凶手。

不管是谁，都要付出代价！

林初九一出来，就问蒙家大老爷，那两个死了的老婆子在哪里？

“还在屋里，准备等天亮报官。”蒙家大老爷虽然不是能干的人，脑子却不笨，当然知道这事有蹊跷，可诚如心腹嬷嬷所想的那样，大老爷就是知道有蹊跷，也查不出有用的东西。

“带我去看看。”林初九红着眼睛说道。

大家都知道，老夫人的死十有八九和那两个嬷嬷有关，见林初九提出这个要求，众人也能理解。

“我带你去。”大夫人站了出来。

老夫人的突然离去，逼得大夫人不得不挺身而出。

两个婆子因为是照顾老夫人的人，住在后院的下人间，并不远。

两个婆子住在一间，蒙家的人初步断定，对方是被人勒死在屋内。林初九婉拒大夫人陪她一起进去的提议，让下人开了门后，提着灯笼往里走。

脚下的地面，是普通的土地面，一走过去就有脚印，林初九进来盯着地上的脚印看了许久……

大夫人站在外面，看到林初九奇怪的举动很是不解，却没有多说。

地面上的脚印非常凌乱，应该是前不久有许多人走进来，脚印相互交叠在一起，完全看不到有用的东西。

林初九继续往前，来到床边，这才发现有两道较深的脚印，从脚印的大小与力道来看，应该是女人，并扛了重物过来。

看到床上并排躺着的两具尸体，还有她们的鞋印，林初九可以肯定那两道深脚印，不是两个死者的。如果她的推断没有错，应该是凶手将人杀死后，再把人抬到了屋内。

明显，两个婆子的屋内，不是第一现场。那么，第一现场在哪里？那两个脚印又是谁的？

查，这事一定要查清楚，要是不查清楚，她林初九一辈子都不会安心！

林初九发现现场的疑点后，立刻命人拿来白纸，将两个可疑的脚印拓下来，对大夫人简单地解释一番后，就让大夫人依这个脚印去寻人。

“对方身高六尺，身形偏胖，大舅娘让人从这里下手即可。”

林初九之前说了一大堆，大夫人只勉强听懂了几句。好在，这句重点大夫人立刻听明白了。

有了林初九的推断，找人就不是多难的事，不过半个时辰管家就来报，找到了那两个可疑的胖子，只是对方一头碰死了！

“你们怎么不把人看住！”生气大叫的不是林初九，而是蒙家大老爷。

蒙家大老爷都快气疯了，他知道自己母亲的死有蹊跷，要不然他也不会想着等天亮后报官。

现在，好不容易初九找到证据，对方却这么死了，他还要怎么查？

蒙家大老爷气得身子直打战，把身旁的人吓得不行，一个个上前安慰。

林初九抬头看着屋顶，深吸口气，压下心中的愤怒，说道：“舅舅，当务之急不是生气，而是查一查那两个婆子背后的人。”人活着也问不出什么来，生与死不重要，重要的是顺着这根线往下查。

“初九说得没有错，快，快让人去查。”蒙家大老爷就像是找到了主心骨，忙命令人去办这件事。

“我去查，这件事我去查。”蒙家二爷知道事情的严重性，主动揽起这事。

“辛苦二弟了。”

“拜托你了。”蒙家大老爷与三老爷同时开口，他们都不擅长处理这些事，此时有人接手再好不过。

大事已毕，蒙家大老爷也冷静了下来：“好了，这件事暂时放下，我们现在商量母亲的后事。”

“请来花嬷嬷一同商量，花嬷嬷是老夫人的心腹，她更了解老夫人的想法。”蒙家三老爷这个提议一出，其他人立刻附和，可不等他们去寻人，下人却来报：“不好了，不好了。老爷，花嬷嬷殉主了。”

“什么？”反应最大的当数林初九。听到这话，林初九整个人都僵在椅子上。

是因为她吗？是为了不让人知道，老夫人因她而死，所以才自杀的吗？

林初九捂着心口，说不出是自责还是愧疚，总之心里非常不好受。

理智告诉她，花嬷嬷会自杀是舍不得老夫人，是生无可恋，情感上却不可避免地多想。只有死人，才会永远地保密。花嬷嬷这是不想让人知道，老夫人的死与林初九有关。要是让人知道，老夫人是因她而死，那她与蒙家就会结仇，蒙家的旧部也会厌恨她，甚至林家都可以站在道德的至高点上指责她。

“对不起，都是我不好。”林初九闭上眼，低着头……

今晚，有两个老人为她而死！背负着两条人命的她，真的觉得好累呀！

第四章　冲天火光耀京城

城外，隐凤山。

冲天的血光，还有响彻云霄的惨叫声，交织成一副悲壮血腥的画卷。

今晚的隐凤山是地狱，是修罗场，一身血衣的重楼，就是那个收割性命的阎罗。

南诺离本以为紧追着他不放的人，不是萧天耀就是东文皇上，不想居然是他完全没有想到的魔君重楼。

“重楼，我与你无冤无仇，你为何要针对我？”南诺离怎么也想不起来，他到底哪里得罪了魔君重楼。

“诺离殿下贵人多忘事，得罪了本座居然不记得了？”重楼的武器依旧是他的手，不过他现在还没有动手，只是站在一旁，冷眼看着东文人收割南远死士的头颅。把这些死士清除了，南远在东文的势力也就不足为惧。没了南远这个威胁，他在前线也能放开手脚去打了。

“不可能，本殿下从来不与江湖人打交道，怎么可能得罪你。”南诺离想也不想就道。

他的目标是东文皇室，重楼的魔宫在江湖上虽然颇有地位，可还入不了他的眼。

“本座说你得罪了本座，你便得罪了本座。”重楼语调不变，话中的意思却十分嚣张，南诺离一脸的扭曲，可现在这个情况容不得他张狂。

南诺离咬咬牙道：“重楼，我与你们魔宫并无利益上的往来，如果以前有得罪你的地方，我事后亲自去魔宫给你道歉，你看如何？”

“不如何。”重楼拒绝得干脆。

“好，好，好。重楼，你敬酒不吃吃罚酒。你最好祈祷我今天就死在这里，不然我一定会将你的魔宫踏为平地。”南诺离这一次真正是气狠了，重楼太狂妄了。

“本座等着！”重楼完全不将南诺离的威胁放在眼里，“动作快一点儿。”

“是。”重楼的手下收到命令，下刀的速度再次加快，一个个像是不要命一般，疯狂地砍向南诺离一行人。

南诺离在重重亲兵的保护下，一路往前冲，却始终杀不出包围圈，眼见重楼的人像是打了鸡血一样，一个个不知疲倦，南诺离也顾不得保存体力，抽出佩刀，加入战斗中。

南诺离敢出手，本事自然不俗，重楼见到后，朝手下打了一个手势。很快，完美的包围圈，被南诺离“撕”出一个口子，南诺离在一个心腹的保护下，杀出包围圈，可他一点也不高兴……

他一冲出来，就看到了站在他面前的魔君重楼！

“重楼，你为何非要针对本殿下？”南诺离剑指重楼，气恼不已。他什么时候惹了这个疯子？

“都说了殿下贵人多忘事，不过一件小事罢了，殿下忘了便忘了。”重楼一口咬定南诺离得罪了他，至于南诺离因何事得罪他，重楼是不会说的……

所谓的得罪，不过是重楼给朝廷一个杀南诺离的理由！

火光下，南诺离的一张脸扭曲而狰狞，看着重楼那张嚣张、恐怖的鬼面，南诺离气愤地道：“你……别以为旁人尊称你一声魔君，你就可以肆无忌惮，要知道本殿下可是南远皇子。”

南诺离面上镇定，心里却在打鼓。据说重楼的实力深不可测，他不敢保证，自己能敌得过。

“哼……”重楼嗤笑一声，什么话也没有说，右手猛地出招，攻向南诺离的颈脖。

南诺离虽然一直在和重楼说话，却一直戒备着重楼的动作，见重楼出手，南诺离立刻拿剑挡。然而，他手上那把据说是大师打造的名剑，刚碰到重楼的手，就“咔”的一声断了！

“不可能！”手中的断剑让南诺离蒙了。

“没有什么不可能的。”重楼手上的手套，只划出一道痕迹，再次出手，直指南诺离的心脏。

南诺离慌忙后退，可他后退的速度再快，也快不过重楼进攻的手。眼见着重楼的手就要碰到南诺离的心脏，千钧一发之际，南诺离身旁的护卫扑了过来，猛地将南诺离撞开。

“扑哧……”重楼的手，横穿对方的心脏。

南诺离被撞得摔倒在地退无可退，见重楼再次攻过来，南诺离一脸急色，心生绝望……

就在此时，黑暗中突然蹦出一个，身着胭脂红锦衣的男子，男子随手甩出一条藤蔓，那藤蔓像是活的一般，缠住南诺离的腰，将南诺离带离重楼的攻击范围。

“啧啧啧……还真是弱，难怪要花银子保你的小命。”胭脂男随手将南诺离甩了出去，朝重楼走来，“你就是魔君重楼？”

“阁下是？”重楼不慌不忙，拿出帕子擦拭手上的血，同时打量着眼前的人。

面容精致，眼神凌厉。绝非普通人，而这个人他不认识。

“影月楼，听说过吗？”胭脂男拿出一块月影银牌：“没听过影月楼，总该知道月影银牌吧？”

“月影一出，天下无藏。阁下是影月楼的哪一位？”对方一出手，重楼就知此人实力极高。

胭脂男收起银牌，嚣张地道："我以为，你会问是谁出钱保他的命？"

"影月楼的规矩，本座还是知道的。"影月楼从不透露买主的消息，哪怕天藏阁也查不到。

当然，天藏阁不是查不到，而是不说。

"魔君果然是好人，我就知道你不会为难我们这种出任务的小角色。"胭脂男得寸进尺地道，"魔君，不如你就好人做到底，让我把这人带走吧？了不起银子我分你一半。"

"死的还是活的？"重楼冷冷地说道。

胭脂男故作为难地道："影月楼要带个死人回去，太砸招牌了。"

"好，本座给影月楼面子，留他一口气。"重楼掷地有声地说道，完全不给胭脂男说不的机会。

"成交！"胭脂男极度无耻地让出道，让重楼去收拾南诺离。

不是他反复无常，实在是……

为了区区一百万两，得罪一个武神不划算。再说了，他现在还没有到武神的水平呢，真要和重楼打起来，他不一定有胜算呀！至于南诺离？只要有口气，他就不算违背约定，是吧？

南诺离本以为自己的救兵到了，听到胭脂男的话差点儿惊呆了："你既然收钱保护我，你怎么能让他杀我？"

南诺离气得大骂："你们影月楼就是这样的信用吗？影月楼不讲规矩，以后还有谁找你们？"

"我影月楼拿钱杀人，讲规矩得很。至于你这单生意？只要你有一口气在，我就是护住了你，不是吗？"胭脂男毫无心理负担地说道。

他只答应对方保南诺离到天亮，至于天亮后是死是活，关他什么事？

"你，你，你……"重楼已来到面前，南诺离没有心思和胭脂男说话，随手捡起地上的刀，与重楼打了起来。

南诺离根本不是重楼的对手，不过十招便被重楼放倒，眼见重楼就要下狠手，南诺离吓得脸色发白："影月楼的，你出手救我，价钱我翻倍。不管之前那人出多少银子让你保我，我都加一倍给你，你保我平安无事。"

最后四个字，南诺离咬得特别重。

"十倍！"胭脂男听到银子，心动了。

影月楼和天藏阁，这么多年也没有攒到千万两银子。杀手和卖情报虽然赚钱，可开支也大呀，作为少主，他当然得努力开源了。

"三倍，最多三倍。"南诺离很清楚，花银子请影月楼的人必是薛承文，薛承文付的钱绝不会少，他并不敢胡乱加价。

放眼四国，没有人敢欠影月楼和天藏阁的银子，现在加了价，到时候可是要给银子的。

胭脂男本想借这个机会坑南诺离一把，没想到南诺离精明，不上当，不由得"切"了一声。

不过，做生意嘛，讨价还价再正常不过。

看南诺离狼狈地躲开重楼的攻击，胭脂男无耻地道："七倍。"

"砰……"重楼抬脚一踢，南诺离被踢得摔在地上，无法动弹。重楼没有给南诺离喘息的机会，一拳打了过去。

"五倍，五倍！你快出手。"南诺离有预感，这一拳他躲不过。

"好，五倍，记得回头让人送银子去影月楼。"胭脂男飞快地出手，拦下了重楼这一击，"魔君，对不起了，看在五百万两银子的份上，南诺离的命，本少主保了。"

重楼虽是武神，可他也不弱，虽然打不过，但肯定跑得掉。

"少主？影月楼和天藏阁的少主时逸寒？"重楼听到对方的话，眉毛一挑。果然是个难缠的角色。

"哎呀，说漏嘴了。"胭脂男也就是时逸寒一副懊恼的样子，可看到他表情的人都明白，他就是故意的，故意把少主身份暴出来，好让重楼忌惮。

背靠大树好乘凉，天藏阁和影月楼的少主可不能随便杀，杀了，后果不堪设想！

重楼摇了摇头，一副举棋不定的样子："还真是头痛，你说本座要不要杀了你呢？"

"杀我是没有问题，只要你能摆平我家老夫人。"时逸寒一副欠扁的模样。

时逸寒的老娘时芊芊，一位传奇女子，而这个女人真的不好惹。

时芊芊，天藏影月的当家主人，一个武力彪悍又极度护短的女人。没有人知道时芊芊的武功有多高，只知道武神在时芊芊手里走不过十招，就是中央帝国的皇帝，也要卖时芊芊面子。

有传言，当年中央帝国的皇后，曾说了一句时芊芊的儿子是没人要的野种，惹得年幼的时逸寒伤心得躲藏起来，所有人都找不到。时芊芊知道后，当众打了皇后一巴掌，并放话："我儿子要是有个三长两短，我诛你十族。"

当时，中央帝国的皇帝就在旁边，却一句话也没有说，只是派人帮忙寻找时逸寒。时逸寒被找到了，不过小孩被冷着了，又饿狠了，在床上躺了大半个月才好。

所有人都以为，这事已经结束了，可是三个月后，中央帝国的皇后"病死了"，不到一年的时间，皇后的娘家也败落得差不多了。

这里面，要说没有时芊芊那个彪悍女人的手笔，都没有人相信。

重楼得知面前这个胭脂男的身份，确实颇为头痛。惹上天藏影月这个庞然大物会非常烦人，因为无论是天藏阁还是影月楼，都是躲在暗处行事，谁也不知什么时候被对方咬上一口。

除此之外，时逸寒本身的实力也让重楼头痛，重楼与时逸寒一交手，就知道时逸寒的实力不凡，而这也是他在不知时逸寒身份时，就愿意卖影月楼面子，留南诺离一口气的原因。

他拥有武神的实力，时逸寒也差不多拥有这个实力，若真正交手，时逸寒也许打不过他，却能缠住他，给南诺离足够的时间离开。

他和时逸寒打起来，最终是两败俱伤，很不划算，可就这样放手，绝不是重楼的风格。

重楼扫了时逸寒一眼，随即对手下命令道："杀了南诺离。"

话落，重楼出手，拦住欲救南诺离的时逸寒：“时少主，你的对手是我。”

“你真是……惹人烦。”时逸寒没有想到，重楼知晓他的身份后，还会对他出手，不由得郁闷了。

“时少主也好不到哪去。”重楼没有对时逸寒客气，招招是杀招。

时芊芊那个女人确实是烦人，可要因此缩手缩脚，绝不是重楼会做的事。

“我是拿人钱财，为人办事。”时逸寒只有防守，在重楼的紧逼下，十分狼狈，看到被人包围住的南诺离，不由得更气了，“我说……那什么南远五皇子，拜托你快点跑成不成？我可没有本事一直拖住这人，这人的实力在我之上。”

“好……”南诺离何尝不想跑，可也要跑得掉呀。

“一个时辰，我帮你拖住他一个时辰，其他的事你自己解决。”时逸寒也算对得起那五百万两了，要知道这里最难缠的人就是重楼，只要缠住重楼一切都好办了。

“快，拦住南诺离，别让他跑了。”最紧张南诺离逃走的是皇上的手下，虽说找到且捣毁南远的根据地是一个大功劳，可这些功劳都没有抓住南诺离来得大。

南远在东文的根据地，培养的死士全是东文人，他们毁了这个根据地固然是大功劳，却无法凭借此事找南远的麻烦，可抓住南诺离就不同了。只要他们抓住了南诺离，南远就无法否认他们的动作。

只是，南远死士实力也不弱，再加上南诺离本身的实力也可以，没有重楼在，其他人想要拦住南诺离，还真不是容易的事。

皇上的人见状，立刻放出信号弹，通知附近的军队前来接应。

“咦？找帮手？”皇上的人并没有表明身份，时逸寒一直以为这些人是重楼的人。要是知道这里面还有朝廷的人，他一定会一口咬定十倍的价格不松口。

重楼没有回答时逸寒的话，凭借天蚕丝的手套，徒手与时逸寒交手，逼得时逸寒节节败退。

时逸寒根本不在乎输赢，一路边打边躲，只求拖住重楼，完全不奢望能赢过重楼。

时逸寒很清楚自己的实力，也知道重楼的实力，除非天藏影月里的那几个老怪物出手，不然影月楼里还真没人能打得过重楼，他现在能这样已属不易。

重楼知道时逸寒的想法，却不怎么在意，左右还有其他人收拾南诺离，他今晚就好好领教领教天藏影月少主的实力！

没错，重楼把这一场打斗，当成是一种了解对方的手段。

他相信，总有一天他会和天藏影月对上，会和时芊芊那个彪悍的女人对上。一山不容二虎，他不是四国的皇帝，他绝不允许他的领地里有天藏影月这么一个不受他控制的庞然大物存在。

重楼虽然没有想过取时逸寒的命，但每次出手都十分狠辣，时逸寒为了保命，不得不一再使出看家本事。

“你还不是武神吗？怎么这么厉害？”时逸寒被打得晕头转向，手忙脚乱，左肩甚至被重楼抓出血来。

“本座还不是武神。”重楼很给面子地回答了一句，这一句回答比不回答还要伤人，时逸寒忍不住跳了起来：“你，你居然还没有抵达武神的境界？你在骗我吧？我离武神只差临门一脚，如果你也是的话，没道理比我强这么多。”

“本座就是比你强！”重楼嚣张地道，鬼面阻挡了他的脸，只露出一双猩红的眸子，在黑暗中，在火光的映照下，显得异常刺目。

时逸寒有那么一瞬间，只觉得眼前一片血红，完全无法思考，只能本能地反击……

“这是什么武功？”时逸寒一个激灵，猛地惊醒。

他知道，他刚刚那一瞬间中招了。

“魔宫的迷幻，莫非时少主不知？”重楼理所当然的语气，就好像时逸寒要是不知那就是大蠢蛋。

“你们魔宫的武功，我怎么知道。我天藏影月的月影分身，魔君可又知？”时逸寒不甘心地进行反击。

重楼趁时逸寒显摆之际，抬脚将人踢飞：“也许，今天没有机会了。”

时逸寒被踢得飞了出去，摔在地上，吐出一口血，气急败坏地道：“放心，今天本少主给你机会！”

重楼的眼中闪过一抹亮光，面上却是毫不在乎地道：“本座今天就领教一下时少主的月影分身！”

天藏影月，果然是有大底蕴的，连月影分身的功夫也有。

月影分身并不是真的分出多个分身，让分身与对方对打，而是凭借巧妙的轻功，提升自己的速度，让自己快如闪电，让人分不清哪个是虚影，哪个是本尊。月影分身练到巅峰，可以分成十六个“分身”，十六道虚影在你身边，同时出招，你根本不可能分清哪个是真，哪个是假。月影分身虽不是真正的分身，可因练到极致就能达到分身的效果，仍旧被人称为“分身术。”

这般精妙绝伦的功夫，是时家独有的。影月楼的杀手轻功精妙，就是因为月影分身，不过他们所学的只是粗浅的皮毛罢了，真正的月影分身只有时家人才可以学。

时逸寒是除了时芊芊外，第二个会使月影分身的人，重楼倒是想要见识一下，哪怕因此让南诺离跑了也值得。

时逸寒和重楼一交手，就十分不想与重楼打，否则他也不会把自己的身份暴露出来，可重楼压根不买他老娘的面子。

时逸寒无奈，只能使出全力，可还是打不过，甚至现在还被人逼得用上月影分身，简直是欺负人呀。

时逸寒脸上带笑，心底却很郁闷，不过这并不会影响他发挥。时逸寒双手握剑，双脚以一种近乎诡异的弧度行走起来，重楼刚开始还能看得清，很快他就发现，他看不清时逸寒的步法，甚至眼前的人，也只剩下一个虚影。

很快地，就有无数个虚影出现在重楼四周，将重楼团团围住。

重楼站在原地，戒备地看着四周的虚影，眼中闪过一抹惊艳：“月影分身果然名不虚传！”

“唰……”长剑劈向重楼的后脑勺，重楼感觉到风声，立刻避开，可他一动左侧又一剑过来，还来不及避开，右侧的剑招又攻到面前。

明明对手只有一个，杀招却从四面八方涌来，不是一招接一招，而是一连数招并在一起，让人防不胜防。

“好厉害的月影分身。”重楼总算是见识到了月影分身的精妙。

时逸寒一共弄出八个虚影，这八个虚影“联手”织出一张剑网，将重楼困在中间，完全不给重楼喘息的机会。

月影分身一出，重楼一时间被时逸寒缠上，根本抽不出空去盯南诺离，只能寄希望于属下，可南诺离也不是吃素的，见重楼被困，南诺离立刻将死士召集到身旁，然后让这些死士围在一起杀出一条血路。

“拦住他，别让他跑了！”皇上的人与重楼的人早已放下对彼此的戒备，联手对付南诺离。

面对巨大的压力，南诺离爆发出前所未有的战意，手持大刀，一脸狰狞，泄愤似的砍向挡住他去路的人！他今天要是逃不出去，丢的就是命！他必须逃出去，不惜任何代价！

天色渐亮，隐凤山的战斗却没有结束。按重楼的计划，在天亮前他们就能解决掉南诺离，可现在，什么时候能拿下南诺离，或者能不能拿下都是一个问题。

城中，蒙家。

随着凶手自杀，查找蒙老夫人死因的线索又一次中断，蒙家几位大老爷不得不暂时放下此事，将重心放到给蒙老夫人办丧事上。

林初九知道自己帮不上什么忙，反倒还要蒙家人照顾她，等到天亮，便提出先回去换衣服。

老夫人死了，她也该换上孝衣，正式上门。

蒙家人没有阻拦，大夫人将林初九送出去后，便打起精神让人布置灵堂，安排老夫人的后事。

林初九走后，收到消息的林相与林夫人带着林婉婷上门。一家三口提前收到消息，早已换了素净的衣服，看着挂满白幡的蒙家，林夫人一脸泪水……

林夫人与林婉婷又是一阵哭泣，二夫人与三夫人在一旁安慰，中途林夫人无数次问起老夫人是怎么死的，两位夫人都一口咬定，老夫人是突然发病，对于府上的事绝口不提。

林相拜过老夫人后，便与蒙家三位大老爷一起，同样问起老夫人的死因，蒙家三位大老爷一样没有说，只说老夫人突然发病，照顾老夫人的婆子办事不力，已随老夫人去了。

蒙家三位老爷与林初九不亲，与林相也不亲。以前蒙家三位老爷很佩服林相，也很尊重这位妹婿，自从林相娶了林夫人后，蒙家三位老爷便与林相渐行渐远。尤其是发生了林初九嫁给萧天耀的事，蒙家三位老爷更是与林相疏远。在蒙老夫人的敲打下，蒙家几位主子对林相都十分防备。蒙老夫人敲打几个儿子、孙子的话就只有一句：连自己女儿都能牺牲的人，为了权势和利益，他还有什么不能牺牲的？

林相自是不信，可是蒙家人不松口，下人对这事也不甚明了，林相能查到的有限，就是不信也只能这么默认了。

林相来后，陆陆续续又有人上门，蒙家几位大老爷不可能一直招待林相，很快就出去接待其他人。

林初九依旧是骑马回去的，大清早的街上没有人，林初九也没有顾忌，放开手脚，纵马狂奔……

清晨的风带着一丝寒意，呼呼从耳边飞过。平时看不见的风此时如有实质，刮得人脸颊生痛，林初九却感觉不到一丝疼。

看着两旁倒退的景色，林初九握着缰绳的手，力道越发地紧。

两旁倒退的景色，好似在提醒她，老夫人就像她身后的景色，在她不停地往前冲时，他们永远地在她身后……

她回头，景色仍在，人已经不在了。

"啊……"林初九发泄似的大喊，想要借此宣泄心中的怒火。

暗卫看着纵马狂奔，像疯子似的林初九，心中闪过一丝犹豫……

他要不要把刚刚查到的事，说给王妃听呢？王妃要是知道了，会不会一怒之下，拿刀杀人？

最终，暗谱还是把他所查到的消息，一一禀报给了林初九听，并请示林初九，要不要把这件事压下去，将线索抹干净，不让其他人查到。

不管对蒙老夫人下手的人是谁，蒙老夫人因林初九而死却是不争的事实。蒙家几位大老爷虽然能力一般，可谁敢保证他们就查不到这件事？

就算他们查不到，也会有有心人将线索告诉他们。万一让蒙家几位大老爷知道，蒙老夫人是因林初九和萧天耀而死，那么蒙家与林初九、萧王府就一定会成为死敌。

这也是蒙老夫人的心腹嬷嬷，说完蒙老夫人的死因后自杀的原因。她不能让人知道，老夫人是因为林初九而死，她不能让蒙家和林初九甚至是和萧王对上。

暗谱的请示，让林初九陷入两难之地。她当然希望蒙家人查出真凶，她又不敢保证蒙家人知道真相后，会不与她为敌。她不怕蒙家人报复，她怕蒙家因此而毁。因为她也不敢保证，当蒙家与她为敌后，她会一直退让而不出手。

"这件事……"林初九心里就像压了一块大石头，沉甸甸的，让她无法呼吸。

暗谱见林初九犹豫，小声道："王妃，蒙家不是王爷的对手。"为了蒙家好，这件事就不该让蒙家人知晓。

"清了吧。"林初九叹了口气，有时候知道得太多，并不是一件幸福的事。

“属下遵命。”暗谱得到林初九肯定的回答，立刻松了口气。

他还真怕林初九一时正义感滋生，要让蒙家知道真相。

有时候，真相太残忍，真的不适合让当事人知晓。

有了林初九这话，暗谱行动起来就没有顾忌，至少他可以肯定今天过后，没有人能查到蒙老夫人的死与林初九有关。就算有人怀疑又如何？他们没有证据了。

林初九带着人再次来到蒙家，此时灵堂已经布置起来。与蒙家亲近的人已经到了，林初九算是来晚了。

不过，蒙家上下都知道林初九是天亮才回去换衣服的，这个时候能赶来已是马不停蹄，不曾停歇了。

可是，蒙家人知道，其他人不知呀。那些前来吊唁的人见林初九晚到，看在萧天耀的面子上，不敢说什么，只有林婉婷……

一身白衣的林婉婷站在灵堂上，更显得娇弱可怜，满脸的泪水和红肿的眼睛，无不在告诉旁人她的伤心。见到林初九进来，林婉婷哇的一声就哭了出来：“初九姐姐，你怎么才来，你怎么才来。外祖母那么疼你，没有看到你最后一面，她该有多伤心。”

林婉婷知道林初九不喜欢她叫姐姐，可现在是在灵堂上，而且她叫的是“初九姐姐”，她就不信林初九会当众指责她的不是。

“婉婷……”林夫人斥责地唤了一句，却没有阻止林婉婷说话，其他宾客听到这话一个个皆是不语，只是看向林初九的眼神，透着几分冷淡。

蒙家人想要为林初九解释，林初九却是摇了摇头，并不理会林婉婷的哭闹。

林初九走到正中央，跪在蒲团上，接过蒙家大少递来的香，郑重地叩头，一丝不苟，不打一点折扣。

叩拜完后，林初九将香递还给蒙家大少，待到对方将香插进香炉，这才起身。可是，不等她离开，林婉婷就趴在老夫人的棺木上，号啕大哭：“外祖母，外祖母，你醒醒，你醒醒呀。外祖母你看，初九姐姐来了，你不是一直念叨着初九姐姐吗？初九姐姐来了，她真的来了。外祖母，我求你醒醒啊，你不要丢下婉婷，外祖母……”

蒙老夫人的遗体，已经放入棺木，只是还没有合上棺木。

林婉婷哭得很伤心，没有人怀疑她的伤心是假的，林夫人更是一脸难过地上前劝说：“婉婷，你别这样，人死不能复生，不要让你外祖母走得不安心。”

“娘，我不要外祖母离开，我不要呀。”林婉婷扑在林夫人的怀里，母女俩抱头痛哭。

林初九依旧不理身后的人，直接往外走。她不想在外祖母的灵堂上与林家人起争执，不仅丢脸，也打扰外祖母的清净静。

“初九姐姐，初九姐姐，你不要走……初九姐姐，你叫叫外祖母好不好？外祖母那么喜欢你，说不定外祖母会醒呢。”林婉婷这话很天真，可这个时候却没有人笑话她。这是对逝去亲人的不舍。

有人不忍，出声唤了一句：“萧王妃……”

“初九姐姐，你不要走，不要走……你陪陪外祖母好不好。”

林初九给面子地停下了脚步，却不是对着那人，而是转身对林婉婷道：“林二小姐，我昨天晚上就来过了。”

不像林婉婷那样撕心裂肺地哭喊，清冷的声音带着强压下的悲伤，每一个字都说得很轻，却足以让在场的每一个人都听到。

什么？昨晚就来了？怎么可能？

林婉婷和林夫人傻眼了，齐齐地看向蒙家人，蒙家大少点了点头：“萧王妃昨天晚上就来了，天亮才回去换衣服。”

“为，为什么我们不知道？”林夫人咬着牙关道。

若是知道……她就不会让林婉婷说出这样的话。

“你们也没有问我，我们哪有心思说这些不重要的事。”蒙家大少一向有一说一，耿直到不通人情世故。

林婉婷反应极快，听到这话委屈地道：“初九姐姐昨晚就到了，她为什么不跟我说呢？她要告诉我，我也不会以为，外祖母没有见到她最后一面了。”

蒙家大少听到林婉婷的话，皱眉道：“婉婷，萧王妃不是不说，她是不想在祖母的灵堂上喧哗。”

蒙家大少轻轻的一句话，就表明他很不喜欢林婉婷在灵堂上哭闹的行为。林婉婷这么一哭一闹，好像蒙、林两家，就只有林婉婷一个孝女似的，难道他们这些人都不孝顺？

在场的人，没有一个比他们蒙家人更伤心的。

“表哥，我也没有……”林婉婷这次是真的要哭出来了。

她真的为外祖母的离世而伤心，可也不想放过这个踩林初九的机会，哪里知道最后竟是自己送上门给人打脸……

城外，隐凤山。

辰时，太阳已升至老高，阳光洒向山间的每一个角落，叶子上的露珠被阳光一照，散发着金色的光芒，调皮地来回滚动，露出软软的小肚皮，让人忍不住想要伸手戳一戳。

鸟鸣啾啾，恍若仙乐，伴随着“沙沙”的树叶拂动声，让人走进来就舍不得出去。

毫无疑问，隐凤山是美的，像一幅美丽的画卷，可这幅美丽的画卷却被人破坏了。

那一具具尸体，一道道血痕狰狞地露在人前，让人只看一眼便吓得胆战心惊。

横七竖八的尸体，烧焦的树枝，处处都透着死寂的气息。

就在这一片灰败中，却有两抹亮色：一血红，一胭脂红。

两抹红色在这一片废墟中，既刺眼又嚣张。

这两抹亮色就是重楼与时逸寒，两人站在废墟中，打了半天，可他们的衣服却干干净净的，没有沾一丝灰尘。

面对面而站，没有剑拔弩张的杀气，两人平静地对峙，好像长达数个时辰的战斗，不曾发生一样。

“魔君重楼，你很强。”时逸寒一脸惨白地看着对面的男子，心里那叫一个郁闷。

他时大少主长这么大，还真的没有吃过这么大的亏。为了五百万两，差点把小命弄丢，简直亏大了。

“时少主也不差。”重楼戴着面具，自是看不出他此时的神情，也不知他有没有受伤。

“和你比差一点，就是不差？魔君你的要求也太低了。”时逸寒哪怕受了伤，一张嘴仍旧极欠，“不过，就魔君你这个水平，放在中央帝国也是能看的，至少守守城门是可以的。”

时逸寒这话说得极毒，却也是事实。中央帝国就是拿武神来守门的，当然这不是说中央帝国的武神多如狗，而是武神守门能彰显中央帝国的底蕴。

重楼没有生气，嘲讽地道：“时少主岂不是连城门也守不了？”时逸寒的武功比他还差。

时逸寒被噎了一下，随即反应极快地道：“我比你年轻，等我到你那个年纪，实力自然比你强。”

“你又怎知，我比你年纪大？”重楼上下打量时逸寒一眼，一脸的嫌弃。

一个男人，穿得娘兮兮的。

“本少主绝对比你年轻。”时逸寒不甘示弱地反击，挑剔的眼神落在重楼的鬼面上，嫌弃地道，“戴着鬼面，肯定是太丑了，没脸见人。”

重楼没有理会时逸寒，淡漠地收回眼神：“本座没兴趣陪小孩说话，时少主，请自便。”

说完，转身就往山下走，而在转身的刹那，一丝血迹从重楼的面具下流出……

“哼！”时逸寒哼了一声，却没有动，站在原地目送重楼离去，直到看不到重楼的影子，时逸寒才不再强撑，哇地吐出一口血。

时逸寒抹了抹嘴角的血，一脸郁闷地道：“今天可真是倒血霉了。”时逸寒休息片刻后才下山，他下山时重楼一行人已经不在了，至于南诺离？时逸寒没有看到南诺离的尸体，想到自己身边的暗卫到现在还没有出现，想必南诺离已经脱险。拿人钱财，替人消灾。他虽然打不过魔君，也不能不守信用不是?

诚如时逸寒所预料的那样，南诺离被人救走了，重楼得知这个消息后并不生气。天藏影月的少主亲自出马，要是还保不住南诺离，那天藏影月就可以关门了。

重楼下山后，直接回了苏家，正想找苏茶问问，昨晚南远人有没有找林初九麻烦，哪知不等他开口，苏茶就急急地道：“重楼，不好了，蒙老夫人死了。”

“蒙老夫人死了？怎么回事？”重楼眉头微皱。

他见过蒙老夫人，依蒙老夫人的情况，再活个一两年不成问题。

“听说是受了刺激，情绪过激而死，凶手自杀了。”苏茶知道这事的重要性，不等重楼发问，就将他所知道的事一一说了出来。

苏茶想了想，又道：“蒙老夫人的死与王妃有关。表面上看是皇上的人动的手，可我不相信。”和林初九一样，苏茶也不相信皇上会在这个时候坑萧天耀。

皇上还指望萧天耀打仗，萧天耀这个时候出事，对皇上、对东文都没有好处。

“这事你仔细查清楚，回头告诉林初九。”知道原因后，重楼就不打算管了。

他相信，林初九会处理好自己的事。

苏茶点头，犹豫一下还是建议道：“你要不要去安慰一下王妃？我听下人说，王妃很伤心。”

这可是一个好机会，趁林初九脆弱的时候，一举夺得林初九的芳心，从此两人和和美美，再也不闹别扭。

苏茶的想法很好，可是……

人家不配合。

重楼摇摇头：“不必，她现在需要的不是安慰，而是帮她报仇。你让人尽快把消息查出来，她要做什么，你全力配合。”乘虚而入什么的，某人不是不用，而是完全没有想到，谁让苏茶不说明白，某人价值万金的大脑，哪里能想到这些事。

“我明白了。”苏茶没有再劝，人家夫妻俩的事，他劝多了反倒不美。

想了想，苏茶又补了一句：“对了，昨天晚上南远的诺瑶公主突然发病，说是病得快死了，半夜派人上门求诊，结果居然是去求王妃为她医治。为了让王妃去凌云苑，南诺瑶说动了皇后出面。王妃到了凌云苑后，差点出不来，要不是王妃强势，今天怕是要被扣在凌云苑了。”

昨天晚上，重楼带人围捕南远五皇子南诺离，半夜诺瑶公主发病，还执意要请林初九过府，要说这里面没有问题，都没人相信。

“重病？还真是好算计。”重楼冷笑一声，眼中闪过一抹寒光，“昨晚的事，影月楼的人插手了。”

“影月楼？南远动作真快。”苏茶皱眉，担心地道，“重楼，你说我们当中是不是有奸细？”要不是有人报信，南远不可能反应这么快。

“不是奸细。”想到消息的来源，重楼就知是谁卖了他，“是天藏阁。”也只有天藏阁那种没有节操的地方，才会把一个消息卖了又卖。

“天藏阁？又是他们？他们还真是……阴魂不散。”虽说没少从天藏阁买消息，可苏茶是极度厌恶天藏阁的。

“把消息透露给皇上，就说昨晚行动会失败，是天藏阁通知了南远，让南远人请到了帮手。”

天藏阁不插手朝堂之事，昨晚明面上魔宫找南诺离麻烦，实则与朝廷有关。天藏阁把消息卖了，还让影月楼的人去救南诺离，已经犯了忌讳，他等着看天藏阁如何向东文交代。

不过，当务之急，是抹掉蒙老夫人因林初九而死的证据。

皇上安排在蒙家的探子，并不是主子面前得用的仆人，只是两个粗使婆子。这两人在蒙家做了十几年，表现得既不好也不差，平时也没有什么存在感。这样的人不容易被人发现，处理起来也很容易，完全不会让人多想。

当天，这两个婆子中的一个，就因滑了一跤，摔得下半身动弹不得，看过大夫后，被家人接了回去。另一个婆子，则因为晚上守夜时偷懒，让灵堂的灯灭了，正好被蒙家三老爷发现，当场就把人打发了，和她一起的人也没有幸免于难，全部被关了起来，等到蒙老夫人丧事结束再处理。

蒙家上下忙得不可开交，摔跤、失责的下人远不止这两个，混在一堆人当中，这两人并不起眼，至少蒙家人就没有怀疑。

当然，蒙家人没有怀疑，不表示别人也没有起疑，至少林相就起疑了。林相之前私下问过给蒙老夫人看病的大夫，大夫明确地告诉林相，蒙老夫人的身体很好，蒙老夫人肯定是受了外界刺激，才会突然死亡。

林相想到蒙家人都说蒙老夫人死前一直叫着林初九的名字，便猜测蒙老夫人的死与林初九有关，只是……

不等他做什么，林夫人与林婉婷就在灵堂上出了丑，惹得蒙家不满。如此一来，林相就是再怎么怀疑，也没有办法在蒙家查出什么了。等到林相摆平林婉婷带来的影响，着手去查蒙老夫人的死因时，暗谱已经将所有的痕迹都清掉了，林相就是想查也没有线索了。

此时正值夏季，遗体不宜久放，但蒙家执意停灵七天，为此把家中所有的冰，都拿出来用于保存蒙老夫人的遗体，可是仍不够……

林初九得知后让人把萧王府存的冰，全部拖了过来。曹管家得知后嘴角直抽，同时又暗自庆幸王爷今年夏天不在府上，不然王爷要用冰的时候，他去哪里找呀？

别看王爷看着冷冰冰的，实际上王爷很讨厌热，夏天一到，王爷所在的院子必须处处都有冰盆才行。

萧王府的存冰非常多，有了萧王府的冰块支持，停灵七天并不是什么难事，蒙家便一心打理老夫人的丧事，务必要把丧事办得风光隆重。

事实上，哪怕蒙家什么也不做，丧事也会极尽风光，因为在蒙老夫人死讯传出来的第二天，皇上就派太子前来吊唁，并给蒙老夫人赐了谥号。

这绝对是天大的荣宠，蒙家上下都感念皇上的恩德，那些因蒙家与萧王府靠近，有意与蒙家拉开关系的人，得知蒙家荣宠仍在，第二日便纷纷上门吊唁。

停灵七日，蒙老夫人下葬。路上，公侯王府之家，全都在路上设了路祭，送葬队伍连绵不绝，皇上还让太子与安王亲自前来送葬，可谓是极尽哀荣。

在旁人看来，这是皇上对蒙家的无上荣宠，林初九却是知道，皇上此举不过是在补偿蒙家罢了。

蒙老夫人死后的第五天，萧王府的暗探就查出，蒙老夫人的死与福寿长公主有关。

福寿长公主从某个面首口中，得知皇上在蒙家有密探，便暗中以皇上的名义吩咐密探把老夫人弄死，栽到林初九头上，给林初九冠上一个害死外祖母的罪名，让林初九与蒙家彻底撕破脸。

福寿长公主把一切都算计好了，却错算了这世间的意外。福寿长公主不承想，那天晚上林初九会被南诺瑶叫走，并且蒙老夫人会因为没有见到林初九，一时没有缓过气，就这么去了。

福寿长公主此事做得并没有多隐秘，萧王府的侍卫能查到，皇上当然也能查到。当皇上得知原委后，气得险些宰了福寿长公主。

他安插在蒙家的两个人，是很重要的棋子，结果呢？

却因为福寿的私怨，就把他养了十几年的棋子给废了。如果只是这样还不算什么，最让皇上生气的是蒙老夫人的死。

蒙老夫人的死，皇上早已有安排。他一定会让蒙老夫人死得有价值，不想福寿这一出手，将他所有的计算全盘打乱。

“蠢货。”除了这个词，皇上已经想不到用别的词来形容福寿长公主。蠢到这个地步，也不知她是怎么在宫里长大的，要不是看在她母妃的面子上，皇上真想掐死她。

气愤过后，皇上又道：“她是怎么知道蒙家的密探的？”这事也只有密探本身和皇上知晓，福寿长公主这个不过问政事的女人，怎么也不可能知晓此事。

跪在殿中的黑衣人，是皇上亲自提拔上来的密探首领周觅，听到皇上的问话，略有几分迟疑，见皇上不满地哼了一句，这才尴尬地道：“夜禽曾在长公主身边待过一段时间。”所谓的待过一段时间，就是与长公主有染。

夜禽是暗探中的一个头目，前不久还与周觅共同竞争密探首领一职，最后周觅取胜，入了皇上的眼。

不过，夜禽仗着长公主的势，根本不把周觅放在眼里，周觅此时提起夜禽，也是想借皇上之手，把这个障碍清了。

“夜禽？处理干净。”皇上当然知道周觅的心思，虽然做得粗陋了一些，但只要他说的是事实就行。不过，此风不可长，皇上又补了一句：“御下不严，自己去领罚。”

“属下遵旨。”听到自己也要被处罚，周觅暗松了口气。

他今天告状的行为本就有错，皇上罚他就表示皇上虽然生气却没有放弃他；皇上要是只处罚夜禽，却不罚他，就表示不想再重用他。处罚，有时候就是看重。

与皇上的愤怒不同，蒙老夫人的死讯传进宫里，福寿长公主一阵欢喜，不顾身上的伤，高兴地在屋里走来走去。

“林初九，这就是和本宫做对的下场。本宫要将你的亲人，一个个除尽，让你众叛亲离，身边再无亲近之人。”没法拿林初九下手，她还不能拿林初九身边的人下手吗？她动不了林家，那个软柿子一般的蒙家，她还拿捏不了吗？

福寿长公主见一计成功，心里又盘算着，如何利用皇上的暗探将蒙家其他人一个个弄死，只是福寿长公主没机会了！

第二天，皇上就下旨，让侍卫护送福寿长公主，去城外的别院养伤，无旨不得入京。

为了不让福寿长公主乱来，皇上这次给福寿长公主挑的护卫，全是四十左右的老兵，个个面貌丑陋，甚至还有不少是面有缺陷。皇上就不相信了，面对这么一群粗人，福寿长公主也能下得了手！

只是，皇上把人送走了，就没事了吗？

皇上把事情想得太简单了，知道害死蒙老夫人的幕后主使者是福寿长公主，林初九就没打算放过她，哪怕皇上把她送出城也一样。

当然，林初九不会使出什么暗杀的手段。杀人不过头点地，直接杀了福寿长公主，简直太便宜她了。

这一次，林初九不单单要福寿长公主的命，还要福寿长公主身败名裂，成为皇家的耻辱，让皇室因此事蒙羞！

林初九招来暗谱，交代给他一个任务："去江南，帮我找寻几个特别的人，我要送给福寿长公主。"

福寿长公主不是喜欢养面首吗？

她就给福寿长公主准备一群别样的面首，希望她有命消受。

暗谱起先没有明白，听到林初九说到青楼楚馆，暗谱才懂："王妃放心，属下一定会把人找来，绝不会让福寿长公主失望。"

这种事又不是第一次做，他们很清楚福寿长公主喜欢什么样的男人。不过，他们家王妃，真的好凶残，福寿长公主遇到王妃，也是蛮倒霉的。

"在此之前，盯紧福寿长公主。我不希望有任何的意外出现。"即使有皇上派人看守，林初九仍旧不放心。

谁知道福寿长公主有些什么相好，万一又遇到一个为了讨好福寿长公主而没有原则的家伙，谁负责？

在蒙老夫人这件事情上，皇上自认处理得很及时，绝不可能被人查出来，之后便将此事丢在一旁，没有去管。当然，皇上就是想管也没有那个心情，他此时正在为隐凤山的事而大发脾气。

隐凤山上，围剿南诺离失败的事根本不可能瞒得过皇上。还未上早朝，皇上就收到了南诺离逃出去的消息。

当天晚上，重楼当众叫破时逸寒的身份，皇上的人亲耳听到时逸寒承认自己是天藏影月的少主，于是当晚参与此事的将领，在有心人士的提点下，将任务失败的原因，全部推到天藏阁和影月楼身上。

"据悉，南诺离的藏身之处，是魔宫宫主重楼亲自去天藏阁买来的消息。当天晚上重楼围剿南远死士与南诺离，末将等人发现后，暂时放下对魔宫的成见，与魔宫众人联手，准备将南诺离拿下。

"南远死士虽多，可在我们的火攻下，死伤惨重。眼见我们就要拿下南诺离，天藏影月的少主时逸寒突然出现，说拿人钱财与人消灾，要保南诺离的命，末将等人不是时少主的对手，这才让南诺离跑了。

"南远人在影月楼的帮助下，将与南远有关的线索全部清除。末将带人找到南远的地下宫殿时，南远已开启机关，将其全部毁灭。

“末将无能，有负皇上重望，请皇上处罚。”

能在皇上面前挂上号的人，都不是什么笨蛋，领头的人很清楚一件事要怎么说，才能让自己得到好处。

这一番话说出来，皇上便不能怪罪他们办事不力。毕竟，皇上不能拿普通人去和天藏影月的少主比。天藏影月的少主出手，他们要能完成任务，那才叫神奇了。

虽说这番话，带有明显的暗示意味，但皇上知道他手下的人不敢撒谎，事情十有八九就是这样的。

想到昨晚的事，皇上不由得再信了三分：“难怪昨天半夜南远公主会突然病得要死，非要萧王妃上门医诊。”原来是想拿人质在手中。

“在我东文的皇城却能随意传递消息，南远人果真是有本事。”皇上怀疑，帮南远人通消息的就是天藏阁，不然如何解释，南诺瑶人在城内，却能在第一时间收到城外的消息？

“来人，去请天藏阁特使前来！”皇上这次是真的生气了，天藏阁和南远的嚣张行为，无疑是打了他身为帝王的脸面。

有些事可以退让，有些则不能。这件事，他要不讨个公道回来，以后还不得任天藏阁和南远欺到脸上？

“末将领命。”禀报的人听到这话，心里暗松了口气，知道这一关算是过了！

而且，他还因此帮了魔宫一个忙，让魔君欠了他一份人情，算是一举数得了。

皇上要如何处理天藏阁、影月楼，重楼不关心。左右依皇上的脾气，他不可能把天藏阁和影月楼从东文清理掉，顶多是让天藏阁、影月楼赔个礼，然后让出一部分利。

这就是皇上，为了表面上的稳定与平和，皇上可以退让、妥协。虽然有底线，可也让人知道，只要逼紧了，皇上就会退让。

对于皇上的处事方法，重楼不想多说，左右有他在，东文的江山不会倒。

“林初九还好吗？”相比皇上，重楼更关心林初九。

苏茶忍不住翻了个白眼：“想要知道王妃好不好，你自己去看看不是更好吗？顺便也能安慰一下王妃。”

“去看她？用哪张脸？”重楼按在自己的鬼面上：“林初九不喜欢这张脸，而用这张脸……”

重楼掀开面具，露出属于萧天耀的俊颜：“我要怎么和她解释呢？”总得寻个理由，不然贸然地上门，林初九会不会以为他疯了？

“这需要什么解释？”苏茶不能理解，“你就直接说，你听到蒙老夫人的死，特意赶回来陪她就是了。”

这个说法多好，一定能叫林初九感动得死心塌地。

“不行！”萧王爷想也不想就拒绝。

要是让林初九知道，他因为担心她，而特意赶回来，以后指不定得多骄傲。

这个理由，说什么也不能用！

“而且，林初九也不会相信。”换作是他，也不会相信，他萧天耀会为了一个女人，而丢下正事……

第五章　你我天生一对

蒙老夫人的葬礼结束后，蒙家就闭门守孝，不与外界来往。林初九同样在萧王府休养，任何人的帖子都不接，说是要在家里为蒙老夫人守三个月的孝。

南诺瑶收到消息，气得在凌云苑大发脾气。林初九给她诊断过后，答应第二天去为她医治，可因为蒙老夫人的死，医治的时间不得不推后。

发生这样的事毕竟是意外，南诺瑶即使生气也不好上门找林初九的麻烦。更何况她那个时候还收到了皇上的警告，更是让南诺瑶不敢轻举妄动，要不是南诺离平安的消息传来，南诺瑶恐怕会悄悄地离开东文。

林初九闭门不出，不接任何人的帖子，南诺瑶快气疯了，虽说她的病等上三个月也不会有生命危险，可她的病被林初九知晓了，要是不尽快治好，她根本无法安心。要知道，那种病一传出去，她就不用做人了。

“林初九那个贱人就是故意的，故意针对我。”南诺瑶气得在凌云苑大发脾气，要不是她现在被东文皇上盯得死死的，她肯定会把林初九绑来给她医治。

事实上，南诺瑶想多了，也太把自己当回事了。林初九闭门守孝，并不是针对她，而是病了。

林初九的身体，本就因为中了慢性毒药而比常人差，蒙老夫人的死又给她带来了巨大的打击，等到蒙老夫人的葬礼一结束，她就病倒了，虽然不严重，却要卧床休养。

除了南诺瑶的手术外，就连孟修远的术后恢复，林初九都没有精力亲自去查看，而是交代大夫给孟修远换药，有什么事情再找她。

孟家是诗书礼仪传家，在体贴人方面比南诺瑶强多了。知晓林初九的情况后，孟家人很体贴地让林初九好好休息，不要操心，有问题他们会第一时间去找她。

人和人就是比出来的，林初九本来就对南诺瑶没有好感，现在更是厌恶了三分，要不是医圣之心将南诺瑶列为病人，林初九真的不想医治她。

养病在家的林初九，听着管家说南诺瑶又派人送来帖子，直接吩咐道：“把帖子送给皇后。”当初要不是皇后插手，她根本不会去凌云苑，现在就让皇后解决此事好了。

“小人遵命。”管家没有问，这么做合不合礼，反正林初九交代了，他照做就是。

帖子第一时间呈到皇后面前，皇后看到帖子里满是指责与不满的言辞，不由得冷笑：“诺瑶公主还真是不知天高地厚，以为这是南远呢？”

随手将帖子撕了，皇后眼中的笑意淡了三分：“本宫还以为她是一个聪明人，想给她一点脸面，现在看来本宫真是太高看她了。”

能被南诺离一唆使就在东文横行霸道的公主，就算再有脑子也有限。

“皇后娘娘说得是，南远这位公主难堪大任。”这样的公主，在他们东文只有被人玩死的份，除非她能和福寿长公主一样，有一个为救皇上而死的母亲。

“罢了……总归是南远的公主，传本宫懿旨，让玉美人上门瞧瞧。”自从查到给七皇子下毒的人是墨玉儿，皇后就对她恨之入骨。现在有机会，能光明正大地整墨玉儿，皇后怎么可能会放过。

“这……”嬷嬷担忧地开口，“娘娘，皇上那里怎么说？”

“皇上要说什么？”皇后明知故问，微微上挑的凤眼，昭显她的不满。

皇上不想要墨玉儿的命，可她要是连一口气也不出，只当什么事都没有发生，待日后墨玉儿死了，更容易引起皇上的怀疑。

“奴才多嘴。”嬷嬷再不敢多言，立刻退下去传达皇后的命令。

墨玉儿收到命令，冰冷的面容出现一道裂缝，眼中闪过一抹屈辱，可对上传话太监那嘲讽、轻蔑的眼神，墨玉儿最终还是低头应是。

这是宫里，没有家族做依靠的墨玉儿，得罪了皇后，又不得皇上喜爱，她没有说不的资格。

略作收拾，墨玉儿出宫，奉皇后的命令去凌云苑看望南诺瑶。皇上得知此事，只说了一句：“只要没要她的命，随皇后折腾。”

七皇子中毒，虽然命捡了回来，却要将养一段时间才能恢复。这样的情况，别说皇后，就是皇上对墨玉儿也是不满的。

墨玉儿要害林初九他不管，可动到他儿子头上，简直就是死罪。这一次，他看在墨神医的面上，饶过墨玉儿一次，也是不想身边的人寒心，再有一次墨玉儿就没有这么好的命了。

墨玉儿下午出宫，在凌云苑待了不到两刻钟就出来了，墨玉儿在凌云苑遇到了什么事，外人不得而知，只知墨玉儿出来时，头上和脸上都沾着血，一身狼狈……

“一力降十会，任玉美人再怎么冷若冰霜，也挡不住刁蛮的诺瑶公主。”没有一个强大的势力为依靠，再骄傲的女人也要学会低头。

林初九面带微笑，倚在床头，脸上透着不正常的红晕，一看就知生病了。

翡翠见林初九这会儿心情正好，忙将温热的药碗端上前：“王妃，喝药了。”

“烫，放着。”林初九看也不看就道。

她不想喝中药，可萧王府上下都认为医者不自医，坚持要让太医为她诊断，然后太医给她开了一堆能苦死人的药。

翡翠叹了口气，劝说道：“王妃，药已经冷了，再放下去就没了药效。太医说了，你这病要以调养为主，这段时间药不能停。”

林初九也知道自己虚，喝中药慢慢调养效果最好，可这味道着实让人受不了。

“罢了，拿来吧。”想到自己这破败的身体，林初九也有些无力。

本来都养得七七八八了，这一次却因心神受损，以至元气大伤，身子骨和刚成婚时差不多，又得重新养了。

接过药，林初九闭上眼，一口喝尽。苦涩的味道在嘴里蔓延，林初九皱着眉没有说话，拒绝了翡翠递来的糖，只喝了一口温开水，便靠在床头不说话。

太医为了让林初九好好休养，给她开的药里面，添加了有助睡眠的药材。林初九的身体弱，对药效的抵抗力也差，喝下药没多久就迷迷糊糊地睡着了……

萧天耀私下回到京城后，就一直以重楼的身份，在京城附近行走。之前悄悄地去蒙家看了林初九几次，见林初九日渐消瘦，虽心疼却没有现身……

有些伤痛，要自己走出来，他相信他看上的女人，必然是坚强的女人。

在暗中守护林初九几天后，萧天耀收到了南诺离逃走的消息，魔宫的人与南诺离交过一次手，让南诺离逃走了，萧天耀不得不亲自去一趟。

萧天耀的速度可谓是极快，奈何南诺离为人狡猾，居然在魔宫人的眼皮底下溜走了。等到萧天耀赶到时，南诺离已不见踪影。

萧天耀追踪了几天，没有找到人只得放弃，打算回京见林初九一面再走。

短短几天就让自己瘦得不成人形，可见那个女人根本不会照顾自己，他得好好教训她一顿！

还没有想好怎么教训林初九，萧天耀就收到林初九病倒的消息。

“好好的怎么会病倒？”萧天耀一脸不满地看向苏茶，认为是苏茶没有照顾好林初九。

苏茶简直是快冤死了：“王爷，这事真的不是我的错，我也不知王妃为什么会病倒。”明明上次天耀给王妃寻了寒果后，王妃的身子已经好得七七八八了，没道理一病这么严重呀。

“你有什么是知道的？”萧天耀冷冷地斜了苏茶一眼，苏茶摸了摸鼻子，苦笑道：“我知道流白因为你被刺客捅了三刀，昨天才睁开眼。”

萧天耀这一路，真的不是一般的不太平。

“没用！”萧天耀眉头微皱，显然是不满流白的表现，苏茶也不好为流白辩解什么，谁让流白自己失手了。

“那个，荆池快来了，王爷你可以放心了。”流白无法让天耀心软，那保护王妃的人来了，总可以吧？

“嗯。”萧天耀脸色稍霁，可也仅仅如此，不等苏茶得意，萧天耀问道，“南诺瑶是怎么一回事？”他相信南诺瑶一定是真病，不然林初九不会说给她医治之事。

苏茶道：“这个……还没有查出来，不过，南诺瑶应该是真的有病，而且那病还不简单。”不然不会藏得这么深，他派人去查也查不出来。

“盯着她，别让她有机会给王妃使坏。”萧天耀并不顾忌南诺瑶，但他怕南诺瑶被人当枪使。

南诺瑶很蠢，可却是一杆极好用的枪，因为她无所顾忌。

“我知道了。”苏茶不敢反驳，乖乖应是。

因两次都惹得萧天耀不高兴，苏茶不敢再说，站在下首一言不发，等着萧天耀下令，可是萧天耀也不说话。

一身黑衣的萧天耀，将自己隐在黑暗中，俊美的五官没有表情，没有人知道他在想什么，可周身散发的气势，却让人不敢直视。

饶是苏茶与萧天耀以兄弟相称，面对这样的萧天耀，也不敢胡乱抬头。

萧天耀不开口，苏茶也把不准萧天耀是个什么意思，只能老老实实地站在下首，等萧天耀发话，可是……

等了近一炷香的时间，也没有见萧天耀开口，苏茶觉得书房内的气氛似乎有点儿不对。壮着胆子抬头一看，却发现屋内哪里还有萧天耀的人影。

“要走就不能说一声吗？一个个欺负我没有武功。”苏茶郁闷得快哭了，“下次别指望我帮你给王妃传信。”

苏茶只是随口抱怨一句，结果门外传来暗卫冰冷的声音：“苏茶公子，这话属下记下了，回头会转告给王爷知晓。”

“喂……别乱来，我只是说说而已。”苏茶一听，急了，忙跑出去，可门外哪里还有暗卫的身影……

萧天耀离开大部队的时间不算短，现在又传来流白受伤的消息，虽然苏茶什么也没有说，萧天耀却明白，他该回到军中，尽快赶往边境了。

心里始终放心不下林初九，离去前萧天耀决定见一见她。

萧天耀并没有避开王府的侍卫与暗卫，当保护林初九的人，看到萧天耀出现，一个个傻眼了：“王，王……”

后面那个字，在萧天耀警告的眼神中消音了。侍卫一句话都不敢多说，握着火把悄声退下。

可就在他们转身之际，耳边传来极淡极淡的两个字：“不错！”

就这么两个字，把王府的侍卫兴奋坏了。至今为止，能得到王爷“不错”评价的，也只有王爷手中的虎军，他们是第二个。

不过，侍卫们兴奋归兴奋，在萧天耀面前却不敢表露半分，一个个强压着喜悦退下，眼睛放光，可以预见今晚会有很多人失眠。

林初九喝了药，晚上一向睡得沉，半夜就是丫鬟进来查看也不知，更不用提萧天耀这样的高手了。

"吱呀……"门打开又关上，月光从窗口倾泻而入，屋内仍旧是昏暗不明，但这并不影响萧天耀视物。

萧天耀上前两步，就看到林初九侧躺在一角，而被子不知被她踢到哪去了。

萧天耀皱了皱眉，上前，将被子拉过来，帮林初九盖好，还替林初九掖了掖被角。

动作僵硬而生涩，就像是执行军务，明显之前不曾做过。

"唔……"许是太热，林初九嘤咛一声又踢开了被子，因这么一动，贴身的亵衣也蹭开了，露出雪白的肌肤。

萧天耀看了一眼，淡定地起身，然后解开外衣，在林初九身侧躺下。

林初九的床上只有一个枕头，萧天耀自然是抱着林初九一起睡，共枕一个枕头。

林初九突然被人抱住，有了些意识，只是受药物影响，此时迷迷糊糊的，完全不知自己是醒了还是做梦。

在萧天耀的怀里转了个身，借着窗口的月光，林初九隐约看清来人，迷糊地唤了一句："萧天耀？"

声音软软糯糯，带着一丝撒娇的意味，萧天耀从来没有听过林初九这么称呼自己，只感觉一股热流涌向小腹，全身都是麻麻的，脑子似乎被什么堵住了，根本无法思考。

"嗯。"萧天耀应了一声，将林初九抱得更紧。

真想把这个女人，永远带在身边！

萧天耀此时在想些什么，林初九半点不知，懒懒地睁开眼，看了一眼面前放大的俊颜，嘟囔了一句："真的是萧天耀？"

话说完，眼皮一耷拉又合上了，自言自语地道："我果然是在做梦呢，萧天耀这个时候去战场了，怎么可能在我的床上。"

"做梦？"萧天耀听到这话，不知该哭还是该笑。

他就知道，林初九不会相信他会回来。

"肯定是做梦，萧天耀怎么可能丢下正事回来看我，他那样的男人……"林初九的声音带着压抑的委屈。

"他那样的男人怎么了？"萧天耀还真不知，自己在林初九心中是怎样的形象。

林初九哼了一声，毫不客气道："他那样的男人，霸道恶劣又自私，只会让旁人去适应他，从来不会为别人着想。他就算知道我外祖母死了，也不会回来陪我，他不会，他不会的……"

林初九说着说着就哭了出来，最后整个人都蜷进了萧天耀的怀里："他太恶劣了，我讨厌他，再也不想见到他，再也不想见他……"

话是这么说，林初九却主动抱起萧天耀，萧天耀就是再不懂女子心事，也知林初九口是心非。

会抱怨，会哭，就表示心中还有期待。萧天耀唇角轻扬，轻轻地拍着林初九的背，哄道：

“好，好，好。我们不见他，不见他。”

本以为林初九听了会高兴，不想她黯然地道：“果然是在做梦呢，要是真的，萧天耀才不会这么温柔呢。”

说哭就哭，说停就停，还真是六月的天，说变就变……

萧天耀哭笑不得，而让他更哭笑不得的还在后面。林初九，她居然捏他的脸，还非常用力！

“我一直想捏捏萧天耀的脸，也不知他的脸是不是真的冷冰冰的，硬邦邦的，可惜平时萧天耀高高在上，根本不敢动，现在终于有机会了。”林初九捏还不算，还用力扯了扯，然后不高兴地道，“和普通人没有什么两样呀，软软的，热热的……”

萧天耀绷着一张脸，气也不是，不气也不是，想要将林初九作乱的手拿下来，结果林初九先一步松手，在萧天耀的脸上蹭来蹭去：“软软滑滑的，手感真不错。”

说完，还凑上去亲了亲！这是调戏他？

萧天耀已经彻底不想讲话了，他真的不知道林初九的胆子这么大，居然敢打他脸的主意。

“哈……”林初九玩够了，打了个哈欠，收回手，“果然，哪怕是做梦萧天耀也一样的无趣。”

林初九在萧天耀怀里动了动，惹得萧天耀如临大敌，僵着身子不敢动弹，林初九却毫无所觉，寻了一个舒适的姿势，像是乖巧的小团子，依在萧天耀的怀里，睡着了！

睡着了？居然一眨眼的工夫就睡着了！

萧天耀低头，看着怀中睡得安宁的少女，不由得叹气：他今晚到底是来干什么的？看林初九？还真是看到了，也只是看到一眼罢了。安慰林初九？好像完全没有说话的机会，估计林初九也不需要他安慰了。算了，好好睡一觉吧。

萧天耀给两人盖好被子，抱紧林初九。许是不舒服的原因，林初九今晚的体温偏高，这是萧天耀讨厌的温度，但此时萧天耀却舍不得松手。

天不亮，萧天耀就醒了，看着怀中睡得死死的林初九，萧天耀没有弄醒她，轻手轻脚地松开，然后自己下床穿衣，只是萧天耀转身的刹那，床上的人睫毛轻动，手脚似乎有些僵硬，可惜萧天耀没有看到。

萧天耀不爱用人服侍，一向是自己为自己打理衣着，很快就将衣服穿好。不过，他没有急着离开，而是转身坐到床边，俯身向下，双手直接撑在林初九两侧，将林初九固定在他的怀中……

额头相碰，鼻尖压在一块，眼见就要亲到林初九的唇，却在一纸之隔的距离停了下来。

熟悉的男性气息扑面而来，霸道得让人无法拒绝，林初九不断地告诉自己，假装没有发现，萧天耀要亲就让他亲一下，反正没有太大损失，可萧天耀却不动。

不知是在看她，还是在做什么？

林初九本就紧张，此时更是无法控制，她很想睁开眼告诉萧天耀，要亲赶紧，不亲滚蛋，可她之前在装睡，现在怎么好意思睁开眼？

萧天耀真是太讨厌了！怎么这个时候出现？昨晚不是做梦吗？

林初九烦躁得要死，早知道不是做梦，她就该趁机多踹萧天耀两脚，最好把萧天耀踹下床，毕竟这样的机会可遇不可求。

林初九满脑子都是乱七八糟的想法，以至于完全忘了眼前的萧天耀，直到萧天耀开口："要装到什么时候？"

呃，不能再装了！

"王爷……"缓缓睁开眼，看着面前放大版的俊颜，林初九面无表情，心中却是五味杂陈。

萧天耀为什么不早一点回来呢？这个时候回来有什么用？她外祖母死了，萧天耀也没有送一程。

"不装了？"萧天耀没有动，依旧与林初九的唇保持着一纸之隔的距离，鼻尖相碰，说话时唇从林初九的双唇扫过，酥酥麻麻的触感，像是能麻痹人的大脑，让人无法思考。

林初九嘴比脑子反应更快地说道："才没有装，刚刚才醒呢。"

这么近的距离下，每一个呼吸都能喷洒到对方脸上，林初九觉得自己的脸痒痒的，很想挪开，哪知萧天耀早已断了她的退路，她只能躺在这方寸之间，躺在他身下。

"是吗？"萧天耀突然笑了，一脸戏谑地看着林初九，让林初九有一种犯了错，被家长抓包的感觉，不由得红了脸。

萧天耀一本正经地道："下次说谎时，别脸红。"

"我……"林初九想要辩解，可脸颊上的热气，让她根本无法解释，只能别扭地别开脸。

萧天耀到底是来干什么的？抱她睡一觉，然后看她笑话？

萧天耀见林初九生气了，没有再逗她，而是低头在她唇上轻轻地吻了一下，在林初九反应过来之前松开："时辰还早，你再睡一会。"

话落，便松开了对林初九的钳制，起身欲走，刚一动就发现衣摆被林初九拽住了。萧天耀眉毛微挑，扭头，就对上了林初九倔强的眸子……

"王爷，你什么时候回来的？"林初九拽着萧天耀的衣摆，侧脸望着他，黑亮的眸子澄明坚定，定定地看着萧天耀，执意要萧天耀一个答案。

她真的没有想到，萧天耀会在这个时候出现。她以为，昨天晚上是一场梦，是她太想萧天耀回来，所以才会做那样一个荒唐的梦，不想现实却告诉她，昨晚的一切是真的。

萧天耀的视线，再次落到被林初九拽住的衣角上，用一贯冷傲的语气说道："昨晚！"他确实是昨晚回来的，这一点没有骗人，不是吗？

林初九扬着头，继续看着萧天耀："为什么回来？京城出事了吗？"

萧天耀习惯性地点头，点到一半想起苏茶的话，萧天耀一顿，说道："没事，本王听闻蒙老夫人去了。"

"所以，你是来吊唁的？"

“不是。”吊唁什么的，这个时间不觉得晚了吗?

“那是为什么？”林初九心中隐有期待，所以才会一问到底。

她记得，昨晚那个任她捏扯的男人，也记得昨晚那个轻轻哄她入睡的男人，她以为那一切只是一场梦。

萧天耀被林初九问得有几分狼狈，没好气地瞪了她一眼：“问那么多干什么？睡你的觉。”

林初九却没有被萧天耀的凶样吓到，而是笑着说道：“王爷，你害羞了？”

“胡说八道什么？本王怎么可能会害羞。”萧天耀气势张开，气场十足，看上去十分吓人。林初九却笃定，萧天耀是虚张声势。

林初九松开萧天耀的衣摆，坐了起来：“我有没有胡说，王爷心里明白。”

萧天耀眉头紧皱，双唇抿紧，没有说话……

林初九轻笑了声，翻身下床：“王爷……啊……”双脚刚落地，就听林初九惊呼一声，往后摔倒……

“笨蛋！”萧天耀反应极快，伸手搂住林初九的腰，将人带入怀里。

看着怀中惊慌失措的林初九，萧天耀没好气地喝道：“本王就没有见过，你这么不省心的女人。”真是一刻也不能放松。

“我腿软。”林初九依在萧天耀的怀里，说得理直气壮。

“腿软就别乱走。”萧天耀打横抱起林初九，“瘦成这个样子，你以为蒙老夫人会高兴？”

萧天耀对此十分不满，他为了把人养胖，可费了不少心力，怎么能说瘦就瘦呢?

“我外祖母死了，还与我有关，我心里难受。”林初九没有像以前一样，倔强地不说，独自承受。

和萧天耀相处久了，她也渐渐了解了萧天耀的脾气。这个男人做的比说的多，而且骄傲狂妄，有点唯我独尊的意思，她要是不说，这个男人永远不会懂。

“没有你，她也会死，与你无关。”萧天耀见林初九红了眼眶，不由得心软，冷硬地拍了拍她的背，“对蒙老夫人来说，活着反倒是受折磨。她心中记挂的除了你就是蒙家，你要是觉得对不起蒙老夫人，就好好保护蒙家，别让蒙家卷入这些是非中。”

“可是，我一个人怎么办得到?”林初九低头，一脸落寞。

萧天耀没有好气地瞪了她一眼：“本王不是人吗?”

“可是……你说过，我自己的事要我自己解决，蒙家是我的事。”林初九抬头，看着萧天耀，眼中满是不曾掩饰的受伤。

可以想象，当初的她听到这句话，心里有多么难过。可是，萧天耀并不后悔，他不可能什么事都帮林初九办好，林初九要学会独当一面。

“本王的人，以后任你用。”他放任林初九去解决自己的事，却没有断她的助力。

“以后，我也可以用他们去处理蒙家的事？”林初九眨眨眼，将未流出来的泪水眨了回去。

她其实不喜欢哭，也不喜欢在人前哭，在萧天耀面前红个眼眶，已是在示弱。

“本王什么时候阻止过？”萧天耀一脸的不悦。

“可你也没有说过，萧王府的人任我用。”萧天耀这个男人就是这样，什么事都不说，不说她哪里知道他是什么意思？

“这种事需要说吗？你是萧王府的女主人，萧王府的一切你当然可以用。”萧天耀想也不想就道。

林初九不会以为，萧王妃这个称号就只是一个名头吧？当然，要是得不到他的认可，萧王妃就只有一个名头，可只要他承认了，萧王妃就拥有萧王府一半的权利！

“哦……我明白了。”林初九点头，意味深长地看着萧天耀，眼中闪烁着狡黠的光芒。

萧天耀被她看得很不自在：“你……明白什么了？”

“不告诉你。”林初九大胆地摇头，轻轻一动，从萧天耀的怀里挣开，往床的另一侧滚去，然后从床尾下来，站在萧天耀面前，浅笑盈盈地道：“王爷，时辰不早了，你还有什么话要对我说吗？”

萧天耀站起身，眼神从上到下扫了林初九一眼，最后落在她的双腿上：“腿软？”

只两个字，却透着危险的意味。显然，萧王爷的脑子并不笨，林初九的雕虫小技被拆穿。

“那个……刚刚确实腿软，你知道的，我病了。”林初九头皮发麻，赔着笑脸。

她好像得意忘形了，萧天耀从来不是一个沉迷于儿女私情的人。

“是吗？”萧天耀上前一步，林初九本能地后退，萧天耀再上前，林初九再后退，直到林初九退到墙角，退无可退：“王爷，有话好说。我是病人，你不能虐待病人。”

她错了，她以为萧天耀是猫，顺毛摸就成，不想这人是只虎，顺毛摸也会吃人。

“脸色红润，眼眸明亮，你确定你是病人？”保持半步的距离，萧天耀冷冷地看着林初九，黑眸中没有一丝波澜，看不出喜怒。

“我真的病了，不信你招大夫进来看看。”林初九张嘴就朝外喊道，“翡翠……”

“别喊了，没有本王的命令，没人敢进来。”萧天耀打断了林初九的话，见林初九忐忑不安，萧天耀大度地道，“看在你是病人的份上，本王今天不与你计较。”

“多谢王爷。”林初九松了口气，可她并没有高兴太久，萧天耀又补了一句，“记得每隔三天给本王写一封信，字数不得比上一封少。”

萧天耀知道林初九的个性，将要求定得十分详细，末了又补了一句：“本王给你的信，每封必回。当然，和你三天前写的信无关！”

“回信没有问题，可三天一封信会不会太频繁？”林初九头大如牛，她上次可是好几张纸，她每天哪有那么多话和萧天耀说。

“多吗？”萧天耀压低声音反问，似乎林初九敢说“多”，他就要揍人一般。

很多！林初九聪明得没有说，而是无奈地反问：“王爷……你是回来看我，还是回来交代我写信的？”

“本王什么时候说了回来看你？”最后一个字“你”字，萧天耀咬得特别重，似乎是在不高兴。

“难道不是吗？”林初九睁大眼睛，“你不是回来看我的，那你回来做什么？”

“本王路过，不可以吗？”萧天耀拂了拂衣袖上的褶子，不等林初九回答，又道，“好了，这些事不说了。你在京城安分些，别再惹事。南诺瑶那里最好别去，她就是病死也与你无关。”

“这个……恐怕不行。”林初九叹气，“南诺瑶的病我一定得治。”

“嗯。”萧天耀挑眉，却没有再追问。他知道林初九身上有秘密，也知道林初九不是笨蛋，医治南诺瑶必然有原因。

“等荆池到了你再去凌云苑，在此之前就待在王府养病。除了皇上召见，谁也不用理会，尤其是皇后。”皇后一再对林初九出手，让萧天耀不得不防她。

皇后这人，城府太深，轻易看不透她。

“好。”林初九看着萧天耀，没有拒绝他的好意。

萧天耀点点头：“时辰不早了，本王该走了。”看了一眼林初九，萧天耀倒没有什么不舍的，他又不是一去不回。

“我……送你。”上次她就没有送行，心里多少有点遗憾，这一次她不想留下遗憾。

我爱的，是你爱我。

他们两个人，要是一直裹足不前，等对方付出，最后只会形同陌路。如果她往前一步，萧天耀能往前两步，她可以试试……

萧天耀看了林初九一眼，没有拒绝，只让林初九去换衣服。

“很快！”林初九去衣柜里，找了一件最简单的衣服，很快就穿好，只是衣服好穿，长头发却不好打理。

林初九坐在铜镜前，试了几次也没有把头发梳好，没法，只得起身：“我去找珍珠给我梳头。”她不会挽发髻，而她的头发又长又厚。

“不必。”萧天耀上前，按住正欲起身的林初九，从她手上接过梳子。

林初九一脸诧异，直到萧天耀用梳子，替她梳好发才反应过来：“王爷，你会挽发？”不是吧？高冷男神萧天耀居然会挽发？

“不会！”至少他之前没有梳过。

“不会？那我还是找珍珠来吧。”她的头发虽然厚，可不想被折腾呀。

“本王有眼睛。”萧天耀很不满林初九对他的不信任，“本王要做的事，没有做不到的，除了生孩子。”

“扑哧……”林初九不由得笑了出来。

“怎么？不信。”萧天耀冷着脸，手上握着林初九的发髻，林初九笑得肩膀直颤抖，想也不想就道："信，我当然信。正好，我除了生孩子，别的都不会。"

这话萧天耀爱听！

"所以，我们天生一对。"唇角轻扬，萧天耀说这话时，仍旧没有情绪起伏，就好像在说"今天天气很不错"一样，林初九也没有多想，只顺着萧天耀的话道："对，我们天生一对。"照萧天耀这个逻辑，全天下每对男女都是天生一对了。

当然，这话林初九只在心里说说，不会与萧天耀争。

还别说，萧天耀真的没有说大话，他虽是第一次挽髻，却梳得有模有样，虽然没有珍珠梳得好，可略显蓬松的发髻也另有一番味道。

知道林初九要给蒙老夫人守孝，萧天耀为她挑了一支木簪，简单朴素却又不失大方。

林初九对着铜镜看了半晌，真诚地赞道："很好看。"林初九说得是发髻。

"确实好看。"萧天耀附和，可他说的是人。

"王爷果然厉害，什么都会。"林初九心情大好，毫不吝啬溢美之词，萧天耀没有回话，但林初九知道他心情很好。

"走吧！"萧天耀拉着林初九的手，往外走。

门外，侍卫早已在等候，翡翠四人也来了，不过她们被侍卫隔在外面。

"参见王爷、王妃……"侍卫和翡翠四人齐齐行礼，萧天耀道了一句："免礼。"便往外走，侍卫急忙跟上，翡翠和珊瑚四人相视一眼，也快步跟上前。

走在后面的玛瑙，见林初九和萧天耀已走出院子，拉着珍珠小心地问了一句："珍珠，你不是说王妃不会梳头吗？"

"王妃确实不会。"珍珠想到林初九那已经挽好的发髻，心里已然明了。

"那是谁给王妃梳的？"玛瑙一脸的疑惑，拉着珍珠询问，珍珠却只是笑了笑，什么也不说。

走在前面的翡翠与珊瑚之前并没有注意到这一点，听到玛瑙的话才想到这一出，两人轻轻一笑，低头不语。

"你们都知道吗？"玛瑙一脸迷茫地看着三个好姐妹，可这三人却像是提前串通好一样，异口同声道："我们不知道。"就是知道也不能说，除非他们不想活了。

一行人很快来到门口，精明能干的曹管家一听到萧天耀和林初九同时出门，立刻让人把马车套好。

见到萧天耀走出来，管家激动地上前道："王爷……"

"嗯。"萧天耀冷漠地应了一声，拉着林初九上了马车，连个眼神也没有给曹管家。

曹管家站在原地，嘴角微抽。苏茶少爷果然没有说错，现在的王爷眼中只有王妃，他们这群下人只能哪边凉快哪边待着了。

林初九原本的打算是送萧天耀出城就回来，不想马车一路朝城外驶去，萧天耀完全没有叫停的意思。

“王爷，这是要去哪里？”林初九问道。

萧天耀今天上马车后，并没有坐在林初九身侧，而是坐在林初九对面。

“到了便知，要是累了便睡一会儿。”萧天耀示意林初九坐到他身侧，林初九默默地扫了一眼萧天耀的大长腿，淡定地摇头：“我不累。”我就是无聊，这一路居然连句话也不说。

“既然不累，就陪本王下一局。”萧天耀从暗格中取出棋盘，林初九将眼睛睁得大大的：“为什么每辆马车上都有棋盘？”

“本王让人放的，怎么，不喜欢？”萧天耀将黑子移到林初九面前，“让你十子。”

这是不容林初九拒绝，非下一局不可了。

林初九苦着一张脸：“你让我一百子，我也赢不了。”

“没出息。”萧天耀瞪了林初九一眼，示意她快点落子。

“这和有没有出息无关，这是实力的问题。”林初九没法，只得努力回忆萧天耀上次和她说的规矩，然后乖乖落子。

萧天耀道：“终于知道自己实力不济了？”还算有点自知之明。

林初九气得差点吐血，她不是这个意思好不好？这男人到底回来做什么的？没说一句安慰的话，也没说一句思念的话，回来就说她笨，说她无能。

林初九咬牙切齿，握着黑子认真思考一番才落子。就算是输，她也不能输得太难看。

认真下棋的林初九，没有看到萧天耀眼中一直不曾淡去的笑意，要是看到了，林初九更会气炸，因为萧天耀是摆明了逗她玩。

黑白子交错，一盘棋下了许久还没有分出胜负，林初九却越下越吃力。她好像没有地方可以落子了？她好像把自己围死了？

而比她更痛苦的是萧天耀。

他已经尽力不用脑了。他已经尽力让子了。他已经让不下去了……

和白痴下棋果然费脑。萧天耀觉得自己这是在自虐。

好在，马车外的侍卫解救了他：“王爷，到了。”

“不下了！”结果，林初九比萧天耀先一步开口，好像和萧天耀下棋，是多么痛苦的事，天知道真正痛苦的人是萧天耀呢。

两人下了马车，林初九看到陌生又熟悉的风景，当即愣住了：“你怎么带我来这里？”

四周荒凉无一物，路修得非常宽敞，却极少有人来往，明明是大白天，却感觉四周的气温极低，尤其是不远处的山上，阴森森的，就好像太阳照不进去。

没错，萧天耀把林初九带到了墓山，而蒙家的墓园也在这里，前不久林初九送葬时来过这里，所以林初九才会觉得熟悉。

“之前没有送蒙老夫人一程，现在回来，便过来祭拜她老人家。”萧天耀说得理所当然，拉着林初九往前面的墓园走。

“谢……”林初九张嘴，可刚开口就被萧天耀打断：“你我夫妻，不必言谢。”冷硬得像是在宣读军规，完全听不到一丝温情，林初九完全不知要如何接话，只得沉默不语。

侍卫极有眼色，将事先准备好的香烛纸钱奉上。因萧天耀不喜欢丫鬟靠近，所以拿东西的活就由侍卫代劳了。

蒙家的墓园自然有守墓人，对方看到林初九就自动上前带路，完全不给萧天耀显摆身份的机会。

蒙老夫人刚下葬没有多久，坟头还是新的，墓碑亦干净得不见一丝灰尘。伤心了这么多天，林初九现在已经能平静地接受蒙老夫人死去的事。

林初九跪在墓前，将供品放在墓碑前："外祖母，我又来看你了。我知道你放心不下我。你放心，我一定会照顾好自己，你不用为我担心。舅舅他们你也不用担心，之前一直是你保护我，以后换我保护他们。

"外祖母，今天不仅仅我来了，王爷也来看你了。他之前出征，没有回来送你，你别生他气。当然，外祖母要生他气也没有关系，你可以随意打骂，我肯定站在你那边，不会心疼他。

"外祖母，你看……王爷对我很好，他知晓你出事了，冒着抗旨的危险赶了回来。虽然这种行为很笨，不值得提倡，可也算是有心了，毕竟我们不能对王爷要求太高不是……"

刚开始挺正经的，说到后面就全成了在鄙视萧天耀，萧天耀听得脸都黑了。

什么叫不能对他要求太高？到底是谁对谁要求低了？他对林初九已经没有要求了好不好！

萧天耀瞪了林初九一眼，看在蒙老夫人的面子上，萧天耀没有开口，任林初九抹黑他。

"外祖母，你看到了吧……我就说不能对王爷要求太高。他这人又冷又硬，有什么事也不愿意对人说，他身边的人肯定不喜欢他，你看他连辩解也不会。"

"噗……"身后的侍卫实在忍不住，闷笑了一声。他长这么大，还真没有见过哪个人祭拜是这么搞笑的。

不过，这样也好。人都死了，要是一味沉浸在悲伤中，只会让死了的人也无法安心。

"外祖母，王爷今天就要出征去打仗了，你老人家在天有灵，保佑他早日得胜还朝，等他回来我再带他来看你。"

……

林初九对着蒙老夫人的墓碑，絮絮叨叨地说了一大堆的话，其中大部分的话是说给萧天耀听的。

这一点林初九明白，萧天耀也明白，所以萧天耀没有打断林初九的絮叨，即便萧天耀觉得林初九是在胡说八道，也听之任之。

林初九说了半天，终于因为口干停了下来，让萧天耀有了说话的机会。

萧天耀上前，接过侍卫递来的香，没有跪下，站在那里拜了三下："老夫人，本王会照顾好林初九。"说完，便将香插进墓前的香炉。

"走。"萧天耀将手伸到林初九面前，示意她起来。

林初九侧头看了他一眼，握住萧天耀的手，任由他拉自己站起来："王爷，谢谢你。"

她知道，萧天耀会走这一趟，完全是因为她，不然这个男人，绝不会做这种事。

萧天耀看了林初九一眼，淡淡地道：“夫妻之间，不必言谢。”

左右耽误几个时辰罢了，林初九高兴就好……

第六章　世间最美的事

萧天耀此次是暗中回京，十分低调，几乎无人知晓他回到京城了，就连皇上的密探也没有查到消息，但他走的时候一点儿也不低调，带林初九出城祭拜蒙老夫人这种事，绝对是高调到嚣张了。

皇上很想装作不知，至少在东文与北历的战事没有结束之前，皇上一点儿也不想找萧天耀的麻烦，可皇上不想，并不表示别人不想。

萧天耀走的第三天，就有御史当朝弹劾他罔顾军纪，违抗圣旨，私自回京！

这可是大罪，凭这个罪名拿萧天耀下狱定定罪完全不成问题，但把萧天耀关起来了，谁去前线打仗？哪个混蛋，在这个时候弹劾萧天耀？到底有没有眼色？昨天没有动作，就表示皇上现在不想动萧天耀！连这点事都看不透，怎么当官的？

皇上狠狠地瞪了一眼上折子的人，发现上折子的朱大人，根本不是哪个派系的人，只是一个冥顽不灵的老头，立刻就明白这老头十有八九是被人利用了。

皇上心中暗自叹气，面上却严肃地问道："朱大人所奏可属实？你可查清楚了？要知道诬蔑可是大罪。"

皇上这话暗示的意味十足，稍微有点脑子的人，这个时候都该退缩了，可是朱大人不。

坚持正义的朱大人，义正词严地道："回皇上，臣所奏句句属实，皇上可寻守城的官兵问话，还可以请蒙家守墓人问话。萧王不仅回到京城，还带着萧王妃出城祭拜蒙老夫人。"

城外的墓地，不只有蒙家的墓园，看到萧天耀出现的人，自然也不止蒙家的守墓人。

皇上被不识相的朱大人气到了，没有说话，而是扫了一眼站在前排的林相，林相似有所察觉，上前一步，说道："朱大人，你说萧王今早出现在京城？他是什么时候回来的？为何没有他的进城记录？"

"萧王爷什么时候回来的下官不知。但下官知道，萧王爷要是不想让人知道他回京了，定能做到不留下进城的记录。”朱大人不慌不忙地说道。

他既然敢弹劾萧王，肯定是有证据的。

“哦……既然王爷不想让人知道他回京了，又怎么会光明正大地出城，并且出现在城外的墓园呢？难道王爷不知，私自回京的罪名吗？”林相从容地反问，不等朱大人回答，又道，“朱大人，昨天朝廷才收到前线的消息，说王爷在途中遇到刺客，身受重伤。算算路程，王爷此时远在千里之外的燕州城，别说王爷身上有伤，就是没有伤也无法在两天内，飞到京城来。”

“这……这……”朱大人不敢说，受伤的人也许是替身。这种没有证据的事，他若说出去，可是要负责任的。

林相却不肯放过他，继续道：“朱大人，王爷身边有三万将士保护，他们亲眼看到王爷受了伤。随行的御医也上报折子，说王爷虽然没有伤到要害，可却不宜赶路，但王爷为了前线战事，不顾伤势执意日夜兼程赶往前线。王爷在外，为了保护东文出生入死，你却在这里说王爷偷溜回京，你是何居心？”

林相是皇上的心腹，他一开口众人就明白了皇上的意思，不管知不知情，立刻就有人出来声援林相，硬是将萧天耀塑造成为了战事牺牲小我的英雄，皇上嘴角抽搐，可偏偏还不能说什么……

面对群臣的攻击，朱大人败北，被皇上打了三十板子，回家思过。

明面上，皇上打朱大人是因为诬告，实际上如何，恐怕只有皇上自己知道。

下了朝，皇上招来密探首领周觅，第一件事就是让他去查，到底是谁利用了朱大人。萧天耀回来这么大的事，皇上怎么可能不知道，他之所以按捺不动，就是想等这一战结束后，再来秋后算账，可现在呢？又一次让人破坏了他的计划！皇上没有杀朱大人，已经是开恩了！

早朝上发生的事，林初九第一时间就知道了，知道皇上又一次吃了闷亏，心情又好了几分，精神也好了许多，便打算完成今天的任务，给萧天耀写信……

“王妃，苏茶公子求见。”翡翠进来，见林初九正在写信，不由得闷头笑了一声。

萧天耀走的当天，苏茶就来了，然后全王府上下都知道，王爷给王妃定了规矩，要王妃每隔三天给王爷写封信，不得少于三张纸。

今天一大早，曹管家就找了个借口跑来找林初九，而后委婉地提醒林初九，三天到了，苏茶公子今天可能会来拿信了。

林初九假装没有听懂，可不管她走到哪里，都会有人很委婉地提醒她：王妃，写信的日子到了！

林初九虽然有心给萧天耀写信，可提笔后又不知写什么，听到苏茶来了，默默地将桌上一团黑的纸揉成一团，才让翡翠请苏茶进来。

不出所料，苏茶行完礼，第一句话就是：“王妃，今天是第三天了。”

“急什么，你的信不是晚上才送吗？”她就知道，苏茶是来催信的，真没意思。

“王妃说的是。”苏茶从善如流地应下，见林初九一脸不快，很欠扁地说了一句，“王妃，如果你不愿意写字的话，可以口述，我帮你写。”

为了看到林初九写给萧天耀的信，苏茶也是豁出去了。

他真的很想知道，林初九到底给萧天耀写了什么，为什么同一封信天耀第二次看还能笑出来?

简直是好奇死他了……

苏茶的心思，可谓是司马昭之心路人皆知，林初九要是上当才会有鬼。

林初九白了苏茶一眼，端起手边的茶，吹了吹茶水上的浮叶，轻啜一口，才说道：“苏茶公子，说吧，找我有什么事？”

单为了催信，还不值得苏大公子亲自跑一趟。

“王妃，你叫我苏茶就行了，叫上公子二字太见外了。”苏茶又一次重申。

他现在终于明白了天耀的郁闷，王妃真的太固执了，看似软绵，好说话，实则防备之心很重，而且不轻易改变自己的原则。

“一个称呼罢了，苏茶公子何必在意。”她和苏茶可没有那么熟。

苏茶可不是萧天耀，他的脸皮一向很厚，无视林初九的疏离，笑得亲切：“王妃你也说了，左右不过是一个称呼，王妃叫我苏茶不是更显亲近吗？”

“是这样不错，可我们似乎没有那么亲近吧？”林初九挑眉反问，完全不在意苏茶会不会不高兴。

对付脸皮厚的人，你真的不能退。今天退一步，明天就会退一大步，苏茶这人看似儒雅，实则是个大奸商，她今天要是退让一寸，苏茶明天绝对会进一尺。

苏茶果然没有不悦，浑不在意，厚脸皮地道：“王妃，我和王爷认识十几年了，也算是患难之交的兄弟，按说我该叫你一句嫂子，这样的交情，还不能让王妃叫我一声苏茶吗？”

他面上温文尔雅，骨子里仍是商人。作为一个商人，要是脸不厚，心不黑，拿什么赚银子？怎么帮天耀养军队?

“苏茶公子说得是，凭你和王爷的交情，我叫你一句苏茶都是生疏的，不如我以后叫你苏苏好了……”林初九笑容满面地应上，眼中溢满戏谑的光芒。

苏茶差点喷茶：“王，王妃，你叫我什么？”是林初九说错了，还是他耳朵出了问题?

“苏苏呀？怎么，不喜欢吗？那我叫你茶茶好了。你看，这不是比直接叫苏茶，更显亲近吗？”林初九很好心地给出苏茶两个选择，可这两个选择苏茶宁可不要。

苏苏？茶茶？这是什么鬼名字，传出去，定会毁他一世英名。

苏茶脸部一阵扭曲，憋屈地道：“王妃，你还是叫我苏茶公子好了。”王妃比他还要无耻，他一定要写信告状。

“那怎么行呢，你和王爷可是兄弟，我开口公子闭口公子地唤着，让不知情的人听到了，还以为我与你之间有间隙，要是因此影响了你和王爷的交情，我的罪过就大了。”林初九笑语盈盈，无论苏茶怎么说，她都只笑着看着苏茶，既不摇头也不点头，无奈苏茶败退。

“苏苏……你来找我，除了拿信还有别的事吗？”林初九故意咬重“苏苏”二字，听得苏茶直牙疼："王妃，真的不能商量吗？"

"苏苏更喜欢茶茶吗？我叫你茶茶也可以的。"依旧只有这两个选择，林初九把"苏茶公子"这个称呼，也给取消了。

苏茶叹气："还是苏苏吧。"茶茶什么的，更奇怪。

王妃取名的能力实在太差了，苏茶无比庆幸他不是流白，不然今天不是被称作流流就是白白了。

这么一对比，苏茶瞬间平衡了。再怎么样，他的名字也比流白的名字好听不是。

林初九垂眸，掩去眼中的笑意，再次说道："苏苏，你找我有什么事？"

苏茶无视林初九的称呼，一脸正经地道："王妃，早朝的事你也知道，朱大人上折子弹劾王爷私自回京，虽说皇上让林相出面替王爷否认了此事，可皇上并没有处理干净。日后，皇上要是拿此事处置王爷，只要把责任推给林相，说是被林相蒙蔽就成。"

在大殿上，皇上并没有将此事定案，只说林相言之有理，朱大人证据不足，诬蔑萧王。到时候皇上要想推翻自己的言论，也不是什么难事。谁让萧天耀是林相的女婿呢？皇上完全可以说林相偏袒自己的女婿，为了掩饰萧天耀的罪行而欺君罔上。

苏茶相信，如果牺牲一个林相，能把萧天耀搬倒，皇上一定不会吝啬。

当然，私自回京这种事，不可能打倒萧天耀，却有可能成为压死骆驼的最后一根稻草，若能及早清除这个危险，再好不过。

"我明白了，剩下的事情我会处理干净。"林初九干脆利落地应下，没有一丝迟疑，爽快得让苏茶诧异："王妃，你有办法？"他可是愁了一路呢。

"有什么难的，御史弹劾王爷，虽说皇上没说王爷什么，可并不表示我不能进宫哭诉。"林初九敢应下，自然是有对策。

"哭诉？"这是什么招？

"女人常用的招数，不外乎一哭二闹三上吊。有御史冤枉王爷，我这个王妃知道后，心里委屈，进宫找皇上哭一哭，让皇上给我主持公道，有什么不对吗？"冤枉她下毒，还有害死老夫人，可都少不了皇上的身影，她不找皇上哭一哭，给皇上添点麻烦，都不应该。

"这……可真是一个妙招。"苏茶愣了一下，才道。

难怪王爷被王妃吃得死死的，王妃这个女人的招数，简直太可怕了。

果然，府上还是要有一个女人。有一个女人在后方守着，稳住大局，男人才能放手在前方厮杀。

看着脸色平静的林初九，苏茶敬佩地道："王妃，我总算明白王爷的用心了。"只有将林初九训练得能独当一面，愿意在天耀不在时撑起王府，天耀才能真正放心。

夫妻，夫妻。夫荣妻能贵，夫危妻亦险。要没有一点本事，还真是坐不稳萧王妃这个位置。

"明白他，非要我配得上他吗？"林初九唇角轻扬，略带嘲讽地道。

她配不上，萧天耀还不是要逼着她上，她能退缩吗？

策马狂奔的萧天耀突然感觉鼻子痒痒的，有些不悦地皱眉，很快又舒展开了，甚至冰冷的眸子中还有一丝极淡的笑意。

三天到了，林初九必是在为给他写信而烦恼……

萧天耀一向算无遗策，可是这一次他失算了!

在苏茶来之前，林初九确实不知道要给萧天耀写什么。她这三天一直待在萧王府，每天除了吃就是睡，哪有什么可以给萧天耀写的?

苏茶一来就不同了，就凭苏茶为了要她改称呼，套交情的事，她就能写一整页还要多。

谈完正事，林初九就让苏茶去外面等，她要给萧天耀写信。

苏茶看着林初九笑眯眯的样子，有一种不好的预感，总觉得有什么不好的事要发生了。

林初九此时的神情，和他想要算计流白时的样子太像了，让人不寒而栗呀!

“王妃……”苏茶试着从林初九嘴里套话，林初九根本不给他说话的机会，直接让侍卫把他请了出去。

“王妃……”苏茶傻眼了。他进出萧王府这么多次，还是第一次遭受这样的待遇，顿时整个人都不好了，而等他回过神时，他已经被丢在外面。

“我居然被王妃丢出来了?”苏茶看着紧闭的门，完全不敢相信自己所看到的。

两旁的侍卫，一脸同情地看着苏茶，顺便幸灾乐祸一下。

没了苏茶的打扰，林初九重新铺上一张白纸，一扫刚刚握笔半天却不知道写什么的窘态，洋洋洒洒地写了两页纸。在信中，林初九详细地写了苏茶要她改称呼的事。当然，具体过程省略了，侧重表明她在苏苏和茶茶两个名字中，她选择了听着相对舒服的苏苏。暗黑了苏茶一把不算，林初九还在信中问萧天耀，苏苏好不好听?可以想象，萧天耀收到这封信后，会有多么郁闷。

萧天耀的要求是三张纸，林初九便将御史弹劾萧天耀的事写上，同时把她的对策和想法说给萧天耀听。

林初九知道，苏茶给萧天耀汇报时，一定会说这件事，可她真的不知道要给萧天耀写什么，那些什么想呀、爱呀的情话，她真的写不出来，太别扭了。

信写完，阴干，装信封，同样用不怎么熟练的手法封口，封口处依旧很丑，可却比之前好了不少，林初九相信等萧天耀从前线回来，她封的信一定会很漂亮。

将信封好后，林初九没有把苏茶叫进来，而是直接走了出去，看到像门神一样站在外面的苏茶，林初九笑得温柔：“苏苏，信写好了。”

“扑哧……”听到林初九的称呼，侍卫先绷不住笑了出来。

“王妃，你给王爷写了什么?”苏茶瞪了侍卫一眼，觍着脸上前，一副我很纯良的模样，只可惜林初九不吃他这一套：“想知道我写了什么，拆开看看就知道了。”

苏茶倒是想，可是……

“王爷会杀了我。”这绝对是实话。

“那我也没有办法了。”林初九双手一摊，一脸无辜，“苏苏，时间不早了，你是不是该回去了。”

苏茶只当没有听到林初九后半句话，继续问道：“王妃，你给王爷写信，没有提上我吧？”在外面站了这么久，苏茶该想的，不该想的都想到了。

一想到，天耀得知王妃“亲密”地叫他苏苏，苏茶就觉得自己的脖子与脑袋，随时都有分家的危险。

“我给王爷写信，提你干吗？”林初九白了苏茶一眼，一副你很奇怪的样子。

苏茶一听，立刻松了口气，扬了扬手中的信道：“王妃，时辰不早了，我该走了。”

苏茶走得飞快，就好像身后有人在追他一样，差点撞到了曹管家。

“苏公子这是怎么了，毛毛躁躁的……”曹管家嘀咕了一声，却没有和苏茶计较，而是快步去寻林初九。

“王妃，蒙家的大管家说有要事求见。”管家见林初九从书房走了出来，忙上前道。

“蒙家？”林初九眉头微皱，“可有说什么事？”

“说是和王爷有关。”曹管家低着头，小声地道。

“去看看。”得知不是蒙家有事，林初九就放心了。

蒙家的大管家，奉蒙家大老爷的命令来找林初九，只为给林初九带一句话，那就是有御史弹劾了萧天耀，虽说事情已经解决，但还是希望林初九做好准备。

蒙家得知这个消息，会提醒林初九再正常不过，只是这消息，蒙家是怎么知道的？

要知道，蒙家自从闭门守孝后，基本上就与外界隔开了。

“今天谁到了蒙家？”林初九不用想也知道，必是有人利用了蒙家，就像她利用朱御史一样。

“林府的下人送了一些吃食过来。”蒙家的管家老实地答道。

蒙老夫人去世后，林夫人隔三岔五就会派人给蒙家送些吃食，也不知是想做给谁看，还是真心想要与蒙家修复关系。

林初九点了点头，表示明白：“告诉舅舅，让他不要担心，我知道该怎么做了。”

让曹管家送走蒙家管家后，林初九坐在椅子上，唇角轻扬，无声一笑。瞌睡就有人送枕头，这世间再也没有比这更美好的事了。真心地希望，林相不要因为这件事，被皇上削。

“来人！”林初九轻声唤道，见下人进来才道：“准备车马，我要进宫。”

就在林初九准备进宫时，林相也与林夫人说起此事：“我只希望那孽女能聪明一些，尽早将此事抹干净，不然日后算到老夫头上，可真正是吃闷亏。”

林相在早朝上，根本不想为萧天耀辩解，可他没得选择。像他这种没有根基，却又位高权重的大臣，如果没有皇上的支持，根本走不到这一步。

不管对错，他都必须按皇上的心思办事。

“老爷放心，初九一向聪明，定能明白老爷的良苦用心。”林夫人素衣清淡，笑得温婉。

自林相上次发火，蒙老夫人又去世后，林夫人的脾气越发地好，待林相更是温柔体贴，曲意逢迎。

“她确实是聪明，就怕她的心向着外人。”想到林初九数次与他作对，林相就气得咬牙切齿，恨不得从来没有生过林初九。

“老爷你想多了，初九那孩子一向尊重你，怎么会向着外人。依妾身之见，初九许是被人利用了，老爷要是得空，不如多教教她。”林夫人垂眸，掩去眼中的算计。

林夫人劝说林相亲近林初九，当然不是为了林初九好，她只是想借此机会给皇后一个警告！

林夫人听到风声，知道皇后有意认林婉婷为义女，让林婉婷代替公主嫁给西武的皇子纪丰羽。这是林夫人不能接受的，哪怕婉婷嫁到西武，有可能当西武皇后，林夫人也不能接受。皇后答应过她，会让婉婷嫁给太子，日后她的女儿肯定能成为东文皇后，又何必冒险嫁到西武去。万一两国发生争战，和亲的女子就会成为弃子。

林夫人此时劝林相亲近林初九，就是让皇后明白，他们林家并不是只有太子一人可以支持，如果太子不娶婉婷，他们林家是可以与太子、皇后一脉站到对立面的。

林相不知林夫人心中的弯弯绕绕，听到林夫人的提议，琢磨着此事的可行性。萧天耀不在京城，要是能趁机收住林初九的心，让林初九与萧天耀产生间隙，也不失为一个好法子。

可想到掌握一切的皇帝，林相又心生怯意。要是皇上因此认为，他倒向萧王，恐怕他会很惨。

满朝文武谁都可以给萧王妃好脸色看，唯独他不行。他是萧王的老丈人，他要是做得太明显，皇上定会起疑。

林相叹了口气，无奈地道：“此事稍后再说。”他越发觉得，把初九嫁给萧王是一个极大的错误。只是，当时谁也不知萧王的腿能好！

林相还不知，和他坑女儿有得一拼的坑爹专业户林初九，已经换上素服进宫找皇上哭诉去了。

按说，女眷有什么事应该找皇后，林初九这次却越过皇后，直接找了皇上。这么做是打皇后的脸，可大家都明白林初九为什么这么做……

“皇上，臣妇求您为我做主呀。”林初九一进殿，就跪了下去，委屈地哭道。

皇上现在看到林初九就烦，见状毫不客气地道：“哭哭啼啼成何体统！”

“皇上，臣妇为王爷委屈，实在忍不住。”林初九的眼泪就像装了一个开关，皇上一说立马就收了起来，只有脸上还有几道泪痕。

“委屈？谁敢给你和天耀委屈受？”皇上一听，就猜到了什么事，眼中闪过一道冷光。

萧天耀不在，萧王府的消息还这么灵通？

“皇上，委屈的不是臣妇，是王爷，我为王爷委屈……”林初九抽噎了一声，说道，“臣妇听闻朱御史弹劾王爷私自进京，如同五雷轰顶。皇上，王爷冤枉呀，三天前陪臣妇祭拜的并非王爷，而是王府的侍卫，还请皇上明察。”

果然是为这件事来的。皇上听到林初九这么说，反倒不生气了，他就猜到，这件事不会那么顺利。

林初九见皇上不开口，继续道："皇上，朱御史的弹劾是欲加之罪，臣妇不明白朱御史是存了什么心思，才会往王爷身上泼脏水。"

林初九说得情真意切，末了还不忘来一句总结："皇上，臣妇为王爷委屈，为出征在外的将士们委屈。"

皇上听到林初九的话，眼中闪过一抹冷笑，面上却温和地劝说道："萧王妃你多心了，天耀一心为国，没有人能陷害他。"皇上特别咬重"一心为国"四个字，个中意思不言而喻。

林初九只当没有听懂，自说自话道："皇上，王爷一心为国，天地可鉴，可三人成虎。臣妇怕呀，真的怕呀……皇上，臣妇求您，把臣妇也送去前线吧，这样就是死，臣妇也能和王爷死在一起了。"

"说的什么话，谁敢要天耀死。"听到林初九的请求，皇上想也不想就驳了回去。

萧天耀私自回京，就为了带林初九去祭拜蒙老夫人，可见萧天耀有多看重林初九，这样的情况下，他怎么能让林初九去前线。

林初九是萧天耀留在京城的人质，在战事没有结束前，绝不能离开京城半步，当然也不能死。

"朕是那种是非不分的昏君吗？御史弹劾天耀这事，朕会让人查清楚，你且安心，朕定不会让天耀受委屈。"皇上原是想着暂时将此事压下，日后再翻出来跟萧天耀算账，可也知道萧天耀不会坐以待毙，只是皇上没有想到，为萧天耀清扫尾巴的人居然是林初九。他还真是给萧天耀指了一个好妻子。

"皇上英明，臣妇谢主隆恩。"林初九早就知道皇上不可能放她离开，见皇上退让，林初九见好就收，象征性地哭了几句，便在皇上的劝说下，谢恩退下了。

林初九出殿后揉了揉酸涩的眸子，在太监的引路下，朝宫外走去，不想刚走出议事殿，就被皇后宫里的大宫女拦住了去路："萧王妃，皇后娘娘有请。"

七皇子下毒一事发生后，皇后就再也没有宣过林初九，她知道她就是下旨林初九也不会来。这次林初九进宫，皇后收到消息后特意让人来请。她就不信，林初九还能拒绝。

确实，林初九无法拒绝，只能跟着宫女过去。

皇后在偏殿等林初九，身着便装，看上去温和亲切。林初九进门后，还未行礼，皇后便温和地道："初九，快到本宫身边来。"

林初九抬眸看了皇后一眼，只见皇后眼神平静，一脸亲切，就好像之前的事不曾发生一样。

这就是林初九最佩服皇后的地方，不管发生什么事，皇后都能像无事人一样和她相处，就好像之前的陷害、诬蔑不曾发生一样。

林初九暗自叹了口气，不疾不徐地走到皇后面前，神色平静地道："臣妇给皇后娘娘请安……"

"你这孩子，快别多礼。"皇后不等林初九跪下，便起身握住林初九的手，心疼地道，"好孩子，之前的事让你受委屈了。后来本宫才知晓，幸亏有你在，不然小七他……"

皇后说着说着，眼眶就红了。林初九嘴角微抽，低头不语，看上去像是在无声地述说自己的委屈，实际上林初九是不知道说什么。

皇后是不是忘了，她现在不是皇后的晚辈，她现在是皇后的弟媳，皇后用哄孩子的语气和她说话，到底是什么意思？

皇后见林初九不说话也不生气，只继续道："初九，蒙老夫人的事本宫听说了，本宫知道你很难过，可是人死……"

林初九虽然不耐烦，可还是用心听着，可就在此时，医圣之心突然发出提示音："此人肾功能严重衰弱，筋脉断裂，有生命危险，建议尽力医治！"

皇后握住林初九的那一刻，医圣之心没有提醒，而是等到皇后的双手暖和几许，医圣之心才发出提示音。听到医圣之心的提示，林初九愣了一下，眼神不自觉地瞄向皇后：身体衰弱？有生命危险？皇后病得这么严重？怎么一点也看不出来？不对，皇后的双手确实比正常人冰凉许多，像是死人手一样，一点温度也没有。而她因为习惯摸冰冷的器具，手的温度也比常人低，才会没有在第一时间发现皇后的异常。

"初九，怎么了？"林初九的异常引起了皇后的注意，皇后关切地看着林初九。

"我……没事。"林初九愣了一下，忙抽出自己的手，后退一步，屈膝请罪，"臣妇失礼，还请娘娘恕罪。"

至于救皇后的事？林初九从来没有考虑过，不是她没有医者仁心，而是她不想找死。

"你这孩子，说了多少次，不要多礼。"皇后温和地扶起林初九，林初九腼腆一笑，似乎不好意思。

皇后笑着打趣了一句，又拉着林初九闲话家常，林初九时不时地应上两句，眼神却不自觉地瞄向皇后……

平缓的呼吸，温柔的语调，白皙红润的脸色，完全看不出一丝病态，要不是医圣之心的诊断，林初九怎么也不会相信皇后娘娘的身体，已经病得严重到那个地步。

从医圣之心的诊断来看，皇后内脏都有衰竭的迹象，只是严重不严重的问题，至于筋脉断裂？

如果医圣之心的诊断没有太大的问题，那么皇后现在正承受着巨大的痛苦，或者说皇后每动一下，每走一步，身体都会像被针扎一样疼，而且不止一两天，这种疼痛至少有五六年了，时间甚至更长……

身上带着这样的痛，皇后却能像无事人一样谈笑自如，还真是可怕。

林初九一想事，眼神就有点儿飘忽了，又漏听了皇后的话，皇后顿时冷下脸："初九，你这又是怎么了？"

"啊？"林初九愣了一下，才不安地道："皇后娘娘恕罪，臣妇最近身体不好，精神有些恍惚，一不小心就走神了。"

林初九进宫给皇上哭诉，当然不会打扮得光鲜亮丽。为了表现自己受委屈的惨样，林初九特意把自己的脸色弄得很糟糕，和气色明亮的皇后比，林初九更像是重症病人。

皇后轻叹了口气，状似责怪地道：“你这孩子，身体不舒服怎么不早说。本来还说让你去陪陪小七，看你这样本宫也是不忍。”

话是这么说，皇后却没有放林初九走的意思。

林初九也没有开口说走，只道：“谢皇后娘娘体恤。”

皇后提起七皇子，话题自然而然地转到七皇子身上，可才开了一个口，宫人就来报：“娘娘，安王求见。”

“子安？他怎么来了？”皇后的脸上带着笑，似乎很高兴的样子，“快，请他进来。”

“是。”宫人躬身退下，皇后一脸慈爱地看着林初九：“子安这孩子是个有心的，心里还惦记着我这个母后。”

皇后这话，明显是话里有话。林初九轻扯嘴皮一笑，只当没有听懂。

安王萧子安，没了轮椅与病痛，安王的风采终于完完全全地展露在人前……

一袭象牙白长袍，一顶黑玉头冠，衬得安王越发地气宇轩昂，风流不凡。随着他走进来，屋内似有刹那的黑暗，就好像所有的光芒，都集中在他一人的身上。

饶是林初九也不得不说，安王的光芒着实刺眼，宫中恐怕没有几个人，能与之一争上下。

“儿臣参见母后，千岁千岁千千岁……”再平常不过的礼仪，可由安王做出来，却带着一丝古韵，让人不由自主地沉溺在他的动作中。

“免礼……”皇后笑得慈爱，一副本宫很喜欢安王的样子。

萧子安起身，随即又给林初九行礼，林初九年纪虽小，却是萧子安的长辈，这一礼林初九自然受得起，只是林初九没有受。

“安王不必客气。”萧子安只说了一个字，就被林初九打断了，萧子安也没有再坚持，谢过林初九后，便转身与皇后说话。

萧子安今天是来看望皇后与七皇子的，理由是得了一样滋补的好药材，不知七皇子能不能用得上，特意带来给皇后看看。

萧子安说话不快不慢，每一句话都说得恰到好处，很容易让人产生好感，饶是皇后也不得不说，她无法讨厌萧子安。

光风霁月的萧子安是宫里的异类，他的真、他的诚，让人无法抗拒。即便明知萧子安今天来见她是别有目的，皇后依旧没法把人赶出去。

萧子安进来后，话题的主动权很快就落到萧子安手里，不过他和萧天耀不同，他并不是强势地将话题带走，而是以润物细无声的做法，一点点地影响你，等到你反应过来时，话题已经被他带沟里了。

林初九看着相谈甚欢的萧子安与皇后，微微垂眸，掩去眼中的笑意。她已经明白了，萧子安今天来见皇后，就是为了给她解围，怕她落到皇后手里吃亏。想到之前被冤下狱，整个皇宫中也只有萧子安出面为她周旋，林初九在心里无法不感激他。

林初九不过是一个闪神的功夫，萧子安与皇后就决定去看望七皇子了，不过林初九没有去，原因很简单……

她身上还戴着孝，虽说她这个嫁出去的外孙女，不需要为外祖母守孝，可林初九今天穿得素净，这模样不适合去看望病人。

仔细看会发现，萧子安今天穿得也十分素雅，像是特意配合林初九一般。

皇后与萧子安要去看望七皇子，林初九借机告辞，皇后没有挽留，虽然她的目的没有达成，可在皇后眼中，没有什么事比七皇子更重要。

林初九顺利离开，萧子安则与皇后一前一后朝内殿走去，拐进内殿的刹那，萧子安回头看了一眼，正好对上林初九感激的眼神。

她知道了？那一瞬间，萧子安不知是窃喜还是不安，他愣了数秒，才反应过来，朝林初九点了点头，便收回了目光，无事一般跟着皇后朝内殿走去，只有唇角上扬的弧度，泄露了他的好心情。

这世间最美好的事，莫过于有一个人懂你……

第七章 中央帝国林家

林初九前后进了好几次皇宫，但她从来没有认真欣赏过皇宫的景色，不是不想而是没有机会……

皇宫对林初九来说无异于战场，她虽然不需要像皇宫里的那些女人一样，为了夺宠而勾心斗角，但她要为了活着走出皇宫，而费尽心力与宫里的人周旋。

宫里很美，尤其是夕阳西下，金色的光芒笼罩下来的那一刻，整个皇宫都像是沐浴在金光之中。黄澄澄的光线，将皇宫映照得犹如一幅绝美的画卷，让人移不开眼。

林初九难得地放下心中的戒备和满腹的心思，带着愉悦的心情去欣赏，去感受皇宫的美。

错落有致的宫殿，自成一景的假山、花园，精致大气或者婉约秀美的石雕、木雕，无一不引人注目……

林初九放缓脚步，慢慢欣赏两侧的风景，却不知沐浴在夕阳余晖中的自己，有多么耀眼。

萧子安从皇后的宫里走出来，得知林初九还没有出宫，便快步跟了上来，一眼就看到被金色光芒笼罩的林初九。

不管男女，拥有美丽的外貌总是占优势的。林初九很美，五官很美，身形更美，不似时下女子的瘦弱，林初九身形婀娜，虽不至于夸张地说凹凸有致，却也韵味十足。

可是，最引人注目的不是林初九的脸与身形，而是她的气质。自信、从容，坚韧、不屈，一个很矛盾的女子，却又出奇地合适。萧子安真不知道林家到底是怎么养的，怎么能把一个名门贵女养得这么奇特。

林初九缓步往前走，萧子安也不去打扰她，保持着十余米的距离跟在她身后，两人一前一后走了百余米，直到林初九身边的小太监上前，对着林初九说了一句话，林初九这才停下脚步，转身……

“安王。”林初九朝萧子安走去。

她沿途慢悠悠地晃着，并不是真的想要欣赏皇宫的景色，不过是等萧子安出来，对他说一句谢谢，让他以后不必如此。

萧子安不欠她和萧天耀什么，没必要为了他们而惹得皇上不喜。

“皇婶还是不愿叫我一句子安吗？”萧子安轻轻点头，算是见礼。

林初九笑了声，既没有应下也没有反驳，只道：“我是来跟你说一声谢谢的。上次的事，还有今天的事，谢谢你。”

“皇婶实在太客气，子安并没有做什么。”今天没有他，林初九也能脱身。上次他倒是想要做什么，可不等他动手，林初九就已经安全了。

林初九莞尔一笑：“时辰不早了，我该出宫了。”

萧王与皇上的矛盾摆在那里，她与萧子安不可能成为朋友，萧子安一再帮她，只会引来皇上的不满，林初九自认该说的话都说了，她相信萧子安会明白。她不需要萧子安报恩。

“我送皇婶。”萧子安摆出一个请的手势，林初九想要拒绝，萧子安却是一言不发地在前面带路。林初九摇了摇头，没有多说……

两人的步子都不快，萧子安一边走一边给林初九介绍宫内的景色，也不管林初九听不听，他只自顾自地说……

萧子安的声音温润亲和，每一个咬字、每一个停顿都恰到好处，哪怕是普通的景色，到他的嘴里也变得美好起来。林初九从刚开始的抗拒，到后来的接受，到最后她偶尔还会问两句。

两人一路也算是相谈甚欢，萧子安将林初九送到宫门口，这才折回殿内。

在林初九和萧子安看来，这不过是寻常的一段路，两人身后跟着一大堆的宫女、太监，也没有说什么不该说的话，可他们坦荡磊落，旁人却不会这么想。

皇后收到消息，脸上的笑容瞬间消失：“原以为他真是为小七而来，没想到也是一个虚伪的。”

周贵妃则是快气疯了。她和子安说了无数次，不要去找林初九，不要去……他欠林初九的救命之恩，她已经还了，子安却当成耳边风。

“我怎么就生了一个这么笨的儿子！”周贵妃气得快要吐血了，有心想去皇上面前，为萧子安解释一句，可又怕弄巧成拙。

皇后和周贵妃都知道的事，又怎么能瞒得过皇上的耳目，只是这么一件小事闹得人尽皆知，皇上反倒不肯相信表面上看到的“真相”了。

“去查一查，到底是意外还是巧合？”皇上吩咐身边的太监去查，随后又招来密探，问道，“林初九进宫哭诉，是谁为她出的招？”

皇上虽然知道林初九并不如外界所传的那样粗鄙，可却不相信她有这样的头脑与本事。

密探头子周觅低声说道：“今天苏家商铺的苏茶到了萧王府；另外蒙家的管家也见了萧王妃。据属下所知，林相夫人这段时间，隔三岔五就给蒙家送吃食，正好今天也送了。”

看似什么都没有说，实则什么都说了出来。

“林相？哼……他也有了心思，看样子朕对他太宽待了。”任何人都可以倒向萧天耀，但林相绝对不成。林相就是他养出来的一条狗，他还没有让这条狗去咬人，怎么可能让他叛主。

皇上挥退密探，招来掌事太监："去，告诉皇后，该给太子选正妃了。"免得林家生出不该有的妄想。

不过，皇上一向深谙打一棍子给个甜枣的权术，随后又道："让皇后给七皇子挑两个伴读，朕看林相的小儿子不错。"

如此一来，即便没有林婉婷与太子的婚事，林相也与皇家紧紧地绑在一起，不可能倒向萧天耀。

这个命令一下，不仅仅是皇后，就是林相也很高兴：皇上心里还是有我的，七皇子是皇后嫡子，太子登基后，七皇子的前途不可限量。最主要的是，跟在七皇子身边安全呀，七皇子年纪小，怎么也卷不到夺位争斗中去。至于拉拢林初九的想法？林相早已将之抛在脑后。

而林夫人？她不知道自己是该哭还是该笑，儿子有了前途她当然高兴，可是她的女儿怎么办？她的林婉婷要怎么办？

林夫人无法接受自己的女儿远嫁西武和亲，可她也知道这件事求林相无用。如果是以前，看在蒙老夫人和蒙国公府的面子上，林相还会适当地妥协、退让，可现在？

林相绝不会为了婉婷而牺牲到手的权势与利益。在林相眼中，没有什么比权势更重要，为了权势他连儿子都能牺牲，更不用提女儿了。

"难道我要去求林初九？"夜深人静，林夫人一个人坐在屋子里，想着要如何解决林婉婷遇到的危机。

娘家渐渐衰败，林相靠不住，太子是个没用的，他喜欢婉婷不错，却不会为了婉婷去和皇上、皇后顶撞。

"我怎么就把日子过到这般田地了？"林夫人怎么也想不明白，为什么短短半年的时间，她和林初九的处境就完全掉了个个儿？

好像，自从林初九出嫁后，事情就完全超出了她的控制，林初九不受她的掌控，婉婷也不听她的话，她对相府的控制权也越来越弱。林夫人从来不是一个认命的女人，她要认命的话，当初就会乖乖地嫁给门当户对的纨绔子弟，而不是像今天这般，成为相爷夫人。

我绝不能让婉婷嫁去西武，绝不！哪怕，为此暂时向林初九低头她也认了！

林夫人在家教了林婉婷几天，而后寻了个机会给萧王府递了张帖子，说是要带林婉婷登门拜访，管家将此事禀报给林初九知晓，林初九想也不想就拒绝了："告诉林夫人，我正为外祖母守孝，不见客。"

林初九本以为，吃了闭门羹的林夫人一定会很生气，不想她第二天又让人递了帖子，被拒后再次递帖子上门，连着五六天都给萧王府递帖子，虽然动静不大，可长此以往必然引人注意。

林初九烦不胜烦，林夫人第八次递帖子过来，林初九终于没有直接拒绝，而是对曹管家道："问林夫人到底有什么事？只为看我一眼的话，就别再递帖子了，我还没有死。"

林初九可不认为她和林夫人还能冰释前嫌，林夫人莫不是选择性遗忘了给她下毒的事？

林家很快就回了话，林夫人说有事要见林初九，与林初九的母亲有关。

“和我母亲有关？”林初九想到蒙老夫人给她的信，还有那块中央帝国林家的令牌。

难道，她真的不是林相亲生的？林初九越想越觉得有这个可能。

“你去告诉林夫人，我明天辰时在萧王府恭候大驾。”她相信，林夫人敢找上门，一定有重要的情报，不然林夫人不会自取其辱。

曹管家躬身退下，临走前不忘提醒林初九一句：“王妃，今天下午苏茶公子要来拿信了。”

“我知道了。”三天一封信，已经成了萧王府的大事，也成了林初九最头痛的事。

她哪有那么多事跟萧天耀说呀，上上一封信，她写了皇后的病，萧子安的事，还有给孟修远检查的结果。上一封信，她直接在信上抄了两首情诗，勉强填满了三张纸。

“难道，我要继续抄诗？”可是她会背的诗实在有限，抄不出来呀。为了三天一封的信，林初九快要哭出来了。

林初九在这为了写信烦恼，那边收到信的萧天耀也没有多高兴。林初九寄来的第一封信，全是写她和苏茶的事，甚至还在信中问他，苏苏这个名字有没有很好听，有没有很亲切？好听？亲切？他觉得死苏更好听，更亲切。

第二封信，忽略占了不到半张纸的、皇后的病情不提，接下来全是写萧子安与孟修远的事。林初九这是要干什么？告诉他，她很受欢迎吗？

第三封信就更省事了，不知从哪里抄来两首男子写给女子的情诗，明显是敷衍。

“一点儿也不认真。”萧天耀表示很不高兴，他要写信好好地训斥林初九一顿。

铺纸、研墨，萧天耀提笔就写，刚写出“林初九”三个字，外面就传来一阵喧闹声，紧接着就是刀剑相交的打斗声。

“王爷，有刺客。”亲兵第一时间进来汇报，“来人武功高强，人数颇多，我们怕是抵挡不了太久。”

刺客来袭，信也没有办法写了。

萧天耀丢下笔，出去查看情况……

来人兵分十路，分别拖住守在各处的兵丁，有两个武功高强者在同伴的掩护下杀到前方，离萧天耀只有一个营帐的距离。

这二人武功高强，普通将士根本不是他们的对手，萧天耀没有让手下的人做无谓的牺牲，抽出腰间的长软剑，纵身跃至两人面前，手中的长软剑如同游龙，朝对方的面门甩去……

“啪……”一声脆响，正中刺客面门，那刺客从额头沿着鼻子到嘴巴，一瞬间流满血。

“啊……”刺客惨叫一声，抬手反击，却见萧天耀手中的剑，飞向他的右手，在刺客将手抬起的瞬间，直接将手绞成碎肉。

“唔……”刺客痛得全身战栗，被抽歪的脸不受控制地扭曲起来，可是……

萧天耀没有理会，手中的软剑比鞭子还要灵活，在半空中闪出一道银光，直接刺入刺客的心脏。

紧接着，萧天耀的剑扫向另一个刺客，和刚刚的残暴凌厉不同，这一次萧天耀的剑慢了许多，可是杀伤力更甚。

“啊……”一声惨叫，另一个刺客倒在地上，看情形，短时间内却死不了。

从出来到杀死这二人，只用了一炷香的时间。

萧天耀看也不看便收剑，留下一个残酷的命令：“本王要他们活够十二时辰。”那便是不将这些刺客处死，而是要让他们承受十二个时辰的痛苦折磨。

至于审问？

萧天耀从来不审问刺客，不管是谁派来的都不重要，重要的是他的对手是哪些人？

哦，现在还有一件重要的事，那就是给林初九的回信要怎么写？

林初九那个女人真的是太不乖了，对他的命令总是阳奉阴违，从来就没有让他满意过。

刚杀完人，萧天耀身上的杀气还没有收敛，他也没有收敛的打算，带着这一丝杀气，直接将自己的要求写上。

萧天耀的字凌厉无比，锋芒毕露，落在纸上就像一把刀，光看着就感觉杀气扑面，让人胆战心惊。

萧天耀写信的速度很快，而且他也没有篇幅的要求，只写了一张纸便收了笔。等到信纸上的墨迹一干，萧天耀便封了起来，并在封口处加盖了自己的私章。

盖章的刹那，萧天耀想到林初九似乎没有印章一类的信物，便招来暗卫让他把魔宫那块龙黄玉石取来。

萧天耀的印鉴就是用龙黄玉石所刻，和前朝玉玺一样的材质，放眼天下也只有中央帝国的皇室才有龙黄玉石。

暗卫听到龙黄玉石，着实是惊了一把，不过很快就反应过来，低头应是：“属下明白。”

暗卫前脚走，侍卫后脚就进来汇报：“王爷，外面的人求情，问能不能给他们一个痛快，他们可以说出主谋。”

萧天耀没有回答，只道：“主谋是谁？”会跟他提出这个条件的人，想必不是老朋友。

侍卫愣了一下，立刻出去询问，不久后得到消息：“王爷，他们来自中央帝国，至于具体的他们也不知道。”

“嗯。”萧天耀应了一声，摆摆手，示意侍卫退下。

“王爷，外面那些人？”侍卫小声询问，萧天耀轻哼一声，冷声说道：“本王有答应他们什么吗？”

没有！侍卫本能地摇头，在心里暗骂自己蠢，中央帝国的人不知道他们家王爷的性子，他还不知道吗？居然问出这样的话，简直蠢死了。

侍卫悄声退下，退到门口忽听萧天耀道：“太吵，拔了他们的舌头。”既然不知是中央帝国哪一家，舌头留着还有何用？

侍卫脚步一顿，随即又如同什么也没有听到一般走了出去。

外面的哀号声听得人心烦，确实是吵了一点儿，可为此拔舌头，王爷你真的不觉得太血腥了吗？

王爷，你今天好可怕呀！

侍卫吓得瑟瑟发抖，但很快的，哀号声就消失了，萧天耀的眼中闪过一抹寒光，无事人一般处理起公务。

走了二十多天，而他们离战场只有七天的路程。这七天至关重要，那些不想他出现在战场上的人，一定会不要命地派人前来阻止，因为这是他们最后的机会，而他绝不会让那些人有机会，阻止他出现在战场上，阻止他取得这场战争的胜利。

京城，有一个女人在等他！

这一战，他一定要赢。

有了曹管家的提醒，林初九只得回书房琢磨着要给萧天耀写什么。鉴于前两次都是写别人的事，林初九想了想决定把自己的起居录写一份给萧天耀。

没有别人打扰，林初九在萧王府的生活简单而充实。早上起来，用了膳后便是处理萧王府的事务，萧王府许多事情都有旧例可寻，林初九更多的时候只是听着。

处理完王府的事务，林初九便会去看那个被萧天耀接进王府，据说是中央帝国花家的小少爷，偶尔会抱着小孩出来晒晒太阳，或者坐在他旁边，给他念段书。

林初九已经从苏茶嘴里，知道了这个小孩的身份，也知道了帝国七大家的花家。

哄完孩子，差不多就到了吃午饭的时间。林初九虽然一个人吃饭很寂寞，可她早已经习惯了。

用完膳，林初九散步消食后，便会去午休两刻钟。醒来后，大多数时间会在萧天耀的书房看书。

林初九一向喜欢看书，更是乐于看史书、游记一类的书籍。

萧天耀的藏书很丰富，光史书就有好几套。不仅有现在四个国家的历史，还有前朝的历史。

从书中，林初九稍稍知道了一些中央帝国的事，也知道花家是中央帝国一个极有名望的家族，史书上还给记了一笔。至于帝国林家？林初九也在史书上找到了一笔，好像帝国林家是圣元王朝的重臣大族，后来圣元王朝灭亡，分成东文、西武、南远和北历四个国家后，林家就投向了中央帝国。当然，像林家这样的家族不止一个。圣元王朝破灭后，许多家族都投向了中央帝国，只不过林家是最早的一批，在中央帝国也颇受重用。

对此林初九倒不觉得稀奇，世家大族忠于帝王，但更忠于自己的家族。为了保存自己家族的传承，投向中央帝国再正常不过。有的世家为了保住传承而投向中央帝国，也有的宁可牺牲，也不肯背弃圣元王朝，比如章郡柳家、清河温家。不过，这两家现在已经消失了，据说是隐世而居，但林初九更相信是被灭族了，或者败落了。

林初九最近就在看史书，为了凑足三张纸，林初九甚至还写了一些类似“秘史”的东西。

比如，圣元王朝分裂，肯定不单单是因为前朝皇帝昏庸、百姓造反，这事十有八九和中央帝国有关。圣元王朝灭国，分成四个国家，得到好处最多的就是中央帝国。中央帝国从原来依附圣元王朝的小国，一跃成为了数一数二的大国，甚至可以操控东文等四个小国。史书上还说，圣元王朝皇室血脉被起义军全部斩杀干净，圣元王朝血脉灭绝。下手这么狠，要说圣元王朝的灭亡与中央帝国无关，林初九都不信。

反正只是自己胡乱猜想，林初九也不介意夸张一点，很狗血地写上：狡兔三窟，圣元王朝皇室掌管这片大陆上千年，不可能……

写到这里，已经写满三张纸了，林初九想着再写下去，说不定四张也收不住，索性不写了。为了让自己下次有内容可写，林初九很无耻地断在这里，还括弧了一句：三张纸了，剩下的下次再写。

可以想象萧天耀看到这封信会郁闷成什么样！

他是要林初九至少写三张纸，林初九却刚好卡到三张纸，多一句都不写，这是把给他写信当成不得不做的任务吗？

……

苏茶绝对是比曹管家还要强大的存在，明明已经忙成狗了，可他就是能抽出时间，亲自来萧王府取信。

“王妃，信写好了吗？要我等你吗？”苏茶笑得如同春风拂面，可知道苏茶的本性后，苏茶就是笑得再好看，林初九也不会上当。

“写好了，拿着。”林初九拿起书桌上已经封好的信件，走到苏茶面前，将信递给他就往外走，“出去的时候记得关上门。”

“王妃等等！”苏茶没想到林初九直接走人，快步跟了上去，“王妃，王爷前两天又遇到刺杀，还受了伤，你要不要给王爷带句话？”天耀最近交代下一大堆的事给他，而且话里话外都透着火药味。

苏茶敢拿他脖子上的脑袋发誓，一定是林初九在信里给天耀写了什么，不然天耀不会这么虐待他。

“他哪天不遇到刺杀？”遇到“刺杀”这种话，林初九已经听得不想再听了。

说来，萧天耀还真不是一般的可怜，据她从苏茶口中听到的刺杀，就不下十次，平均一天就要遇到一次刺杀，带去的三万兵马，有五千人牺牲在路上了。

“这一次不一样，据说出手的是中央帝国。”苏茶难得神色严峻地道。

林初九一愣：“中央帝国？他们怎么随意插手四国的事？”中央帝国要对付萧天耀，还需要派刺客？

“不知道，应该不是皇室的行为，许是哪个小家族的行动。”苏茶摇了摇头，怕林初九不安，又补了一句，“花家的人已经来了，等他们从东文回去，也许就没有人敢打王爷的主意了。”

“希望吧。”林初九暗叹了口气，又强打起精神问道，“王爷还有几天才能赶到前线？”

虽说到了军中也不一定安全，可军中怎么说也有几十万大军，萧天耀本身又有武神的实力，那些人想要在军中暗杀他，恐怕不会很容易。

“没有意外的话，还有四五天就能到了。”苏茶预估着萧天耀的速度，“王妃这封信送到时，王爷人可能就在军营了，王妃你要不要多给王爷写点？”最好多哄哄天耀，让天耀高兴一些，这样他的日子也就好过了。

“不必了，我要写的都写上了。”萧天耀在战场上待了十几年，大大小小的战争打了百余场，林初九不认为她有什么资格可以叮嘱萧天耀。

又一次被驳回提议，苏茶郁闷得不行，转念想到林初九的阴险，苏茶不敢再劝说，就怕林初九看出什么。

想到府中那一堆乱七八糟的事，苏茶头大如牛，不由得加快脚步，刚走到门口突然想起，他忘了把荆池来了的事告诉林初九。

“真是忙晕头了。”苏茶本想折回去找林初九，想想还是算了。反正荆池只在暗中保护林初九，又不会现身，他下次来说也是一样的。

苏茶拿着信，快步上了马车……

他真的很忙！

苏茶不知，因为他的疏忽，差点酿成“大祸”！

苏茶只记得荆池，却忘了跟着荆池一起来的闯祸大王糖糖！

荆池接了保护林初九的任务，可是糖糖没有接，糖糖跟着荆池认了一次门，知道荆池接下来很长一段时间，都要待在萧王府后，糖糖点了点头便溜了。难得来一次东文，他怎么也要玩个够本不是？

糖糖和影月楼里的其他杀手都不同。影月楼里的杀手个个性子阴冷，一向喜欢躲在暗处，可糖糖天性烂漫，明明已经十八岁了，被师父和几个师兄宠得像个小孩子，正义感十足，最喜欢做路见不平拔刀相助的事，每每惹来麻烦，都让影月楼头痛不已。偏偏大家又舍不得责怪糖糖，因为糖糖是他们影月楼的吉祥物。

这次在北域闯了大祸后，糖糖收敛了不少，知道皇城的人不能乱惹，糖糖克制自己，哪怕看到不平事也没有出手。然而，正义感十足的糖糖，实在无法忍受，看到有弱者被欺负而不出手，避免再闯祸，糖糖选择避而不见，跑到城外去了。他答应了荆池师兄不再闯祸，所以他忍。不想，城外也不安全，糖糖一出城就遇到福寿长公主和被她收服的侍卫。

说起来，皇上还真是小看了福寿长公主，也高看了他派出来的侍卫。

牡丹花下死，做鬼也风流。更不用说，这朵牡丹花还是高高在上的长公主，只要福寿长公主轻轻勾勾手指，那些个侍卫哪里还把持得住。

被关在城外的福寿长公主，除了养伤的那几天安分些外，又活跃起来了。每日寻欢作乐、游山玩水，日子过得好不快活，只是身边的男人丑了点！

福寿长公主对男宠的姿色一向要求极高，皇上派来的侍卫实在不堪入目，要不是没有选择，福寿长公主也不会委屈自己。可一时委屈并不会代表永远委屈，当福寿长公主看到唇红齿白的美少年糖糖时，她就决定不再委屈自己了。

“那个人，把他带过来！”福寿长公主高傲地下令，侍卫愣了一下，立刻明白了福寿长公主的意思，四个大汉同时朝糖糖扑去。

糖糖愣了一下，随即愤怒了！他自己被人欺负了！不能忍，绝对不能忍！

糖糖撸起袖子就和侍卫打了起来，糖糖的武功在影月楼中是垫底的，对付几个侍卫却不成问题，只是糖糖忘了，这世间有阴招一说，糖糖没有防备，当即中招了，被福寿长公主带走了！

林初九一直让手下盯着福寿长公主，甚至帮着长公主隐瞒皇上，不让皇上发现福寿长公主在城外做了些什么。

福寿长公主绑走糖糖的事，萧王府的暗卫看到了，可不等他们禀报给林初九知晓，就有人去救糖糖了，暗卫也就没有多管闲事。

第一时间跑去救糖糖的，除了萧天耀给林初九请的保镖荆池外，肯定不会有别人。林初九半点不知，萧天耀给她请来的“保镖”，还没有执行保护她的任务，就先出去杀人了。

一夜好眠的林初九，以最快的速度处理好萧王府的事务，便去见林夫人。

王府的下人早已将林夫人引进花厅，林初九过来时，林夫人已经喝了一盏茶，可却没有半点不耐烦，见到林初九进来，她忙起身行礼：“见过王妃……”

求人就要有求人的姿态，林初九的身份摆在那里，她就是不能忍也得忍！

“林夫人客气了，坐吧。”林初九等到林夫人行完礼，才开口。

两人分主次位坐下，林初九完全不与林夫人寒暄，开门见山地道：“夫人找我有什么事，直接说吧。”

林夫人没想到林初九会这般直接，愣了一下才道：“王妃，我今天来找你，是想和你谈一个交易。”

“什么交易？”她和林夫人之间，也确实只剩下交易可谈。

“我用你母亲的事，换你保护婉婷。”林夫人说这话时，脸色有几分不自在。

“我母亲？我母亲有什么事？她的死因吗？”林初九没有应下，却反问起来。

林夫人眼皮一跳，却仍旧平和地道：“王妃，你别拿话试探我，你说的我不知道，我要说的是你母亲成婚前的一些事，这件事家里只有我和娘知道。娘死后，便只有我一个知道，也许皇后娘娘知道一些，可我想你母亲虽与皇后亲近，有些事却不会说。”

“我娘成亲前的事？既然外人不知，我又怎么知道你有没有骗我？”说实话，林初九对那个早死的娘没有什么印象。

林夫人道：“我既然找上门，就不会骗你。虽说当年的事无人知晓，可有些事只要用心去查，总能查到一些蛛丝马迹。”要不是想借林初九的力护住婉婷，她根本不会说出来。

林初九一辈子不知道才叫好呢。

“哦？什么事，林夫人请说……”林初九完全掌控了主动权，将话题握在自己手中，林夫人一时没有察觉，张嘴就道：“那年你母亲十五岁，我十二岁，我和你母亲……”

话开了头，林夫人才反应过来，忙打住：“你套我的话。”差一点儿，差一点儿她就把筹码说了出来。

林初九道："我只是问一句，说不说在于林夫人你自己。"从林夫人的话中，不难猜测林夫人要说的事，和她母亲的感情有关。

"你……"林夫人一脸恼怒，转念想到今天来的目的，又生生忍住，忍得心肝肺都疼了。

林初九脸色不变地端起茶杯，轻啜一口才道："林夫人，说说你的条件。别狮子大开口，你也说了当年的事并不是无迹可寻，要求太多我宁可自己慢慢查。你要相信，萧王府可不是吃素的。"

年份一说出来，事情要查起来就容易多了。这一点林夫人自己也知道，即便很气林初九阴险，林夫人也只能忍着。

深吸了口气，林夫人将自己心里的最低价报了出来："帮婉婷挡住这次和亲的事，别让婉婷嫁到西武去。"

"原来是这件事，我还以为，夫人会让我帮助婉婷顺利嫁入太子府呢。"林初九略有几分嘲讽地看着林夫人。费尽心机从林初九手中抢走与太子的婚约，最后却是竹篮打水一场空，不知林夫人有何感想。

林夫人脸部微抽，强撑着笑颜道："婉婷与太子的感情很好，只要皇上不要她去西武和亲，嫁入太子府是早晚的事。"这个时候就是死也要撑着，就是后悔也不能说出来。

"是吗？"林初九勾唇一笑，见林夫人脸上的笑容快要绷不住了，见好就收道，"林夫人，你可以说了。"

"你答应了？"林夫人不确定地反问一句。

林初九笑着点头："西武的羽皇子，并不想娶婉婷。"哪怕是应下林夫人的条件，林初九仍不忘挖苦一番，没办法，她小心眼嘛。

林夫人气恼，没好气地道："西武的皇子不想娶我的婉婷，难不成他还想娶公主？简直是做梦，皇上不会让公主嫁给他。"明知林初九是故意气她，林夫人仍是没有忍住。

她的女儿比林初九好一千倍、一万倍，西武的皇子有什么资格嫌弃她？

"就算娶不到公主，羽皇子也不会娶婉婷。"酸话说两句撩拨一下就成了，林初九没有打算与林夫人做口舌之争，不等林夫人开口，又说道，"羽皇子想娶谁都不重要，我保证他不会娶婉婷。"

这事林初九真的一点也不担心，纪丰羽又不是傻子，他哪里不知林相的权力就如同空中楼阁，看似权倾朝野，实则全是泡影。林家根基太浅，所有的一切都依靠皇帝，只要皇帝不想再用林相，林相立刻就会被打回原形，林婉婷一个皇后义女的名号，半点儿用处也没有。对纪丰羽来说，林家绝非好的联姻对象。

当然，对萧天耀来说，林家也不是好的联姻对象。要不是有皇上赐婚，萧天耀绝不可能把她列为妻子的人选。

林夫人不是林婉婷，她虽气恼林初九说话难听，反驳两句后就明白林初九是在故意激怒她，她不能上当。

林夫人暗自吐了口气，借喝茶的动作，平复心中翻涌的情绪。待到自己冷静下来，林夫人也不与林初九多说，直接将她要说的事情说了出来。

林初九的母亲十五岁那年，得了一场大病，大夫说城外温泉庄子更适合养病，蒙家人便把她送到城外的别庄养病，林夫人因为贪玩，时不时也会去住几天。

林夫人有一次在别庄住了一个月，而就是那一个月，她发现了林初九母亲的秘密。林初九的母亲在别庄养了一个男人，那个男人就住在林初九母亲的房间里，林夫人吓了一大跳，回到蒙家后，将此事悄悄说给了蒙老夫人听。

随后，蒙老夫人去了一趟别院，将林初九的母亲带了回来。不过，林初九的母亲没有受罚，只是被拘在自己的院子中，不许随意外出。

之后，蒙家出了一件事，蒙老太爷病重，眼见着不行了，有一个英俊的少年来蒙家拜访，说是可以救蒙老太爷。

蒙老夫人亲自见他，谈了什么林夫人不知，只知那少年来了后，蒙老太爷的病情渐好，而从那以后，蒙老夫人就替林初九的母亲，婉拒了所有上门求亲的人，并放话说林初九的母亲定了亲。

一年后，林初九的母亲收到一封信，她不顾家人的阻拦，执意要外出。蒙老夫人与老国公拦不住，只能让林初九的母亲去。

半年后，林初九的母亲回来了，发生了什么无人得知。之后蒙家以最快的速度，给林初九的母亲定亲，并在一个月内完成婚事。

说完这一段过往后，林夫人还不忘提一句："当时，有人说姐姐回来时已怀有身孕，而你也是姐姐嫁人七个月后生下来的。不过，产妇与太医都说姐姐是受惊早产，你也和早产的孩子一样，瘦瘦小小，说是养不活，可后来姐姐硬是将你养大了。"

林夫人说这段话，虽然是不怀好意，但她所讲的确是事实。这种事林夫人没有必要骗林初九，一查就能知道。

林初九无视林夫人的暗讽，一脸平静地问道："当年那个少年，姓什么？"

"很巧，姓林。"林夫人似乎早料到林初九会这么问。

"哪里人？"林初九知道林夫人没有骗她，但绝对漏了重要的事没有说。

林夫人脾气很好，有问必答："据说是中央帝国的人，姐姐当时从中央帝国回来。"

林初九点了点头，端茶送客："辛苦夫人了。"

结合蒙老夫人留给她的信，林初九已经可以肯定，她不是林相的女儿。林初九心里早有准备，也就没有什么好惊讶的，左右对她来说，是谁的女儿一点儿也不重要，有没有父亲也不重要。

现在的她，早已过了需要父亲的年纪。

"你，你怎么一点儿也不吃惊。"林夫人看着林初九平静的面容，不敢置信地摇头。

林初九怎么能这么平静地接受，林夫人不禁问道："难道你早就知道了？"

林初九摇摇头："不知道。"不过是心里有了猜测，但这些没必要告诉林夫人。

"夫人，还有别的事吗？"林初九再次赶人。

林夫人的脸皮还不够厚，见林初九第二次赶人，只得起身，只是临走前，仍不忘说一句："记住你答应我的事。"

"夫人放心。对了，我也提醒夫人一句，今天的事最好别让林相知道。"虽然林初九猜测林相可能早就知道了，否则也不会放任她自生自灭，默许林夫人让她嫁给萧天耀，更不会与豪家渐行渐远。

连绿帽子这种事都能忍，林相果然野心不小。

林夫人走后，林初九在花厅静坐片刻，然后回了书房，再次翻出史书，翻到前朝灭亡前后的记载。

"圣元王朝灭亡后，林家是第一个投向中央帝国的，也是唯一一个身为前朝大族，却挤进中央帝国七大世家之一的家族。"

看到这一段，林初九露出一抹玩味的笑，然后研墨、铺纸、提笔……

有了上一次写观后感的心得，林初九这一次写起来，一点儿障碍也没有。

首先，林初九在信中补完上次未写的猜测，说圣元王朝皇室肯定有后人留下来，说不定某个忠心的臣子会把自家儿子和皇子换，让自家儿子代皇子去死。

这种狗血的猜测，明显能看出林初九中的毒太深了。

补完上次的内容后，林初九在信中，写了林夫人来找她谈的交易，林夫人的话让她肯定自己果然不是林相的女儿，她十有八九是中央帝国林家的后人。

"我在书中看到有关林家的记载，猜测当年林家肯定很早就背叛了圣元王朝，甚至是林家勾结中央帝国，瓦解了圣元王朝。"

写完这一段后，林初九还开玩笑似的道："老天保佑，千万别让我遇到圣元王朝皇室后人，不然我这个落单的林家后人就惨了。虽然，我知道我是无辜的，可当皇帝的人都喜欢株连九族，谁知人家会不会动我这个落单的林家女。"

七七八八的写完，正好三张纸，林初九利落地收笔，通篇看了一眼，发现没有错别字，果断地封口。

对于将自己的身世说给萧天耀听，林初九一点儿压力也没有，萧天耀娶她从来都不是因为她的父亲是林相，她的父亲是谁都帮不了萧天耀。如果萧天耀真要为此事而舍弃她，那么她只会说庆幸！庆幸她虽然失了心，可还没有失身！她虽不是失了贞洁就无法苟活的女人，却也想将自己珍贵的第一次，留给同样珍重她的男人。

这封信是下一次的任务，林初九写好了没有现在发，而是将其收了起来，准备等苏茶后天来取信时交给他。

刚锁好信，林初九还来不及将钥匙抽下来，就听到曹管家在外面大喊："王妃，不好了，我们被禁卫军包围了，禁卫军说要搜府。"

曹管家“嘭嘭”地敲着书房的门，即便房门没有锁，曹管家也不敢胡乱地闯进去。

“搜府？出了什么事？”林初九将盒子锁上，抽了钥匙就往外走，打开书房的门，就看到一脸愤怒的曹管家。

不怪曹管家生气，实在是太气了。萧天耀一不在，皇上就把萧王府当软包子捏，肆意欺辱，现在让禁卫军围了萧王府就更过分了。

这事一旦传出去，让他们萧王府如何立足？

“王妃，福寿长公主遇刺，命在旦夕，福寿长公主一口咬定，行凶的人是我们萧王府的人。”曹管家知道得也不多，他也是从禁军嘴里问出来的。

禁卫军说，被皇上软禁在城外别院的福寿长公主遇刺，有目击证人认出凶手是萧王府的人，皇上得知后大怒，现在萧王府正被禁卫军包围。

“福寿长公主遇刺？”林初九眉头微皱，招来暗谱：“怎么回事？谁伤了福寿长公主？”

“回王妃的话，昨天福寿长公主绑了一个少年，我们准备出手相救时，发现有人来救那少年，我们便没有出手。被绑的少年当天晚上就被救走了，至于福寿长公主出了何事，我等不知。”暗谱单膝跪在地上，不卑不亢地说道。

这件事，他们萧王府没有错。

“伤福寿长公主的是何人，查出来了没有？”林初九又问，暗谱摇头道，“盯福寿长公主的人，没有看清那人的长相。被绑的少年也很陌生，我们不认识。”

荆池与糖糖都是杀手，平时极少在人前露面，见过他们真面的人少之又少。苏茶身边倒是有人见过，但林初九与萧王府这边却没有人见过他们，不知他们的身份再正常不过。

问不出所以然，林初九也不急，对曹管家道：“把领头的人请进府，切不可怠慢皇上的人。”萧天耀不在，她不可能出去与那些人理论，平白失了身份。

“是。”曹管家见林初九从容不迫，没有半丝怒意，心中的那股火气也淡了下来。

皇上针对他们萧王府又不是一两天的事，他们要是事事生气，不得早早被气死。

林初九让曹管家把人请进来，却没有第一时间去见他们，而是先去换了一身衣裳，摆足王妃的款。

面对姗姗来迟的林初九，禁卫军统领李正是满肚子的气，见林初九进来也不行礼，嘲讽地道：“萧王妃你可算是来了，再不出来卑职都要怀疑你把人藏了起来。”

一开口便把罪名定下，还真不是一般的嚣张，要换作常人怕是立刻就要恼了，林初九却像是没有听到一样，在侍女的搀扶下，从李统领身边越过，在主位上坐下。

整个过程，林初九根本没有看李统领一眼，完全无视他和他身后的侍卫，直接把人晾在那里，像是木桩子一样站在花厅里。

下人奉来茶，也只有林初九一杯，李统领一行人再次被忽视。

林初九端起茶杯，轻轻地吹着茶水上的茶叶，慢悠悠地品着，完全没有开口的打算。

李统领等了许久，也不见林初九开口，不由得皱眉：这位萧王妃是什么意思？莫不是以为，这么干耗着，就能让他妥协？实在是天真！

“萧王妃……”李统领双手抱拳，主动说道，“卑职奉命查找刺杀长公主的刺客，还请萧王妃行个方便。”

“行方便？行方便让你带人查我的萧王府？”林初九怒喝，手中的茶杯“啪”的一声放下，声音之大让人心惊肉跳。

“李统领是吧？”林初九看着李正，眼神冰冷，“你进来前，是没有看到萧王府的正门口那三个字，还是不识字？”

萧王府正门口挂的牌匾，乃是先帝亲笔所写。整个京城，也只有萧王府是先皇亲自所提的牌匾，有那块牌匾在，一般人轻易不敢乱闯，这也是禁卫军只围不进的原因。

“卑职看到了，卑职奉命办事，还请萧王妃息怒。”李正双手抱拳，低着头，却不是认错。

“奉命？奉谁的命？”林初九不等李正开口，又道，“本王妃不相信，皇上会随便下令搜查萧王府。”

“萧王妃，福寿长公主遇刺一事证据确凿，皇上命卑职搜查萧王府也是情非得已。长公主是王妃的姐姐，还请萧王妃将刺客交出来。”李正一口咬定刺客就在萧王府，怎么也不肯退让。

“证据？有什么证据拿出来。我倒是不知，我府上什么时候有刺杀长公主的刺客了。”林初九真的是气炸了。

福寿长公主受了伤，就说刺客是她府上的？凭什么？就凭福寿长公主和她有仇吗？就算有仇又怎样？她林初九还不至于蠢到派刺客出手。

“来人！去，把人带上来。”李正对身后的侍卫说道，可那两个侍卫一出门，就被萧王府的侍卫拦住了。

“萧王妃……”李正看向林初九，眼露不满。

林初九头也不抬地道：“陪他们走一趟，别让他们在萧王府乱逛。这是萧王府，不是什么乱七八糟的园子，不是什么人都有资格在里面乱走的。”最后一句话，明显是对李正说的，李正手心微微冒汗，心中隐有后悔之意。

他原本以为，萧王不在京城，林初九一个人女人再强也有度，现在看来这个女人一点也不软绵，底气足得很。萧王府到底有多少侍卫，才能让萧王妃如此“理直气壮”呢？想到皇上的交代，让他摸清萧王府的防御与侍卫数量，李正心里就不安起来。这个任务似乎不好完成，可他没有选择。如果不能趁萧王不在，把萧王府的防御情报弄到手，等萧王回来就更没有机会了。

在萧王府侍卫的陪同下，禁卫军很快带了两个人上来，这两人一个是福寿长公主身边的护卫，另一个来自北域。

李正将两人的身份介绍完后，指着那名北域汉子道：“此人来自北域，是北域抚台请来的清客，姓胡名川。胡大侠昨晚正好看到刺杀福寿长公主的刺客逃离，很不巧那两人曾在北域犯事，杀了抚台的儿子，最后却因萧王府的人出面而无罪释放。”

明显，对方是有备而来……

第八章　苦肉计

有些事情苏茶没有瞒着林初九，荆池和糖糖在北域犯的事，林初九全部知晓。禁卫军统领李正一说，林初九就知道，这次皇上和福寿长公主没有冤枉她，刺杀福寿长公主的人十有八九就是荆池，糖糖肯定是那个被福寿长公主看上，被强行绑了去的少年。

这都是什么狗血事!

林初九心里郁闷得不行，可也知这件事她不能认。反正，不管怎么样，不能让禁卫军搜萧王府，真要搜也不能让他们活着出去。

李正将事情经过一一说明后，见林初九不吭声，再次主动提出，要带人进去搜刺客："萧王妃，你且放心，卑职只是搜查刺客，绝不会破坏萧王府一草一木。"

林初九没有理会李正的话，而是说道："北域的事我听说过，好像就是一个月前的事，对吧？"

李正不知林初九为何突然提起此事，犹豫片刻才点点头："是的，月余前，萧王府派人出面干预此事，迫使北域王不得不放人。"

李正不忘抹黑萧王府，毕竟包庇杀人凶手可不是什么值得宣扬的好事。

"李统领不必阴阳怪气地说话，北域抚台的儿子因何而死，我想你比我更清楚。我们萧王府一向按律法行事，杀人偿命不错，可当时情况特殊，要不是那少年出手，抚台之子不知会杀多少人。我们家王爷人在京城，与北域之地的人并无交情，不过是听到此事，路见不平罢了。"林初九轻描淡写的一句话，便将萧王府择得干干净净，撇清他们与荆池的关系。

和杀手交好这种事，不需要放在明面上说。

李正皱眉，眼见话题就要被林初九带歪，忙道："王妃说得是，北域王判那少年无罪，那少年必然是无罪。可杀抚台之子无罪，并不表示刺杀长公主也无罪。长公主此时危在旦夕，还请王妃行个方便，让卑职将刺客抓出来，好让长公主安心养伤。"

李正这话十分阴毒，不仅暗指林初九阻碍他捉拿刺客，还有话外之音，要是长公主因此有个三长两短，责任还在林初九。

林初九摇了摇头："本王妃十分好奇，李统领你是文官出身，还是武官出身？"

"萧王妃，这事与捉拿刺客无关。"李正黑着一张脸，显然十分不喜。

林初九身后的翡翠，上前一步，附在林初九耳边悄声道："王妃，李统领的父亲是翰林学士，李统领从小喜武厌文，李学士对李统领十分不满。"

翡翠的小声，就是在场的所有人都能听到，林初九点头："难怪李统领说话与一般的武将不同，原来是家学渊源。"

最后一句话，讽刺的意味十足，李正一脸恼怒，不满地道："萧王妃，你这是在拖延时间吗？"

"拖延时间？本王妃需要吗？"林初九微微往后靠，懒懒地抬眸，看似随意，实则气势凌人。

李正受其影响，背脊一挺，站得笔直："萧王妃，你一再阻拦我等执行公务，你这是要抗旨吗？"

"抗旨？不……本王妃不敢违背圣上的命令。"林初九松口了，可惜李正还来不及高兴，就听到林初九话锋一转，说道，"但是，萧王府也不是你想搜就能搜，想查就能查的地方。"

"萧王妃，你想如何？"李正知道，林初九这是要提条件了。提条件没关系，他现在就怕林初九不提条件。

"不如何，你们想要搜萧王府可以，但是……你们要是没有搜到什么狗屁刺客，搜我萧王府的人，得全部留下。"最后一句话杀气十足，把众人吓了一跳。

李正一愣，皱眉道："萧王妃，你这是什么意思？"

"字面上的意思。"林初九又收起刚张开的刺，一脸平和地说着杀气腾腾的话："本王妃准你们搜，搜到刺客本王妃无话可说，要是没有搜到刺客……你们就给我把命留下。"

"萧王妃，你太过分了！"李正心中一凛，左右为难。

他虽然肯定行凶的人与萧王府有关，却不敢肯定人藏在萧王府。他们不过是以此为借口，趁萧天耀不在，探一探萧王府的虚实罢了。

自从萧天耀大婚那晚遇刺后，萧王府的防御就全部换了，他们派来的人连墙都翻不过去。

"过分？过分的到底是谁？你们凭什么只凭抚台清客的一句话，就带着一堆人气势汹汹地来到萧王府，说我窝藏刺客，还想搜萧王府，简直是好笑了。"林初九冷着一张脸，不笑的时候，那张艳若桃李的脸便严肃得紧，很能唬人。

"你们信心十足地来我府上搜人，一口咬定我窝藏了刺客。怎么？我一说到要拿命来抵，你们就没有这个信心了吗？"

"当然不是……"李正觉得自己现在是骑虎难下，之前说得有多肯定，现在就有多难下台。

"不是最好。"林初九扬手，对着半空拍了下巴掌："暗谱，出来。"

“王妃……”隐在暗处的暗谱，如同幽灵一般出现在花厅，李正脸色微变，低头掩饰自己的失控。

萧王府果然是藏龙卧虎，他居然不知这附近有人。

林初九看也不看李正，对暗谱说道：“李统领要带人搜查我们萧王府，你让人盯着，不要妨碍他们搜查，但如果他们搜不到刺客，就把人留下来。”

林初九十分肯定，荆池和他师弟没有在萧王府，就算人在萧王府，李统领也绝对找不到人。今天，只要那些禁卫军踏入萧王府，就表示他们离死不远，而林初九显然不是会心软的人。

“王妃，此事……”李正见林初九这般笃定，心中产生动摇。他们来萧王府，更多的是为了探查萧王府的情况，要是人查完后就处死，他们还有查的必要吗？

可他一开口就被林初九打断了：“李统领不必多说，我一定会遵旨办事。你们尽管查，府上的人绝不会阻拦你们，也不会给你们添麻烦。”

林初九说得大义凛然，可在场的人都明白，林初九还有一句话没有说，那就是事后，要你们的命！林初九的话，让李正十分为难。

搜还是不搜？搜，十有八九就是一死。不搜的话，他们怎么回宫复命？

就在李正权衡利弊、取舍两难之际，林初九再度无耻地开口：“给你们一炷香的时间，一炷香后你们不开始搜，就给我滚出萧王府。”

说完，也不管李正怎么想，直接让曹管家点上一炷香：“李统领，看清楚了，事后可别说我坑你。”

林初九话是对李正说的，眼神却落在那个来自北域的胡大侠身上。林初九这人从来不相信巧合，这位自称是胡川的人出现得太巧合，看到的事也太巧合，更巧的是，他还是北域抚台请的清客。

要说这位胡川大侠，不是追着荆池与他师弟而来，林初九都不信。不过，这些和她没有关系，她请的是杀手不是祖宗，荆池师兄弟惹的事她管不着，也没有必要管。

香点燃，林初九端起茶杯，慢悠悠地喝了起来。茶水微凉，带着一丝苦涩，林初九却不在意，左右她不懂得品茶，能喝就成。

她是悠闲了，可苦了李正。李正本来还想派人进宫，询问皇上要怎么办，可林初九一炷香的时间摆出来，李正就没辙了。

萧王府那块牌匾，怎么说也是先皇亲赐，他们再放肆也得有个度，不然引得双方打起来，最后吃亏的还是他们。怎么办？怎么办？李正此刻后悔死了，早知道他就不该接这个任务。果然萧王府的任务都不好接，虽然办成了一定能立大功，可迄今为止，也没有一个人办成过萧王府的差事。

一炷香的时间就那么短，风一吹燃得更快，很快就剩下小指长短，曹管家好心地提醒了一句：“李统领，香快燃完了，你再不做决定，可就来不及了。”

李正抬头，死死地盯着那炷香，瞳孔倒映出香炉的影子，同时也泄露了他的不安。

“呵……”林初九笑了一声，放下茶杯，站起来道，“李统领是查还是不查，不查就滚出去，本王妃没空陪你玩。”

“我……”李正扭头看向林初九，只见林初九从容不迫，自信十足，李正心中萌生退意，转念想到皇上的交代，李正又不敢后退半步。

李正不断地在心里告诉自己：装的，萧王妃一定是装的。萧王不在京城，萧王妃一个女人能顶什么事。说不定见到血就怕，哪来的胆子杀禁卫军，她就不怕皇上发怒吗？对，一定是这样。萧王妃一定是吓唬他的，她根本没有胆子杀人！

这么一想，李正渐渐冷静下来，暗自吸了口气，平定心神，看着林初九，咬牙说道：“搜！”

林初九挑眉，似乎有点意外，不过很快就没事人一样，对曹管家道：“曹管家，通知府上的人，配合李统领搜查。暗谱，你盯紧了人，别让人趁混乱跑出去。”

林初九再一次暗示，她要杀人一事。李正的心跳“咯噔”一停，眼中闪过一抹害怕，不过很快又平静下来，对身后带进来的侍卫道：“你，还有你，带一队人马去搜。”

他虽然告诉自己，萧王妃不敢杀人，自己却不敢冒险，只好让属下出面。

李正虽然什么也没有说，他的举动却说明了一切，林初九勾唇一笑，嘲讽地道：“李统领可真是聪明人。”

这个“聪明人”指什么，大家都明白。李正的脸色一阵青一阵红，他身后的侍卫则是惨白着一张脸，可官大一级压死人，李统领的命令他们不敢不听。

两个年轻的侍卫出列，去外面点了一列人马进来。李正本想让他们直接去搜，林初九却叫住众人，让曹管家将她说的“规矩”重复了一遍。

禁卫军原本信心满满，听了林初九的话后有不少人露了怯，眼神闪烁，似有不安。

“你们现在还有机会，转身出去，还能留一条命。”林初九不介意做个煽动人心的坏人，当然她知道煽动不了，所以她又道，“你们可要记住了，让你们送命的人不是我，而是你们的统领，做了鬼要报复，找你们李统领去。”

一干禁卫军不敢吭声，低着头站在院外，李正见林初九故意煽动禁卫军，有些拿不准林初九这是什么意思。

难道林初九不知，就冲着她这句话，他们这些人就是查不到刺客，也要弄一点线索出来，毕竟谁也不想死。

林初九才不管李正怎么想，说完煽动人心的话后挥了挥手说道：“好了，去查吧，祝你们好运。”

说完就走回花厅，完全采取放任的态度，毫不在意禁卫军的行动。

李正站在院外，看了一眼分散开来前往萧王府正院、内院搜查的禁卫军，想了想还是折回花厅。

他守着林初九！

萧王府很大，虽说李正带来的禁卫军不少，但要仔细搜查的话，没有两三个时辰根本查不完。林初九也不着急，让人端来茶水点心，还有书籍，悠闲地坐在那里看书，当然茶水点心没有李正等人的份，他们只能饿着肚子站着。

日头渐弱，太阳的余晖洒向大陆，橘色的光芒折射进萧王府，使得冷硬空旷的萧王府柔和了不少，李正的心却渐渐冰冷。

眼见天就要黑了，他们仍旧什么也没有找到。至于进去搜查的人有没有查出萧王府的兵力与防御，李正此时还不知晓，他也不知自己今天还有没有机会知道……

随着时间的流逝，李正的心中越是不安。林初九太平静了，萧王府的人太配合了，明明是搜查，却一点声响也没有，这样的安静让他很不安。

现在，他相信林初九说的是真的，这个女人真的会杀了那些冲进萧王府正院与内院的禁卫军。

懊恼，后悔……种种情绪涌上心头，李正看着林初九，想要说什么，每每张口总是说不出来。

时间悄然流逝，夕阳的余晖渐渐收起，李正心中的不安也到达顶点，然而就在此时，搜查的禁卫军出来了……

没有！他们都快把萧王府查了个底朝天，也没有找到所谓的刺客。至于萧王府的防御与布局，他们倒是留心查看了，心里也有底，可是……

他们有活着说出去的可能吗?

一干禁卫军面色凝重地从主院和后院撤出来，站到花厅外，等待属于他们的判决。

“查到没有？”李正走出来，问向领头的人。

领头的人，也就是之前陪着李正一起站在花厅的人，听到李正的问话，双手抱拳，上前一步，说道：“回统领的话，卑职没有在萧王府找到刺客。”

至于萧王府的防御？领头的人给了李正一个暗示，表明他们查到了。这个答案在意料之外，又在情理之中，李正默默垂眸，表示自己知道了，只是现在要怎么出去呢?

“可有查到什么线索？”查不到刺客没有关系，只要有一点蛛丝马迹，他也能往萧王府头上扣帽子。

领头的人面如死灰，摇了摇头，沉重地道：“什么也没有。”

萧王府干净得很，找不出一丝可疑的东西，他们倒是想趁机放一点东西进去，可萧王府的暗卫如影随形，根本不给他们可乘之机。

别看萧王府占地大，人又少，防御实则如同铁桶，他们想要趁乱下手，完全是不可能。

“没有吗？”这三个字，李正说得异常沉重。

“是的，大人，卑职什么也没有查到。”领头的侍卫见李正这样，就知他没有在萧王妃手上讨到好，他们这几个进去搜查的人，恐怕是要惨了。

“我知道了。”李正沉重地点头，转身，想要去跟林初九好好说一下，可还没有抬腿就看到林初九走了出来。

枯坐了一个下午，林初九却没有一丝不满，依旧优雅华贵，脸上挂着恰到好处的笑。

“李统领，查完了吗？”林初九站在台阶上，居高临下地打量着外面的侍卫，浅笑盈盈的眸子，没有一丝杀意，这让李正心生侥幸。

也许，萧王妃没有那么暴戾，她只是说笑的。这么一想，李正勉强冷静下来，双手抱拳，恭敬地道：“回萧王妃的话，卑职已经查完了。”

“哦？那查出什么没有？”明知这群人什么也没有查出来，林初九还说这话，明显是膈应人。

李正心中懊恼，面上却不敢表露，头埋得更低了：“卑职打扰了王妃清静，还请王妃恕罪。”

“这么说，就是什么也没有查到了？”林初九挑眉反问，见李正点头后，又道，“李统领，你们要不要再查一次呢？免得旁人说我阻拦你们办差。”

“扑通”一声，李正跪下：“卑职不敢，请萧王妃恕罪。”

如果下跪请罪能让林初九息怒，李正不介意多跪一会儿。

“李统领这是做什么？快快请起。”林初九见人跪下，嘴上说得客气，人却是一动不动，“本王妃受不起你这一跪，传出去不得说我们萧王府仗势欺人。”

“卑职不敢，请萧王妃放心，今天王府内发生的事，卑职等人绝不会外传。”李正低着头，试图劝说林初九。

外面没有传言，就不会有人知道皇上派人搜了萧王府，萧王不会落面子，林初九就可以放过他们了。

“这一点本王妃相信，今天的事绝不会外传。”林初九点头附和，就在众人以为有希望时，林初九又道，“死人是不会传消息的，你们查之前本王妃就把规矩说了，既然你们不再查一遍，那就按规矩办事。”

林初九神色淡然地开口，好像不是下达杀人的命令，而是在说今晚吃青菜好了。

李正听到林初九的话，脸色一白，忙抬起头道：“萧王妃，我等乃是御前侍卫，你无权处置我们。”李正在心中默默盘算，真要动手他们有几成胜算？

如果能杀出去，他不介意放手一搏，左右萧王不在京城，就算出了事他们顶多也是被皇上处罚一下，林初九一个女人，根本不能拿他们怎样。

“有没有权不是你说了算，在我的萧王府，就得按我萧王府的规矩办事。”林初九漂亮的眸子杀气凛凛，看着李正，“李统领，本王妃说出去的话，就一定会做到，不然传出去，以后谁还将我放在眼里。”

“王妃，你不能……”李正还欲再说，林初九却是一甩衣袖，直接对萧王府的侍卫下令，“一炷香后，除了在花厅的四人外，其他人全部处决，不得让他们活着走出萧王府。”

林初九丢下这话，转身就朝内院走去……

她不想听到医圣之心提醒她救人的命令。

“王妃，卑职是无辜的，王妃饶命呀！”李正上前欲为手下的人求情，他一动却被隐在暗处的侍卫押住，其他禁卫军也是一样的待遇，他们想要反抗，刚拔刀就被萧王府的暗卫制住了。

"各位，对不起了！"暗卫举刀，捅向面前的禁卫军。

禁卫军大惊，慌忙挣扎："不，放开我……放开我，我是御前侍卫，你们敢！"

"王妃，饶命，饶命呀！"

……

身后，传来禁卫军的惨叫声与求饶声，偶尔还有打斗声。林初九听着这些声音，面无表情。

她知道每个人的生命只有一次，她知道人命很宝贵，她知道自己是刽子手，她知道自己很残忍，她知道那些侍卫大多是无辜的，可那又怎样？在这个人命如草菅的时代，她不杀人，就要等着被杀。这些禁卫军闯进萧王府，真的是为了找什么刺客吗？真当她傻呢！

皇上既然知道刺杀福寿长公主的人是谁，又怎么可能不知道荆池和他的师弟没有进萧王府。皇上派禁卫军进来搜查，不过是想探探萧王府的虚实，她要放任这些人离开，等待她的就是死。再说了，这一次她要是退让了，以后发生类似的事，她要退到哪里去？为了守护萧三府，为了活命，她必须狠。哪怕双手染血也在所不惜……

一共四十六人！

一刻钟后，四十六具尸体横躺在萧王府花厅外，鲜红的血将地面染红，为这暮色增添了一抹色彩，也衬得不远处的绿叶红花更加娇艳。

在林初九面前，笑得有些小谄媚的曹管家，此时冷着一张脸，连平日里眯起来的小眼睛此时都完全睁开了，只是那双眼睁开后，没有一丝人类该有的感情。

"把尸体抬出去，晦气！"曹管家开口，粗哑的声音无端端给人一种阴森的感觉。

萧王府的侍卫立刻行动，两三具尸体叠在一块，也不知他们用了什么手法，总之尸体叠在一起，却没有掉下来。

一具具尸体被抬了出去，很快就被清空了，只剩下李正几人还站在那里，他们不是不想走，而是被暗卫押住，根本走不了。

看着脚下猩红的地面，李正的脸色非常难看，挣扎了一下，却挣不开暗卫的钳制。

曹管家看着他，那张没有表情的脸，扯出一抹冷硬的笑："放了李统领，送李统领出去。"

"是。"暗卫松开李正，李正受惯性影响，往前栽倒，险些摔倒在地，踉跄两步，站稳后，指着曹管家道："你们……萧王府很好，我记住了。"

李正刚刚真的被吓到了，萧王府的侍卫杀起人来，真是眼也不眨，那手法能令人背脊发麻。

近五十人呀，说杀就杀，简直没有人性。

"那就劳烦李统领记住奴才这张脸了，下次来萧王府，可别认错了。"曹管家完全不将李正的威胁放在眼里，见李正还没有走，毫不客气地说了一句："怎么？李统领还不走吗？要奴才送你？"

曹管家嘴里称奴才，那气势却不是一个奴才该有的，李正气得吐血，看着虎视眈眈的暗卫，李正只能咬牙认栽，气狠狠地往外走。

不用想也知道，李正定是回宫告状去了。

死了人，还死了这么多人，不管事情的起因是什么，今天这件事，萧王府理亏！

曹管家见人一走，那张冷脸立刻就崩了，叹了口气，说道："唉，杀了皇上这么多人，皇上不知会有多生气，现在王爷不在，皇上要是发火寻我们王府的晦气，可要怎么办呀？"

杀人的时候爽了，杀完了人，冷静下来，曹管家就知道麻烦来了。皇上被打了脸，肯定不会就此罢休。他们王爷不在，皇上要折辱王妃，那还不是抬手间的事。

曹管家急急转身，一迈步就踩了一脚的血，暗骂一句晦气，指着地上的血，对不远处的侍卫道："你们，快点把血冲干净，别让王妃看到。"

虽然不知道林初九为什么要让暗卫等她走后再杀人，可身为优良的管家，曹管家觉得自己有必要把任何细节都安排好。王妃肯定是不愿意见血。

曹管家匆匆跑去主院，想寻林初九商量对策，不想他刚走过回廊，就看到林初九穿着一身正服，看那行走方向是要出门。

"王妃，你这是要出门？"曹管家忙上前，殷切地问道。

"嗯。"林初九点头，见曹管家一脸担忧，又补了一句，"进宫请罪。"人是她下令杀的，总要去认个错。

"请罪？万一皇上处置王妃怎么办？"曹管家一脸担心，恨不得把林初九拉回去。

"不会，战争才刚开始，我不会死的。"这点信心林初九还是有的，否则她也不会嚣张地下令杀人。

这个时候，只要她不是通敌叛国，皇上就不会取她性命。至于事后会不会被清算，林初九一点也不担心。

事后，萧天耀就回来了。他人就在京城，却连自己老婆都保护不了，那他这个战神就不要混了。

"可，可是……"皇上不会要你的命，却会让你吃苦头呀。

曹管家跟在林初九身后，一脸着急，想要劝林初九不要进宫，又想不到更好的法子。

林初九摇摇头："没有可是，这个罪我一定要去请，不然后果会更严重。"她进宫请罪才能掌控主动权，等到皇上问罪，事情的性质就完全不同了。

"王妃，你一定要现在去吗？现在天色已晚，你要进宫请罪也见不到人。"等到林初九的车马赶到皇宫，宫门肯定落钥了，林初九进不了宫。

"今晚我不回来。"林初九要的就是宫门落钥，进不去。

"晚上不回来？王妃，你要在宫里留宿？"这，这怎么行呀，万一，万一出了什么事，那可怎么办。

"宫里落了钥，我怎么进宫？"林初九看了曹管家一眼，没有细说。

"那王妃你晚上在哪里休息？"

林初九没有回答……

曹管家阻拦不了，只能眼睁睁地看着林初九上马车。

“对了，曹管家……”马车向前行驶，林初九突然探出身子，叫住曹管家，“如果苏茶来了，告诉他，让他去请荆池的主子，这事我们萧王府不背黑锅。”

“啊……好。”曹管家满口应下。

林初九刚走没有多久，苏茶就急急忙忙赶来了，询问曹管家，得知事情始末后，苏茶一拍脑门，懊恼地道：“这事都怨我。怨我没有告诉王妃，荆池师兄弟来了的事，现在事情闹得这么大，可要怎么收场呀。”

曹管家看苏茶一副后悔得要死的样子，叹了口气道：“苏茶公子，这事与你无关，你就是说了，这要犯的事还是要犯。”

这又不是人家主动挑事，是福寿长公主绑人在先。

“荆池那师弟，还真是一个惹祸精。”苏茶知道前因后果，心里明白这事不怨荆池和糖糖，可出了这样的事，总是叫人不愉快。

曹管家不评价荆池师兄弟的事，只将林初九的话转达给苏茶：“苏茶公子，王妃让你去请荆池师兄弟的主子，说这事与我们萧王府无关。”

“荆池的主子？”苏茶一愣，第一反应就是：荆池的主子不就是王爷吗？

很快，苏茶就明白了林初九的意思。荆池的主子才不是他们王爷，他们王爷只是雇佣荆池，荆池还没有来王府报到就出了事，这事和萧王府扯不上关系。

荆池的主子不就是影月楼嘛，上次天耀被影月楼少主坑了一次，这次还回去也是应该的。

苏茶狂喜：“我知道怎么做了，王妃要是从宫里回来，记得派人告诉我一声，我好来给王妃请罪。”

有了对策，苏茶也不在萧王府多待，转身又回去了。

曹管家见苏茶这模样，也跟着笑了……

王妃没有事就好！

林初九从萧王府出发时，宫门还没有落锁，等到她赶到皇宫，正好是宫门落锁时。

“等一等……”林初九大步往前跑，依旧没有赶上，只能眼睁睁地看着朱红的宫门合上，然后被侍卫挡在外面……

“真的不能通融一二吗？我要进宫向皇上请罪。”林初九最后一遍问道，得到侍卫毫不犹豫的拒绝后，林初九叹了口气，落寞地转身，上了马车。

侍卫本以为林初九上了马车，就该回去了，不想林初九上了马车没有走，就这么停在宫门口。

侍卫不敢放任不管，立刻让人通报给皇上知晓，请皇上定夺。

禁卫军统领李正从萧王府出来，就将事情经过原原本本地说给了皇上听，不敢有一丝隐瞒。

皇上得知林初九眼也不眨地下令，杀了搜查过萧王府的禁卫，气得差点儿杀人。

“好，好一个林初九，胆子可真不是一般的大，朕的人也敢杀。”打狗还要看主人，禁卫军是皇上的亲信，林初九当众杀禁卫军，就是打皇上的脸。

“卑职无能，没有拦住萧王妃，请皇上责罚。”李正见皇上对林初九十分不满，毫不客气地把她拉下水，好减轻自己的错误。

“你确实该罚！堂堂禁军统领，却连萧王府的侍卫也打不过，被人押住无法动弹，眼睁睁地看着手下横死，你说朕留你何用？”皇上气林初九嚣张，更气自己的人无能。如果他们打得过萧王府的侍卫，还会被萧王府的人杀吗？

“卑职该死，请皇上给卑职一个将功赎罪的机会。”李正怕死，这一点毋庸置疑，否则当时在萧王府，他就会带人进去搜，而不是全权交给手下的人，推旁人去死。

“将功赎罪？你要怎么将功赎罪？”李正这人，皇上用得正顺手，暂时还不想换人，见李正开口，皇上便准备给他一个机会。换一个统领也不见得能比李正做得更好。就好比密探首领一般，现在上来的这个还不如之前那个好用。

“卑职五天之内，一定将刺杀长公主的刺客找到。”李正咬牙说道。

人不在萧王府，他就是把京城翻个遍，也要把刺客找出来。五天的时间足够他把皇城翻一个遍，更不用提，他还有北域的人帮忙。

“五天？好……朕再给你五天。”皇上见李正信誓旦旦地开口，脸上总算露出了满意的神情。

找到了刺客，这事萧王府就脱不了干系。

“卑职定不负皇上所望，吾皇万岁万岁万万岁。”李正争取到五天的时间，在感到压力巨大的同时又松了口气。

将事情交代清楚，李正躬身退下，他前脚离开，太监后脚就进来禀报，萧王妃进宫请罪。

“进宫请罪？这都什么时候了？不见！”皇上现在一点也不想见到林初九那张讨人厌的脸。

“她想在外面等，就让她等，朕堂堂天子，还要受她的威胁不成。”

林初九杀人不对，可他下令搜查萧王府也确实是对先皇不敬，在没有找到刺客前，皇上暂时不想与林初九说这件事。

太监将皇上的话转达给守门的侍卫，侍卫心里有数，就不再管林初九了。

半个时辰过去，侍卫交班，新来的侍卫看到不远处的马车，问了一句：“什么人的马车停在宫门口，好大的胆子。”

“你们怎么不把马车赶走，宫门口可不让停马车，万一是刺客怎么办？”

“别提了，那是萧王府的马车，谁敢叫他们走。”即将交差，原先的那批侍卫怕同僚吃亏，不由得多说了两句，“萧王妃进宫请罪，赶过来时宫门已经落了锁，皇上不肯见。”

“皇上不见，萧王妃还在这里做什么？”新侍卫还不知萧王府下午发生的事，看在同僚一场的份上，知情的侍卫将事情说了一遍。

“萧王妃杀了那么多禁军，皇上怎么可能放过她？这不巴巴地来请罪，皇上不肯见嘛。”

在许多人眼里，林初九这个萧王妃肯定要倒霉。

虽说平时死个把人，没有人敢追究那些权贵的责任，可这次萧王府杀的人实在太多了，尤其他们杀的还是办公的官差。

同为小兵，守门的侍卫听到这话，对萧王府和林初九也多了一分不待见："这可真是神仙打架，小鬼遭殃，大人物斗法，不管谁输谁赢，最后总是拿我们这些小喽啰填命。"

侍卫说起这话，不免有几分悲凉之意。他们不过是听命办事，这又何尝是他们的错？萧王府的人不敢对皇上下手，就拿做事的人出气，简直让人不齿！

"有什么办法呢，谁让我们就这个命。"交班的侍卫拍了拍接班侍卫的肩膀，"兄弟看着点，别冒犯了萧王妃，不然你是怎么死的都不知道。"

"知道了，我不会惹他们。"

不得不说，林初九下手虽然狠了一点，但也确实立了威，至少以后不管是禁军还是官差，轻易不敢上萧王府的门，就算上了门也不敢乱来，一个个乖得跟鹌鹑似的。

没办法，真要被林初九打死，那也是白死，他们可不想白白丢命。

夜色渐深，侍卫见林初九的马车迟迟不走，想了想还是请来传话太监，让他去和宫里的人说一声，看看这事要怎么办。

难道，真的放任萧王妃在宫门外等一晚上？

皇上今晚宿在周贵妃的宫殿，等到消息传到皇上这里时，已是两刻钟后，皇上都准备休息了。

听到太监的传话，皇上冷哼了一声，不屑地道："要等便让她等，明日早朝时把人看住，别让她出现在百官面前。"

皇上多少明白，林初九这是在使苦肉计，可苦肉计要是没有人看，再苦也没有用。

皇上不肯让林初九进宫，林初九也不肯走，反正马车里什么都有，林初九冷不着也饿不着，有暗卫与护卫在，林初九照样能睡得香甜。

林初九不走，守宫门的侍卫也不敢上前驱逐。还是那句话，他们怕林初九一恼，又下达杀人的命令。

于是，双方隔着一条大道相安无事，各自占据一方。

京城中消息稍微灵通些的官员，都知道萧王府下午发生的事，也知道林初九进宫请罪，却被拒之门外的事。许多人都不解林初九这是要做什么？

"萧王妃此举是什么意思？莫不是怕了？"右相摸了摸胡子，怎么也想不明白。真要怕了，进宫求情也没有用呀，皇上可不会给她面子。

"初九简直不知所谓，连皇上的人也敢动，她简直是胆大包天。"林相收到消息，头发都要急白了，偏偏他又奈何不了林初九。林初九现在是萧王妃，萧王明显很看重林初九这个王妃，不然也不会将王府的大权交给她。一个有实权的萧王妃，和一个只有名号的萧王妃，这差距可不是一星半点。林相不惧只有名号的萧王妃，可却不敢动有实权的萧王妃。

"林初九？她做事果然还是这么没有脑子，正好借这个机会保她一次，让萧王叔欠本宫一个人情。”太子得知此事后，那叫一个心情大好。

安王虽然在深宫，可这件事就发生在宫门口，萧子安略一打听就知晓了前因后果，不由得皱眉：“皇婶这事做得太冲动了，父皇为了面子也不会轻易放过她。”

萧子安一夜未眠，想着如何帮林初九脱罪。

除了这些人外，西武的纪丰羽、南远的南诺瑶也一个个盯着林初九的举动，他们打着和太子一样的主意，准备等皇上重处林初九时，出来为林初九求情，好让萧王府欠他们一个人情。

就在这些人关注林初九的举动与命运时，最该为林初九奔波的苏茶却一脸惬意地品着美酒，与绮情阁当家做主的人说着不着边际的话。

绮情阁就是影月楼接生意的地方，苏茶是第一次过来，他们之前和影月楼的人打交道，从来不到绮情阁。说句不好听的，绮情阁不过是给那些不够格的人，一个可以和影月楼做生意的机会，像萧天耀这样的人，都是可以直接去影月楼在东文的分部，完全不用通过绮情阁。

苏茶之所以会来绮情阁，原因很简单，荆池与糖糖就在绮情阁。

知道这两人的下落，苏茶就更不急了，和绮情阁阁主说了半天，也没有切入正题，一直在说着不着边际的话，绮情阁阁主简直是要疯了。

明明这个时候该担心、紧张的是苏茶，可苏茶就是能像无事人一般，从京城流行的面料、首饰，谈到什么样的女子最美，最能让男人动心，又聊到历史上有名的美人计。

绮情阁阁主承认，他们绮情阁再高端大气，做的也是皮肉生意，阁里别的不多，就是女人多，但这并不代表他就对如何打扮女人感兴趣，更不代表他好女色。他管着绮情阁，做的是杀手生意，不是和女人打交道，他哪里知道女人要穿什么好看，什么又是极品女人了。

“女人之美，在貌、在才、在情，可归根结底还是在于如何取悦男人。听说绮情阁的女子个个功夫了得，让人流连忘返，可见阁主调教人的手段之高。”所谓的“功夫”当然是指床上功夫。

绮情阁阁主见苏茶越说越离谱，不由得冷笑：“苏大少来我绮情阁，和我谈论女子之美，莫不是看上阁里哪个姑娘啦？如果真有人能入苏大少你的眼，你尽管开口，我双手奉上。”能用个女人打发的男人，那都不是事。

苏茶等的就是这句话！长长的睫毛往下耷拉，掩去眼中的精光，苏茶漫不经心地问道：“绮情阁的人，谁都可以吗？”

“当然。”绮情阁阁主想也不想就道。哪怕是头牌也没有关系，左右不过是女子罢了，这世间最不缺漂亮的女子。倘若用一个女人就能打发苏茶，在绮情阁阁主看来，是再划算不过的买卖。

可是，他小瞧了苏茶。身为东文声名远播的大富商，虽说没有皇商薛家那么高调，苏茶有钱也是人人皆知的事，而有钱的男人最不缺的就是漂亮女人，苏茶怎么可能为了一个女人来绮情阁。

得了绮情阁阁主的同意，苏茶放下手中的酒杯，坐直，脸上放荡不羁的笑容也收了起来，拿出谈正事的模样。

绮情阁阁主见状，心里闪过一抹不安，可不等他做任何补救，就听到苏茶说道："既然阁主开口，苏某就却之不恭了。绮情阁的人我看上了两个，还请阁主割爱。"

"哪两个？"听到苏茶这话，阁主又稍稍安心。

苏茶勾唇一笑，轻声说道："荆池与子时！"

"什么？"绮情阁阁主大叫，完全不敢相信自己所听到的，"苏茶公子，你在说笑！"敢打他影月楼头号杀手的主意，苏茶皮痒了是吧？他不敢拿少主怎样，还不敢拿苏茶怎样吗？

"苏某从不说笑，"苏茶无视阁主杀人般的眼神，说道，"阁主刚刚可是答应了我的，莫非想要失言？"

"我答应送你绮情阁的女人。"阁主特别咬重"女人"二字。

一个漂亮的女人，最多一两年就能调教出来，顶尖杀手却不同，没有十几年的功夫，绝对教不出来一个好杀手。

"阁主要是忘了刚刚的话，苏某不介意重复一遍。我问阁主绮情阁的人，谁都可以吗？阁主给了肯定的回答。荆池与子时不在绮情阁吗？"苏茶脾气很好，重复着两人之前的对话。

一字不错！

听到苏茶的话，绮情阁阁主知道自己被坑了，在被少主坑后，又一次被苏茶给坑了。

绮情阁阁主猛地站起身，气狠狠地指向苏茶，那模样似乎想要杀人，苏茶却是神情不变，不闪不避地迎向阁主杀人的眼神……

今晚，他一定要把荆池和糖糖那两个坑货带走！

说出去的话，泼出去的水，虽说没有第三人在场，绮情阁阁主却没脸赖账，指着苏茶的手指抖了半天，最终还是气呼呼地坐了下去，没好气地道："说吧，你想怎么样？你应该知道影月楼的杀手，不可能说送就送。再说了，他们只是借绮情阁暂住，并不是绮情阁的人，我也不可能把他们送给你。"

"阁主，苏某是生意人，一向讲究和气生财。你且放心，苏某必不会让你为难。"听到绮情阁阁主的话，苏茶暗暗松了口气。

别看他面上云淡风轻的样子，实际上也很紧张。万一这阁主死不认账怎么办？万一这阁主突然动手怎么办？万一这阁主武力威胁怎么办？他可是手无缚鸡之力的文弱商人，真要动起手来，他只有被打趴下的份。幸亏，幸亏绮情阁和影月楼讲道义，不然他这条小命今天怕是要交待在这里了。

苏茶悄悄将手背到身后，握紧，借此平复自己狂跳的心脏，他在做这个动作时，眼神没有一丝闪避，仍旧面带微笑，看着绮情阁阁主。

见对方一瞬不瞬地打量自己，苏茶也不着急，端起桌上的酒，送到唇边，抿了一口，随意把玩着手中的杯子……

对方不动手，他就没有什么好惧的了。

做生意就是你好我好大家好，你赚我赚大家赚。苏茶是生意人，绮情阁阁主其实也是生意人，见苏茶没有紧咬他的口误不放，就知今天这笔“买卖”不难谈。

两人再次开谈，气氛重归于好，苏茶一点一点地谈，最终在绮情阁阁主一再表示为难中，达到了自己的目的：让荆池与糖糖去自首！

荆池与糖糖伤了福寿长公主，此事皇家必不会就此罢休，与其躲藏起来，不如主动去自首。凭影月楼的招牌，皇上怎么也不可能要荆池与糖糖的命，而且这事是福寿长公主绑糖糖在先，荆池救人也没有什么错，要说错那也是他不该伤了福寿长公主。

“福寿长公主只伤了胳膊，要不了命。”这是绮情阁阁主透露的消息，至于那什么危在旦夕，完全是扯淡。

达成了协议，逼得绮情阁阁主退让后，苏茶满意地离去。

苏茶刚走，屏风后就走出一紫衣男子：“他在害怕，你答应得太快了。”

紫衣男子赫然就是天藏影月的少主时逸寒，时逸寒与萧天耀一战受了不轻的伤，这段时间一直窝在绮情阁养伤。

绮情阁阁主听到时逸寒的话，郁闷地道：“少主你该早些出来才是。”

“本少主出来了，你往哪里站？”时逸寒瞥了一眼占据了主位的阁主，在左侧坐下：“魔君重楼可有消息？”

他时逸寒长这么大，什么都吃，就是不吃亏。在重楼手上吃了一个那么大的亏，他不讨回来浑身都不自在。

“魔君重楼一路追踪南诺离，没有意外的话，这个时候人应该在南远。”阁主站了起来，恭敬异常。

“追着人去了南远，这可不像重楼的风格。”时逸寒将双脚架在矮桌上，一副懒散的样子。

阁主低头不语，心中却在暗自腹诽：说得好像你和重楼有多熟似的，明明才第一次见面好不好！

这厢时逸寒与阁主在谈论重楼的事，那厢林初九也收到了苏茶传来的消息。

事情成了！

到这一刻，林初九高悬的心总算放下了。

有荆池与糖糖自首，有影月楼出面，皇上怎么也无法把罪名安到萧王府头上。萧王府没有错，皇上让禁卫军大张旗鼓地去查萧王府就是做过了。

当然，皇上是不会有错的，错的是下面的人，给了皇上错误的情报，让皇上做出错误的判断，下达了错误的命令，到时候皇上只要推个替死鬼出来就行。

林初九打了个哈欠，问了一下时辰，确定离早朝还有一个时辰，林初九翻个身又睡了，让下人在早朝前叫醒她就可以。

不远处的侍卫，只看到萧王府的马车内亮起一盏灯，随后又灭了……

双方继续对峙！

离早朝还有一刻钟，陆续有官员赶过来，林初九也起来了。萧王府的下人，端来清水服侍林初九梳洗，又为她端来热食。

哪怕是在外面，林初九也没有受半点儿委屈，吃半点儿苦。在旁人眼中是遭了大罪，可这点小问题林初九完全不放在眼里。

梳洗完毕，用完早膳，萧王府的马车就动了起来，不远处的侍卫见状，立刻朝暗处的人打了个手势，很快就有一小队人马，从暗处涌出来，将萧王府的马车团团围住："萧王妃，马上就要早朝了，请你不要乱动，以免影响早朝。"

说完，不给林初九反应的时间，直接拔出刀，戒备地看向萧王府的侍卫和马车里的林初九。

显然，昨天林初九下令处死禁军的事，已经在京城传遍了，现在皇城里的侍卫，见到林初九就怕……

第九章　不负战神之名

东林皇宫有四道门可以进出，林初九此时被困在南门，与大臣上早朝所走的北门，并不在同一个方位。

那些准备上早朝的官员们，陆陆续续地走过宫门，有不少人还会特意往南门方向看一眼，露出幸灾乐祸的笑，明显这些人都知道昨天下午萧王府发生的事，也知道林初九被拒宫门之外的事。

尤其是林相走进来时，与他一道的几位大臣，更是不客气地开口打趣："林相虎父无犬女呀！"

"林相，你那女儿的家教，可真是……啧啧啧。"有几位老臣，不由得叹气摇头，一副很同情林相的模样。

能和林相走到一块的，官位都不会太低，就算林相权势滔天，他们这些出身世家的官员，也不会把林相放在眼里，说话自是不会客气。

林相听到这些话，气得牙痒痒，偏偏又不能反驳什么，只能冷着一张脸当作什么都不知。

左右，这些人与他的官位还有差距，他不屑理会也是可以的。

右相之前因孙女一事，被林相奚落了一顿，这个时候见到机会，自然不会放过："林相，听闻你的小女儿还未说亲事，你可得好好劝劝萧王妃，别误了孩子的前程。"

右相这是拐着弯地说林初九这么狠辣，林婉婷没人敢娶。

林相真的不想回答这话，对于官位比他低的人，他完全可以高傲得不予理会，但右相不同，他们二人官位相当，平日里也是针锋相对，周围这么多人看着，他要是不回击，外人只当他怕了右相。

林相脚步不停，只移头看了右相一眼，一脸严肃地道："右相，萧王妃是君，我等是臣，萧王妃是什么身份？皇上没有说萧王妃有错，哪轮得到你我多话。右相若想插手天家的事，本相不拦你。”

林相无耻地拿林初九的身份说事，直说林初九是萧王妃，他管不了，也不敢管。

说完，林相不给右相说话的机会，一甩衣袖快步离去，把右相丢在原地。

这一番争吵，并不会影响早朝的进行，百官进入大殿站好没多久，早朝就开始了。

早朝开始，可林初九依旧被禁军团团围住，哪里也去不了，刚开始林初九并不吭声，就这么坐在马车里，很是配合，侍卫简直不敢相信。

“萧王妃肯定是故意麻痹我们，我们可要当心。”

“萧王妃一定有后招，大家注意一点。”

“听着，不管萧王妃要做什么，都要拦住她，绝不能让她去大殿上，破坏早朝。”

……

禁军你看看我，我看看你，不断地交换眼神与想法，哪怕林初九一动不动，他们仍旧如临大敌。

他们坚信，林初九绝不可能这么安分！

事实也确实如此，半个时辰后，林初九的声音从马车里传出来：“可以走了！”

“是。”车夫应了一下，马车两侧的亲兵立刻上前，长枪指向禁军，“让开！”

“皇上有令，你们不能离开。”禁军见林初九有动作，一点也不意外。

林初九真要不动，他们才意外。

“不能离开？我回府也不行吗？”林初九的声音，从马车里传出来，轻淡温和，禁军却不敢大意，斟酌了一下用词，才道：“萧王妃，你不是进宫请罪的吗？皇上没有说你可以离开，你就只能在这里候着。”

“我昨天是来请罪的，想了一个晚上，我发现事情不对，我不应该来请罪。”林初九打开车门，在侍女的搀扶下走下马车。

林初九走下马车，明明什么也没有做，禁军们却是一副受到惊吓的样子，不约而同地后退一步：“萧，萧王妃……”

林初九好似没有看到禁军的害怕，语气轻柔地道：“人死在我萧王府，我应该去大理寺报案才是，不知几位可否让道，让我去一趟大理寺。”

“什，什么？”禁军被林初九弄懵了，好好的怎么扯上大理寺了。

林初九没有回答他们的话，只道：“皇上想必没有让你阻止我去大理寺。如此，还请各位让路。”

“不行，没有皇上的命令，萧王妃你不能走。”禁军硬着头皮道。

他们不知林初九到底想做什么，保守起见，他们还是要把林初九困在这里，等皇上来决定。

“我不能离开，那我身边的下人能离开吗？”林初九看了看左右两侧的侍女，见禁军没有直接说不，便对翡翠道：“拿着王爷的帖子去大理寺。”

禁军顿时傻眼，一时间不知要如何处理。

传令的人只说，别让林初九在人前闹事，这要去大理寺，他们管吗?

不给禁军想对策的机会，翡翠躬身行礼，往前走去，见禁军挡住去路，翡翠也不多话，只是回头看了林初九一眼："王妃。"

"你们几个，护送翡翠去大理寺。"林初九随手一指，点了六个侍卫，那六人马上出列，站在翡翠左右。

"几位，让个道，别逼我们出手。"萧王府的侍卫，和萧王一样的嚣张，禁军又气又恼，却不敢动手。

大家的武力值，不是一个水平的，萧王府的侍卫不一定能突出重围，但拿下他们几个挡在前面的人，却不是难事。

林初九见禁军下不了台，笑盈盈地补了一句："皇上只是不让我走，可没有不让我的侍女离开，她们要是不能离开，我吃什么？喝什么？"

"这……"禁军不想和萧王府的人动手，听到林初九软和的话，犹豫再三，派人去宫中问了一声，得道"只要不让萧王妃离开就成"的命令后，放翡翠离开。

走了六个侍卫，林初九身边的亲卫就少了三分之一，人数一少，禁军就感觉自己有优势了，心里也没有那么怕萧王府的人，但林初九却不再说话了，转身坐回马车，配合得让禁军无所适从。

今天的早朝和前两日一样，大事没有，小事一堆，就看到一个个官员出来汇报，然后商量，最后由皇上定夺。

大家一个个有序地出来汇报，看似和平常没有两样，可在场的人都知道，他们一个个都心不在焉，注意力都放在了南门口的萧王妃身上，在想萧王妃林初九此时在做什么，可是……

林初九还没有动作，就先出了一件大事……

捷报!

继大将军徐达死后，东文第一次收到捷报!

萧天耀抵达战场才五天，就传来捷报，不用想也知必是萧天耀一到前线，就与北历打了一仗，而且还大获全胜。

不管满朝文武怎么想，收到捷报必然是高兴的，还不知捷报的内容，就开始高喊皇上英明，皇上万岁。

皇上也很高兴，不过这份高兴里面，又多了一点儿不自在。这份捷报来得太是时候了，作为一个帝王，疑心重是再正常不过的事，这份捷报来得如此之巧，容不得皇上不多想。

但即便明知这份捷报是萧天耀故意在这个时候送上来的，他也不能怎样，因为前线大捷是事实。

展开折子，看到里面所写的内容，饶是皇上也忍不住震惊了："好，好，好，萧王不愧为我东文的战神。"

皇上一连说出三个"好"字，又当众夸赞萧天耀，可见此次的捷报必是大胜。

不管内部怎么斗，当有外敌时，大家必定是一致对外，听到皇上的话，不管是林相还是右相，都激动无比，忙问皇上战报上写了什么。

皇上实在太高兴，将折子递给身旁的太监："念！"

太监没有耽搁，将战报上的情况一一念了出来，没有意外，萧天耀赶到前线的第一战，绝对是大胜。

一比十的死伤，杀敌近万，逼退对方十里，这对节节败退的东文来说，绝对是一剂救命良药，瞬间便挽回了将士们失去的士气。

这一战，实在打得漂亮，满朝文武听到战报上的情况，都说不出萧天耀半句不是，可哪怕萧天耀打了胜仗，早朝上也没有一个人夸他，战报念完，满朝文武都高喊皇上英明。是的，皇上英明，是皇上英明才有今天的捷报，才有前线的大胜。群臣拍马屁，前线的战事又出现转机，皇上龙心大悦，接下来根本无心谈政务，与群臣说起前线的战事，说起如何犒赏三军。

前线大捷，皇上必然要犒赏三军，让将士们记住皇上的恩德。犒赏三军这种长脸的事，人人都争着、抢着，群臣又开始各自推荐起来，皇上心情好，听之任之，但没有立刻做出决定。

下了朝，皇上依旧保持着好心情，甚至过问了一句林初九的情况，得知林初九仍在宫外，皇上脸上的笑容淡了几分："宣她进宫。"

萧天耀在这个时候报上捷报，他就是再不喜，看在这份功劳的份上也要放过林初九，不计较她打杀禁军一事。

太监听到前线传来捷报，就知道林初九不会有事，听到这话急急地让人去通传，就怕怠慢了林初九。

前线战事大捷，现在萧王可是炙手可热的大红人，身为萧王的妻子，林初九自然也得好好巴结。

林初九打杀禁军一事，实在是打皇上的脸，皇上原打算重处林初九，现在收到萧天耀的捷报，皇上只好高高举起，轻轻放下，下旨责怪林初九一通算了，不想林初九还没有进来，就有太监来报，大理寺卿有要事求见，与福寿长公主被刺有关。

皇上只得先一步召见大理寺卿，让林初九来了去偏殿等。

大理寺卿急急地进宫，就为了告诉皇上一件事：刺杀福寿长公主的刺客落网了，凶手是影月楼第一杀手荆池，还有他的师弟糖糖。

这两人之所以会对福寿长公主动手，是因为福寿长公主觊觎糖糖的美色，派人绑了糖糖，荆池去救人，不小心伤了福寿长公主。

皇上听到这话，气得差点吐血："刺客是影月楼的人？你们之前没有查清楚？"

"下官，下官不知。"大理寺卿吓傻了。

"是福寿绑人在先？"皇上又问，这一次大理寺卿不敢说不知，只是低头不语，皇上一见对方这个样子，就明白了。

"滚！"皇上一脸怒气，大理寺卿连滚带爬地出去了。

本想进去禀报皇上林初九来了的小太监，见状立马折了回来。

皇上太可怕了，他不敢进去呀。

“来人，宣李正觐见。”皇上想到李正信誓旦旦地给他保证，刺客是萧王府的人，皇上就想杀人。

这下好了，别说训斥林初九，反过来还要安慰她。

李正很快就来了，大理寺发生的事他也清楚，不等皇上开口，就一口咬定荆池与糖糖是故意的。

“皇上，那两人绝对是萧王府的人，他们在北域杀了人，是萧王府派人出面，将其赎了出来。他们进城后，接待他们的也是萧王府的人，甚至名叫荆池的男子，在出城前就是要去萧王府的。”

“这么说，他们联合影月楼，在骗朕了？”皇上怒极反笑。

他可不认为，影月楼会为了萧王府，做出这么大的牺牲，萧天耀还没有那个能耐，让影月楼退步。影月楼出面揽下此事，就证明那两个人绝对是影月楼的人。

“皇上，这两个人认罪的时间实在太巧，这一定是萧王妃使的计。”李正无从辩驳，便拿林初九说事。

经过昨天的事，林初九的阴险与狠毒，已是有目共睹。

“蠢货，你都没查清对方的身份，便声势浩大地带人去搜萧王府。现在人家就是用计，你又能如何？”皇上怎么不知这是林初九一手安排的，可林初九用的是阳谋，他能拆穿吗？

战报，战报不是假的，只是送进城的时间，被有心人控制了。

身份，刺客的身份也不是假的，只是他们自己没有查清，便莽撞行事，这怪得了谁？

李正一听，就知再辩解也无用，重重地在地上磕了个头，说道：“卑职罪该万死，请皇上责罚。”

“你确实该罚，不罚你朕如何向萧王妃交代。”皇上看李正主动请罪，心中的怒气也淡了几分。

李正虽然急功近利了一些，却是一心为主，情有可原，只是此事若不处罚他，萧王府那边交代不过去……

“擅闯萧王府，假传朕的口谕，朕今天就革去你的官职，流放西北。”皇上将所有的错，都推到了李正头上，李正连想都没有想，就全部认下：“卑职谢皇上不杀之恩。”

李正很清楚，只要皇上没有下旨赐死他，就说明他还是有机会的……

林初九在宫外，已知道前线传来了捷报，萧天耀打了胜仗的消息。

萧天耀打胜仗不稀奇，前线传来捷报也不稀奇，没有人怀疑过萧王在战场上的本事，稀奇的是前线的捷报早不来，晚不来，偏偏在林初九闯下大祸的第二天送上，要说这只是巧合，林初九自己都不信。

想到这一封捷报带来的好处，林初九忍不住勾唇一笑。萧天耀这个男人，不高傲自大的时候还是很靠谱的，比如这份战报，来得太是时候了。

林初九可以想象皇上此时有多郁闷，只可惜她人来了，皇上却没有工夫见她，她没有办法第一时间欣赏皇上的臭脸。

皇上让她等，林初九就安分地在偏殿里等着，甚至嚣张到要求宫女给她上茶和点心。

至于宫里的茶水会不会有毒，林初九一点也不担心，别说皇上不会出这么二的招，就算皇上真的昏了头，在茶水里给她下毒，她有医圣之心在，横竖死不了。

宫里的下人都是捧高踩低的主，萧天耀在前线大胜的消息传来，便知林初九必然会成为红人，林初九要的东西很快就送来了，甚至有人还自作主张地给她端了一碗燕窝汤。

林初九在外面等了一上午，这时着实饿了，知道皇上一时半刻没空见她，林初九慢条斯理地吃完碗中的燕窝汤，又吃了几块点心。

林初九知道自己不会有事，是以，她一点也不担心，但老这样等着也有点无聊。

一个时辰，林初九足足等了一个时辰也不见皇上召见，她有些坐不住了。只是，林初九没有表现出来，静静地如同一尊佛似的坐在那里，神情淡然，眼神平静。

现在她占理，皇上不见她，她也不能闹，不然占理就变成无理了。这个道理林初九懂，是以，即便再无聊她也老老实实地坐着，甚至无聊到坐在那里默背《伤寒论》……

正殿里，皇上打发走李正，并没有见别人，可也没有见林初九。

他没理由处置林初九，可晾着林初九还不行吗？

半个时辰不够，就晾一个时辰，一个时辰还不够就晾两个时辰，皇上就不信，林初九小小年纪，能沉得住气。

他等林初九闹起来！

一个时辰过去了，皇上将手中的折子批完，问了一句内侍："萧王妃还在偏殿等着？可有说什么？"

"回皇上的话，萧王妃什么也没有说，一直坐在那里，中途要了一壶水。"太监道。

"萧王妃要什么尽管给，要见朕就说朕很忙。"皇上确实很忙，丢下这话就忙着召集大臣议事。

前线大捷是不错，可他们不能就此掉以轻心，也不能就此自大起来，他们还得做好后勤工作，确保这一战赢得漂亮，同时也要防备萧天耀重掌兵权。

皇上在正殿与大臣议事，连午膳都是与大臣一起草草地解决了，君臣不断地商量兵器、粮草的跟进，前线人员的布置，国库的支出，还有犒赏的安排……

这些事虽不需要皇上亲力亲为，却需要皇上点头。等到皇上将这些事情一一安排下去，已是两个时辰后，此时天都快黑了，大臣们纷纷告辞离去。等到大臣们走了，太子又进宫来给皇上请安，同时说起前线的事，听太子的意思，他想去前线为君分忧。

皇上听到太子这话，眼中闪过一抹冷笑，他对太子已经不抱希望了，能力没有，却喜欢上蹿下跳。

虽说犒赏三军这种好事，大多是由太子、皇子代皇上出面，可太子也要看看他压不压得住萧天耀！能不能降服前线的战士！能不能让前线战士对他这个皇帝感恩戴德！

犒赏三军的目的，是为了让众将士感恩皇室，忠于帝王，若太子去了前线，最后很可能他这个皇帝出了钱、出了力，好名声却被萧天耀拿走了。

皇上虽然不喜太子，却没有表现出来，很有耐心地等太子说完，然后丢了一句："此事朕自有主张。"便把太子打发走了。

太子虽然不甘心，却也没有办法，只得带着遗憾离去。

等到太子唠叨完，离宫门落锁只有两刻钟，加上走到宫门口的时间，皇上这个时候要见林初九，也只有两炷香的时间可以说话。

内侍见皇上坐在椅子上，揉起眉心，却没有宣林初九觐见的意思，犹豫再三还是上前说了一句："陛下，萧王妃还在偏殿等候，您要见她吗？"

"萧王妃？"皇上确实是把林初九给忘了，听到内侍提起，这才记起他把人晾了一天，确切地说应该是一天一夜。

皇上问道："她还在偏殿等着，可有不满？"

"陛下，萧王妃坐了一下午，除了要求添水和点心外，什么要求也没有提，甚至没有询问宫人，皇上您什么时候能见她。"内侍想到林初九的从容，不由得在心里暗自称赞了一句：不愧为萧王妃，可真是沉得住气。

帝王的心思最难猜，要换作其他人被皇上晾了一天，即便立了天大的功劳，此刻也会忐忑不安，萧王妃却像是无事人一样，在偏殿自在得很……

林初九在偏殿除了无聊外，还真没有别的感觉，只是她不担心，并不代表其他人不担心。皇上一下早朝，就宣了林初九进宫，结果林初九在宫里待了一天也不见出来，在宫门外等候的侍卫都快急疯了，就怕林初九在宫里出事，偏偏宫门横在那里，他们不能随便进宫。

除了宫门口的侍卫外，在萧王府等消息的曹管家与苏茶，也是急得团团转。他们虽然把一切都安排好了，可谁知道皇上他老人家怎么想，万一皇上脑袋抽了，认为这是林初九与萧天耀联手打他的脸，不顾前线战事，执意处置林初九怎么办？

眼见着宫门就要下钥，也没有收到林初九从宫里出来的消息，苏茶和曹管家都快急哭了，可他们再急也没用，不管是苏茶还是曹管家都没有资格进宫，有资格进宫又该为林初九出头的林家人，又一个个假装什么都不知，连过问一句都没有。

想到林家的冷漠与自私，曹管家不由得骂了一句："王妃有林相那样的父亲，简直是倒了八辈子霉，不知情的人还以为王妃是林相捡来的。"

为了权势利益，连自己的女儿都能牺牲，甚至能眼睁睁地看着自家女儿遇险，而无动于衷，曹管家表示他看不起林相，哪怕林相深得帝心，权势滔天，他也看不起。

苏茶听到曹管家的话，想到林初九坑林相的事，非常公正地说了一句："林相有王妃这样的女儿，也蛮惨的。"

"你到底站在哪一边？"曹管家怒了，"苏茶公子，你的主子是王妃，你怎么可以吃里爬外。"

曹管家一副"你简直太让我失望"的神情，看得苏茶全身的鸡皮疙瘩都起来了。

"曹管家，我这不是吃里爬外，我是实话实说，王妃可不是善茬，除了在王爷手上吃亏，王妃还在谁手上吃过亏？林相可没有在王妃手上讨到好。”为了证明自己没有吃里爬外，苏茶很严肃地道，“曹管家，王妃绝对是林相的亲生女儿，你看王妃和林相互坑起来不眨眼，就知这绝对是父女。”

“那是林相先害我们家王妃，要不是林相不慈在先，王妃怎么会不孝。”作为萧王府的下人，曹管家坚定地站在林初九这边不动摇，极度不耻苏茶的行为。

苏茶试图与曹管家讲理，好让曹管家明白他们家王妃不是什么善男信女，手段狠辣着呢，可不管苏茶怎么说，曹管家始终认定林初九所做的一切都是逼不得已。

就拿昨天的事情来说，要不是禁卫军执意要搜萧王府，林初九也不会迫不得已，打杀禁卫军，林初九所做的一切，都是被人逼的。

“以德抱怨，何以报德？我们家王妃可从来没有主动害过人，就连给我们家王妃下毒的林夫人，王妃看在蒙家的面子上都忍了，像王妃这么好的女人，去哪里找？”

就在苏茶与曹管家争论我们王妃到底好不好时，皇上终于肯召见林初九了，不等林初九跪下，皇上就说了一句免礼，然后以安抚的口吻道：“昨日之事让你受惊了，朕已经处置过李正，你有什么不满直接告诉朕。你是天耀的妻子，是朕的弟媳，下次遇到这样的事，你不必忍着，进宫来找朕，朕定会替你做主。”

皇上金口一开，功过全抹平，被杀的禁军白死了。林初九垂眸，掩去眼中的冷讽，跪下谢恩。

见林初九被晾了一天，占了上风也不吭声，皇上心中的郁结稍淡几分，左右不能拿林初九怎么样，皇上随意说了两句，便打发林初九出宫。

林初九也没有指望皇上怎样，行个礼，转身就往宫外走。

她得赶在宫门落钥前，离开皇宫才行。

时间卡得刚刚好，或者说锁宫门的太监一直在等林初九，直到林初九出了宫门，这才将宫门锁上。

宫外关注此事的人，听到林初九毫发无伤地出了宫，一个个露出本该如此的表情。

“功过相抵，萧王这份捷报来得真正是时候，皇上也不用赏他了。”右相摸着胡子，一脸笑意，眼中却没有一丝笑。他不是林相，不需要把身家性命全部交给皇上，做皇上手中的剑，做皇上的狗。他忠于皇上，更忠于自己的家族，忠于东文……

和右相恰恰相反，对于林初九平安走出皇宫，林相是不高兴的，林初九一再让他没脸，他不止一次后悔，没有在林初九一出生时就把林初九掐死。

林初九平安出宫的消息，第一时间送到了曹管家与苏茶手上，两人得知林初九平安无事地出宫，终于松了口气。

“我就不等王妃了，我去把这个好消息说给王爷听。”苏茶是丢下一大堆的事务，专程在这里等林初九，甚至为了让捷报以最快的速度送到京城，他还动用了魔宫的人，现在得赶紧回去把尾巴处理干净。

曹管家正气苏茶说林初九心狠手辣，对林相不孝，见苏茶说要走，立刻让人送他，完全是在赶人。

苏茶摸摸鼻子，自认倒霉。

林初九回到萧王府，曹管家与翡翠等人便立刻围了上去，七嘴八舌地表达自己的关心：“王妃，你平安回来就好了。”

“王妃，你饿不饿？渴不渴？皇上可有骂你？可有处罚你？”

“王妃，你怎么在宫里等了一天，可是遇到什么事？”

“王妃都瘦了，肯定没有吃好，没有睡好，宫里可真不是人待的地方，回头拿柚子叶洗洗澡，去去晦气。”

……

众人你一言我一语，林初九虽然被吵得头痛，眼中却是满满的笑意。

她一个人太久了，都快忘了被人关心，与人分享的心情了，虽然从宫里回来很累，可林初九还是好脾气地回答曹管家与翡翠的话。

和萧王府的热闹不同，苏茶独自回到苏家，一个人回到书房，飞快地将京城最近发生的事写在信上，末了又写上与影月楼的交易。

为了让荆池和糖糖主动认罪，苏茶不得不把荆池欠他们的账一笔勾销。苏茶知道，这样做不利于林初九的安全，可他也没有办法呀。影月楼不是吃素的，荆池也不是吃素的，想要荆池主动自首，总得付出一点代价才行。

苏茶心想这事萧天耀知道了定会不高兴，思忖再三，他决定明天一早去问林初九要信。到时候和林初九的信件，一起送给萧天耀，这样萧天耀就不会不高兴了吧？

然而，让苏茶没有想到的是，萧天耀收到林初九的信更生气。

林初九这一次寄给萧天耀的信，正好是提前写好的那封。在信上，林初九不仅大胆猜测自己不是林相的女儿，还推断中央帝国林家背叛了圣元王朝。

林初九知道，萧天耀娶她并不是因为她是林相的女儿，但林初九觉得有关她身世的事，还是要给萧天耀透个气，免得到时候因此产生不必要的误会与矛盾。

至于推断林家背叛圣元王朝的说法，那纯粹是为了凑满三张纸，写着好玩罢了，反正他们和圣元王朝一点干系也没有。

林初九在信上所写的内容，虽然都没有实证，萧天耀却知道林初九的推断八九不离十。

萧天耀面无表情地看着手中的信，越看脸色越黑……

“居然是中央帝国林家的人？”萧天耀苦笑一声，手指紧捏信纸，眼神落在纸上，却没有焦距……

“中央帝国林家？背叛圣元王朝的林家。林初九，你说本王该拿你怎么办？！”手指微微用力，手上的信纸瞬间拢成一团，被萧天耀攥在手心：“为什么偏偏是中央帝国林家的人呢？本王宁可你什么都不是，也好过是中央帝国林家的人。”

萧天耀闭上双眼，眉头紧锁。这是第一次，他下不了决定；这是第一次，他不知该怎么办才好。

“本王真想杀了你……”心里却不舍。

萧天耀保持着这个姿势，一动不动地坐在椅子上，许久之后，才缓缓睁开眼，看着手中握成一团的信件，冷硬的面容扯出一抹讥讽的笑：“偏偏在这个时候，让本王知道你是中央帝国林家的人，就是想要杀你也赶不回去。”

“啪……”萧天耀一个用力，手上的纸团瞬间变成碎片：“就当本王没有收到这封信，你是你，中央帝国林家是中央帝国林家。”

就在这时，营帐外突然响起阵阵战鼓声。

“咚咚咚……”急促的战鼓声，一声比一声更响亮，更急促。

听到这个声音，萧天耀不用想也知道，这是北历发起了进攻。

萧天耀反手将手心的碎片，丢入桌上的木盒里，同时站起身来。

不等他往外走，亲兵就急急地冲了进来：“王爷，北历率兵十万，突袭我军大营。”

“迎战！”萧天耀拿起桌上的头盔，大步往外走。

北历来得还真是时候，他正愁心中那股邪火没有地方发。

北历十万大军突袭，萧王亲自领兵作战。然而，就在萧王带人将北历十万大军打退时，有二十万北历兵马，从背后突袭……

萧王早有防备，不等北历大军靠近，就有副将带兵迎战，一举攻破北历的防线，杀敌三万余人，逼得北历再次后退，再无夺回此城的可能。

又是一次大胜仗！

萧王抵达前线，不到五天就连胜北历两次，夺回一城，捷报传回京城，东文上下一片欢喜，城中百姓自发庆祝，他们坚信有萧王在，一定能将北历打回去。

在东文数月，毫无收获的纪丰羽，听到消息忍不住赞道：“半个月便夺回一城，萧王并非浪得虚名，只可惜……”他来晚了，没有时间好好与萧王结交，不然凭借萧王的权势，只要给他一二助力，他回西武也有与众皇兄一争的可能。

“萧王果然是东文的战神，战无不胜，攻无不克。”南诺瑶收到战报，一脸欢喜，她就知道自己喜欢的男人是盖世英雄，没有什么可以难得倒他。

只是，南诺瑶脸上的笑很快就消失了。萧天耀打了胜仗，她嫁给萧天耀的可能性就更低了，打了胜仗的萧天耀，根本不需要南远的支持，完全没有必要娶她这个在南远倍受宠爱的公主。当然，就算萧天耀想娶，东文的皇帝也不会允许。

怎么办？难道就眼睁睁地看着林初九将萧王妃的位置越坐越稳吗？我不甘心，我真的不甘心。我那么喜欢你，为了你什么都可以做，为什么就不能嫁给你呢？

可转念想到林初九知晓了自己的秘密，却一再推拒不肯来凌云苑为自己医治，南诺瑶就想要杀人。

事实上，南诺瑶早就派人动手了，只是萧王府的守卫太严了，她派出去的人还没有摸到萧王府的大门，就被人发现了。

她不是没有想过请影月楼的人出面，可影月楼根本不接与朝廷相关的刺杀，她就是空有银子也无用。

林初九，你的命真好。想到林初九因何嫁给萧天耀，南诺瑶就嫉妒得不行。

林初九半点也不知，因为萧天耀打了胜仗，南诺瑶越发地想要杀她。得知前线又有捷报传来，林初九的心情越发地好。

这个时候，她终于体会到夫荣妻贵了。萧天耀在前线取得胜利，她在后方也能享受最高待遇，看宫中这段时间源源不断的赏赐，就知她现在的日子有多滋润。

有人欢喜有人忧，东文上下欢欣鼓舞，南远与西武却怎么也高兴不起来，消息传到两国，两国皇帝都十分震怒，在心里把萧天耀骂了个半死。

萧天耀这么快的时间取得胜利，完全打破了他们利用此次大战拖垮东文，拉低东文国力的机会。

两国皇帝以最快的速度，命人传消息给正在东文的纪丰羽与南诺瑶。两国皇帝事先并没有通气，但他们传的消息却差不多，那就是让纪丰羽和南诺瑶尽可能在东文挑起东文皇帝与萧天耀之间的矛盾。

收到密令后，不管是纪丰羽还是南诺瑶都十分矛盾，他们不想得罪萧天耀，但父皇的命令，他们又不得不听。

前线还在打仗，东文的皇帝就是再蠢，也不会在这个时候换将，找萧天耀的麻烦，他们唯一能做的，就是挑起萧天耀对皇上的不满。

纪丰羽与南诺瑶经过周密思索，不约而同地将目光放到了林初九身上……

第十章　捧杀林初九

纪丰羽与南诺瑶都想从林初九身上下手，一时半刻却寻不到机会。

萧天耀打了胜仗，获利最大的自然是林初九。最近京城上下无人敢惹林初九，就是福寿长公主吃了那么大的闷亏，也不敢找上林初九，只能任由皇上再次把她送到城外。

先前，皇上听到福寿长公主受了伤，把人接回了京城，想借福寿长公主被刺一事，打压萧王府，不想却是偷鸡不成反蚀把米。

荆池与糖糖在大理寺公堂上，指责福寿长公主强抢民男，把皇上气得不行，对皇上来说，这简直是丢脸丢到外面去了。

这样的情况下，别说福寿长公主只是受了点小伤，就是快要死掉，皇上也不会把人安置在京城。为防福寿长公主再添乱，皇上这次安排了十八个会点功夫的太监照顾她，除了这些太监外，别院的侍卫都不许福寿长公主接近。他就不信了，面对一群太监，福寿也能下得了手。

至于荆池与糖糖？

皇上与影月楼私下达成了协议，这件事也就不了了之，至于双方达成了什么协议，林初九没有找人去打听。

影月楼从不接刺杀朝廷中人的生意，她一点也不担心影月楼会派杀手杀她或者萧天耀。

林初九这几天在王府，把萧天耀书房里的那套史书看完了，同时给萧天耀写了三封读后感，与萧天耀分享史书中的内容。真不能怪林初九懒，她实在不知道要给萧天耀写什么，每三天一封信，她就是有再多的话也要写完。看到抽屉里积了三封信没有发出去，林初九十分满足，未来十天都不用发愁给萧天耀写什么了。看到这些信件，林初九突然想到一个十分严肃的问题：“我好像给萧天耀寄了四封信了，怎么没见萧天耀回信？”

回信都被狗吃了吗？

“就算不会每封都回，三五封总得回我一次吧？”林初九越想越觉得不对，琢磨着等苏茶后天来取信时，她问问苏茶。

萧天耀是没有收到她的信呢，还是不给她回信?

要是萧天耀不给她回信，那她从下封信开始，就用模板记录自己一天每个时辰干了什么，再也不花心思给萧天耀写信了，反正那个男人不会回。

“啪……”林初九闷闷不乐地将盒子锁上，心里有那么一点不是滋味。只是她还来不及伤春悲秋，曹管家就在门外道：“王妃，可以出门了。”

林初九今天要去看望孟修远，之前孟修远的伤口发炎了，林初九给他重新上过药，现在孟家传来消息，说孟修远的伤口已经完全愈合，只等林初九去拆线。

林初九之前就说了，要在家里给蒙老夫人守孝。是以，此次出门十分低调，趁着夜色降临，没有什么人注意才悄悄出府。

林初九将房内的黑色夜行服穿上，戴上帽子把自己完全包裹在黑夜中，这才往外走。

曹管家给林初九安排了一辆青布马车，外表看上去比王府下人坐的马车还要简陋，内里却十分舒适，虽然小了一点儿却不颠簸。

马车从萧王府的小门驶出，朝孟家在城中暂住的宅子走去。

自从上次孟修远伤口发炎，孟修远与孟先生就住在城内，没有再回城外受苦。

孟家早就收到消息，林初九的马车一到，就有门房将门打开，迎他们进去，孟先生则亲自在门内相迎。

林初九此行十分低调，可盯着她的人实在太多了，她一出门就有探子一路尾随，待马车驶入孟宅，消息就传到了某些人的耳朵里。

“孟家大少？本宫倒要看看，林初九有没有那个本事，能医好孟家大少的哑疾。”皇宫里，衣着精致的皇后娘娘，听到这个消息，莞尔一笑。

她很期待林初九与孟家接触，毕竟孟家人与中央帝国的关系不一般，想必林初九很快就会与中央帝国的人联系上。

皇上收到消息，略一沉思便道：“让人盯紧了，孟家大少的哑疾要是好了，立刻让人制造混乱，让他们父子二人尽快离京。”

料理林初九与萧天耀已经够头痛了，他实在不想再留个孟家下来。文昌孟家在文人中的地位太高，万一他们声援林初九与萧天耀，他这个皇帝会十分尴尬。

“属下明白。”密探头子周觅低头应是。

……

林初九直到走进孟家花厅才将头上连衣的黑帽摘下，侧身对孟先生道：“孟先生，失礼了。”

“是我们给王妃添麻烦了，王妃请坐，修远很快就会过来。”孟先生引着林初九在主位上坐下，林初九拒绝了，将手中的药箱放在光线下：“这里光线好，孟公子快到了，我略站一会儿无事。”

孟先生本想劝说，还没有开口，就看到朝花厅走来的孟修远。

孟修远缓步走来，脸上挂着恬淡的笑，幽深的眸子犹如秋水。

这份温柔能将人溺毙，可惜林初九一向粗神经，作为已婚人士，她完全不会多想，只看了一眼，便转身将药箱打开，提前做好准备。

孟修远脖子上缠着绷布，此时还不能说话，进来后朝林初九点了点头，林初九同样没有说话，指了指身旁的位置，示意孟修远坐下。

林初九走到孟修远身旁，发现光线太暗，转身道："孟先生，在孟公子身侧，摆两个烛台。"

烛台这种东西十分笨重，一时半刻还真抬不上来，孟先生直接让两个下人手持烛台站在一旁。

人形烛台可调方位，可调高低，林初九略作调整便点了点头。

再次走到孟修远面前，林初九本想安慰几句，看对方一脸平静，林初九觉得这个男人的内心肯定强大到了可以面对失败，所以林初九什么也没有说，直接将孟修远脖子上的绷带拆了，而后倾身上前，手握镊子，轻轻挑起线，再用剪刀尖小心翼翼地将缝合的线剪断……

剪刀每动一下，都会发出"咔嚓"声，冰冷的工具碰触肌肤，不痛，只觉得酥酥麻麻，让人不自觉地绷紧身子。

精神一紧张，许多触感都会被放大，而因伤口在颈脖上，两人又不可避免地会靠近，林初九是大夫，她早已习惯与病患接触，根本不会放在心上，可孟修远不一样，他长这么大还是第一次与女子靠得这么近。

闻着对方身上的馨香，孟修远发现自己的脑子不受控制地想了一些不该想的事，眼眸不由自主地，落到林初九的精致锁骨上……

林初九的注意力，全部放在孟修远脖子上的伤上，根本没有发现孟修远的异常，见孟修远身子绷紧，只当孟修远紧张，头也不抬地安慰了一句："孟公子不必紧张，你的伤势恢复得十分好，很快就能说话了。"

"嗯。"孟修远听到林初九的话，立刻回过神来，发现自己盯着不该看的地方看，脑子生了不该有的想法，脸色当即惨白，他一定是疯了！

为了不让林初九知晓，孟修远飞快地别过头，暗暗调整自己的情绪，让自己静下心来。

孟修远的反应可谓极快，厅中的下人都没有注意到他的异常，就算有人看到也不会多想，只当孟修远是紧张自己的哑疾能不能好，可是……

孟修远掩饰得再好，也瞒不过孟先生。孟先生比孟修远还要担心他的哑疾，林初九一开始为孟修远拆线，孟先生的注意力就一直放在自家儿子身上，就怕出一丁点儿意外。

孟修远看林初九的眼神，还有之后看似从容，实则心虚避开的举动，全都被孟先生看在眼里。

这怎么可能？孟先生当场就愣住了，他完全没有想到，自家儿子居然对萧王妃产生了爱慕之情，这，这，这不应该呀！四国多少名门闺秀，他儿子看也不看一眼，怎么会对一个已婚女子产生情愫？

孟先生觉得自己要疯了，而下一个想法就是，他要尽快带修远离开东文，隔开他和林初九，绝不能放任修远的感情。他们孟家诗书传家，从来没有出过这等丑事，绝不能让修远与林初九纠缠在一起。孟先生坚信，他儿子一定是因为极少与女子亲近，分不清感激与喜欢，这才对萧王妃另眼相看，只要分开了，就一定不会有事了。离开，果断地离开东文，回文昌后立刻给修远挑选合适的妻子人选，只要成亲了，这份心思就会淡了。孟先生这么一想，心中的不安总算淡了几分，他可以肯定萧王妃对他儿子没有意思，只要萧王妃没有想法，依他儿子的人品，绝不可能做出失礼的事。

就在孟先生胡思乱想之际，林初九已拆完线，将工具放在托盘上，深吸了口气，说道："好了，孟公子你张嘴，试着发出声音，看看喉咙会不会痛！"

听到林初九的话，孟先生也没有心思想那些乱七八糟的事，忙上前道："修远，你试试……"

孟修远此时早已冷静下来，眼中没有对林初九的爱慕，黑眸和往常一样平和温柔，抬头看着林初九，张了张嘴："啊……"

虽是一个单音，却也清晰地发出了声音。

"修远，你，你终于能发出声音了。"孟先生一阵狂喜，眼眶湿润。

二十多年了，他终于听到儿子发出声音了，他的儿子终于可以和正常人一样生活、读书了。

"嗯……"孟修远此时只能发出简单的音调，这对他来说却是一件新奇的事，一向理智从容的孟修远，第一次像个孩子一般不断地发出"啊……嗯"的声音。

他一直以为自己不在乎能不能说话，因为不能说话，他也能和正常人一样生活，甚至比平常人过得还要好。可真正能说话时，他才发现，原来在心底深处，他十分渴望能和正常人一样说话。能说话的感觉，真的很好！

孟先生也在一旁，听得欢快，饶是冷静如他，此时也忍不住热泪盈眶："好了，好了，修远你的哑疾终于好了，为父总算对得起你，对得起你祖父。"

孟先生握着孟修远的双手，紧紧的，不肯放手……他太高兴了，比当年得知自己儿子出生还要高兴！

看到孟修远脸上简单、单纯的喜悦，林初九也很高兴。作为一名大夫，最骄傲的事，莫过于解决病人的病痛，让他们恢复健康。看到病人脸上单纯的喜悦，林初九打从心里感到满足。

林初九见孟修远像个孩子一样，不断地尝试各种发音，忍不住提醒了一句："孟公子，你的嗓子现在已经能够正常发声，稍作练习就能正常说话。不过，你现在还需要好好保养，尽量少说话，以免伤着嗓子。"

"呃……"孟修远听到林初九的话，脸"唰"的一下就红了。

他，他居然在林初九面前，做出这么幼稚而失常的举动，真的太丢人了。

林初九见状，脸上的笑容也随意了几分，打趣道："孟公子的心情我能理解，你不必介怀。"

孟修远的表现已经算是很冷静了，她见过重新获得光明的人如何大喊大叫；重新能行走的病人如何痛哭流涕。

失去了才能明白拥有的可贵，孟修远不过是欢喜地发出各种声音，这已经是最内敛的表达方式了。

孟修远尴尬地笑了笑，很快就恢复冷静，站起来，神色平静地给林初九行了个大礼，用极度不清晰的语调，说了一句："谢……谢。"

林初九坦然受之，虚扶了一把，笑道："孟公子不必客气，记得把诊金奉上就成。"

"一定，一定，萧王妃你放心，诊金绝不会少你的。"孟先生知道林初九是在开玩笑，乐呵呵地接话。

林初九见孟家父子二人冷静下来，便将事先准备好的药取出来："这是给孟公子的药，上面写明了服用方法，你们看一看，要有不明白的地方再问我。"

林初九给孟修远准备了一些保护嗓子的药，都是口服的液体，很方便，孟修远只看一眼就清楚了："明……白。"

依旧是一个字一个字地说出来，声音却是越来越清楚，可见孟修远的学习能力之强。

孟先生听到儿子一连说出两个字，刚收回的眼泪再次流了出来。修远的哑疾好了，凭他的才华绝对能得到孟家本家人的欣赏，到时候孟家重回中央帝国，也不是难事了。

在京城处处是秘密，可也没有任何秘密可言。

当天晚上，有心人几乎都知道，林初九医好了孟修远的哑疾，文昌孟家大公子可以说话了。

"文昌孟家的学子遍布四国，东文也有不少文官出自文昌书院。这下好了，文昌书院出来的人就算不站在天耀这一边，也不好与天耀为敌了。"苏茶那叫一个高兴，当即就写信，将这个消息传给萧天耀，好让他高兴高兴。

皇上虽然早有心理准备，但真正听到孟修远能说话了，皇上仍无法高兴，冷着脸说了一句："萧天耀果然好命。"居然让文昌孟家欠他一个大人情。

要不是墨神医失手，这人情该是孟家欠他的，可这一切都让萧天耀给破坏了。

"尽快在文昌学院制造一些混乱，朕不想他们一直待在京城。"皇上说道，既然无法让孟家成为自己的助力，他就不想他们留在京城给林初九撑腰，成为萧天耀的助力。

之前还不能确定，林初九能不能医好孟修远的哑疾，林初九出事孟家自然要斟酌一番，才会考虑出不出手。现在孟修远的哑疾好了，孟家欠林初九一个人情，林初九或者萧王府一旦出事，凭孟家的风骨，哪怕拼着元气大损也会出面帮林初九一次，好还林初九一个人情。

皇上不是没有想过，寻个由头让孟家还了林初九的人情，可这世间谁也不是笨蛋，有些事做得太明显就没有意思了。

皇后娘娘在深宫，一向是不显山不露水，十分低调，也不得皇上喜欢，看着像是没有存在感，实际上她的消息十分灵通，比之后宫所有的女人，都要强上三分。仅仅比皇上慢一点儿，皇后娘娘就收到孟修远能发出声音的消息。

这个消息对皇后来说，真的不是什么好消息：“林初九什么时候学的医术？还这么好？难道前几年她的荒唐都是装的吗？又或者锦娘一早就防备了我？不相信我？”

“娘娘，初九姑娘的过往，我们查得清清楚楚，我们查不出她到底怎么学会医术的，更不知她师出何人。”皇后身边的老嬷嬷，同样皱眉。

林初九的过去很好查，他们把林初九的过往全部翻了过来，也查不出她学医的痕迹，而这一点让他们十分不安。本是握在手上任由他们摆布的一颗棋子，转瞬间却发现这颗棋子根本不由他们摆布。这种失控的感觉，真的很糟糕。

“查不出来？她还能凭空习得比墨神医更高深的医术？”如果说林初九医好萧天耀的腿疾和安王的隐疾，是萧天耀为了掩藏什么把林初九推出来，那么孟修远与七皇子的事怎么说？

这可是她亲眼所见。皇后也不想相信林初九早早就失了控制，根本由不得她摆布，现在事实摆在眼前，她还能自欺欺人吗？

“娘娘，是老奴无能，给娘娘添麻烦了。”老嬷嬷布满皱纹的脸，满是自责。

皇后娘娘看了一眼，挥了挥手道：“此事怪不得你，初九那孩子出身不凡，是我大意了。”

“娘娘，我们现在怎么办？”老嬷嬷一脸担忧地看着皇后，见皇后眉头紧皱，极力忍耐痛苦，老嬷嬷大着胆子提了一句，“娘娘，林初九的医术这么好，不如请她为您医治？也许她能医好呢。”

“本宫？”皇后听到这话，一点儿也不心动，自嘲地道，“本宫这根本不是病，怎么医？”

大夫还能医命不成。

“娘娘……”老嬷嬷还想再劝，皇后却不耐烦地打断：“好了，不要再说了，本宫的事绝不能透露半分，此事休得再提。”要让皇上知道她的“病”，她和小七这辈子都完了，哪怕是为了小七，她也得忍。

“老奴明白了。”老嬷嬷含泪点头。

“放心，本宫短时间内死不了。”皇后右手撑着头，斜靠在椅子上，慵懒地道：“我记得帝国东阳家家主唯一的嫡子是个瞎子，对吗？”

老嬷嬷见皇后问起正事，立刻站好：“回娘娘的话，是的。东阳家大公子一出生就看不见，一直由东阳老夫人亲自教养。他虽然看不见，却是帝国有名的大才子，就是皇上也赞其不俗。”

“把孟修远的哑疾被医好的消息传到帝国孟家去，最好让他们捅到东阳家的面前。对了，一定要把林初九的医术好好宣扬一番。”皇后娘娘说这话时，眼皮也不曾抬一下，脸上的笑容始终温婉如初。

老嬷嬷背脊发寒，小心地问了一句：“娘娘，现在林姑娘什么都不知道，被人带到中央帝国，林家人会放过她吗？”

“不会放过又如何？既然她背后的人能教她医术，自然能保护她，哪怕护不了，我也没有必要护她。”皇后娘娘的眼中没有一丝温情。

老嬷嬷见皇后心意已决，不再劝说，躬身退下，去办皇后交代的事。

林初九从孟家回来后，还来不及换衣服梳洗，就听到曹管家来报：“王妃，诺瑶公主在外求见，说是您要不见她，她就不走。”

南诺瑶一收到孟修远的哑疾好了的消息，就立刻带人赶了过来，亲自上门堵林初九。

南诺瑶真是要气疯了，林初九以守孝为名不肯为她医治，却跑去医治孟修远，这简直就是不把她看在眼里。

“诺瑶公主？”听到这个名字，林初九十分头痛。

这个名字最近是医圣之心里标红的存在，隔上三五天，医圣之心就要提醒她一次，要不是南诺瑶的病不会伤及性命，她恐怕会被医圣之心处罚。

“王妃，你要见她吗？要不老奴把她打发走？”曹管家看林初九似乎不高兴，只好硬着头皮道。

“不必了。”早晚都要医，林初九也不想再拖下去，“我去见她。”早点开始谈，说不定还能提两个条件压下南诺瑶的气焰，免得她处处找自己的麻烦。

这么一想，林初九对医治南诺瑶的病，也就没有那么排斥了。

林初九没有让诺瑶公主久等，不过是堪堪喝完一盏茶，林初九就出现了。

南诺瑶看到林初九走了进来，自己却没有动，傲慢地坐在那里，完全无视林初九。

林初九看了一眼，轻轻地摇了摇头：她发现自己果然是老了，完全不能理解南诺瑶这样的姑娘。

她真不明白南诺瑶有什么值得骄傲的！又有什么可以狂妄的！

南诺瑶在南远固然是倍受皇帝宠爱的公主，可别忘了这里是东文。她是东文的亲王妃，别说南远的公主，就是南远的皇帝、皇后见了她，面上也得客客气气的。

果然，一桶水不响，半桶水却是哗哗作响，南诺瑶就是典型的半桶水，生怕旁人不知她身份尊贵。

南诺瑶没有礼貌，林初九自然不会和她一般见识，但也不会纡尊降贵，放低身份。林初九迈着优雅的步子，走进花厅，在主位上坐了下来。

整个过程，林初九没有看南诺瑶一眼，哪怕南诺瑶一脸的怒容，林初九依旧没有理会。待到下人奉上茶水，林初九润了润嗓子，才不疾不徐地开口：“诺瑶公主这么晚来找我，有何要事？”

此时已是宵禁时间，大街上根本没有人，南诺瑶这个时候出现委实不妥。

“林……萧王妃，本宫来找你，是提醒你别忘了答应过本宫的事。”南诺瑶似乎想到什么，眼中闪过一抹极力压抑的狂怒。

林初九猜测，她应该是想到了自己的病。

“本王妃答应公主什么了？”林初九笑着反问

“你……答应过，要为我医治，你莫不是忘了？”南诺瑶咬牙切齿。

“哦……原来是这事。”林初九一副这才想起来的模样，随即又冷下脸道，“公主，就算本王妃说可以为你医治那又如何？你不会以为，本王妃要上门求着给你医治吧？”

林初九这话，等于在说南诺瑶求医却没有求医的态度。

南诺瑶不会以为，她林初九是南远的太医，任她挥之则来，呼之则去吧？

“你……这是要失言？”南诺瑶知道自己的态度不好，可是那又如何？她南诺瑶需要向林初九低头吗？

“就是失言又如何，诺瑶公主你能杀了我吗？”林初九放下茶杯，“啪”的一声，杯盖与茶杯相撞，南诺瑶只感觉心脏一紧，气势不由得弱了三分。

“萧王妃，你出尔反尔，不怕传出去丢萧王府的面子吗？”东文不都是死要面子活受罪吗？林初九不在乎自己的脸面？

“诺瑶公主可以试试，看看本王妃会不会丢面子。”要不是有医圣之心的强制要求，林初九真不想给南诺瑶医治。

这姑娘得了那种病是很可怜，可是那又如何？她是大夫，不是救苦救难的神，天底下可怜人那么多，她人人都同情，不得累死。

“你这是不肯为我医治？”南诺瑶心中慌乱，却不肯在林初九面前示弱，只能用凶狠的态度来掩饰心中的不安。

“给不给你医治，得看你的态度，就诺瑶公主你这态度，你觉得本王妃会纡尊降贵，为你医治吗？”林初九将眼神从南诺瑶身上扫过，没有鄙夷不屑，可却比鄙夷不屑更伤人。

南诺瑶气得脸色发白，转念想到南远传来的消息，南诺瑶心头的怨气又淡了几分，强压下怒气道：“你想要多少诊金，说！”

“诊金？”林初九诧异地看着南诺瑶，“诺瑶公主，你脑子没病吧？你觉得我会缺银子？你觉得你们南远能有我东文的银子多？诊金？你觉得本王妃会在乎诊金吗？”

跟她谈钱？她承认她以前穷，可这并不表示她会一直穷下去，她现在虽不至于富可敌国，可绝对不缺银子。

诊金？南诺瑶开什么玩笑？

南诺瑶的脸涨得通红，气恼地道：“大夫看病不收诊金要什么？你是萧王妃不错，但给我看病你就只是大夫，我付你诊金还有错了？”

林初九懒得和南诺瑶多扯，指着门口道：“诺瑶公主要寻大夫，大门在那，出门左走……”

南诺瑶几乎抓狂：“不要诊金，你要什么？”这也就是林初九，要换作旁的大夫，她早就一鞭子抽过去了。

“我要你滚出东文。”南诺瑶既然开口了，林初九自然也不会客气。

“你说什么？”南诺瑶怒拍桌子，站了起来，“你敢叫我滚？”东文的皇帝也不敢叫她滚。

“耳朵没坏，真是不错。”林初九嘲讽地说道。

南诺瑶气得眼睛都红了："你，林初九……你别太过分。"

"只是叫你滚出东文，这就过分吗？"林初九挑眉反问，嘲讽地道，"和诺瑶公主你当众诋毁我相比，这算什么过分？诺瑶公主你不会以为，你在宫宴和别庄说的那些话，我全都忘了吧！诺瑶公主，我这人十分记仇，想要我替你医治，可以……滚出东文，以后也别出现在东文的领土上，不然……"

"不然你想怎样？"南诺瑶下巴一抬，高傲地看着林初九，"你以为我会怕你吗？"

和南诺瑶的激动成反比，林初九一脸温和地道："我要你怕我做什么，只要你怕萧王就成，你说，要是萧王知道你的病会如何？"

"你，你怎么可以这么卑鄙，你答应过我不说的。"南诺瑶气得快要哭出来了。

林初九怎么可以将她最不堪的一面，说给萧天耀听？

"我和萧王是夫妻，夫妻间哪有秘密。"林初九继续刺激南诺瑶，她就不信南诺瑶不妥协。

女人为了自己心爱的男人，为了自己心中完美的爱情，总是愿意牺牲奉献，并且觉得自己很伟大。林初九不是这样的人，可她知道南诺瑶一定是这样的女人。

"林初九，你太无耻了，你就不怕萧王知道你的真面目，厌弃你吗？"南诺瑶咬着唇，强忍着，不肯让泪水落下。

"王爷再厌弃我，我也是萧王妃，死了也是萧王元妃，我的地位无人可以取代，你觉得我需要在乎王爷厌不厌弃我吗？"林初九拍了拍衣袖上不存在的灰尘，站起来道，"时间不早了，恕我不能陪你。诺瑶公主你回去后好好想一想，是离开东文还是继续留下。"

林初九丢下这话，优雅地离去，任南诺瑶在背后跳脚大骂。

萧天耀在前线打了胜仗，很快就会夺回兵权，到时候京城绝不会像现在这般平静。像南诺瑶这种不稳定因素，解决一个是一个。她可不想莫名其妙地死在京城……

南诺瑶半夜上门求诊的事，根本不是什么秘密，虽说林初九有能耐把事情压下去，但没必要。出于大夫的职业道德，她不会将南诺瑶的病情说出去，并不表示南诺瑶自己作死，她还会帮南诺瑶隐瞒。消息传到宫里，无论是皇上、皇后还是纪丰羽，他们都很好奇南诺瑶会做何选择？当然，他们更好奇的是，南诺瑶到底得了什么病！林初九居然提出让她滚出东文为医治条件！南诺瑶听到这个条件，居然没有发飙，这可真是好玩了。

"去查查看。"皇上承认，他对南诺瑶的病情也十分好奇。不过，他更多的是不希望南诺瑶离开东文。

南诺瑶刁蛮、狂妄，对林初九充满敌意，处处找林初九的麻烦。南诺瑶对皇帝来说是一把十分好用的刀，皇上正打算借南诺瑶对付林初九，哪能让她离开。

皇后并没有将南诺瑶看在眼里，南诺瑶是否离开并不影响她的动作，皇后没有让人去查南诺瑶，只在一旁看戏。

纪丰羽也没有去查南诺瑶的病，不管南诺瑶得了什么病，都与他无关，他只要知道他与南诺瑶有没有合作的可能就行。有，那么双方合作；没有，他管南诺瑶死活。和南诺瑶相比，纪丰羽更关注前线的战事，更关注要如何完成父皇交代的任务，且不会和萧天耀反目成仇。

这可真是件麻烦事。纪丰羽想要完成西武皇帝的交代，又不敢得罪萧天耀，左右为难，根本不知从哪里下手。然而，就在此时，纪丰羽收到一个锦囊，锦囊里面有一张纸，纸上写了两个字“捧杀”。纪丰羽不知这锦囊是谁给他的，但他知道这确实是一个好法子。纪丰羽找到西武在东文的探子，将计划交代下去……

不出三天的时间，京中就传出了萧王妃林初九医术高超，有起死回生之能，南远公主南诺瑶曾亲自上门求诊。

刚开始，还有许多人不信，认为这是萧王府借南诺瑶抬举林初九。他们知道林初九会医术，可不认为林初九的医术已经好到让南远的公主亲自上门求诊的地步。直到孟先生带着重礼上门，感谢林初九医好他儿子孟修远的哑疾，众人这才相信林初九的医术真的极好。要知道，孟修远的病墨神医都拿不准，现在林初九却医好了，这代表什么？代表着林初九的医术，比名满天下的墨神医还好。

于是，流言越演越烈，京城的大街小巷，茶楼酒馆都有人在谈论，林初九的医术有多么高超。甚至林初九医好萧天耀腿疾以及萧子安的事，也在京城传开了，名声直逼成名已久、意外横死的墨神医。

“墨神医那种丧心病狂的大夫，怎么能和萧王妃比，萧王妃不为名、不为利，她只为救人。”

“萧王妃虽然不外出行医，可你看她医好的病人——萧王爷、安王爷、还有孟家公子。这三人的病，哪个不是出了名的顽疾，就是墨神医也没有办法。尤其是安王与孟公子，这两人病了十几年，要不是遇到萧王妃，不知这辈子还能不能医好。”

“慈恩堂那些孩子你们还记得吗？听说好几个快要死掉的孩子，都是萧王妃医好的，还有那些多个手指、嘴巴破了的孩子，你们看到过没有？现在全部好了呢，一个个养得可好了，我大伯家的远房亲戚，就在慈恩堂做事，他亲眼看到的。”

“慈恩堂的事我也知道，当时我还给那些孩子送了米汤呢。萧王妃可真正是菩萨心肠，不仅仅是医术好，人更好。”

“你这么一说，我也记起来了。萧王妃之前还救了两个没有钱看病的孩子，萧王妃好人，真是好人呀。”

……

类似的流言，以最快的速度在京城的大街小巷流传开来，就好像有一只无形的大手，在推动这一切。

是谁，到底是谁在背后推动这一切？对方到底有什么目的？想到那个突然出现的锦囊，纪丰羽知道自己被人利用了，可不管他怎么查，也查不到锦囊的来历。好在，这件事他做得很干净，不管萧王府怎么查，也查不到他头上。纪丰羽心下稍安，再者他就是不安也无用，现在的局势已完全不是他能掌控的。事情发展到如今这个地步，已不单单是一个人的功劳。纪丰羽开了头，背后之人在推动，南诺瑶为了掩盖自己的病，又出了一把力，把林初九救萧王与安王的事情曝了出来。

在各方使力的情况下，并不是一加一等于二那么简单。不过数天的时间，林初九在京城中的名声已达到如日中天的地步，等到皇上发现事情的严重性，想要将流言压下，都发现做不到……

孟家父子听到流言，亲自上门道歉："萧王妃，实在抱歉，是我疏忽了。"

之前，京城中的人质疑林初九的医术，他们出于感激，站出来力挺林初九，不想他们的举动被有心人利用，以至于事情演变成如今这个局面。

林初九摇了摇头，不甚在意地道："孟先生言重了，此事与你们无关，即使没有你们，事情最终也会变成这个样子。"

京城中的流言，明显是有心人布的一个局，哪怕她什么都不做，就凭她是萧王妃，那些人都不会放过他。

"此事……总归与我们孟家有关。"孟修远开口，声音有些粗哑，说话也比常人慢许多，每一个字都咬得极清，听到耳朵里另有一番滋味。

不过，没有听习惯的人，只觉得这声音沙哑刺耳，因此孟修远并不常说话，也就是在林初九面前话多一些。

孟修远看着林初九，一字一字地道："萧王妃放心，此事我们孟家会出面澄清。"

"你们要澄清什么？"林初九笑着反问。

对方将她捧得这么高，几乎把她吹成神了，孟家这个时候要怎么澄清？要澄清什么？这确实是一个问题。京城中流言四起，却没有多夸大，不管是萧王的腿、安王的病，还是孟修远的哑疾都是林初九医好的，林初九要怎么澄清？澄清那些流言不是真的？真相摆在那里，林初九能否认流言是假的吗？难道，要她去澄清，外面的人说得太夸张了，她没有那么厉害？这话说出去，旁人只会认为她是谦虚，根本不会当真。

孟修远听到林初九的反问，略一思索便明白了。

"是我太想当然了，没有把事情考虑清楚。"孟修远叹了口气，眉头紧蹙，一脸的担忧。

林初九见状，摇了摇头，一派轻松地道："孟公子不必如此。此事必然还有后续，我们等着就是，左右在东文，还没有几个人能威胁我做什么。"

林初九想到即将到来的帝国花家，心里有了猜测，只是这些事她不会去和孟修远说。

孟修远想想也是这样，便不再多言，只道："萧王妃，我短时间内不会离开京城，有任何事可以去孟家找我。"

"修远……"孟先生吓了一跳，一脸诧异地看向孟修远，"你要留下来？"昨天不是说好了，先回去处理学院的事吗？

孟修远点点头："爹，书院的事一直是你在处理，我晚点回去并不碍事。"

"修远，书院早晚要交到你手里。"孟先生一脸的不赞同。来之前，修远已经决定了回去，怎么突然改了主意。

是为了林初九？想到自家儿子看林初九的眼神，孟先生的眼中闪过一抹担忧，他的傻儿子呀，可千万别越陷越深。

“不急。”毕竟是在萧王府，孟修远没有与父亲多说，表明自己的态度后，孟修远再次对林初九道，“萧王妃，这件事是我们孟家疏忽了，如果有需要，还请王妃您不要客气。”他是真的想帮林初九。

“我会的……”孟修远的好意，林初九没有拒绝，见孟家父子二人似乎有事要谈，林初九长话短说，孟先生见差不多，便提出告辞。

林初九亲自送到门口，见孟先生心事重重的样子，林初九聪明地没有多言，孟修远离去前朝林初九点了点头，神色从容，与孟先生的凝重形成鲜明的对比。

林初九莫名觉得，孟家父子反常的表现十有八九与她有关，可她好像什么也没有做呀？

“有点莫名其妙。”林初九习惯性地耸肩，做到一半发现不对，她现在是萧王妃，得端庄优雅，即使没有外人看到，她也得端着……

外面的流言，并不会以人的意志为转移，不管林初九是什么态度，流言都不会停息，甚至林初九越是在意那些流言，那些流言反而会越演越烈。

所以不管外面闹成什么样，林初九都不管，反正没有人敢砸萧王府的大门，逼她医治什么绝症病人，而她只要不出门，医圣之心也不会强制她如何。

至于南诺瑶的病？

南诺瑶死不了，医圣之心也就是提醒她，并不会处罚她，所以林初九乐得清闲，成天窝在萧王府，谋算着怎么把那些令人懊恼的玩意处理掉。

墨玉儿！福寿长公主！林夫人！皇后娘娘也许还要算一个，至于太子？在自身能力不足的时候，林初九不打算与之硬碰硬，只要太子不找上她，她短时间内不会去找太子。

林初九所列的四个人中，也只有福寿长公主最好解决，其他人都不好动，或者动不得。比如墨玉儿，她就动不得。

“暗卫，让你去江南寻的人，寻来了吗？”福寿长公主喜欢面貌俊秀的温润少年，而江南一带多得是外表长得像温柔才子的浪荡子。

“找到了，人三天后就会带过来。”暗卫为了找一个合适的人，可谓煞费苦心。皇上把福寿长公主看得太紧，现在福寿长公主身边，长得稍好的只有太监，他们之前找的人没有考虑那么多，那几个合适的却发现用不上，只得重新再找。

“不必带来给我看，安排到长公主身边就行了。”林初九自认不是什么良善的人，但也没有坏到骨子里，有些事眼不见为净，免得看到了自己心里不舒服。

处理好福寿长公主的事，林初九独坐在书房里，想着要不要平息外面的流言。

虽说流言无法给她带来什么实质性的伤害，可一直任人欺负不还手，太容易给人软弱可欺的形象，她之前营造的狠毒与凌厉，就没有效果了。

“平息流言的最好办法，就是制造一个更大的流言。”林初九左手撑着脑袋，右手无意识地敲打桌面：“普通小老百姓，最爱看的还是上流权贵的丑闻，让暗卫去查谁的丑闻好呢？”

林初九在脑海里，将人选过了一遍，最后在太子与南诺瑶之间徘徊。

关于她的流言，本身就有太子与南诺瑶的手笔在，她找这两人的麻烦也是以彼之道还施彼身。而且，这两个人全身都是毛病，完全不需要她“制造”什么，本身就自带丑闻。

“是太子好呢，还是南诺瑶好呢？”林初九小小地纠结一把，不等她把人选敲定，太子就主动将机会送到她手上。

夏末秋至，猎物正肥，太子邀请纪丰羽、南诺瑶外出打猎，为防南诺瑶一个姑娘太无聊，太子便请了林婉婷作陪。

本来，太子还打算把七皇子带上，皇后却以七皇子身子不适为由，拒绝了。

太子也不在意，挑了一个风和日丽的好日子，与纪丰羽、南诺瑶和林婉婷去皇家猎场猎狩。

林初九听到这个消息，忍不住笑了出来：“真是瞌睡了就有人送枕头，太子果然给力。”

林初九心情一好，就给萧天耀写信，将京中有关她的流言，还有她打算拿太子来转移流言的事一一写上。林初九写得太欢，一口气写了五张，本想抽两张出来下次寄，却发现无法断章，只好一起装信封里了。给信封口，林初九再次想到一个很严肃的问题……

之前在路上她就不提了，现在萧天耀到战场上都一个月了，居然一封信也没有给她回，萧天耀这是什么意思？

第十一章　四国纷争流言起

次日，林初九没有等到萧天耀的回信，却等到了太子与纪丰羽、林婉婷和南诺瑶四人在猎场失踪的消息。

“什么人动的手？”林初九收到这个消息，也是愣了一下。

什么人这么大的胆子，要把东文、南远和西武一起得罪？

“不知道，不是北历人。”苏茶收到消息，匆匆跑来告诉林初九，就是希望林初九提前做好准备，别让人栽赃嫁祸，替人背黑锅。

“我昨晚查到的消息，与南远和西武无关。好似京中隐藏的一股神秘力量。我怀疑和推动京城流言的人是同一拨，当然也可能不是。”苏茶手上握着萧王府的消息网，消息绝对及时又可靠，饶是如此他也什么都没有查到。

“隐在京中的神秘力量？”林初九思索片刻，问道，“你说，会不会有可能是慈恩堂那些人？”

截止到现在，他们也没有查出与慈恩堂相关的消息。

“不无可能。”苏茶毫不意外，显然也是想到了这一出，只是……

“他们有什么目的呢？”这是苏茶不能理解的，没有利益可图的事，有人愿意做吗？

“肯定有利可图，太子要是死了，朝堂上会乱一阵子。”不知出手的人是谁，自然查不出对方的用意。

林初九又补了一句：“这件事盯紧一点，如果有太子他们的消息，及时汇报。”失踪的四个人背后代表着四股力量，林初九不得不关心。

苏茶点头称是，怕林初九担心，又补了一句：“王妃，这件事与我们萧王府无关，你不必担心。”

“谁说不相关了？”林初九没好气地说道，“如果那四人死在外面，又查不出动手的人，按照最后谁获得利益最大谁就有可能是幕后主使者的原则来考虑，你觉得谁动手的可能性最高？”

“我们王爷吗？”苏茶想了想，又觉得不可能，“我们王爷没必要做这样的事。”

林初九轻笑一声，说道：“这是你才会这么想，旁人未必。王爷在去前线的路上，南远和西武没少派人找麻烦，王爷要拿他们两国的皇子、公主出气，再正常不过。另外，要是成功挑起东文、南远与西武之争，你说最终得利者是谁？”

苏茶略一思索便明白了：“是王爷。皇上忙着应付南远与西武的刁难，根本没有精力去和王爷斗。王爷可以借此机会顺利接掌兵权。甚至在南远与西武威胁皇上之际，从中捞取好处。”

“是呀，是我们王爷占大便宜。而且太子死了，东文必要重立太子，到时候几个皇子争夺太子之位，王爷也能坐收渔翁之利。”那些个皇子想要成为储君，必会想着从萧天耀下手，只要得到萧天耀的支持，储君之位就稳了一半。

“可是，我们东文陷入内乱，北历、南远与西武也会获利。”内乱最是消耗国力，东文内乱，必然是各国所乐见的。

“苏苏，我刚刚说了，前提是太子他们四个全部死了，只有这样东文才有可能内乱。现在他们只是失踪，没有见到尸体就说明他们有五成以上的可能还活着。”满朝大臣都看得出来，皇上不喜欢太子，但也不会废太子。

皇上不仅不会废太子，甚至这十几年内，皇上还会好好保护太子，让太子活得长长久久的，这也是林相敢往太子身上下赌注的原因。皇上正值年壮，他不会让一个精明强干的皇子坐上太子之位，也不会放任他的儿子为一个太子之位打起来。太子现在表现出来的能力越弱，他的太子之位越稳。太子是皇上竖在外面的挡箭牌，只要皇上不会突然得病，没有几年好活，太子这块牌子就会妥妥地竖在那里，以安朝臣和臣子的心。

苏茶一听，眉毛都快打结了：“你是说太子他们不会有事，这是皇上布的一个局，引南远与西武怀疑王爷要对他们出手？同时离间太子与王爷，让太子与王爷对峙？”

“谁知道呢，也有可能是陷害安王。你知道的，太子一旦出事，在许多人眼中，最大的得利者就是安王。一旦太子平安回来，必会和安王咬上。”全凭猜测的事，林初九哪里敢保证。

苏茶点点头，表示赞同林初九的观点：“现在就看太子他们有没有事了。如果太子他们平安无事，我们就得当心一些。”

“太子他们会不会平安无事地归来我不管，你先帮我做一件事。”机会摆在面前，林初九可不打算放过。

“什么事？”苏茶问道。

“趁他们出事，你安排人散播太子与南诺瑶、林婉婷两女一男的缠绵爱情故事。就说南诺瑶爱慕太子，凭借身份强行插足太子与林婉婷之间，害得太子与林婉婷这对苦命鸳鸯，有情人无法终成眷属。把事情闹大一点，如果太子他们平安归来，也可以把这次失踪归结于两女之间的感情之争，总之怎么婉转缠绵怎么来，把我那条消息盖下去就成。”

流言有时效性，她的流言已经传了半个月了，京中的百姓差不多也该腻味了，这个时候只要爆出一件足够吸引眼球的事，绝对能将之前的流言盖住。

“这……会不会太假了。”苏茶听得汗毛都要竖起来了，这么离谱的事，也亏得林初九一本正经地说出来。

“要不传南诺瑶与王爷？”林初九笑着反问，吓得苏茶连连摇头，“不行，不行，要是让王爷知晓，我会被揍死的。”

“知道就好。”林初九斜了苏茶一眼，突然想到什么，眼前一亮，一脸坏笑地道，“其实吧，我有一个更好的点子，就怕传出去杀伤力太大，皇上会气得跳脚。”

“什么点子？”苏茶不怕皇上生气，就怕皇上不生气！

林初九见苏茶是真心想要知道，也就不藏着掖着，大方地说道：“你知道的，我和福寿长公主有仇。”

“知道……”苏茶点头。

林初九继续道：“福寿长公主的艳名已传满京城。”

苏茶又点头：“再传她的消息就没有意思了。”前不久他们才传了福寿长公主的艳画，最后还是皇上压下来的。

“对，再传福寿长公主与面首不得不说的风流韵事就没有意思了，但是……”林初九话锋一转，吊足苏茶的胃口，才慢悠悠地往下说，“但是，要是传出福寿长公主与太子殿下不得不说的故事，那就好玩了，对吧？”

“和，和太子？”林初九笑得十分甜美，苏茶却只觉得瘆得慌，默默地往后挪了挪，拉开与林初九之间的距离。

王妃太可怕了。

“怎么，不对吗？”林初九笑着反问，苏茶想也不想就点头：“王妃你说得很对。”

他敢说不对吗？林初九简直比天耀还可怕，天耀坑人的时候好歹是冷着脸，旁人一看就知不好惹，可看林初九，长得貌美如花，笑得阳光明媚，一开口却要人命。

“既然对，那事情就交给你了，没有问题吧？”林初九怕苏茶做不好，很好心地给他出了一个主意，“太子他们不是失踪了吗？你快派人去找，找到了就把他们引到福寿长公主的住处。凭福寿长公主的名声，太子和西武皇子在那住一晚，清白可就不保了。”

“这个……主意好。”连纪丰羽都坑，纪丰羽有得罪过林初九？

苏茶想了想，还是问了一句：“王妃，西武的羽皇子，没有得罪你吧？”

“你以为外面闹得沸沸扬扬的流言，没有纪丰羽的手笔？”和西武有关系，却与纪丰羽无关，这话说出去谁信？苏茶叹气，惋惜地道：“羽皇子那人挺聪明的。就是左右摇摆，不够坚定，这样的人偶尔合作可以，长久合作下去肯定不行。”虽说纪丰羽会左右摇摆，但这和他没有权势，不得不在夹缝中求生有关，可这样的人谁敢信呢？

遇到一点压力就卖盟友，谁敢跟他合作，说不定什么时候就会被他给卖了。

林初九表示赞同，想到与林夫人的约定，不由得提醒了一句：“纪丰羽这人你多盯着点，别让他动了娶林婉婷的念头。”

苏茶一脸的不解：“林相不是一直想把女儿嫁给太子吗？怎么会舍得送去和亲？”和亲女子的结局大多是悲剧，日后一旦西武与东文出现矛盾，和亲的女子就惨了。

“皇后点了林相的儿子给七皇子当伴读，便不会允许她再把女儿送到太子府。”皇后要林相帮太子，但却不能站在太子那边。

“皇后这是什么意思？”苏茶摩挲着下巴，发现他不能理解皇后的行为。

皇后是个聪明人，这一点苏茶很清楚，可是那么聪明的皇后，怎么养出太子这么一个笨蛋？

而且看皇后这几年的行动，完全没有扶持太子的意思。可要说皇后不管太子的死活，太子有事她又会出面，帮太子牢牢坐稳储君之位。

“谁知道呢，说不定皇后看得最清楚呢。皇帝身体健康，至少还有十几年好活，这个时候争什么呀。”林初九不以为然地道。

听到林初九这话，苏茶笑了笑没有接话。他能告诉林初九，十几年那是寿终正寝，谁能保证皇上一定能寿终正寝呢？

正经事说完，苏茶起身告退，走之前不忘把信件带走。

很巧，今天又到了第三天——林初九给萧天耀写信的日子。林初九早有准备，将信给了苏茶，同时问出心中的疑问：“王爷的回信呢？”

“啊？”苏茶接信的手一顿。

“你别告诉我，我写了这么多封信，他一封信也没有回我！”林初九瞪了苏茶一眼，要不是苏茶眼疾手快，她就把信抢回来了。

苏茶手忙脚乱地把信收起来，解释道：“我……我没收到王爷给您的信呀。”

“这么说，王爷没有给我回信？”林初九看着苏茶，一脸温柔。

苏茶打了寒战，连忙摇头：“我也没有收到王爷的回信，许是，许是王爷最近很忙。”他有收到信的，而且还收到了天耀要他查林初九母亲的信件，可是……

这些他能告诉林初九吗？

“你觉得我会信吗？”林初九没好气地白了苏茶一眼，知道这事不能怪苏茶，说了两句便打住了，“算了，不回就不回，左右又不是第一天认识他。”

每每她觉得萧天耀还有药可救，调教一下还能当好丈夫时，那货就停药！

“王爷他……忙。”苏茶干巴巴地解释了一句，不过这也确实是事实，萧天耀最近的确很忙，只是……

“倘若有心，再忙也有时间。”林初九也是忙过的人，自然知道这里面的事，看苏茶一副想要解释又不知如何解释的模样，林初九挥了挥手道，“我只是问问而已，没别的事你先回去吧。”

萧天耀不给她回信，她还能把气出到苏茶身上不成？

“那……王妃，我就先走了。”苏茶也不敢贫了，一本正经地给林初九行了个礼，脚步飞快地往外走。

夹在这对夫妻之间，他表示压力好大。他觉得自己有必要加派人手，尽快查清林初九母亲的事。直觉告诉他，萧天耀不给林初九回信，十有八九和林初九的母亲有关，若不把这事查清楚，林初九和萧天耀之间……

想到那个可能，苏茶忙打住，在拐弯时回头看了一眼身后的书房，轻轻地叹了口气，有些事，他不能说。

此时，远在前线的萧天耀，刚刚与副将讨论完军务，还来不及喘口气，暗卫就来报，他点名要的龙黄玉石已从魔宫拿来了，要不要呈上来！

“龙黄玉石？”萧天耀这才想起，他当时想给林初九刻一方印鉴，特意命人去取龙黄玉石，可现在？

那印鉴还要刻吗？龙黄玉石的印鉴，不仅仅是他送给林初九的礼物，还是身份与权力的象征，要不要刻这枚印鉴，还真是一个需要仔细思考的问题。

萧天耀没有说话，暗卫跪在下方也不敢动，营帐中一片死寂，就好像时间被冻结了，静止不动。

暗卫不知自己跪了多久，只知道他快撑不住了，随时都有倒下的可能！“啪……”豆大的汗珠，从暗卫的额头滴下，摔碎在地，隐入泥土中。暗卫再次放缓呼吸，心中暗暗叫苦：他真的是太倒霉了，怎么就遇到王爷心情不好的时候呢？暗卫泪流满面，面对萧天耀的威压，他连呼吸都不敢加重，只能硬着头皮死撑着。时间一分一秒过去，就在暗卫以为自己要跪到死的时候，萧天耀开口了：“呈上来！”

暗卫狠狠地松了口气，小心翼翼地将锦盒放到萧天耀面前，不等萧天耀开口，行了个礼便麻溜地“滚”了。

营帐内，萧天耀把玩着手中的玉石，幽深的眸子闪烁着莫测的光芒，无端地让人觉得害怕……

当天夜里，萧天耀毫无预兆地点了三万兵马，亲自带人突袭北历大军。北历大军没有防备，被萧天耀打得落花流水，损失惨重。

第二天，不甘心惨败的北历大军，同样毫无征兆地出兵了，突袭东文边境的村庄。萧天耀不顾副将的劝阻，再次出征，冲锋在前，将北历大军逼进密林，同时自己也进入密林，并在一天后失去了联系。

北历与东文边境的那处密林，一向是两军避讳之处，双方轻易不敢进去，尤其是前不久东文有二十几万大军在密林中消失后，就更没有人敢往里冲了。

这一次萧天耀与北历大军同时陷入密林中，消息一传出来，立刻引起轰动，不管是东文还是北历，军中将士皆因这个消息而不安。

尤其是东文大军，听到萧天耀在密林中失踪，底下的士兵一个个惶惶不可终日。在前线小兵的眼中，萧天耀就是他们的神，是他们胜利的指望。在萧天耀出征前，他们与北历交手数次，从来没有占到大便宜，就算打胜仗那也是惨胜。直到萧天耀带兵来前线，战场上的局势才发生变化。在萧天耀的带领下，东文大军在短短五天就取回一城，并且将北历逼退数百里。之后与北历几番交手，东文就算不是大胜也不会输，东文将士被北历打垮的士气又回来了，北历那群彪悍的骑兵，在他们眼中也没有那么可怕了。可以说，萧天耀就是东文战士的主心骨，没了萧天耀坐镇后方，东文的将士对这一战一点把握也没有。

“找，派人去找！”

“无论付出多大的代价，也要把萧王找回来。”

这是前线战士一致的决定，密林很可怕，可密林再可怕也要把萧王找回来，没有萧王，他们拿什么打仗？

全军上下尽皆担心萧天耀的安危，高层将领却是明白，萧王不会有事，萧王此次失踪本就是他自己的安排，目标应该是之前在密林中失去踪迹的二十万大军！那二十几万人是萧王亲手训练出来的强兵猛将，即使他们在密林中失去踪迹，不管东文还是北历人，都知道他们绝不可能全军覆没。

高层心里有数，就不会和普通士兵一样不安了。在高层将领的安抚下，东文大军中虽然乱，却没有闹出乱子，只是他们现在尽量避免与北历开战。

萧天耀在密林失踪的消息不是秘密，东文的副将并没有隐瞒的打算，如实将消息上报。皇上比官方更快一步收到消息，得知萧天耀在密林中失踪，皇上一点也不意外。

这本就是预料中的事，不是吗？决定用萧天耀时，他就知道结果会是这样，现在真的发生，皇上也没有什么好惊讶的。

皇上随手将折子放在桌上，问道：“太子找到了吗？”

太子一行人失踪了两天两夜，也不知是死是活！

“卑职无能，尚未找到。”密探首领周觅，将头埋得极低，根本不敢看皇上失望的眼神。

他上任以来，好几件事都没有办好，实在愧对皇上的信任。

皇上眉头紧皱，又问：“谁动的手？”

“卑职该死，没有查到。”周觅就猜到皇上会问。

一连两个不知，真正惹恼了皇上：“什么都不知，什么都查不到，朕要你何用？”

“属下该死，请皇上责罚！”周觅重重地磕头，不敢起来。

“去刑堂领一百军棍。”皇上今天的心情极糟，周觅办事不力，无疑是撞上了枪口，皇上会轻饶他才有鬼。

周觅不敢有异议，惨白着一张脸下去领罚。

周觅走后，皇上独自坐了许久，直到情绪平复才站起来，不想刚起身，就觉得眼前一黑，随即一头栽了下去……

“咚”的一声巨响，把身后的太监吓坏了，太监忙上前抱住皇上，发现皇上已经晕了过去，当即大叫：“太医，太医，快宣太医！”

收到消息的秦太医，提着药箱，拼命地往皇上寝殿跑……

这一次皇上昏过去的时间很长，等到醒来时已是深夜，秦太医一直在殿内守着，见皇上醒来，立刻上前请脉。

“朕这是怎么了？”皇上抚着头，似乎不知发生了什么事。

“皇上，您在御书房晕到了。”秦太医小心地答道。

“朕好好的，怎么会晕倒？”皇上此时已想起自己晕倒前的事，只是他根本没有感觉到任何不适。

眼眸一扫，看到秦太医一脸凝重的样子，皇上的心中闪过一抹不好的预想，厉声问道：“秦太医，朕这是怎么了？”

皇上已经不是第一次突然晕倒，要是没有问题，皇上自己都不信，只是这病要怎么说呢？

秦太医看着皇上，犹豫再三，还是选择隐瞒：“皇上，您最近太累以及用脑过度，臣建议您多多休息。”

身为太医，看似光鲜亮丽，实则压力巨大。像皇上这病，他自己也把不准，实在不敢多言。

“真的只是太累了？”皇上心存疑惑，转念想到自己最近确实用脑不少，也就信了三分。

秦太医暂时不想找死，而且话已出口，他也不能更改，只得硬着头皮道：“皇上，您这段时间多休息，尽量放松。臣开个药方，好让您晚上睡得好些。”

秦太医看出皇上最近不仅用脑过度，晚上也没有休息。皇上的身体是不错，可也不年轻了，再这么透支下去，早晚会损及元寿。

“嗯，朕这段时间，晚上确实睡不好。”皇上以为自己是太担心前线的事，晚上无法入睡，现在看来不仅仅是这个原因了。

也许，他该好好休息一段时间，前线的事他就是急也急不来。

“皇上，龙体为重，国事再重要，也比不过您的龙体。”秦太医苦口婆心地劝了一句，当然他也只是说说而已，跟在皇上身边这么多年，他很清楚皇上有多么勤政，轻易不会放下政务。

皇上点头表示知道，可秦太医知道，皇上没有放在心上。皇子们年纪大了，太子也能独当一面，皇上不会在这个时候放松，让皇子染指皇权，哪怕再累也不会让皇子分担政务。

秦太医不敢多劝，将方子写好，等皇上看过后才让人去煎药。

皇上晚上晕倒的事，虽然只有身边几个心腹知晓，可给皇上煎药却是无法隐瞒的事，第二天各宫都知道了皇上生病的事。只是不知皇上到底是什么病，也不知严重与否。

各宫娘娘得知此事，都想尽办法派人打听，知晓秦太医是皇上的人，各宫娘娘不会从他下手，只从太医院的小药童，或者皇上跟前的小太监下手。

不怪各宫娘娘如此激动，而是皇上的身体关乎国运，关系到各宫娘娘的命运。要知道，皇上一个不好，太子就有机会了，太子不在，其他皇子就可以捡漏了。

虽说皇上看着精力十足，谁知内里如何？

皇上深知这里面的情况，知晓自己的身体并无大碍，也就不藏着掖着，各宫娘娘很快就知道，皇上没有什么大事，就是最近太累了。

收到这个消息，各宫娘娘失望有之，庆幸也有之。

比如周贵妃，她就颇为失望。太子下落不明，生死不知，要是皇上这个时候有个三长两短，安王妥妥地会被委以重任，到时候她说不定就是太后了。

皇后与墨玉儿则是庆幸，庆幸皇帝无事。不然安王上位，皇后和七皇子一脉，就是不争，安王一派也不会放过她。

而墨玉儿，她现在就是靠皇上而活，皇上一旦出事，皇后还会放过她？

皇上半夜晕倒的消息，不仅后宫知晓，就是前朝也知道这事了，苏茶过来找林初九，也把这事和林初九说了。

苏茶是想从林初九嘴里探探口风，看能不能看出皇上是个什么情况，可惜林初九的中医学得不到家，还没有本事凭借“看”就知晓皇上的身体好不好。

苏茶本想取个巧，听到林初九说看不出来，只得讪讪地放下此事，老老实实地向林初九报告太子的行踪。

不得不说，萧王府的情报收集能力还是很强的，可以说苏茶是第一个知晓太子下落的人。

听到苏茶的汇报，林初九将眼睛瞪得大大的：“你说……太子与林婉婷两人落到了山洞里？孤男寡女在一起待了两天两夜？”

“很巧对吧？当时明明是太子与纪丰羽待在一起，南诺瑶与林婉婷在一起，最后却是太子抱着林婉婷落到山洞，南诺瑶与纪丰羽则被冲散，到现在还不知人在哪里。”这么粗糙的局，简直是看不起旁人的智商。

“林家设的局？”林初九叹气，虽说她没有把林家人当亲人，可在外人眼中他们就是一家子。弄出这样的事，林家也不怕死。

“确切地说应该是林夫人，不过她应该是被人推出来当替死鬼，凭她的手段还做不到这一步。”这件事背后还是有人策划，可惜他查不到。

“胆子真大，也不怕林相掐死她。”林初九撑着脑袋，想了一会，说道，“苏苏，你说这事我们要卖林相一个好吗？”

现在说给林相知晓，凭他的本事肯定能把事情摆平，把林夫人择干净。

“让皇上查到事情是林夫人做的，也确实没有意思。”苏茶虽然没有肯定地回答，可意思摆在那里。

“那就说给林相听好了，我们不能让皇上太闲，给他找点事做也好。”那股神秘力量连苏茶都忌惮，皇上不可能不在意。

卧榻之侧，岂容他人酣睡。

“你找人把太子引到福寿长公主那去，然后再以我的名义，让人送信给林相。”林初九交代道。

她绝对不会给林相太多的时间！

“我知道该怎么办了。”苏茶再次肯定，林初九是坑爹好手，卖林相一个好，也不卖彻底，非要折腾死林相才满足。

苏茶今天主要是告诉林初九太子的事，说完便起身告辞，走到门口才想到萧天耀交代的事，苏茶又折了回来："王妃，王爷让我转告你，他最近很忙，回信先欠着，你的信不能停，少一封他回来找你算账。还有，不许再写读后感，王爷说，书房里的书他全部看了，不用你再重复一遍。"

说到最后，苏茶自个儿都忍不住笑了出来。他就说嘛，他们家王妃之前写封信，都要等他上门来催，现在都有存货，原来是写读后感，还真是省心。

"这就是他的回信？"林初九一头乱麻，觉得跟萧天耀提回信就是在作死。

"王爷带来的口信，王爷这段时间在密林，短时间内收不到信，也不可能回信。"苏茶怕林初九不高兴，忙给萧天耀刷好感。

做人手下，做到这个份上，他都被自己感动坏了，天耀回来一定要放他长假，大大的长假！

……

太子约纪丰羽一行打猎，不过是听了皇上的话，好好招待纪丰羽与南诺瑶，并没有与他们合作的念头。

在太子看来，这两人根本没有拉拢的价值，只要这两人不与萧子安走得太近，对太子来说他们两人想要做什么都无所谓。

一切都进行得很顺利，纪丰羽与南诺瑶都是聪明人，太子不需要多说，两人就明白了太子的用意，在双方都有意配合的情况下，一路上的气氛十分融洽，可在他们回程时，意外发生了！

在他们必经之路上，突然出现一群黑衣蒙面人，这群黑衣蒙面人二话不说，提刀就朝他们几个人砍来，而很明显，这群人的主要目标是太子。

太子带了不少侍卫，纪丰羽、南诺瑶也各自有侍卫。看到刺客的目标是太子后，纪丰羽与南诺瑶在侍卫的保护下，不着痕迹地退到边缘地带，既不出手相助也不拉太子后腿。

作为他国皇子、公主，纪丰羽与南诺瑶已经算是很厚道了，至少比那个站在那里不动，只知道尖叫拖后腿的林婉婷强。

南诺瑶与纪丰羽在侍卫的保护下，分开逃跑，虽然没有帮太子，但帮太子带走了三成的刺客，让太子这边压力骤减。

林婉婷当时与南诺瑶在一起，南诺瑶看在林相的份上，本想带着她一起走，林婉婷却不肯："我不走，太子还在那里，我要去救太子殿下。"

"我不能丢下太子一个人走，我就是死，也要和太子死在一起。"林婉婷一副贞节烈女的样子，把南诺瑶呕死了，林婉婷张口闭口就是不肯丢下有危险的太子，衬得她好像多冷血无情一样。

南诺瑶强忍着怒火，最后问了一遍："你确定不跟我走？"

林婉婷这一耽搁，南诺瑶的护卫还多死了一个，南诺瑶气得都想扇林婉婷一巴掌。

"不走，太子没有平安脱身，我绝不独自离开。"林婉婷一脸坚定，要是一般的男子见到，怕是会感动，可惜她遇到的是女子，是刁蛮张狂的南远公主。

“不走，你就在这里等死吧。”南诺瑶二话不说，丢下林婉婷就在侍卫的护送下跑了。

林婉婷气得跺脚，恨恨地骂了一句，转身就去寻太子……

不知是她的命太好，还是杀手不屑杀她，在一片混乱中，林婉婷居然毫发无伤地跑到太子身边，还在危难之际，拿胳膊帮太子挡了一刀。

“婉婷，你这个傻姑娘。”恰好这时侍卫拼命为太子杀出了一条血路，太子却抱着林婉婷，一脸感动地站在原地。

“殿下，快走。”太子带出来的侍卫真的急哭了，他们本来有机会带太子离开的，偏偏太子要去找林婉婷，结果一耽搁，他们就被包围了。

太子与林婉婷还抱在那里，不肯离去，后来还是侍卫看不下去，强拖着太子与林婉婷跑。

杀手一路追杀，侍卫为帮太子争取逃跑的时间，一路上用命在拖刺客的脚步。太子身边的侍卫越来越少，太子与林婉婷慌不择路，跑出了狩猎的范围，跑进了深山老林里。之后，两人就失踪了。

萧王府的人顺着痕迹找了许久，在半路失去了踪迹，为了找到太子与林婉婷的下落，他们以太子、林婉婷最后消失的地方为中心，朝四周辐射，一寸寸地寻找。找了两天一夜，才找到了掉到山洞里的太子与林婉婷。

山洞很深，有二十余米，没点本事的人绝对爬不上来。洞里面堆了不少白骨，有人的也有野兽的，可见摔进洞里的人，大多死在了里面。

太子还好，在这样的情况下还能保持冷静，林婉婷就不行了，直接吓晕了过去。太子带了一个累赘，又怕自己喊救命会引来刺客，只能缩在山洞里等人来救援。

萧王府的人寻到这里后，立刻将一路的痕迹消除，以免让其他人找过来，是以皇上的人一时半刻还没有找到太子的下落。

消息传回苏府，又等苏茶的命令传来，这就是一天一夜的时间，太子在山洞里又冷又饿，却没人管他的死活。

第二天下午，萧王府的人收到苏茶的命令，要把太子引到福寿长公主府去。

“等天黑了，假扮侍卫来救人。”萧王府的人立刻寻了对策，然后去找几个皇宫侍卫“借”衣服。

太子在山洞里待了三天两夜，幸亏林婉婷身上带了一些吃食，林婉婷又十分“伟大”地将所有吃食全给了太子，这才让太子保存住体力，没有死在山洞里。

太子失踪的第三天晚上，终于有“侍卫”找到了他。

“殿下，是你吗？我们现在就救你上来。”侍卫举着火把，对着洞里的太子大喊。

“是，是本宫……”山洞里，传来太子微弱的喊声。

很快就有人下来，将太子与林婉婷一起拉了上来。

“水，水……”太子又渴又饿，眼冒金星。

喝了水，又吃了一些干粮，太子才勉强有力气睁开眼。

是夜，太子也看不清救他的人长什么样子，只看到他们身着侍卫的衣服，便没有多问。

假侍卫见太子毫不起疑，自然不会傻得多说，确保太子与林婉婷死不了后，便背着两人走出林子。

夜晚的山间，处处一片漆黑，根本无法辨识方向，太子自然不会发现，救他的“侍卫”到底走了哪条路，甚至走了半天也没有看到其他的救援人员，太子也没有多问。

背着太子的“侍卫”不禁在想，太子这么不用脑，怎么活到现在的？

太子没有起疑，事情就更好办了，假侍卫一路挑偏僻的地方，避开寻找太子的人，将太子带出林子，然后对太子道：“殿下，此时正值深夜，回城十分不安全。不如在城外休息一晚，等城中人来接应我们，可好？”

太子此时处在半昏迷状态，听到“侍卫”的话，想也不想就道：“本宫记得皇姑姑就在城外别院，去她那里好了。”

太子十分“贴心”，完全不需要“侍卫”诱导，假扮侍卫的人顿时不知说什么好了。

他们第一次，接到这么简单的任务，真的好没有挑战！

太子顺利住进福寿长公主的别院，福寿长公主对太子这个侄子十分看重，得知太子出事，亲自照料。

假扮侍卫的人见此情景，寻了个理由便溜了。

第二天皇上收到消息，得知太子无事，立刻派侍卫前来接人，皇上一时忘了交代，不要让福寿长公主进城。在太子的请求下，福寿长公主以照料太子为名，随太子一同回城住进了太子府，林婉婷则被送回林府。

苏茶还在担心，凭空捏造的流言不足以让人信服，却没想到太子与福寿长公主作死地给他们送了理由。

苏茶半点不客气，当天就派人混在市井、茶楼中，将太子与福寿长公主之间的“真情”传扬得人尽皆知，当然林婉婷也没有幸免。

和太子在一起三天两夜，要说他们之间没有什么，谁也不相信。至少林相就不信，不过林相现在没有空管林婉婷，他这会正忙着帮林夫人扫尾。

流言这种东西要传起来，真的是飞快，在所有人还没反应过来之前，流言已经悄然传遍了京城，取代了和林初九有关的流言。

但林初九不知道的是，她医术十分了得的流言和孟修远的哑疾被医好的消息，一同传到了中央帝国孟家。

“修远的哑疾真的好了？这么说，之前东阳家得到的消息是真的了？那个叫林初九的女人，果然医术了得？”孟家几个年轻人坐不住了，主动说了起来。

“爷爷，不如去信问问，说不定我们还能卖东阳家一个人情。”

孟家的文昌学院，在东文四国地位斐然，在中央帝国也颇有名声，但文人就是文人，他们能得到旁人的尊重，手中的权力却始终有限。这几年，孟家思索着让年轻一代接触官场，与东阳这种顶级豪门交好很有必要。

小一辈的人，见孟老爷子还有疑虑，又劝了一句：“爷爷，我们也不求东阳家什么，只是去信问一问，如果是真的，也算是帮了他们家一个大忙。”

孟家小辈你一言我一语地说了起来，无不希望自家掌舵的老爷子，去信问问最近东文传得到处都是的传言是真是假……

除了孟家外，东阳家也在讨论林初九的事，不过家中的主事者，有大半都不相信。

“东文那种穷乡僻壤，能出什么名医。那个号称名满四国的墨神医也不过尔尔，那种地方出来的大夫，能有什么好货色。”

“去打听这种事，无疑是浪费时间，我不管你们怎么想的，反正我是不会同意让东文那种地方的小大夫，来医治含睿的病。”

……

在林初九还不知道的时候，她的名字已经传到了中央帝国顶级豪门东阳家的耳朵里，可惜只刮起了一阵小风就灭了。

在太子和林婉婷被找到的第二天，纪丰羽与南诺瑶也被找到了，纪丰羽还好，只是受了一点苦，身上没有伤。

南诺瑶比较倒霉，他们一行人在山中遇到了豹子，南诺瑶腰间被豹子咬伤，伤势十分骇人，她身边的侍卫寻了药草，简单地给她敷了一下，勉强保住了性命。南诺瑶被抬回来时，还保持着清醒，她不肯让太医和医女碰她，执意要林初九为她医治。

南诺瑶这个无理的要求，立刻被太医院的人报到皇上耳旁，皇上气炸了：“她当自己是个什么东西，居然敢点我东文的亲王妃为她医治，她以为她是谁？”

“是，是，是，皇上说得是。”太医也觉得南诺瑶太矫情，可人家是公主，他们能怎样。

“她爱治就治，不爱治就滚，南远的大夫死在路上与朕何干。这种成天只会惹事的东西，早点滚回南远也好。”皇上是真的厌恶南诺瑶这种不看时机的任性。

太医知道皇上说的是气话，待到皇上火气渐消，太医硬着头皮说道：“皇上，南远公主伤在腰间，伤口很大，伤势没有及时处理。现在天气又热，伤口已经腐烂，再不处理怕是会有生命危险。”

要不是这样，他们这群太医也不会管南诺瑶的死活，只要人不死，他们就没事了。

“这么严重？”皇上眉头一皱，十分为难。

就在这时，太监来报，南远使者求见。

皇上本不想见，想到对方十有八九是为南诺瑶的伤势而来，只得让人进来。

果不其然，南远使者就是为了南诺瑶的伤势而来。

南远使者没有南诺瑶那么张狂，一进来便请罪，又简单地解释了一句，暗指南诺瑶的身体有疾，病情难以启齿，南诺瑶之所以要林初九帮忙医治，就是不想自己的隐疾被人发现。南远使者解释完后，叩头一拜：“皇上，我们家公主并非有意刁难，实在是情非得已，恳请皇上救我们公主一命。”

想到之前南诺瑶亲自上门求诊，林初九开出要南诺瑶滚出东文，才肯为她医治的消息，皇上对南远使者的话信了七成。

既然不是踩东文的面子，皇上也就没那么愤怒了，只是这种事他不可能下旨："朕许你们去求萧王妃，萧王妃肯不肯为你们公主医治，朕不会插手。"

南远使者亲自上门去求，林初九就是为南诺瑶医治，也不会丢东文的面子。南远使者知道这已经是最好的结果，不敢再多言，再三叩谢后，立刻出宫去求林初九。

南远使者刚走不久，密探头子周觅就来了，他是来向皇上禀报太子失踪以及遇刺的有关情报。

"太子遇刺表面上看与林相有关，实则为京中一股神秘势力所为，卑职查到这股势力与慈恩堂背后之人有关。"

"太子被送进福寿长公主那边，是萧王府的人办的事，福寿长公主随太子进城，也是受人挑唆。"

"京中流传出，太子与福寿长公主之间有……"周觅越说越说小声，到最后直接消音。

太子和福寿长公主的事，他虽然没有去查，可也知外面的流言，并非空穴来风……

第十二章　大发国难财

南诺瑶的伤并不严重，及时医治的话，也就是缝个十来针的问题，偏偏南诺瑶当时在野外，不仅没有得到及时的医治，还因天气太热导致伤口腐烂了。

南诺瑶被救回京城时，腰间左侧全部腐烂，牙印处直接烂透，肠子都沾到了腐烂物，并开始腐烂了。

“伤成这样，你还能拖，果然能忍。”林初九看到这伤口，也忍不住头痛。

这么大的伤口，她一个人估计要忙到明天早晨去。

林初九将桌子清理干净，对南诺瑶的侍女道：“把你们家公主抱到桌子上。”

“啊？”侍女一愣，以为自己听错了，林初九不得不再重复一遍：“你没有听错，把人抱上去。”

“听她的。”南诺瑶虚弱地开口，既然选择林初九，她就只能相信林初九。

“原来，你也有有脑子的时候。”林初九诧异地看了南诺瑶一眼，颇为嘲讽。

南诺瑶哼了一声，别开脸没有理会林初九。

木桌冷硬，而且长度不够，南诺瑶躺在上面实在称不上舒服，好在照顾南诺瑶的侍女贴心，将椅子架起来，好方便南诺瑶架脚，又拿来被子给南诺瑶垫着，免得她难受。等到侍女收拾好，林初九这才上前，给南诺瑶进行局部麻醉。

“啊……”南诺瑶吃痛，想要挣扎却被林初九按住：“不要动。”

麻醉完毕，林初九不等麻醉起效，就开始给南诺瑶清理伤口：“会很痛，忍着点，很快就不痛了。”

“我才不怕痛。”南诺瑶傲慢地抬头，就像是个急欲证明自己的小孩。

林初九看了一眼便移开眼，她不管南诺瑶是怎样的人，她只做自己该做的。

冰冷的液体抹在伤处，减轻了伤处的灼痛，南诺瑶紧皱的眉头稍稍舒展开了，可很快她就痛得尖叫……

“啊……林初九，你这是谋杀。”冰冷的工具，夹起腐烂的肉，南诺瑶痛得脸色发白。

林初九头也不抬地道：“刚刚谁说不怕痛的？”

一块块腐烂的肉，被林初九挖了出来，放在托盘上，散发着让人恶心的气味。

南诺瑶侧脸，看着那一坨坨腐烂的肉，将嘴里恶毒的咒骂咽了回去。

她不和林初九一般见识！

很快，麻醉药起作用了，林初九开始替南诺瑶挖伤口深处的腐肉，这本是一个极痛的过程，南诺瑶却发现她感觉不到一点疼，腰间好像麻木了一样。

“怎么不痛了？”南诺瑶抬起头，虚弱地问道。

林初九没有回答她，只埋头替她清理伤口深处的腐肉，将粘在肠子上的烂肉一点点刮下来，那认真的样子，就好像在对待什么稀世珍宝。

南诺瑶虽然很讨厌林初九，但并不是不知好歹的人，见林初九真心在为自己医治，南诺瑶慢慢放下心中的戒备。这一放松她就有些支持不住了，脑子晕沉沉的，南诺瑶没有和之前一样强撑，放任自己陷入昏迷中。

林初九百忙之中看了一眼，什么也没有说，继续自己未完成的工作。

私怨是私怨，治疗是治疗，林初九虽然很讨厌南诺瑶，却也没有把这种情绪带到治疗中，林初九十分尽责地替南诺瑶清理伤口，然后缝合，上药……

整个过程，林初九没有避着南诺瑶的侍女，当着她的面，将血淋淋、碗口大的伤口，缝成一道线。

当林初九最后收针时，南诺瑶的侍女一脸震惊地指着伤口：“这，这就好了吗？我们家公主没事了？”

“你们家公主本来就没事。”将线剪掉，林初九呼了口气。

“拿帕子，帮我擦一下汗。”鼻尖和额头全是汗珠，治疗的时候不觉得，现在停下来，却觉得难受得紧。

“是，是，是。”侍女忙不迭地上前，十分殷勤。

林初九略作休息，便将手上血淋淋的手套取下来：“你们公主的身体很好，太医开了上好的药养着她。休息一刻钟，我替你们家公主把其他的病也一起医了。”

她是有道德的人，既然南诺瑶答应离开东文，那么她答应南诺瑶的事也会做到。

“现，现在吗？”侍女听到林初九的话，小手一抖。

萧王妃不累吗？

“难不成还要挑黄道吉时？”林初九坐在椅子上，闭着眼靠着椅背休息，双手一直高高举起，什么也不碰。

侍女不敢多言，静静地站在一旁，时不时关注南诺瑶的情况。

一刻钟后，林初九睁开眼，用放凉的开水细细地洗手，待到双手自然晾干，才将手套戴上。

“把你们家公主的裤子脱了。”林初九说这话时，没有一丝不好意思，反倒是侍女怔忡片刻才明白林初九说的是什么，乖乖地替南诺瑶褪下裤子。

林初九之前就替南诺瑶检查过，很清楚南诺瑶的情况，她看到什么都不惊讶。

拆开工具包，林初九在没有助理的情况下，花了两个时辰，才为南诺瑶医治完，期间南诺瑶的侍女，一直用纠结和疑惑的眼神看着林初九，可惜认真医治的林初九完全没注意，就算注意了林初九也不会把她的疑惑放在心上。

连个下人的疑惑她都要放在心上，她还要不要活了？

利落地将伤口处理好，林初九示意侍女替南诺瑶换上干净的裙子：“在伤口没有好之前，不要给她穿亵裤。”

两处的伤一起养，也省了南诺瑶寻理由，给人解释她的病。

“这，这就好了吗？”侍女想到林初九医治的过程，心里有点小忐忑。

萧王妃的医治手法好奇怪呀，真的有效吗？

“养好了就好了，以后你们家公主会像正常人一样结婚生子，不会有任何影响。”林初九刚刚用医圣之心检查过，南诺瑶的子宫没有问题。

“真，真的？”侍女一脸惊喜，好似不敢相信。

林初九正在收拾东西，压根没兴趣回答侍女的话，交代一句好好照顾南诺瑶，别让伤口绷开，就走了……

南诺瑶的底子非常好，第二天就醒来了，发现自己身体的异样，南诺瑶立刻明白，不仅仅是自己的伤，就是自己的隐疾林初九也一并处理好了。

南诺瑶嘲讽地笑道：“林初九，你还真是圣人，明明我对你充满恶意，处处挑衅，你居然还肯医治我，你到底是怎么想的？”

南诺瑶发现，她真的不懂林初九。如果她是林初九，绝不会医治一个处处与自己为敌的女人，更不会替那个女人保密。

“难道萧王就喜欢你的天真善良？”南诺瑶一说出来自己就先笑了。

萧天耀要是喜欢天真、善良的女人，那他就不是萧天耀了。

“林初九，我真的搞不懂你，不过你也别想我感激你，我们之间不过是交易，至于离开东文的事？你放心……我一定会做到的。”

南诺瑶一脸冷笑，眼中没有一丝感激，苍白的面容扭曲而狰狞。一旁的侍女看到这一幕，暗叹了口气，什么也没有说。

她们家公主一向如此自私，她们早就习惯了！

林初九不知南诺瑶的想法，可她知道南诺瑶不是一个懂得感恩的人，完成医圣之心的要求后，林初九并没有再去看南诺瑶，只把需要的药留下来，至于伤口恢复得好不好，那就不是林初九需要关心的问题了。

林初九就是想要关心也没时间，太子与福寿长公主的流言，并没有因为福寿长公主的离开而消停，反倒越演越烈。

如同周觅所猜测的那样，皇上连夜送福寿长公主离开，在看热闹的人的眼中是心虚。

不需要苏茶再推动，太子与福寿长公主之间的事，就被编成数个版本，传得满城皆知。当然，这些人十分精明，并没有直接说出太子与福寿长公主，而是用其他人的身份代替，隐晦地暗示。

东文国情开放，普通学子也有议政的权利，一般情况下朝廷并不干涉百姓谈论政事，可这并不表示这些人议论皇家之事，皇上也不干涉。

刚开始，皇上也想用温和的手段消除流言，可惜效果不显，传言越来越难听，皇上无奈，只好用下下之策，直接命令官府拿人。

在皇上的强势下，太子与福寿长公主的传言就算下去了，不过也只是阻止流言扩散，并没有消除世人眼中的怀疑。众人碍于皇权不敢说，心里却更加坚定地认为太子与福寿长公主有染。

皇上气极，他知道这事与林初九脱不了干系，偏偏又找不到证据，流言是在市井中流传开的，至于最早是谁先传出来的，谁也不知道。

这几天，文武百官明显能感觉出，皇上的心情不好，一个个都胆战心惊，在早朝上一句闲话也不敢说，甚至有几个耿直的御史，也悄悄地收起了弹劾太子的折子。他们还是不要火上浇油的好。这种情况下，林初九当然不敢闹事，她乖乖地窝在王府，静等风头过去。

没有让林初九等太久，皇上见暴力平息不了太子与福寿长公主的传言后，爆出了一件大事来转移京城百姓的注意力。萧王在战场上失踪了！

日前，萧王萧天耀为追捕北历大军，误入密林，失去联系，下落不明。

消息一爆出来，全京城的百姓都吓疯了：“不可能，萧王怎么可能失踪，这是不可能的事。”

“我们不信，我们不相信，萧王可是我们东文的战神，他怎么会下落不明。”

“一定是前线的情报有误，萧王不可能出事！”

前线战事，关乎东文的国运，上至达官贵人，下至平民百姓，都被这个消息炸疯了，这个时候哪里还有人记得太子与福寿长公主的事，大家都在担心萧天耀的生死，满京城的人都在谈论此事。

平日里热闹繁华的京城，因此事而显得低迷，京中百姓好似一瞬间失去活力，脸上的笑容也一瞬间散去了。有不少百姓自发去寺庙，为萧天耀祈福。

皇上的目的达成了！

林初九得知外面的情况，忍不住赞了一句：“皇上这一招很漂亮，成功地转移了众人的注意力。”

“消息来得太巧了，早知道会是这个情况，我们就应该晚点传太子和福寿长公主的事，好让皇上多头痛一阵子。”苏茶十分郁闷，他好不容易把流言掀起来，甚至达到了皇上都压不下的地步，结果前线战报一出，他之前的努力就白费了。

林初九没好气地白了苏茶一眼：“你太贪心了，捕风捉影的传言可没法毁掉太子，也不可能影响皇上的统治。太子和福寿长公主的流言传得再凶，效果也就那样。”

皇家乱七八糟的事太多了，父占子媳、君占臣媳的事历来都不少，流言也会传，可你见过有哪个皇帝，会因这种事被人废了？

“我这不是看皇上憋屈，心里高兴嘛。”想到皇上之前因流言而愤怒的样子，苏茶就暗爽。

只可惜，没有高兴太久。

“我……懂了！”林初九默默望天。萧王府和皇上，已经到了只要对方不高兴，自己损伤也乐意的地步了吗？

“王妃，你懂什么了？”苏茶一头雾水，他说什么了吗？

“懂……你的心情。”林初九正儿八经地说道，怕苏茶继续追问，林初九果断转移话题，“还有事吗？没事我不送你了。”

“有……”苏茶已经习惯了林初九的各种嫌弃，完全不当回事，献宝似的取出一个乌木箱子，得瑟地道，“王妃，王爷给你的回信，一整箱哦！”

林初九一愣：“王爷脱险了？”居然给她回信了，果然还是会哭的孩子有糖吃吗？

之前她写了那么多信，都不见萧天耀给她回信，没想到她就是说了一句，萧天耀就给她回信了，而且不止一封。

苏茶用力地点头：“王爷没事，估计过两天消息就能传回京城，到时候京城的百姓就有事谈了。”

太子和福寿长公主的流言，也就彻底掀不起来了，真的好可惜呀！

林初九没接苏茶的话，抢过他手中的盒子，嫌弃地挥了挥手：“你可以滚了！”

林初九把苏茶赶走，便仔细研究手中的木盒。巴掌大小的乌木盒，就像从树心中挖出来的一样，说不上精致，但也绝不粗糙，上面虽然没有雕龙刻凤，边角却也十分细致，如果不是仔细看，完全看不出有缝隙。

盒子虽小，可放个三五封信却是可以的，林初九拿到盒子还是挺期待的，只是……

“这是什么锁？怎么打开？”盒子上没有锁扣，只在旁边刻了一排字，乍一看像是九宫格，林初九随意拨了一下，发现上面的字可以移动。

林初九当即傻眼了：“看个信，还要先解九宫格，王爷你是不是太闲了？”林初九真心想哭了，她为了看个信，她容易吗？

这辈子遇到你，我所有的坏运气都用完了。林初九抱怨归抱怨，可还是老老实实地解起九宫格来。

她这么辛苦才得到萧天耀的回信，要是解不开，看不到，那岂不是亏死了。

年纪轻轻就习得一身医术，林初九自然不是笨的，萧天耀设的九宫格虽然复杂，再复杂也就只有九个格子，她还能搞不定？

不过一刻钟，就听到“咔嗒”一声，木盒打开了！“不容易呀！”林初九满心欢喜地打开，可一看里面的东西，她就傻眼了。

盒子里面空间很大，却只放了一张纸和一块长方形的暖黄玉石。

“说好的回信呢？一点信用度都没有，还怎么做夫妻。”林初九拿出玉石，发现居然是一枚印章，虽然是反着的字，明显能看出上面刻的是“林初九印”四个字。

“这是给我的礼物？”林初九的脸上又重新挂起笑容，兴致勃勃地拿来印泥，在白纸上落下一个印。

“很漂亮！”字体锋利、圆滑，没有一丝不顺畅之处，可见雕刻的人费了许多心思。

“大师级的手笔。”林初九很喜欢印鉴盖出来的名字，比她的字好出数十倍还不止。

如此一来，即使盒子里只有一张纸，林初九也不生气了。林初九拿出纸条，展开看了一眼，然后就笑了……

纸条上没有字，只有两个并排的印章，一个是“萧天耀印”，另一个则是“林初九印”。两个印鉴大小一样，字体一样，如果没有意外的话，用的材料肯定也是一样的。

“闷骚。”林初九看着纸条，不由得摇了摇头。

她承认，和萧天耀的礼物相比，她那些读后感实在有些敷衍，难怪要弄个九宫格折腾她，想必是不爽她的敷衍。

“好吧，这一次我认真写。”林初九此时心情正好，也不在意她还有存信，摊开纸就将自己收到礼物的满意与高兴写了出来。

许是心情好，林初九下笔非常快，每一个字似乎都透着喜悦……

最近经常给萧天耀写信，林初九已经习惯了一句话写出数个版本，哪怕是书写心情，林初九也洋洋洒洒地写了三页有多，而落款则是盖上了萧天耀送给她的印章。

看着信尾鲜红的名字，林初九怎么看都觉得字好看，比她的字好看千百倍，她也要好好练字才行，不然这一手字和印章上的字一对比，还真的蛮丢人的。

林初九默默地将练字提上议程，不过，在练字之前林初九决定，先找个木匠来，做点有意思的东西。

萧天耀给她送个礼物，就弄个折腾人的九宫格，她要是不回点什么，不是显得很没有礼貌吗？

“曹管家，曹管家……”林初九画好了样子，便让曹管家寻来木匠，帮她做个鲁班锁。

鲁班锁就是几块木头，也摔不烂，林初九小时候可以玩一整天，对鲁班锁的构造十分熟悉，三两下就把图形画了出来。

在林初九看来，鲁班锁就是一个玩具，可对这个木匠来说，这鲁班锁却是……

“这，这是前朝的鲁班锁？”木匠拿到图纸，当场愣住，握着图纸的手抖个不停。

这，这，这可是宝贝呀，早已失传的宝贝！

“鲁班锁？”曹管家不认识图纸，可木匠说的话他懂呀，“王妃，你画的是鲁班锁？”

曹管家两眼放光，看林初九的眼神，就像是饿狠了的狼看到猎物，把林初九吓了一跳。

“是鲁班锁，有问题吗？”林初九默默地后退一步。

她看了史书，史记上明明有鲁班这个人，也有大名鼎鼎的公输家，她没有拿出历史上没有的东西呀。

“王妃，鲁班锁早已失传，你，你是怎么知道的？”曹管家双眼放光，已经开始脑补林初九各种离奇的身世，其中可能性最大的自然是，“莫非王妃你是鲁班家传人？”

“什么乱七八糟的。”林初九说道，“我师父教我的，既然鲁班锁失传已久，那就不要传出去，这是我给王爷的。”

萧王府养了一班子的工匠，曹管家寻来的木匠，就是卖身给萧王府的下人，林初九一点也不担心会出问题。

“给王爷的？好好好，这个好，我这就让人打出来。”曹管家十分激动，拉着木匠就去讨论鲁班锁。

林初九画的鲁班锁是十二柱的大锁，按林初九的图做出来后，里面能放不少的东西，解开后就能取出来。除了十二柱外，还有九柱、六柱的鲁班锁，十二柱的鲁班锁无论是锁上还是解开，难度都十分高，林初九这是摆明了要为难萧天耀。

鲁班锁做起来并不难，木匠当天就做好了，而且还不止一套。木匠和曹管家私底下试了一下，发现自己无论如何都拼不起来。两人只得悻悻地停手，将木块送来给林初九，本想等着看林初九怎么拼起来，结果林初九完全没有拼的意思，让曹管家和木匠把图纸和木块放下就行了。木匠和曹管家看着锦盒里的木块，那叫一个不舍……

算了，回去接着拼！

萧天耀虽然没有写回信，却给林初九送来一枚玉章。出于礼尚往来，林初九也不好意思只写一封信。短时间内，她也寻不到什么好东西，就找了一条红绳，打了个平安结，锁了一枚白玉平安扣，连同信一起放在鲁班锁里。

等到苏茶来取信时，就发现平时薄薄的一封信变成了一块木头，苏茶一头雾水：“这是什么？王妃你送给王爷的礼物？”

萧天耀拿个木盒来，林初九回块木头？这对夫妻玩什么呢？这是夫妻间的情趣？为什么他不能理解？

林初九“嗯”了一声，苏茶觉得不对，又问了一句：“王妃，你不是没有打开木盒吧？”那么简单的九宫格也打不开，林初九不会这么笨吧？

林初九本不想搭理苏茶，听到这话忍不住白了他一眼：“没文化真可怕。苏苏，你出去千万别说认识我，忒丢人了。”

“我怎么丢人了我？不就几块木头拼出来的盒子嘛，有什么稀奇的？”苏茶拿着手中的木块，翻来覆去地查看，仍一头雾水，“这是什么东西？像盒子又不像盒子，莫非里面是空心的？”

不就是送个信吗？他又不会偷看，这对夫妻要不要这么无聊？

“鲁班锁，里面装了我给王爷的信。”林初九怕苏茶再说下去，会对自己的智商产生怀疑，好心地公布了答案。

“什么？这是传说中的鲁班锁？”苏茶眼前一亮，似不敢相信，得到林初九肯定的答案，苏茶试着解锁，可惜他摆弄了半天也一无所获，“怎么打不开？”

“要是你随便就能打开，它就不是十二柱的鲁班锁了。”林初九真不是看不起苏茶，而是鲁班锁真不好解，她也只能解到九柱，十二柱的鲁班锁是看了别人怎么解才学会的。

“十二柱的鲁班锁？王妃，你哪里找来的？”苏茶双眼亮晶晶地看着林初九。

这鲁班锁可是好东西，有了鲁班锁，他们以后送信说不定都会安全一些，而且学会了鲁班锁，要做其他的机关锁，或者机关密室也会更容易。

“我让人做的，你感兴趣？”林初九挑眉问道，见苏茶用力点头，林初九也大方，“让曹管家送一套给你。”反正苏茶也不会外传。

“我这就去找曹管家要。”得到了林初九的准话，苏茶转身就跑去找曹管家，顺利从木匠手中拿到一套新做的十二柱锁，可是……

“要怎么拼起来？”三人在一起研究了半天，又对着林初九扣好的锁研究，也没有寻到法子。

“这东西有个诀窍，掌握了诀窍就好办了。”苏茶看看手中的“锁”，拿起木条继续比画起来，直到天黑也没有进展。

“要不我去问问王妃？”抱着十二根小木块，苏茶决定不耻下问，哪知他找上门却吃了一个闭门羹。侍卫挡住苏茶，说道：“王妃说，如果苏茶公子是来问鲁班锁的事，那就不要开口。在王爷没有解开之前，王妃是不会说的。”

“呃……”苏茶满肚子的话，都只能咽下去。看了看手中做工精巧，完全看不出到底哪里是口子的鲁班锁，苏茶默默为萧天耀默哀。

可怜的天耀，让你弄什么九宫格，这下好了，自找苦头了吧？

为了让萧天耀吃瘪，苏茶以最快的速度，将手中的鲁班锁送了出去。没有意外，收到鲁班锁的萧天耀脸黑了。

林初九那个笨女人，怎么什么都要和他一争高下，乖乖地听话服软会死吗？

萧王不高兴，很不高兴！

送信的暗卫把东西呈上来后，一声不吭地退了下去。

留守的暗卫见他这副模样，担心地问了一句：“出什么事了？王爷骂你了？”这几天他们家王爷的心情看上去挺好的，几天都没有飙冷气了，没道理又心情不好了呀？

“没有。”送信的暗卫日夜赶路，累得不成人形，哪里有时间和精力说话，留下这话就默默地回去了。

留守的暗卫见他这样，越发地肯定他是差事没有办好，被王爷骂了，一个个都上前安慰。送信的暗卫累得不想说话，面对同伴友爱的眼神，真想杀人。心好累！

鲁班锁是榫卯结构，没有机关暗钮，也没有木钉绳子，完全是靠自身结构的连接支持，要解开鲁班锁，就要找到关键的木柱，将其从锁中抽取出来。

萧天耀把玩着手中的鲁班锁，眼中没有不满，反倒充满了战意。他怎么可能输给林初九，不就是一个鲁班锁吗？他不仅会解开，还会出个更难的给林初九，他倒要看看林初九能不能解开。

萧天耀拿到鲁班锁的当天，就抱着那十二柱锁解了起来，他不像苏茶那样随意摆弄，而是先观察锁上的十二柱，将十二柱的样式，一一画在纸上，在脑海里演练十二柱组合起来的样子，而后才开始解锁。

“咔咔……”萧天耀解锁的速度不算快，可也不慢。半个时辰后，萧天耀找到了关键的木柱，将其抽出来，“啪”的一声，鲁班锁开了，锁在里面的平安扣滚了出来。

“好东西。”萧天耀赞了一句，却不是说平安扣，而是说手中的鲁班锁。

研究完手中的鲁班锁，萧天耀这才拿起锁中的平安扣与信。萧天耀没有急着看信，而是拿起林初九送来的白玉平安扣仔细端详，大拇指指腹在平安结上来回摩挲……

萧天耀知道这平安结是林初九打的。

“不管你是谁的女儿，现在你都是本王的王妃。”萧天耀把玩片刻，将平安扣别在腰间，眉眼间的郁色散去不少。

是他着相了，他娶林初九，并不是因为她是谁的女儿。他看重林初九，也不是因为她是谁的女儿。只要林初九不背叛他，林初九是谁的女儿又有什么关系?

“呵……”轻笑一声，放下心中担忧的萧天耀，眼中多了一丝温度。

展开信，看着满纸透着喜悦与欢快的文字，萧天耀唇角微扬，冷硬的面容不由得柔和了几许。

他突然有点想家了！他出来的时间也够长了，这场战事也差不多该了结了！

萧天耀没有给林初九回信，将拆开的鲁班锁与信一起锁了起来，便把这事搁下，只写信命令苏茶，找几个能工巧匠看看能不能将鲁班锁的原理用在建筑和武器上面。

苏茶收到萧天耀的回信，半点也不意外，他早就知道会是这样，所以这几天一直缠着林初九，总算把林初九手中关于鲁班锁的那点知识给掏了出来。

林初九这几天都被苏茶给缠怕了，明明她将知道的都说了，苏茶偏偏不信，死缠着她再说一点，再说一点……

再说个鬼啦，她又不是泡了水的棉花，挤一下就能压出水来！

林初九被苏茶缠怕了，最后不得不使出杀手锏，装病不见苏茶！

林初九本来只想装个两三天，等苏茶过了这个兴头就好，不想她还没有宣布生病，前线就传来了大消息——萧王出现了！带着数月前密林失踪的二十多万大军平安出来了！

从萧王在密林中失踪，生死不知，到萧王找到失踪的大军走出来，前后只有七天的时间，京城的老百姓听到这个消息，又一次惊呆了。

“萧王平安走出密林，还找到了失踪数月的大军，这，这怎么可能？不会是假消息吧？”京城的百姓在这段时间，就像是在荡秋千一样，心情忽高忽低……

自从七天前收到消息，得知萧王失踪，京城老百姓的心就高高悬起，每天都盼着前线有好消息传来，可惜每天都失望。

自从萧王失踪的消息传来，京中的米粮一瞬间成了抢手货，不管有没有银子，先把米买来再说。他们怕呀，怕没有萧王，前线守不住，到时候北历人打进来，抢他们的粮，然后粮价疯涨，他们没饭吃。这样的事前几年也发生过，每次大战过后粮价必然疯涨，甚至有银子都买不到粮，东文的百姓可是深受其害。

“一天一个消息，到底哪个是真，哪个是假？”排队买粮的百姓，无意间听到这个消息，看了一眼比昨天高出五文钱的粮价，犹豫再三还是咬牙退了出来。

萧王要是没事，粮价必然下降，他不买了！

“不知道，前两天不是说萧王死了吗？刚刚看到八百里加急的公文，真和假谁知道呢，朝廷也没有一个说法。”说话的人，看了一眼又改了价的粮价，心中忐忑不安。

这是怎么回事？一眨眼的工夫，粮价又涨了两文钱。

“莫非消息是假的？这些大商人消息灵通，他们肯定不会有错。”刚从队伍中走出来的人，心里那叫一个后悔呀。

娘的，这一个转身的工夫，粮价又涨了两文，可是不买又不行，要是这一战他们东文打不赢，粮价还会更高。

“糙米，我要五十斤。”

“大米，两百斤，给我两百斤！”

粮店挤满了抢粮的百姓，店小二与掌柜十分高傲地说：“动作快一点，晚了就没了，就这么多了，卖完了就没了。”

“我，我……银子，这是银子。”

“我在前面，你给我装，快给我称。”

粮铺前挤满了人，大家都怕粮价再涨，疯了似的掏银子，可就在此时，官差沿街敲锣：“大家少安毋躁，前线战报，萧王已平安无事，带着三十万大军重回军营，不日就会将北历打回去，大家安心！”

“嘭……”说完，便敲了一声锣，提醒沿街的百姓。

“大家安心，萧王已带大军回营，此战我们东文必胜！”

不怪朝廷如此兴师动众，而是某些无良的商人利用萧天耀失踪的消息，大发战争财，逼得皇上不得不出手。

这些无良商人里就有苏茶，不怪苏茶无耻，而是所有的商人都这样，苏茶已经算是厚道的。苏家旗下的粮铺，不管怎么涨价都是最低的，尤其是今天，苏家粮铺的价格已经恢复正常，比其他人家靠谱多了。

官方消息一出，百姓还有什么好担心的？

“奸商，奸商，你这个奸商，明知萧王无事，还把粮价抬高。砸，大家一起上，砸了这家坑人钱财的铺子。”

各家粮铺前面抢粮的百姓听到消息，再想到自己花的冤枉钱，当场就怒了，也不管是不是犯法，抢起木板就砸，提起袋子就抢。

法不责众，这些奸商骗钱在先，他们砸了铺子也就是坐几天的牢，抢回去的粮却是实打实的……

有人带头，立刻就有人跟随，一瞬间京城各大粮铺都遭遇了打劫。苏家的铺子也不例外，不过他们稍好，只是摆在外面的米被人抢了，其他的都完好无恙。

事情闹得太大，在哄抢的过程中还死了好几个人。消息传到宫里，皇上大怒，下令官差严惩胡乱抬价的商贩，同时将闹事的百姓关起来。

在天子脚下发生这样的事，自然引起了朝廷的高度重视。第二天早朝就有御史弹劾，说此事都是萧王任性妄为、贪功冒进造成的，纷纷请求皇上严惩萧王，以儆效尤。

萧王人在前线，要怎么严惩？

当然，也有人站出来为萧王说话，说这一切与萧王有何干系？明明是京城的官员没有安抚好百姓，才会导致百姓因萧王的失踪而惶恐。

不想，这话一出，皇上立刻变脸，当场撤了那人的官位，拖出去打二十大板。

说京城的官员没有安抚好百姓，不就是说他这个皇帝无能，堂堂天子坐镇京城，都无法安抚京中的百姓吗？

皇上很清楚，萧天耀闹出失踪的戏码，就是为了将他安在密林中的军队带出来。皇上本来就对萧天耀的行为十分不满，这官员一说，这十分不满就变成了十二分。

皇上不管合不合理，当即下旨呵斥萧王府，将商人哄抬粮价、百姓哄抢粮食的责任，全部扣到萧王府头上，要罚萧王府二十万两银子。

传旨的太监将圣旨念完，林初九不禁愣住了。

粮价上涨，关前线打仗的人什么事，他们家王爷只是失踪了几天，哪里知道那些无良商家会借此机会哄抬物价，还发生抢粮事件。

哄抬粮价，造成百姓惶恐，打砸粮店这种事可大可小，要是现在把罪名认了，萧天耀这辈子就别想洗干净了。

虽说这一次皇上没有严惩萧天耀，只罚二十万两了事，可日后要有类似的事情发生，整个东文的百姓都会认为是萧天耀在背后捣鬼，利用战争发灾难财。

是以，圣旨念完后，林初九跪在那里一动不动，完全没有接旨的意思。

礼部宣旨的官员，将圣旨捧到林初九面前，见林初九迟迟没有动静，不得不出声提醒："萧王妃，请接旨！"

"接旨？"林初九抬眸，反问。

"是，请萧王妃接旨。"宣旨的官员面上恭敬，心里却十分不屑，不过是罚二十万两，凭萧王的身家还在乎这点银子？

萧王妃也忒不经事了，比他还不如。

"不，这圣旨我不能接。"林初九并不在乎宣旨的官员怎么想，坚定地摇头，"罚银我可以认，但圣旨上的罪名我不能代王爷认。王爷在战场上失踪是意外，并非刻意隐瞒踪迹，将消息传回京城的也不是王爷，京城粮价上涨，与王爷何干？"

宣旨官员听到这话乐了："萧王妃，这话你去跟皇上说吧，跟下官说可没有用。"

说完，再次把圣旨递到林初九面前，要不是碍于男女之妨，宣旨的官员都想把圣旨塞林初九怀里了：“萧王妃，你还是快接旨吧，接了旨下官也好回宫复命。”他才不管圣旨上的罪名是真是假，他只负责宣旨，有问题找皇上去。

“很抱歉，这圣旨我不能接。”林初九将双手背在身后，不给对方强塞圣旨的可能，“圣旨所列的罪，我们家王爷没有犯，我不能接旨。”

“萧王妃，你这是抗旨不遵？”一再被拒，宣旨的官员怒了。他自打在礼部上任以来，奖惩的圣旨不知宣了多少，从来没有人像林初九这般，敢不接旨。

“雷霆雨露皆是君恩，萧王妃你是聪明人，接了旨，下官就当什么都没有发生，这事就这么过去。不然，事情闹到皇上面前，吃亏的也是你自己。”宣旨官员半是卖好半是威胁地道。

林初九拒不接旨固然讨不到好，他这个宣旨的人也好不到哪里去。如若林初九接了旨，那就是你好我好大家好。

“抗旨不遵的帽子我戴不起，圣旨上的罚银我这就送到户部，但圣旨我不能接。”仍旧是那句话，林初九不厌烦地又重复了一遍。

不等宣旨的官员说话，林初九扭头对跪在她身后的曹管家道：“曹管家，去开我的库房，把我嫁妆里值钱的东西都清出来，凑二十万两去户部。”

“王，王妃……”曹管家傻眼了，“要，要卖你的嫁妆？”他们萧王府没有那么穷，区区二十万两，闭着眼睛也能拿出来，完全没必要卖林初九的嫁妆。

“嗯，快去……先把嫁妆卖了解眼下之急，以后有银子了再赎回来就是。”林初九一副大义凛然的模样，只有翡翠珍珠几个知晓，林初九早就看那些嫁妆不顺眼了，现在有机会光明正大地处理，林初九怎么会错过。

而且，不动用萧王府的银子，而是变卖自己的嫁妆，在外人眼中也显得萧王十分清廉，区区二十万两都拿不出来，萧王府还要当家主母卖嫁妆。

曹管家不是笨人，瞬间就明白了林初九的用意，可就算明白，他对于此举还是十分膈应，有心想要劝说两句，翡翠与珍珠却机灵地挪到曹管家身旁，小声地道：“曹管家你就听王妃的，王妃这么做必然有道理。”

说话间，两女将曹管家搀扶起来：“王妃，奴婢陪曹管家去清点嫁妆。”

“去吧。”有翡翠和珍珠一起去，林初九就没啥好担心的。

宣旨官员见萧王府的人自顾自地去清点嫁妆什么的，当即傻眼了：“萧王妃，只是罚银，你不必卖嫁妆。”要是让外人知道，皇上下旨罚萧王府的银子，却逼得萧王妃卖嫁妆，旁人怎么看皇上？

他这个宣旨办差的小官，还要不要干了？

“不卖嫁妆怎么办？”林初九抬头看向宣旨官，状似不解地问道，“难道圣旨上的二十万两罚银不用交？”对方敢说不交，她就敢连人带圣旨一起打发出去。

不用交罚银就表示她没有错吧？

既然没错，那还宣什么旨！

“不，不，当然要交了，那是萧王诱使商贩哄抬物价，造成百姓损失的罚钱。”宣旨的官员一再重申萧王的罪名，可惜林初九就像没有听到一样，自顾自地道：“我们家王爷没有诱使商家抬价，一切都是那些无良商人自发的行为。至于二十万两罚银，那是圣上的要求，我们萧王府只能照办。”

哄抬物价的是商家，皇上让那些粮商把吃到嘴里的利润吐出来就是，找萧天耀的麻烦，皇上也不害臊。

“萧王妃，事实真相摆在面前，不是你怎么说就是怎么样的。”宣旨官员见林初九一副油盐不进的样子，当即有些恼了。

宣个旨也这么麻烦？难怪部里的人，一听是到萧王府宣旨，就没有一个人上前领差，要不是他后退的时候慢了一步，这倒霉差事也落不到他头上。

“大人说得是，事实真相摆在面前，不是几句话就能扭曲的。”林初九顺着附和一句，紧接着口风一转，说道，“我们家王爷在前线生死未卜，为保护东文而战斗，哪里有闲心管京中这些乱七八糟的事。那些个赚得钵满盆满的粮商，半数以上是太子和文王门下的人，再不济也是皇商薛家，和我们王爷有什么关系？也不知他们这次从中赚了多少银子，区区二十万两能填补百姓的损失吗？”

“萧，萧王妃你在说什么，下官听不懂。”宣旨的官员吓得满头大汗，这个时候的他哪里还有刚才的趾高气扬？

虽说他混迹官场没几年，可个中利害却是摸得门清，本以为萧王妃就是胡搅蛮缠了一点，不想萧王妃心里比谁都明白！

宣旨官员看着手中的圣旨，当即苦着一张脸。

这下，这下他要怎么办？萧王妃明摆了不会接旨，他要是把圣旨强塞给萧王妃，到时候萧王妃把太子、文王等人丢出来，谁负责？

“萧王妃……”宣旨的官员一改刚刚的张狂，可怜兮兮地看着林初九。

女人总是心软，他服软，求求萧王妃行不行？

“这圣旨……您能接一下吗？”年轻俊秀的小官，一副快要哭出来的样子。

大男人摆出这副做派很容易让人觉得娘气，这位宣旨的小官五观俊美，摆出可怜兮兮的样子却没有丝毫的违和感，再加上他一副清贵公子的模样，这么娘气的动作由他做出来，只有可怜，没有娘们兮兮。

这要是遇到一个怀春少女，或者母爱泛滥的女性，十有八九就妥协了，偏偏林初九天生就比旁人少根弦，任这清俊小官再怎么扮可怜，林初九依旧不为所动，如同泥菩萨一般，双手垂在两侧，跪得笔直。

自从嫁给萧天耀后，林初九已经把“跪”这个技能，练得炉火纯青，跪上半个时辰什么的，完全不会有问题。

“萧王妃，求求您别为难下官了，下官只是跑腿的小人物。”宣旨小官见状也不敢站了，老老实实地跪在林初九对面，将圣旨捧到林初九面前，“萧王妃，下官求您把这圣旨接了吧。

你就当可怜我，至于之后你要怎么做，下官保证不干涉，今天的事也只当什么都没有听到。”

他就是退慢了一步，怎么就遇到这么倒霉的差事，爹呀，娘呀，我要辞官回家，我不要做官了，太危险了。

“不是我为难你，而是你为难我。我都说了罚银我交，圣旨我不能接。”林初九冷眼打量宣旨的小官一番，摇了摇头……

看这小官一身的配饰十分不凡，想必出身不错，十有八九是被人嫉妒了，才接到来萧王府宣旨的活。她也挺同情对方的，可她可怜了对方，谁来可怜她？

“萧王妃，您别这样呀……我爹是户部侍郎，你看这样行不，你接了圣旨，我找我爹说情，罚银少交一点？”宣旨的小官抹了抹眼角不存在的泪，委屈地道。

林初九差点笑了出来，紧要关头绷住了，佯装严肃地道：“公事公办，你怎能以公谋私！”

“萧王妃，我没有以公谋私呀，我这是以私谋公，用私下的交情解决公事，您看我这么努力，求求您把圣旨接了吧。”宣旨小官努力朝林初九眨眼睛。

传言说萧王妃草包又花痴，他牺牲一点美色行不行？

可惜，小官的媚眼是抛错了人，林初九没好气地道：“眼睛抽了？要不要我给你扎一针？”

“不，不，不……王妃，您接下我的圣旨就好了。”宣旨小官吓得连连摇头，再次捧起圣旨递到林初九面前，“萧王妃，请您接旨。”

林初九笑了一声，往一旁挪了个位置，省得对上那张傻脸，她会忍不住手痒揍人！

“萧王妃，您接旨呀。”宣旨小官百折不挠，追了上去，继续跪在林初九面前。

林初九真的烦了，忍不住想要揍人，就在此时，曹管家带着翡翠、珍珠出来：“王妃娘娘，东西清理好了，白银有三万两，银票有十二万两，其他首饰、珠宝和铺子加起来应该有五万两。”基本上，林初九的嫁妆全部搬空了。

“拿去当铺死当，再把银票交到户部。”林初九一点也不心疼，曹管家看过林初九的嫁妆后也不心疼了。

那些珠宝首饰完全配不上他们家王妃娘娘，等王爷回来了，开库房，全部给王妃置办新的，绝对比林夫人准备的强万倍。

“是。”曹管家无视宣旨的官员，招来侍卫将一箱箱的珠宝抬出去，翡翠和珍珠也忙着去点数。

宣旨的小官顿时傻眼了：“王妃，您认真的？”罚银交了，圣旨却不接，他怎么回去交差呀？

“比珍珠还真，你要是不想被头儿骂，现在就带着圣旨回去，将我的话转交给你的头儿，他自然会处理好。”林初九看似好心，实则是极度坏心地建议道。

“这，这行吗？”宣旨小官左右为难，萧王妃说的好像有些道理。

“当然行，不然你在我这里耗着干吗？这里是萧王府，我可不怕你，就是耗到明天天亮，我也没有问题，你能一直待在萧王府吗？”

林初九的话刚落下，宣旨小官就麻溜地爬了起来：“什么？耗到明天天亮？那不行，我去找我家大人……”

小官二话不说，转身就带着人往外跑。

“总算走了。”林初九捶了捶酸疼的老腰，从地上爬起来，珊瑚和玛瑙极有眼色，忙上前搀扶：“王妃，你还好吗？”

“没事。”林初九示意珊瑚和玛瑙不用扶了。

往外走了两步，就看到正在指挥侍卫将珠宝运出去的曹管家，林初九叫住对方道：“曹管家，你让人给苏茶送个信，让他把那几家粮商背后的势力查出来，另外让他把这段时间多赚的银子给我想办法花在百姓身上，别让人认为他仗着王爷的势，就发灾难财，为富不仁。”

战争财最好发，东文、南远、北历与西武打仗，那些商人哪次不趁机大发一笔？

林初九虽然不耻，也不会傻傻地站在道德的制高点指责什么，商人的本性就是逐利，她能阻止苏茶逐利，能阻止别人逐利吗？

与其等别人赚了银子，用资本碾压苏茶，不如让苏茶浑水摸鱼，事后再想办法把不义之财花出去。

曹管家听到圣旨，就知此事的严重性，郑重地道：“老奴明白，王妃您放心，这事老奴一定会办好。”

“嗯。去吧。”林初九看着全部装上马车的箱子，没有一丝不舍，让翡翠和珍珠也忙去。

事情交代完，林初九才转身回内院，让珊瑚拿药酒给她揉腰。

曹管家看着林初九渐行渐远的身影，忍不住感慨了一句：幸亏他们家王爷娶了王妃，也幸亏王妃是能干的。不然，他还真不知如何是好……

第十三章　无惧帝国之威

林初九这人从来不怕丢人，也不怕被人指点，就是卖嫁妆这种丢人的事，她也可以做得理直气壮，毫不遮掩。

萧王府的人办事效率极高，宣圣旨的人还没有出门，他们就把林初九的嫁妆装上板车，拖到了当铺。

当铺的人看到萧王府的侍卫过来，差点吓尿了，颤抖地上前："几位大爷，小店小本经营，童叟无欺，不知几位大爷有何事？"

开当铺的当然都有后台，曹管家找的这家店铺的后台是中央帝国张家，在中央帝国仅次于七大世家的存在。

张家不管在中央帝国还是在东文都算有脸面的，不过强龙不压地头蛇，这里是东文，是萧天耀的地盘，他们就是再狂也得收敛一点。

"小本经营？"曹管家扫了一眼一人高的柜台，还有台子上摆的红珊瑚，又扫了一眼在柜台前当东西的普通百姓，呵呵冷笑："童叟无欺？"

"这……"掌柜抹汗，一脸尴尬。

曹管家也不是来砸场子的，见好就收，指了指身后的箱子，说道："寻个地方谈生意，我要死当！"那些俗气的金子，他们家王妃绝对用不上。

"什么，什么？当，当东西？"掌柜傻眼了。

这是什么风向？堂堂东文一品亲王，穷到当东西的地步？还是死当？这是多缺银子来着？

"怎么？开当铺还不许人来当东西？"曹管家轻描淡写地反问，掌柜却不敢拿大，忙摇头："怎么会，几位大人里面请，里面请。"

掌柜侧过身引着曹管家一行人，去后院的雅间，又给小二使眼色，让他去找管事来，这事他可做不了主。

曹管家只当没有看到，进了雅间就催促掌柜清点箱子里的珠宝。掌柜有心想要拖延，哪知曹管家不给他机会，直接让侍卫把珠宝箱打开，又附上清单："点吧，这些东西我们家王妃说了，要当五万两。"

曹管家估算过，这些珠宝价值五万两，但要在当铺里卖出这个价，绝对是开玩笑。

"大人，这些……当不到五万两呀。"掌柜飞速地扫了一眼清单，又看了一眼箱子里的东西，凭他的眼力可以肯定东西都是好东西，但那做工实在让人不敢苟同，全部都要加工后才能卖得上价钱。

"当不到也得当，二十万两还差五万两，就指着这些东西了。"曹管家说得理所当然，心里却有点发虚。

这是他们家王妃说的，别说这些东西值五万两，就是只值一万两，也得当出五万两银票，不然他们去哪里凑二十万两?

当不到？开什么玩笑，萧王府的招牌是摆着看的吗？这个时候不仗势欺人，什么时候才能仗势欺人?

曹管家听到林初九理所当然的话，深以为然，可真正说出来，却还是有点小羞赧。

这么多年了，他们萧王府的人在京城一向低调，从来没有这么张狂过，第一次这么张狂，这感觉真爽!

掌柜听到曹管家这话，当即就哭了：你们少五万两关我们什么事?

"大人，事情不是这么办的。"掌柜试着和曹管家讲道理，可惜曹管家压根不理会，只道："皇上要的二十万两，就差这五万两了，要是耽误了皇上的事，可就是你们的错了。"

一顶大帽子扣下去，掌柜完全不知如何应对，只得点头哈腰地道："这事，这事我得去请示管事。"

"去吧。"曹管家一脸淡定，好像完全不知自己有多无耻一样。

不怪曹管家这么嚣张，这家当铺与这次带头哄抬粮价的商家是同一个主子，背后都有中央帝国的势力在。

这次哄抬粮价事件，有太子、文王等人的身影，可这两人都是皇帝的儿子，真要把这两人挑出来，皇帝估计会气死。

至于其他的官员，分量实在不够！林初九思索再三，这才决定，让曹管家挑上背后是中央帝国做倚靠的商家。

柿子挑软的捏不错，可只有把最强的打怕了，其他人才会乖乖听话，有中央帝国背景的粮商则是最好的选择。

掌柜出去时，管事正好过来，听到掌柜转述的话，管事的人笑了："好一个萧王府，欺到我们兴盛号的头上来了，也不打听一下我们兴盛号背后是谁。"

"张管事，这事……"掌柜小心地问道。

"给，不就是区区五万两吗？就当打发叫花子。"姓张的管事十分张狂地说道。

掌柜的一看就知这银子给出去了，估计会叫萧王府十倍吐出来，他们张家在中央帝国也不是好欺负的。

这么一想，掌柜就乐了，屁颠屁颠地去给曹管家取银子，再见到曹管家时，态度也傲慢了：“我们家管事说了，萧王在前线流血流汗，我们这些商家也不能太小气，这五万两就当是我们兴盛号送给萧王的，这些东西就算了，都抬回去吧。”

“我们萧王府的人，从不仗势欺人，也不拿百姓一文一毫，当东西就是当东西，你要是不收下这些东西，这银票我们也不要了。”曹管家说得正气凛然，连他自己都感动了。

仗势欺人后还要摆谱，这感觉真不是一般的好。

掌柜听到这话，止不住冷笑，正欲讽刺两句，就见小二走进来，在他耳边嘀咕了几句，掌柜的脸色一凝，若有所思地看了曹管家一眼，也不和曹管家多说，立刻让人给曹管家办理当票文书。

“众位，好走不送。”掌柜一脸幸灾乐祸的样子，曹管家不用想也知道，他们家王妃拒接圣旨的事，十有八九传出去了。

没有办法，在他们家王爷没有成亲前，他们萧王府一向是高调打仗，低调做人，府中的事外人半点也不知，自从王爷娶了王妃后，一切都变得不一样了。

他们现在的行事已是越来越高调，一点风吹草动都会闹得满城皆知，王妃拒接圣旨这么大的事，要是不传出去那才叫奇怪呢。

曹管家捏着手中的二十万两，在心里叹了口气：希望苏茶那里能顺利，不然麻烦就大了！

苏茶作为商人，对东文各大商行的情况可谓了如指掌，只是要查出他们在这次哄抬粮价中赚了多少银子，还需要一点时间。

苏茶怕林初九担心，查到各大粮商背后的情况，就立刻让人先把消息给林初九送去，好方便她想对策。

虽说东文、西武等四国政权独立，可无论是经济还是政治背后都有中央帝国的影子，像粮价，很大程度上就掌控在中央帝国几大世家手里。每次战事过后粮价都要上涨，这在各国已经成了不成文的规矩，哪怕是皇帝也干涉不了。

这一次粮价上涨得也不算夸张，苏茶怎么也没有想到，京城的百姓会因为粮价上涨而闹事，皇上又会因这件事而下旨斥责萧天耀。

要说粮价上涨这事，萧天耀一点责任也没有那也说不过去，粮价确实是因为他的失踪才上涨的，但要把粮价上涨的责任，全部安到萧天耀头上，这实在太过分了。

然而，普通老百姓最容易受人蛊惑，每一次粮价上涨，百姓都损失极大，心里自然不忿。他们也不知该记恨谁，因为粮商说了，正值战乱，好多地方缺粮，好多土地没有人种，他们收粮也贵，这又不是他们的错，嫌贵大可以不买。

这一次，皇上列出一二三条理由来，证实粮价上涨全是萧天耀的错，普通百姓看到了十有八九就会相信，然后就此把恨意记在萧天耀身上。

这个时候，如果有心人煽动一下，那些损失惨重的百姓聚众砸了萧王府都有可能。到时候，萧天耀就是打胜仗回来，那也是东文的罪人，至少萧天耀再也得不到东文百姓的爱戴。

“幸亏王妃没有接旨，虽说不接旨是大罪，可接了旨天耀就没有办法翻身了。”苏茶越想越觉得可怕。

皇上的圣旨下得太突然，他们事先一点消息也没有收到，要不是林初九坚定地拒接圣旨，他们十有八九就会落到皇上的算计中，背负与无良商人同流合污、发战争财的骂名。

苏茶越想越觉得可怕，忍不住给萧天耀写了一封信，将京中的事情说给他听，让他提前做好准备。

这一次，为了洗清哄抬粮价上涨的罪名可是得罪了中央帝国张家，他们得提前做好准备才行。

曹管家顺利拿到五万两银子，在户部官员回家前，将二十万两银票送到户部侍郎手里，好巧不巧，收银票的刘侍郎正好是今天宣旨小官的父亲。

“听闻萧王妃并没有接旨，怎么还来交罚银？”刘侍郎看也不看曹管家手中的银票，摆明了不肯接。

要交罚银？先把圣旨领了再说，不领圣旨，也别想他收罚银！

曹管家一看就知对方成心找茬，淡定地将银票收回，说道：“我们这些做下人的，不过是奉命办事，主子的事哪容得我们质疑。主子让我们来交罚银，我们便来交。刘大人，你们不收银票吗？”

“我们户部不收没有名头的银票。”刘侍郎再次拒绝，曹管家点点头表示知道，“那我让人换成银子抬进来？”

“银子也不收！”刘侍郎差点把嘴巴气歪了，萧王府的人这是什么意思，听不懂人话？

难怪他儿子办不好差，这明明就不是他儿子的问题，而是萧王府的人脑子有问题！

“银子也不收，银票也不收，你们这是要抗旨不遵？圣旨上可是要我们萧王府交二十万两罚银。”曹管家无耻地拿圣旨说事，然后将手中的银票往桌上一拍，“二十万两我放在这里了，你爱要不要。”

说完，曹管家头也不回地就走了，任凭身后的人如何叫也不理会。左右他们银子给了，就是事情传到皇上那里，他们也不怕！

是不用怕，因为皇上看到礼部呈上来的圣旨，还有户部呈上来的银票，笑了：“礼部谁去宣的旨？”

“小刘大人。”礼部尚书不敢隐瞒。

“他和户部的刘侍郎是什么关系？”不是皇上记性好，这么一个小人物都记住了，而是将二十万两银票呈上来的就是户部刘侍郎，除了银票外，他还写了一份折子，告了萧王府一状。

“是刘侍郎的儿子。”礼部尚书悄悄抹汗，心中暗自担心，不想皇上没有一丝不快，笑着说道：“上阵父子兵，打虎亲兄弟，不错！”

皇上这是什么意思？

礼部尚书偷偷看了皇上一眼，就见皇上面上带笑，顿时一头迷雾：萧王妃不接旨，皇上不生气？是他没有说明白，还是皇上没听懂？

天黑了，林初九也不见皇上宣她进宫问责，也想问皇上到底是什么意思！

“皇上不是想借此事寻王爷的错，让王爷失了百姓的爱戴吗？”林初九独自坐在书房中，认真思索种种可能。

她一下午都在想对策，现在皇上不出招，她想的对策都派不上用场了。

“难道是我想错了？皇上并不是想找王爷的错？”倘若如此，那皇上这么做到底是什么意思呢？

她要是接了圣旨，萧天耀就绝对洗不清与奸商勾结的罪名，现在她没有接圣旨，就等于没有如皇上的愿，怎么不见皇上生气呢？

“难道是我想左了，皇上这一招不是针对萧天耀，而是别有所图？”林初九越想越觉得不对劲，猛地跳了起来，从一堆资料中，找出苏茶下午派人送来的、与粮商背后支撑者有关的消息，这一看林初九傻眼了……

“我被皇上当枪使了！”

东文的大粮商，除去几个皇亲国戚名下的，大部分都掌握在中央帝国的手里，张家算是最大的粮商之一，其他的都是一些小世家，可就是这样的人家，放在东文也让人不敢小觑。

东文的粮价可以说完全是由中央帝国摆布，就是皇上也只能眼睁睁地看着粮价上涨而毫无办法。

“果然是被人利用了！”林初九抚额，忍不住想哭：萧天耀，我做错事了。可林初九很明白，就算她之前猜到了皇上的用意，知道这是一个陷阱，她还是要往里跳，也只能往里跳。

皇上这次用的是阴谋也是阳谋，她根本没有选择。

圣旨下来，她要么接下圣旨，代萧天耀认下哄抬粮价的罪；要么拒接圣旨，并为了不让皇上找她麻烦，和那些无良的粮商对上。除此之外，她别无选择。

“实在是可恶。”林初九一捶桌子，低咒一声，气鼓鼓地道，“也不知是谁给皇上出的主意，这么阴险。”

林初九不认为是皇上自己想到的，她虽然不了解皇上，但也知道皇上对萧天耀的态度只有一个，那就是往死里打压。

这么多年来，皇上除了让萧天耀上战场外，从来没有借萧天耀的手做过什么，这一次着实是挺意外的，也正因为如此，林初九和苏茶才没有在第一时间弄清皇上的用意。

林初九猜得没有错，皇上会想到推萧天耀出来对抗中央帝国，是皇后献的计！

皇上见林初九拒不接旨，甚至挑上张家开的当铺，就知事情果然像皇后所想的一样，萧王府和帝国张家对上了。

当天晚上，皇上就宿在皇后宫里，对皇后极尽温柔，夫妻二人在床榻间极尽缠绵，而皇后也一改以往的呆板，柔情蜜意，婉转承欢……

抱着肤如凝脂、端庄美丽的皇后，皇上十分满意，欢爱过后，皇上将皇后搂在怀里，温柔地道：“梓潼，朕何其有幸，能娶到你。”

“皇上说的什么话，是臣妾三生有幸嫁你。”皇后像一只餍足的猫咪，依在皇上的怀里，那娇媚慵懒的模样，引得皇上心念一动，一个转身便将皇后压在身下，吻了吻皇后的眼角：“梓潼，今晚的你很不一般，朕很欢喜。”

一吻加深，皇上像是不知疲累，再次宠爱了皇后一次，皇后也极尽配合，可是没有人知道，她满足享受的脸上，忍受着怎样的痛苦。

帝后二人，折腾到半夜，皇后杏眼微眯，一副要睡却又不敢睡的样子，看上去像是累极了。

与皇后的迷糊相反，皇上双眼清明，见皇后昏昏欲睡，皇上眼中闪过一道精光，以哄骗的口吻，在皇后的耳边呢喃：“梓潼，你是怎么想到，把天耀推出来对抗中央帝国的？”

“啊……什么？”皇后迷迷糊糊的，好似不清醒。

“粮价的事。”皇上又道，唇从皇后耳边扫过，皇后躲了一下，一副不胜烦扰的模样，迷糊地说了一句：“哦……这事呀，是太子派人告诉我的，他最近犯了错，怕你生气，便想着讨你欢心。”

皇后说完，拉了拉被子，将自己裹住，往角落躲去，一副怕皇上再打扰她的模样。

“太子？”听到这个答案，皇上眉头微皱，低头看了皇后一眼，没有一丝留恋，起身下床。

皇上自己拿过一旁的衣服披上，走到殿外，笔直地往外走，没有回头，也就没有看到在他下床后，皇后睁开眼睛，一脸嘲讽……

夫妻做到这个份上，也是够了！

“去，派人查查太子府，看他府上有些什么？太子最近又见了什么人？”指使粮商涨价，煽动百姓抢粮，制造混乱，趁机将罪名扣到萧天耀头上，这可是需要用脑子的事，凭太子的脑子可想不到。

“是。”黑暗中，夜风轻动，很快又归于平静，皇上却没有急着回去，而是在外面站了片刻才折回来。

重新躺回床上，皇上没有像之前那样抱着皇后，而是背对着她，缓缓合眼。

同床异梦，想来就是如此！

苏茶的脑子不比林初九差，林初九能想到的事，他当然也能想到，尤其是当他发现这次粮价上涨，获利最丰的就是中央帝国的粮商，苏茶就更加确定了。

“我们都上了皇上的当，这次得做恶人了。”苏茶捏了捏酸痛的鼻梁，忍不住苦笑。

“估计天耀收到我的信，要狠狠地鄙视我一通了，流白估计也会笑话我。”苏茶想到之前让人送出去的信，就恨不得下令追回来，不过他知道这完全不可能。

四个时辰了，信鸽不知飞了多远，把信追回来简直是在开玩笑。

“算了，让他们笑话吧，左右不是第一次了。”苏茶可怜兮兮地看向窗外。

此时，天色已亮，再有半个时辰太阳就出来了，他就是想睡也睡不了。

打了个哈欠，苏茶起身往外走……

苏茶是一夜未睡，林初九也没睡好。当林初九看到苏茶的黑眼圈后，当即就笑了：“看样子你已经想到了。”

“王妃你也猜到了吧？”苏茶指了指林初九的眼睛，林初九的黑眼圈比他轻不了多少。

“唉……是呀，我们都给皇上利用了，这次怕是要和中央帝国对上了。”之前，林初九不明白中央帝国是怎样的存在，这段时间从书上了解到不少。

东文、西武等四国虽然是独立存在，但暗中仍受中央帝国的摆布。明面上中央帝国不干涉四国内政，每年只收取一定数额的上贡，可那也只是明面上罢了，暗地里各国都有中央帝国的影子。

这么多年来，四国国力从来不曾上涨，四国间战事不断，好不容易东文依靠地理优势富饶一些，就被西武、南远和北历联手攻击，要说这里面没有中央帝国的手笔，林初九是不信的。

混乱的四国，鼎立的四国，才符合中央帝国的利益。可符合中央帝国的利益，就不符合四国的利益了，估计四国皇帝也明白，所以便想着法子，摆脱中央帝国对自己国家的控制。

东文的皇帝利用这次机会，把萧天耀推了出来，逼萧天耀去和中央帝国斗，而很不幸的是，萧天耀没有选择……

事情已经到了这个地步，任凭林初九和苏茶如何挣扎，也改变不了要与帝国张家对上的事实。林初九与苏茶不再纠结，两人用完早膳后，便商量具体如何应对。

“王妃，这是我让人查出来的消息，这次粮价上涨，短短七天，帝国张家获利一百多万两。”这一百多万两不是正常收益，而是除去正常收益后，因涨价带来的利润。

“幸亏王爷七天就出来了，不然粮价一天一个样，张家得吃撑死。”林初九看了一眼苏茶列出的数据，不由得摇头。

这可真是比挖银矿还要快，而且除了帝国张家外，其他几家也不差，加起来也有两三百万两之多，就连苏茶也多赚了三十多万两。

不过，苏茶能多赚完全是靠量冲上去的，苏家铺子的粮价始终比旁人低，买的人多，利润也不算少。

“这些商人已经习惯了发灾难财，每一次大战过后，百姓必要苦熬几年，就是朝廷也是紧巴巴的，严重的还要向中央帝国借银。其实各国都害怕打仗，可不知怎么的，明明各国都不想打仗，每隔几年总是要打上几仗。东文好不容易消停了三年，国库攒了一笔银子，这次怕是要花得八九不离十了。”除了查这七天的收益外，苏茶还把前几年由于战乱，粮商所获的暴利查了出来。

“王妃你看，三年前东文与南远一战，帝国张家获利近千万两。除了粮食外，他们还贩卖私盐和铁器。”苏茶这次可谓准备充分，不管有没有用，先把事情查清楚再说。

这一次实在太危险了，苏茶不敢再掉以轻心。

苏茶又拿出一张纸，递到林初九面前：“这是四年前西武与东文打仗，张家从中挣到的银子。”

苏茶是商人，本身也做粮食买卖，对于粮价上涨十分敏感，平时也会收集这些消息，凡是粮价、盐价上涨的时候，苏茶都习惯性地记录。

“你收集得还真全。”林初九一一看下来，对苏茶刮目相看。

不仅仅是东文，就是南远、北历和西武这几年的粮价情况，苏茶也一一记录在册，虽说隔了一个国家，苏茶不可能查到西武三国的粮食销量，可按各国每年的需求来算，也能算个差不多。

林初九不会拨算盘，只能用炭笔一个个加起来，等她算出结果，林初九就傻眼了：“三次战乱，那些粮商获利过亿两？”这简直就是在抢钱，抢普通老百姓的钱。

“很可怕吧？没有仔细统计之前，我也只当他们顶多赚千百万两，不想看似只涨了几文钱，实则却是吸尽了百姓的血。”想必皇上也是清楚地看到了这一点，所以才会借机发难，拿萧王府当枪使。

让他们萧王府与帝国粮商斗，最后不管谁输谁赢，皇上都是赢家。

“唉……”林初九叹气，“既然已经无法改变，要与帝国张家对上，我们这就动手吧。”

林初九从书桌下方，寻了一本空白的奏折，递到苏茶面前：“写个请罪折子，重点是把粮商们的收益写上。”

苏茶知道林初九的字，大致问了一下林初九，便提笔写了起来。

折子写完，苏茶递给林初九查看：“王妃，你看这样行吗？”苏茶没少帮萧天耀拟折子，对写折子这种事也是驾轻就熟。

林初九看了看，再次叹气：“事情写清楚了不错，可是不够煽情，不够情真意切。”

苏茶和萧天耀一样务实，写的东西干巴巴的，确实是有料，可这种折子交上去，打动不了人，也无法显出自己的委屈。

会哭的孩子有糖吃，想让人看到萧王府的无奈与委屈，不是在折子上写上“受委屈”三个字就行的，得用实际的事情和华丽的文字，无声地告诉世人，他们萧王府的委屈。

听到林初九的话，苏茶豁然开朗，果断重写，这次也不直接写在折子上，而是用普通的宣纸写，不想写完后，林初九仍旧不满意：“太刻意了，没有浑然天成的自然。”她果然不该要求一个商人有多好的文笔，务实就好了。

“我只能写到这样。”苏茶丢笔，双手一摊，表示自己已经尽力。

他清楚林初九所说的煽情、渲染很有效果，可他做不到呀。

“找人帮忙。”这时林初九的脑子里突然闪过一个极好的人选，“趁皇上还没有宣我进宫问罪，快去找孟修远，顺便请他打听一下，帝国张家在中央帝国是什么地位。”

中央帝国对四国的戒备极深，四国的人轻易无法进入中央帝国，进去了九成出不来，剩下一成直接死了。这样的环境下，四国想打探中央帝国的消息，简直就是做梦。

中央帝国对四国的人来说，是十分神秘的地方，基本上没有多少人知道中央帝国到底是怎么一回事，就连萧天耀也无法派人前往中央帝国打探消息，只能勉强通过东文皇上的路线，与中央帝国的人搭上线，偶尔打听一些在中央帝国人人都知道的消息。

在四国，也就只有文昌孟家与中央帝国关系紧密，孟家有不少人都到过中央帝国，并且回来了。只是孟家人深知中央帝国的忌讳，轻易不会与四国说中央帝国的事。

不过，林初九出面，事情就另说了。

马车很快就准备妥当，为了不引人注目，林初九做小丫鬟打扮，跟在苏茶身后。

“委屈王妃了。”上了马车，苏茶对跪坐在一侧的林初九道。

“委屈什么？你还真敢让我服侍你？”林初九给自己倒了一杯茶，完全无视苏茶。

“嘿嘿……当然是不敢的，真要王妃服侍我，王爷不得揍死我。”苏茶也想喝茶，看到茶壶被林初九放在身侧，苏茶认命地收回手。

算了，他还是继续保持他优雅的贵公子范儿，别被王妃带沟里了。

孟修远对林初九和苏茶的到来半点也不意外，他意外的是林初九的装扮。他之前见林初九，虽不见林初九盛装打扮，可她的身份摆在那里，就是再简单也不会朴素到哪里去。今天这一副小丫鬟的打扮，还真和孟修远印象中的林初九不同。

在他的印象里，林初九一向是干练利落的女子，又因生得艳丽大气，不管什么衣服穿到林初九身上，都会多一份贵气，今天这一身粉红、清新简朴的装扮，完全不像是林初九。

孟修远怎么看都觉得违和。当然也不难看，至少不像林初九以前那般，穿不了粉色系的衣服，偏偏把自己打扮得粉嫩柔弱。

“王妃这装扮，真是……别致。”孟修远犹豫了一下，才说出这个评价。

“不好看就不好看，不用说得这么小心。”林初九知道自己穿粉嫩的衣服不好看，并不在意旁人的评价。

“不难看，只是不习惯。”孟修远无视苏茶的冷眼，继续与林初九寒暄。不知是因为说话少，还是什么，孟修远的声音带着别样的沙哑，再加上他吐字很慢，每一句话说出来，都像是情人的低喃，听的人心尖酥酥麻麻的，再配上孟修远那专注认真的眼神，苏茶怎么看都觉得孟修远看林初九的眼神不寻常。

后悔了！早知道不该同意和林初九一起来见孟修远的，要让天耀知道了，他估计会被天耀抽筋扒皮。

苏茶很想上前打断孟修远与林初九的对话，可苏茶一个闪神，那二人就分主次坐好，并且十分高效地切入了正题。这下，苏茶就是想要打断也不行了，只能憋屈地坐在下首，捧着茶慢慢喝，顺便监视孟修远。

“孟公子，实不相瞒，我这次上门是想请你帮忙的。”林初九开门见山地说道，孟修远半点也不在意，放下茶杯就道：“什么事？萧王妃请说，只要我能帮上忙，一定不会推辞。”

他留在京城，就是怕林初九一个女子会有危险，虽说他能做的不多，可文昌孟家的名号摆在那里，关键时候救林初九一命总是没有问题的。

“我想请孟公子帮忙打听帝国张家的消息，不知可否？”林初九知道自己这个要求有些过，中央帝国对东文四国十分戒备，打听帝国的消息并不容易。

林初九已经做好被孟修远拒绝的打算，不想孟修远略一思索，就开口道：“张家和孟家在中央帝国的地位差不多，都是仅次于七大世家的存在，不过孟家在文，张家在商。张家富可敌国，虽然和帝国七大家比不了，却也不能小觑。这几年孟家一直不温不火，张家却是势头正猛，隐隐有跻身一流世家，取代林家的趋势。”

孟修远说得很慢，也很认真，怕林初九不能理解张家的地位，想了想又补了一句：“张家二十年前，趁太后大寿，捐献了一半的家资给皇上，同时送了一对双生姐妹进宫。这对双生姐妹深得皇上宠爱，荣宠二十年不衰。姐姐生的八皇子今年十七岁，颇得皇上喜爱，眼下皇上尚未立储，八皇子也算有竞争力。”

说到最后，孟修远担心地看着林初九，幽深的眸子似有千言万语，最终却是什么话也没有说。

林初九浑然不觉，不甚在意地笑道：“看样子，我惹上了一个庞然大物。”凭张家这个身价，不等她出手，对方就会先出手了。

“算不得庞然大物，不过是与皇家扯上关系罢了。虽说皇权渐重，但在中央帝国世家的权力仍旧很大，就是皇帝也要买东阳、北唐、南荣和西陵四大家面子。”

中央帝国七大家分别是东阳、北唐、南荣、西陵和花、唐、林。前四家又是七大家中的顶尖存在，号称中央帝国的四条龙腿。家族世居之地正好是中央帝国东、南、西、北四个方位，将都城围在中间。

“我与中央帝国七大家的人没有交情。”帝国张家对他们来说是庞然大物，但如果有七大家的人出面调和，也就是一句话的事，可问题来了，林初九没有那个本事，和七大家的人扯上关系。

虽然，她可能和帝国林家有关系，但先不说林家会不会帮她这个莫名其妙的外人，单说张家极有可能将林家挤出七大世家的地位，就足以表明张家与林家实力相当，张家不会买林家面子。

孟修远沉吟片刻后，说道：“孟家与东阳、北唐、南荣和西陵四大家都有姻亲关系，我写信过去问问，也许会有法子。”

孟家是书香世家，教出来的女儿个个知书达理，很得大世家喜欢，像东阳等大世家就爱给自家的孩子寻孟家的女儿为妻，只是孟修远不是帝国孟家嫡支，文昌孟家在本家的地位本就尴尬，他就算写了信回去，也不一定能有效果，所以才会迟疑。

“不必这么麻烦，强龙不压地头蛇，这里是东文，帝国张家再嚣张也要有一个度。”林初九虽然不清楚文昌孟家在中央帝国的地位，可她不想欠孟修远这么大的人情，想也不想就拒绝了。

孟修远很清楚自己在主家的地位，没有再多言，只是劝说道：“张家这几年行事越发跋扈，而且锱铢必较，吃不得半点亏。”他不是劝林初九退让，只希望让林初九多多了解张家的行事风格，免得吃亏。

“放心，我心里有盘算。”林初九从容而自信，不见半丝惊慌与不安，孟修远见状，心下稍好。

没能帮上忙，孟修远仍旧十分内疚，当林初九提出让他帮忙写份声情并茂的折子时，孟修远不假思索地应下，没有一点文昌第一公子的架子，让林初九再三感慨，孟公子真是好人。

她可是知道，文人有多清高，轻易不会给人代笔，尤其是像孟修远这种少年成名的世家公子。

林初九和孟修远说话时，苏茶一直没有插嘴，但每一句都仔细听着。苏茶一听到林初九说有对策，心里就痒得不行，一出孟府就迫不及待地问道："王妃，你有什么对策？"

张家可不是好对付的，苏茶想了许久也想不到什么好法子。

"什么什么对策？"林初九还在琢磨孟修远写的折子，同样一件事，苏茶和孟修远写出来的味道完全不一样。苏茶的第一份折子写得呆板极了，只是把事情说清楚了。第二份折子虽然讲究了些，但看上去就像是萧王府在撇清关系。

孟修远一出手就不同了，明明都是为了说明哄抬粮价与萧王府无关，由孟修远写出来，萧王府就成了被欺负却努力承担责任的好孩子。皇上下旨斥责萧天耀的事，也成了爱之深、责之切。

孟修远虽然一直在洗白萧王府，然而，通篇看下来，大部分都是在歌颂皇上，林初九不用想也知道，皇上看到这篇折子会有多高兴。

林初九越想越觉得孟修远不简单，凭他的才华，他日步入官场，必然步步高升。

苏茶见林初九时不时就看两眼手中的折子，就知林初九十分看好孟修远，心中警铃大响，恨不得现在就跑去告诉萧天耀：王爷，你再不回来，你家王妃的心都要被人拐跑了。

苏茶顾不得去问对付张家的事，状似不经意地问道："王妃，你觉得孟公子这人如何？"

"孟公子？人挺好的。"林初九一直都觉得孟修远不错，长相、风度、学世、学识都是一等一的，她见过的人当中，也只有安王能与之一拼。

"孟公子是挺好的，听说文昌很多女子爱慕他，有不少人家都不在乎他的哑疾，想将女儿嫁给他。"苏茶嘴角微抽，试图让林初九明白，孟修远虽然名花无主，可那也是早晚的事，千万不要对孟修远抱有不切实际的幻想呀。

不想林初九闻言一脸认真地道："我要有女儿，我也愿意让女儿嫁给孟修远这样的人。不管什么喜欢与否，依孟家的家风和孟修远的性格，嫁进孟家绝对能过得平顺安康。"在这个父母之命，媒妁之言的年代，孟修远这样的人真心不错。

"是，是吗……"苏茶结结巴巴地应了一句，上马车时一个踏空，差点摔个狗吃屎。

"苏公子，你小心一点。"林初九见苏茶毫无形象地吊在车门上，终于记起自己的丫鬟身份，忙上前帮忙。

好丢脸！苏茶快哭了，他可以肯定，车夫、护卫什么的一定正在笑他，他没脸见人了。

苏茶阴着一张脸，飞快地钻进马车，一副脸丢大发的样子。

林初九愣了一下，笑道："估计是自尊心摔疼了。"

上车后，见苏茶绷着身子，一副如临大敌的样子，林初九好心地安慰道："放心，没有人看到，你不用担心。"

"担心什么？我才没有担心呢，就是看到又怎样？我才不在乎。"苏茶说得飞快，明显是故作镇定，林初九看了一眼，果断不理会。

林初九不说话，苏茶又别扭了，期期艾艾地开口道："王妃，真的没有人看到吗？"

"没人看到，不信你问问外面的车夫。"林初九头也不抬，继续看孟修远的文章。

"不用问，我相信王妃。"事实上他不信也不行，事情已经发生，他还能让时间倒流？或者杀人灭口？

苏茶暗自调整呼吸，在心里自我催眠。这事我自己觉得丢脸，实际上旁人压根就没注意到我，完全不必放在心上。

等到苏茶做好心理建设，终于可以平静地面对林初九后，林初九也将孟修远的文章细细地看完了，不等她仔细琢磨，就听到苏茶再次问起："王妃，你想怎么对付张家？"

"啊？对付张家？"林初九愣一下，才明白苏茶在说什么，"对付张家要想太多吗？"她动手时就知道张家在中央帝国地位不低，现在了解了张家与中央帝国皇家有关系后，就更不担心了。

"苏苏，张家没有我们想的那么可怕。"林初九合上奏折，淡然地道。

"不可怕吗？"苏茶睁大眼睛，一脸不解。

林初九好脾气地解释道："不可怕，如果张家是纯粹的商人，那么和张家杠上就很可怕。因为商人为了利益而不要脸面，但与皇家沾亲就不同了。张家是八皇子的外家，哪怕是为了八皇子，张家也得装，装出一副慈善的样子。而且张家在中央帝国的地位越高，就表示盯着他们的人越多，到时候我们随便闹出一点事，自然有人出手收拾张家。"

"这么说没有错，可难保八皇子不会出面，帮张家撑腰。"中央帝国对各国的影响太大，苏茶没有林初九那么乐观。

"这事错在张家，八皇子不会也不敢为张家出面，而且就算八皇子出面又如何？八皇子除了口头谴责我们外，他还能做什么？出兵攻打我们东文？别说帝国的皇帝，就是其他的世家也不会同意。"为了张家的利益而贸然出兵，真当普通士兵的命不是命吗？

"你这么一说也对，张家在四国捞了这么多银子，肯定有眼红的人，到时候我们只要把事情闹大，传到中央帝国去，张家就会自顾不暇，哪里有空找我们的麻烦。"不说其他几家，要被张家挤掉的林家就不会放过这个机会，一定会借机踩张家，到时候他们什么都不用做，只要看他们狗咬狗就好了。

这么一想，苏茶立刻就安心了。他之前太把中央帝国的人当回事了，其实只要他们摆出一副死猪不怕开水烫的样子，中央帝国一个世家又能奈他们如何？

他们做的事没有影响中央帝国皇室的利益，充其量也就是损害了一个皇子外家的利益罢了，而这事想必是很多人乐见的……

林初九说得对，他们有什么好怕的，帝国张家在东文能够耀武扬威，可在中央帝国他们却不算什么，就算他们在中央帝国很嚣张，他们也不用怕，这年头哪个大家族没有两个死对头，他们完全没有必要去和张家干，完全可以借力打力。再往坏里说，张家还能让中央帝国为他们出兵不成？到时候中央帝国顶多是出面谴责几句，谴责也是针对皇帝，和他们一点关系也没有。

把林初九送到萧王府，苏茶连门也没有进："王妃，这事就交给你了，我昨儿个一晚上没有睡，我去补个觉。"

说完也不管林初九什么反应，转身就跑了。

林初九也困，也想回王府补个觉，可她一踏进王府，曹管家就一脸急色地找上来："王妃，宫里来人了，宣你进宫。"

"这个时候？"林初九听到这话，着实愣了一下。

这都快中午了，皇上怎么会宣她进宫？

"宫里的人，一刻钟前来的。"曹管家想到传话公公的态度，一时间也是丈二和尚摸不着头脑。

宫里人的态度似乎很好，皇上没有生气吗？

林初九点了点头，扬了扬手中的纸，说道："让他们等着，就说我要沐浴更衣。"她要把孟修远写的东西，重新誊一份才行，还要把苏茶查到的数据一一写上。

"小的这就去。"曹管家不敢多问，麻溜地退下。

林初九也不管宫里的人等得急不急，慢悠悠地去书房，磨墨、誊抄……同时把苏茶查到的数据抄一份，作为附件给皇帝参考。

皇帝既然想拿她当枪使，她会好好地做一把利枪，把事情办漂亮。

林初九生怕心急写错字，写得很慢，费了半个时辰才将所需要的资料誊抄完毕。随后便回房换衣服去了，换上了进宫用的正装，这时字迹已干，林初九将折子一一收好，让曹管家拿萧王的印章盖上。

拳头大的公章被锁在书房的铁盒里，只有林初九和曹管家同时拿出钥匙才能打开。

盖上印鉴，林初九等到印泥干了，便带着东西出门，临走前特意和曹管家说了一声："如果我今天没有出宫，就去找林夫人，让她进宫找我，条件是她女儿嫁进太子府。"

她和苏茶所做的都是猜测，没有人知道皇上怎么想，林初九不得不做好两手准备。

"小人明白。"曹管家一脸担心，又怕说多了林初九不安，只得忍着。

宫里的人早就等得不耐烦了，脸色越来越差，看到林初九出来，勉强换上笑颜："奴才给萧王妃请安，王妃……"

"公公久等了，我们走吧。"林初九比太监想的还要干脆，主动往外走。

小太监不敢啰唆，乖乖跟上……

皇上本想宣林初九进宫用午膳，不想等了半天也不见林初九出现，不由得有几分恼怒，就在他快把林初九给忘了时，太监又进来通报，林初九求见。

"她还真会挑时间。"帝国张家刚托人告了林初九一状，林初九就进宫来了。

"宣！"皇上没有故意折腾林初九，放下手上未看完的折子，等林初九进殿。

"臣妇参见皇上，吾皇万岁万岁万万岁。"林初九进殿后，恭敬异常。

皇上满意地点头，却没有叫林初九起身，而是威严地问道："林初九，你可知罪！"

"臣妇自知有罪，不敢求皇上恕罪，只希望皇上在降罪之前，能给臣妇一个解释的机会。”林初九十分干脆地认罪，让习惯林初九撒泼的皇上十分错愕，愣了一下才反应过来：“好，朕就给你一个机会，你有什么要向朕解释的？”

“皇上，这是臣妇这两天收集到的消息，请圣上查阅。”林初九将折子呈上。

太监接过东西，检查没有危险后，才呈到皇上面前。

皇上没有急着看折子，而是翻阅起林初九列的几张表，上面的数据十分清楚，不过皇上并不吃惊。

皇上要是不知这里面的情况，怎么会算计林初九和萧天耀呢？

苏茶只查到了东文的情况，皇上却是把四国的情况都查清楚了，皇上知道的远比林初九要多。

看到林初九查出的这些东西，皇上满意地点头，林初九这人虽然有种种不好，可有一点好，那就是反应快，是一把合格的枪，让她出面对付帝国张家，绝对是一步好棋。

皇上心情颇好地打开折子，这一看皇上乐了……

萧天耀写折子是个什么德行，皇上可是知道的，每次都是干巴巴的，把事情说清楚就行，完全不会多写一个没用的字。林初九这次呈上来的折子写得花团锦簇，虽然有用的东西只占了一小部分，可是看得人舒心呀。

“这折子是谁写的？”

“回皇上的话，是臣妇写的。”林初九脸皮极厚，面无愧色地应下，她怕皇上不信，于是加了一句，“皇上，臣妇只粗浅识得几个字，写的东西上不了台面，却是臣妇的心里话。”她真的是诚心夸皇上的。

虽说皇上一直和萧天耀斗，但不失为一个好皇上，自从皇上登基后，东文的百姓越来越富足，战事也越来越少，甚至动了向张家出手的念头。

要知道，之前张家从东文捞的银子更多，先皇却放任不管，任由他们鱼肉百姓，专注地抱中央帝国的大腿不放。

“这折子要是天耀看到，怕是会不高兴了。”皇上平时没少收到拍马屁的折子，可那些折子都没有落萧王府的章，看到那鲜红的金印，皇上心里生出一股诡异的满足感。

“皇上说笑了，王爷对皇上的敬重，犹如滔滔江水绵绵不绝，怎么会不高兴。”林初九这话说出来，自己都差点吐了。

昧着良心说话的感觉，真的很糟糕……

第十四章　撑死胆大的

拍马屁是个技术活，林初九明显技术不熟，但凭她萧王妃的身份，足以弥补一切不足。

皇上只要一想到萧王府的人跪在他脚下拍他马屁，心情就忍不住大好。

当然，心情好归好，该做的事却不能少。

皇上将手中的折子，重重地放在桌上："初九，你在奏章上所说的事情，是否属实？"

"臣妇以项上人头担保，绝对属实。"林初九见皇上终于问到正事，暗暗松了口气。

"你这边说无良商贩压榨百姓血汗钱，为何刑部尚书今日却上折子，说你仗势欺人，逼商家花巨额强买萧王府的东西？"

"哦……竟有此事？刑部尚书可有说，臣妇逼哪家商铺强买我萧王府的东西了？"林初九故作诧异地抬头，皇上明知她是装的，也忍不住在心中赞一句好。

"咳咳……"皇上清了清嗓子说道，"兴盛号当铺，说你强逼兴盛号开出五万两当票。"这事还扯到了他下的圣旨，这让皇上着实不满。

堂堂萧王府怎么可能会没有二十万两银子，林初九就是故意找事。虽然是找帝国张家的麻烦，可也丢了他堂堂皇帝的脸，不知情的人还以为他苛待了萧王。

"岂有此理！"林初九怒吼，义愤填膺地道，"皇上，刑部尚书一定是受人蒙蔽了，臣妇绝无强买强卖之意。臣妇清点价值五万两的珠宝去兴盛号，要兴盛号死当，兴盛号的掌柜说不要当物直接给五万两银子，臣妇拒不肯收，坚定地要求他们公平公正地交易。皇上不信可以请当天见到这一幕的当堂对质。"

明明就是强逼人家买下，还说得这么理所当然，林初九也算是可以了。

皇上暗自赞许，面上却是不显，只道："你所说可属实？"

"臣妇所说句句属实，圣上若不信可以查当票，还有所当实物。甚至圣上还可以请户部官员或者其他当铺的管事来清点，看臣妇所当的东西是否值五万两。"林初九今天做足了准备，不等皇上开口，就将需要的东西一一奉上。

太监转呈到皇上面前，皇上扫了一眼，点了点头道：“当铺属实，如果你确实当了这些东西，兴盛号确实不安好心。”

“皇上，兴盛号背后的主子与万盛粮店是同一家人，这些人必然是因王爷阻拦他们哄抬粮价一事而记恨萧王府，恳请皇上严办。”林初九一番话，不仅将萧天耀身上的罪名洗清，还为萧天耀镀了一层金。

哄抬粮价与萧天耀无关，反倒是粮价因萧天耀的出现而下降。皇上想要他们萧王府出力，这点好处必须给他们。她可不想流血又流泪，最终两面不讨好。

“此风不可长，如若你所说属实，此事确实要严办。”皇上也是典型的不见兔子不撒鹰，林初九不开口他便不松口。

林初九暗骂一句奸诈，仍旧老老实实地道：“请圣上给臣妇一个月的时间，臣妇必将查明此事，将不法商贩一一处置。”

最后两个字林初九咬得特别重，无声地向皇上表明，他们萧王府的决心。这事他们萧王府会管，但要如何处置，也要由他们萧王府说了算。

“好，萧王忧国忧民，为朕分忧，朕准了。”林初九的爽快让皇上十分满意，以至于不知不觉中，节奏全由林初九掌控了，皇上完全忘了追究林初九拒接圣旨一事。

林初九怕皇上想起，得了命令立刻起身告退，爬上马车才敢揉揉她酸痛的膝盖。皇上简直是神经病，从头到尾都没有叫她起来，一直让她跪着回话，就为了享受高高在上的优越感，简直变态到极点了。

“王妃，你的腿怎么了？”翡翠和珍珠见林初九一脸痛苦，忙上前帮她将裙子卷起来，露出青紫的膝盖。

夏天本就穿得少，林初九这一跪，膝盖肯定受不了。

“王妃，你受委屈了。”两个丫鬟气得眼睛都红了，“皇上实在太可恶了，就知道欺负王妃你一个弱女子，有本事让皇上去找王爷的麻烦。”

林初九忍不住笑了出来：“你们家王爷把我丢在京城，就是为了帮他挡麻烦，皇上要找王爷麻烦还得先通过我呢。”

林初九不甚在意地找出药酒，递到翡翠手里：“帮我揉散开。”

一回生两回熟，这次她也没有跪多久，只是看着难看，实则伤得不重。

曹管家在林初九出门后，就一直在门口等着，伸长脖子盼着林初九回来，看到林初九的马车出现，曹管家忙跑上前，一脸欢喜地道：“王妃，你可回来了，老奴可担心死了。”林初九要是再不回来，他都要去林家找林夫人了。

“没事了，曹管家不必担心。”林初九安慰了曹管家一句，便让曹管家安排人去找苏茶，她需要苏茶帮忙！

林初九对付帝国张家的法子简单又粗暴，把苏茶找来后，让他把萧王府明面上能用的侍卫全部点出来，她要带兵去抢劫！

不对，不应该叫抢劫，应该叫劫富济贫！也不对，她这是代百姓拿回属于自己的东西。

“王妃，这么做会不会太高调了？”苏茶听到林初九的计划，抹了一把汗。

王妃她真是女人吗？做事这么彪悍？

“难道你有更好的法子？”林初九左手托腮，右手轻敲着桌面，漫不经心地说道。

“没，没有。”苏茶果断摇头，可仍觉得不妥，“这么做，会不会让人以为我们萧王府仗势欺人？”

“仗势欺人怎么了？”林初九不以为意，说道，“如果人人都像我们这样欺恶扬善，恐怕会有很多人希望我们多多地仗势欺人。”

“王妃说得也有道理。”苏茶承认自己的立场不够坚定，他轻易地被林初九说服了。

有了苏茶的同意，事情就更好办了，林初九把张家在京城的铺子一一标了出来，重点指了几个典当行，还有一家钱庄。

“典当行里好东西多，但都没有办法换成银子，东西抬出来后，最好找人卖了。富天钱庄不错，中央帝国的背景，肯定不会怕张家。”林初九看到富天钱庄这个名字，就猜到他们的来头不小。

富天，富有天下，这天下敢张狂地说自己富有天下的，恐怕只有中央帝国的皇帝了。虽然没有人说，可看富天钱庄开遍四国，就能猜到这家钱庄十有八九和中央帝国皇室有关。

苏茶见林初九全部想好了，自己没有意见，便将萧天耀明面上留下来的人的人员信息整理成册呈给林初九查阅。

苏茶做事十分细致，不仅有人名，还有他们的家庭背景，所擅长的武器，甚至哪几个人关系好些也一一写上。

看到苏茶递上来的名册，林初九有些明白为什么萧天耀这么看重苏茶了，苏茶确实是个能干的人，而且十分贴心，有苏茶这样的助手，可以省下许多事。

人有了，目标也确定好了，林初九没有耽搁，第二天就将萧王府明面上的三百侍卫分成十队，每队三十人，并选择一个小队长负责带队。

“你们手中的纸条上，写的就是要你们查封的店铺名字。控制住店里的掌柜和小二后，里面的东西全部登记造册，抬到府衙大门口。”林初九将手中的纸条，一一发到十个队长手里。

“你们十个人负责具体事务，记住，可伤人但绝不能闹出人命。”林初九再一次强调，以免这些人下手没个轻重。

“卑职明白。”三百侍卫齐声应是，林初九满意地点头：“好了，你们可以出发了，苏茶公子安排了人帮你们抬东西，你们只要封店，拿人，将东西造册就可以了。”

“卑职领命。”众侍卫虽然对封铺子这种活计不太熟练，可将士只需要听命就好了，他们现在要做的就是听命办事。

三十人一队，身后还有负责搬货物的奴仆，一字排开也有五十余人，走在大街上十分引人注目，这十队人一从萧王府走到大街上，就立刻引来了路人的注意。

“这是怎么回事？这不是萧王府的侍卫吗？行色匆匆的，这是要去哪里？”京城的百姓还是很有见识的，一看侍兵身上的铠甲，就知道了对方的身份。

“不知道，看他们杀气腾腾的样子，好像很可怕。”

……

围观的百姓不明所以，相互交换着少得可怜的意见，有些胆大又闲的人，悄悄跟了上去，想看看萧王府的侍卫去哪里……

一走出朱雀大街，这十队人就各自分散，朝不同的方向去了，让看热闹的百姓十分纠结，完全不知自己要跟着谁跑。有几个甚至左边跑了两步，发现不对，又转身往右跑，还有几个左右摇摆不定，与同样选择困难的人撞在一起。

“哎哟……”一道道呼痛声响起，不等他们指着对方骂起来，就见萧王府的侍卫冲到佑民街上的启明商行，将商行的掌柜、小二捆了起来，而后将里面的东西一一往外面的马车上搬，一边搬一边报清单，旁边还有人在记录。

“这，这是怎么回事？萧王府要抢劫吗？”围观的百姓吓傻了，这光天化日之下，萧王府的侍卫直接打进商行搬东西，这还能更嚣张吗？

不仅仅是启明商行，大街对面的为民粮店也遭遇了同样的待遇，粮店的老板和小二被绑了起来，里面的米粮过秤后，全部放到了马车上。

“这，这到底是怎么回事？”有百姓大胆地问道，正在清点米粮的侍卫看了对方一眼，也不隐瞒，直言道：“这些无良商贩趁战乱哄抬粮价，榨取百姓血汗钱，还栽赃陷害我们家王爷。王爷在前线浴血奋战，我们家王妃不能接受，这些无良商人抹黑我家王爷，特请旨查了这些商人，搜到证据后，王妃征求了皇上的同意，查抄哄抬粮价的无良商人。查抄所得的米粮与金钱，全部用来补偿百姓在此次粮价涨价中的损失。”

“什，什么？差大哥你说什么？”几个年纪不小的老头，都以为自己听错了。

这，这怎么可能？这么多年来，他们隔三岔五就要受一次粮食涨价的痛，怎么可能会把差价还给他们？

侍卫们也不生气，很有耐心地说道：“我们家王爷忠心为国，绝不会趁战乱与无良商家勾结，榨取百姓的血汗钱，众位没有听错，我们奉旨惩治趁乱发财的无良商贩。具体的情况可以去府衙大门口看，具体的赔偿措施也已经贴在衙门外了。”

“赔偿？我们之前多花的冤枉银子，真的还能赔回来？”这一次粮价虽然涨得不算离谱，只用七天就压了下来，但一斤的差价也有数十文，各家买的粮都不少，这真要能赔下来，可不是一笔小数目。

侍卫们点到即止，重重地说了一句：“能。”便不再就具体问题做解答，只让这些人去衙门前查看赔偿流程。

“走，走，走。有银子赔，咱们还等什么！”围观的百姓见状，一个个让人去通知亲近的人，自己则飞快地往衙门口跑去，不多时衙门口就围满了前来索求赔偿的百姓。

衙门外，林初九早就命曹管家搭好台子，并将赔偿的规则一一写好，并有专门的人解释。

刚开始还没有多少人过来，随着侍卫查抄铺子的动作越来越大，前来询问赔钱的百姓也越来越多。好在有专门的人引导他们排队、登记，这才没有出乱子。

“到这边登记，写上住处，还有家里有多少口人，家里还有多少米。我们无法查到涨价期间你们买了多少米，只能按你们家剩下多少米来算，剩下多少米，到时候我们核实后，按最高差价赔偿给各位。”

各家粮商虽然有当天的销量，但没有登记哪家买了多少，林初九也无法一一核实，只能算各家剩下的粮，至于这几天的损耗……

“你们家原来没有剩粮吗？剩下的粮我们也没有和你们算。”

“你说得没错，要是原来剩的粮多，肯定要占便宜，可这也是没有办法的事，我们无法一一核实，只能多给了。”

“公平？我们已经尽量公平，再多的公平请原谅我们做不到。”

“要说吃亏？你吃什么亏？你们家的米全都是最高价买的吗？如果不是，你就别嚷了，我们全部按最高差价赔偿，你也是占了便宜，只是多与少的问题罢了。”

……

前来登记的百姓，刚开始听到有赔偿都十分高兴，兴奋过后就觉得不对劲了，这个赔偿法子根本不公平，提早买了很多米的人肯定要占便宜，这样存米少的岂不是吃亏了？

如此一来，便有人围在曹管家等人面前哭喊了，曹管家等人听到这些人一个个嚷着吃了亏，止不住冷笑。

在出来之前，王妃和他们说，买了粮的百姓肯定会说不公平，觉得别人家赔多了，他们还不信，现在看来是他们太想当然了。

这些人只看到别人占了便宜，却没有想到自己占的便宜，简直是无耻。

“嘭嘭……”曹管家见场面越来越混乱，忙拿出木匠临时做的简易扩音器，站在高台上大喊：“觉得不公平的站到这边来，你们来这里登记，我让人去查……查你们这七天每天买了多少米，按你们每天买的米，和当天粮价的差价来赔偿，这样总公平了吧？”

这样确实是最公平的，因为会少赔很多银子。林初九定的标准十分高，不管你什么时候买的，甚至是将存粮都计算在内，全部按最高差额赔偿，怎么看都是买粮的百姓占了便宜，偏偏有些人贪心不足……

听到曹管家的话，一个个都傻眼了，有几个人已经朝曹管家走过去，见状又悄悄地退了回来。真要按曹管家说的办，他们不得亏死？不是，不是亏，只是什么便宜也占不到了。这可不行，原来的算法就很好了。

“不，不，很公平了，是我们错了，是我们错了。”闹事的百姓再不敢多言，一个个后退，老老实实地排队。

“真是可怜又可恨。”曹管家放下扩音器，摇了摇头。

乱世用重典，此时虽不是乱世，但要有官兵镇压，场面也会安静许多。在第一场混乱被曹管家平息下来后，林初九就去找府尹，让他调派官兵来维持秩序。

府尹早就收到了皇上的命令，让他全力配合林初九的动作，现在林初九提出要求，府尹哪敢违背，立刻将衙门里所有的官差都派了出去。

有官差出面，原本还有些小心思的百姓们，顿时就安静下来了，只在心中暗自琢磨，要不要多报几十斤米，好多拿一点赔偿，可登记时听到登记的人一说：“你现在的登记信息会有专人核实，多报的粮食超过十斤，取消所有赔偿，没有问题就在上面签字。”

林初九制的登记册子是一户一张表，有初报、复审，还有终审。之后领了多少银子，谁收的，什么人经手的也全部有登记，经手人要签字，出了问题可以直接找到个人。

一种米养百种人，这世间什么人都有，好的、坏的……参差不齐，不过大部分百姓还是淳朴的，有赔偿本身就是一件乐事，听到官差这么说，有点小心思在这个时候也放下了，每个人都老老实实地上报。

除了最开始的混乱，登记工作有条不紊地进行着，曹管家见局面在控制的范围内，便将事情交给二管家，他则跑进衙门里找林初九。

林初九正在和府尹夫人说话，不过两人说的都是一些不着边际的废话，不仅林初九听着累，就是坐陪的府尹夫人也累。

听到曹管家来找自己，林初九暗暗松了口气，起身告辞，府尹夫人跟着起身，一路将林初九送到大门口，直到林初九上了马车，马车走了，府尹夫人紧绷的身子才放松下来。

“萧王妃看着年纪小，却气度不凡，害得我都以为是在宫里见皇后娘娘。”府尹夫人拍着心口，一副饱受惊吓的模样。

林初九坐在马车上，还未到萧王府就被侍卫拦住了，侍卫一脸不安地道：“王妃娘娘，富天钱庄的人不肯收当铺的货物，也不肯兑碎银给我们。”

富天钱庄不肯收，其他的商家自然也不敢收了，他们手上压着一大堆的东西换不了银子，怎么兑给百姓?

“富天钱庄吗？走，我们去富天钱庄逛逛。对了，把苏茶公子叫上。”林初九听到侍卫的报告，半点不气，唇角带笑地说道。

“王妃，富天钱庄不是善茬，他们本身就拥有护院，听说还有武神级的高手坐镇。”曹管家心中担心，怕事情闹得控制不住。

富天钱庄可不比他们今天查抄的商铺，今天查抄的商铺全是帝国张家的，等张家反应过来他们就已经撤了，可富天钱庄……

真要闹起来，双方立刻就会打起来，而他们不一定是人家的对手。

“曹管家不必担心，我没有打算与富天钱庄为敌。”林初九安慰了一句，不过看曹管家那模样是不信的，她也懒得多说，直接让车夫掉转方向，去富天钱庄。

富天钱庄是开遍东文、西武四国的大钱庄，拥有中央帝国皇家背景，别说林初九这么一个萧王妃，就是东文皇帝亲自来，富天钱庄也不会给他面子。

当富天钱庄的管事看到林初九的车驾亲自过来，倒是很给面子地上前请了个安，可不等林初九开口，这管事就道：“萧王妃，小人知晓你这是为国为民，也请你体谅我们钱庄的难处。我们不能因为你要做善事，就不管不顾地买一堆没用的东西，这世间没有这个道理呀。”

富天钱庄和张家的粮铺虽然没有太大的关系，可大家都来自中央帝国，张家的银子都是存在富天钱庄，富天钱庄不会成为张家的后盾，也不会帮着林初九对付张家。

再说了，林初九此举也确实过分了，她要抄查张家，富天钱庄不管，可让富天钱庄吃下张家的东西，并拿银子出来却是有些仗势欺人了。

是以，富天钱庄的管事虽然客气，言词上却是半步不让，本以为此举会激怒林初九，不想林初九听到这话，隔着马车只淡淡地说了一句："阁下想必是误会了，生意人一个愿买一个愿卖，本王妃手下的人拉东西过来找买家，阁下不肯买我们也不会强迫。"

"萧王妃莫不是要把这些东西拉回去？"如果是这样的话，他倒是高看萧王妃了，还以为这萧王妃是个有骨气的。

林初九笑了一声，温和地道："这些都是下面人做的事，本王妃从不插手，一向只求结果。东西能不能卖出去是他们的事，拉不拉回去也是他们的事，本王妃不会干涉。"

打太极的手法林初九也是会的，只是平时极少有机会用，毕竟不管是皇上还是萧天耀，都是说一不二的主，林初九在他们面前完全无法糊弄。

"萧王妃既然不管此事，来我富天钱庄做什么？"富天钱庄的管事真的被林初九气笑了。

什么叫手下人做的事，这事要是没有林初九首肯，萧王府的侍卫敢找上他们富天钱庄？敢查封张家的铺子？

不等林初九开口，远处一道清润的男声传来："来钱庄还能做什么？当然是来取银子。"

众人顺着声音看去，只见苏茶从一顶小轿中下来，快步朝林初九的马车走来。

苏茶步伐优雅、从容，但他额头上沁出来的汗珠，却无声地告诉旁人他赶得有多急。

"苏茶公子？"富天钱庄的管事看到来人，心里莫名其妙有了一种不好的预感。

"苏茶来了？"林初九再度开口，并从马车里下来。

苏茶听到林初九在外面，没有叫他苏苏，暗暗松了口气，朝富天钱庄的管事点了点头，便上前一步，双手作揖："苏茶来迟，让王妃久等了。"

"不迟，我正和富天钱庄的管事聊天呢。"林初九下了马车，仪态万千地扶着翡翠的手，迈着不紧不慢的步子，无声地昭显着她的从容与淡定。

富天钱庄管事心中那种不好的预感越来越强烈，有心想要主动出击，又不知从何下手。

林初九从他身边走过，在他面前停了一下，看了一眼便收回眼神，转而看向苏茶："东西带来了吗？"

"带来了。"苏茶忙将一个小红木盒递到林初九面前。

林初九拒绝下人的好意，亲自接过，打开看了一眼，问道："多少？"

"三千万两。"这是他尽最大的努力借来的银票，几乎把整个苏家都搭进去了。

"三千万两？足够了。"林初九看也不看，就将手中的红木盒递给富天钱庄的管事，"劳烦贵庄帮我兑成银子。"为免对方听不明白，林初九特意补了一句，"本王妃只要现银。"

"萧，萧王妃，你说什么？"富天钱庄的管事惊呆了，事实上在苏茶报出三千万两时，他就惊呆了，只是还保留着最后一丝奢望，现在林初九开口，把他最后一点奢望也打破了。

三千万两？他一时半刻去哪拿这么多银子出来，萧王妃是来砸场子的吧？

林初九扭头，皱眉道：“怎么？富天钱庄不给兑银子吗？或者兑现银还要看你们的心情？”

“不，不是……”富天钱庄的管事忙摇头否定，“只要是我们钱庄的银票，随时都能兑银子。”

“你放心，里面全是你们富天钱庄的银票，阁下尽管验证。”林初九再次将手中的木盒递到管事面前，管事没有接，而是冷着一张脸道：“萧王妃，你确定要全部兑现吗？”这是来兑银子吗？这是来找茬吧！林初九就不怕这么做，惹得他们中央帝国的人不满吗？林初九到底哪来的底气，居然一再和他们中央帝国的人叫板？

“当然，东西卖不出去，赔偿给百姓的银子却不能少。没有办法，我只好拿萧王府做抵押，先借一笔银子用了。”林初九说得很慢，每一个字都咬得无比清晰，确保每一个人都能听到。

“拿萧王府做抵押？”管事看了苏茶一眼，一脸的质疑。

谁不知苏家家主和萧王关系匪浅，苏家就是萧王的钱袋子，需要拿萧王府做抵押吗？

“不然，谁敢借银子给我，大家都知道我们萧王府穷得很。”林初九轻轻叹了口气，脸不红气不喘地哭穷，把苏茶羞得没脸见人。

作为萧王府的钱袋子，听到这话他也是服了，他什么时候缺过萧王府的钱了？

王爷花起银子来，几十万、上百万都不眨眼，林初九好意思哭穷？

当然，苏茶抱怨归抱怨，这个时候却不会拆林初九的台，特意拿出萧王府的房契，以证明林初九所言不虚。

这么一来，富天钱庄的管事就无话可话了，可他根本拿不出这么多银子！这事要怎么办？

就在富天钱庄的管事犹豫，是给林初九兑换这三千万两银票，还是息事宁人买下这些东西时，围观看热闹的百姓中，突然有人开口道：“萧王和萧王妃是好人呀。为了我们连王府都抵押出去了。这赔偿的银子我不要了，不要了……”

“我也不要了，我也不要了。我们不能让萧王妃卖了王府呀。”

“不用卖王府，我们不要赔偿的银子了，真不要了，实在不行王妃娘娘补我们几斤米就好了。”

“对对对，我也愿意要米。”

“这些东西都是上好的东西，富天钱庄不要，我们买，我们钱不多，一人买个三两件还是可以的。”有几个看着家境不错的人，出声声援林初九。

左一句，右一句，全是说林初九的好话，话里话外都在责怪富天钱庄为难林初九，逼着富天钱庄收下这批货。

原本，管事还在犹豫，听到这话彻底火了！这明显就是事先安排好的托！这明显就是故意挑事！萧王府这是在逼他是吧？萧王府非要他们出钱买下这批东西，和张家为敌是吧？他们偏偏不如林初九的意！不就是三千万两吗？兑！别说三千万两，就是三亿万两，他们富天钱庄也兑了。他们富天钱庄不缺银子！

“萧王妃要兑银子，我这就让人给你办好。”管事接过林初九手中的木盒，当众验了起来。

一共三千万两，一张不错！

“萧王妃，现在就让人算银子吗？”管事特意说算，就是为了拖延时间，好争取去京城附近的银库调银。

“现在算吧，曹管家麻烦你了。”林初九不可能在这里等着富天钱庄算银子，这种事自然是交给曹管家。

“王妃放心，老奴一定会把这件事办得妥妥的。”曹管家一拍胸脯保证道。

他们一定会给富天钱庄足够的时间，让他们去调银子，否则，那还有什么好玩的。

林初九莞尔一笑，转身上了马车，苏茶也朝富天钱庄的管事拱了拱手，上了自己的小轿。

围观看热闹的百姓，在有心人士的煽动下，一个个红了眼眶。

“萧王和萧王妃是好人呀，为了帮我们讨回公道，连王府都抵押出去了。”

“亏得传言萧王和粮商勾结哄抬粮价，我本来都信了，现在看来我错得离谱啊，萧王那样的大英雄怎么会和百姓争利，这全都是那些无良的粮商搞的鬼，以后我再也不去为民粮店买米了。”

“对对对，不去，我以后再也不去了。我宁可去苏记买米，苏记这次虽然也涨了价，可一直都是最便宜的，而且今天就挂出告示，会把差价还给买粮的人，这才是有良心的商人。”

林初九非常好心地，让人替苏茶的铺子做了宣传。

没错，这些挑起话端的人，都是林初九事先安排的。

百姓需要引导，她要是不安排人引导，岂不是白忙一场？

混在人群中的“托”，见众百姓一个个义愤填膺，知道机会来了，又气愤地说道：“这富天钱庄也不是一个好东西，明明买下当铺的东西不会亏，偏偏要为难萧王妃，萧王妃把存在富天钱庄的银子都取出来，我也取出来，存在这样的钱庄我不安心。”

“听说富天钱庄和那些粮商关系极好，那几家粮商的银子都存富天，富天钱庄的人当然要为难王妃了，这些人都是一丘之貉。”

煽动的人十分有技巧，说得不多，只是抛出一个引子，引导围观百姓往这上面想。目的达成后，这些人就去富天钱庄兑银子，数量不多，也就是十来两。

刚开始只有一两个，很快人就越来越多，当大家看到富天钱庄外，站满了排队兑银子的人时，就不免好奇地问一句，这一问可把人吓到了。

“听说了没有？富天钱庄快没有银子了，我们存在里面的银子再不取出来，可能就取不到了。”

“萧王妃取了三千万两银子，富天钱庄还能有银子？快取吧，要是晚了手上的银票就沦为废纸了。”

京城最近因粮价的事人心惶惶，大街上多得是无心做事的人，在有心人的散播下，消息自然是越传越快，很快就闹到人尽皆知的地步。

富天钱庄在京城的几家钱庄，全都挤满了取银子的百姓，钱庄掌柜明知这么取下去对钱庄不好，这个时候他们却不敢拒取，真要拒取了，明天、后天取银子的人会更多。

从林初九离开后，直到天黑前，富天钱庄都有人取银子，而且天黑钱庄关了门，外面的百姓也不肯走，一个个围在外面等，等天一亮就把银子取走。银子，还是放在自己手上安全，这薄薄的一张纸，现在谁也不敢保证，以后还有没有用。

忙碌了一天的掌柜们，见天色终于黑了，一个个长长地松了口气，果断关门。然而，这些掌柜并不敢像平时一样回家，而是急急地跑去找富天钱庄在东文的总管事，也就是林初九白天见的那人。

"司管事，这事要怎么办呀？要是放任这些人取下去，我们银库的银子就要取光了。"平时还好，可今天林初九取走了三千万两，把附近的存银都调出来了，他们手上虽然还有一些银子，但也经不起疯狂的挤兑。

"不怎么办，有人取你们就兑，我会想办法调银子来，只要撑过这几天就好。"司管事知晓这事的麻烦性，可就算知道他也要这么做。

富天钱庄不接受威胁，如果这一次他们低头了，就会像天藏阁一样，不敢对萧王府的人说不。

"如果只是撑几天还好，今天只有普通百姓取银子，我就怕过几天那些大商家听到消息，或者受了煽动也跑来取银子，那可就麻烦了。"几个掌柜愁眉苦脸。

普通百姓能有几个钱？撑死了也就是百把两，他们就是从早忙到晚，一天也取不了几个银子。他们现在就怕遇到林初九那样的大主顾，一来就取成千上万两，到时候他们拿什么兑？

要知道，他们这些年收到的银子，都早早地送回了帝国，根本无力兑换大量的银票。

"不会的，萧王妃只是逼我们买东西，这些百姓也是一时受了蒙蔽。"司管事斩钉截铁地说道。

这个时候，容不得他往深处想，因为一往深处想，他就会后悔。

富天钱庄的管事想得很美好，现实却十分残酷！

林初九的目的，根本就不是为了逼富天钱庄买下张家那批东西，她要的就是富天钱庄陷入挤兑风波，然后向她低头！

虽说张家在东文出了事，张家的死对头绝对会趁机出手，可东文和中央帝国隔得太远了，前期想要压下张家只能靠自己，而且张家的死对头也不会在局势不明的时候出手。

她没有中央帝国的门路，也没有中央帝国的人罩着。传说中的花家小少爷虽然被她救了，可花家人还没有来，就算能借势也不是现在。要压下帝国张家嚣张的气焰，就需要有一个比他们背景更强大的靠山，富天钱庄是一个很好的选择。

富天钱庄财大气粗，背景雄厚，威胁利诱全部没用，她只能用正当"手段"逼富天钱庄妥协一次。富天钱庄做的是钱庄买卖，存银取银再正常不过，她拿着富天钱庄的银票，从富天钱庄取银子，谁能说她一句不？第一天三千万两银子取出来，引来普通百姓挤兑，这在林初九的意料之中。

银子不握在自己手中，听到一点风声，他们就会不安。不是这片土地上的百姓太胆小，而是这世道太黑、太乱，逼得老百姓不得不小心。凑热闹、扎堆似乎是普通百姓的天性，在这个还算和平的年代，标新立异不一定会有出路，随波逐流却一定不会有危险，就算真有危险或者倒霉了，也不是自己一个人，有大把的人陪自己。

抓准这两点，要煽动百姓挤兑再容易不过。不过，普通百姓的挤兑，虽然对富天钱庄造成了一定的伤害，却伤不了根基，真正让富天钱庄害怕的是那些大宗的客人取银子。

“那些个商家会听我们的，把银子取出来吗？这可不比普通百姓手上的那点银子，成千上万两的银子，往哪里放呀？”苏茶想到萧王府那堆成山似的银子，就忍不住皱眉。

银子是好东西，可一堆一堆怎么用呀？要不是萧王府足够安全，他真的连觉都睡不好。三千万两呀，那可是三千万两呀，要是被人偷走了，就是卖了苏家他也赔不起。

“国库，我会去找皇上，让他开国库收银子，由朝廷帮他们保管，只需要付点保管费就成了。”没错，坑爹的银庄存银子，不仅没有利息还要收保管费，存的银子越多保管费越高，反倒是普通百姓小面额的存银，不需要保管费。

林初九刚开始也不明白，这到底是为什么，后来深入了解就明白了。银子太重，做买卖随时携带十分危险。还有一个就是，银子会有磨损与损耗，来来回回地使用，经手的人太多，或者切割过，都会给银子带来损耗。是以，往钱庄存大量的银子，就需要保管费。

“往国库存银，这个……皇上会答应吗？”苏茶怎么看都觉得这事不合理。

“为什么不答应？往年我们东文大量的黄金和银子都流向中央帝国，这不是一个极佳的好机会吗？”林初九不能理解……

“有这么多银子在手上，还能拿出去做生意，能成倍地赚银子。”就算她不懂得做生意，也知道钱生钱的道理。

“你这么说似乎有点道理。”苏茶陷入深思，林初九见状，眼眸一动，劝说道：“其实这是一个好机会，要是你愿意开钱庄，现在就能收到大批量的银子，而且你可以不要保管费，甚至给他们红利。”

“开钱庄？不收保管费，还要给他们红利？这不是要亏死吗？做生意也用不着这么多银子呀，我也忙不过来，并且万一赔了钱可就惨了。”苏茶听到这话，本能地摇头。

“怎么会亏呢？你手上拿着这么多银子，除了做生意，你还可以借给别人呀。借银子的人，付一点点利息就好了。不会太高，只比存银子利息稍高。而且，谁规定做生意都要自己动手了，你完全可以去找那些缺银子的生意，注入一笔银子，然后按比例收分红，你坐着拿钱就好。”林初九不擅长理财，但这点道理还懂。

“这，这也行？万一被人骗了呢？”苏茶心念一动，心里痒得很。

要知道，他又要做生意，又要帮萧天耀，真的很忙，根本照看不过来，尤其是今年，萧王府的事情特多，他好多生意上的事都没空过问，只能当甩手掌柜。

“借银子的人拿房子、铺子做抵押，还不起钱就收房、收铺子。至于合伙做生意这个事，你在生意场上不需要跟别人合伙吗？以前是怎么防止被骗的，现在也怎么做就是，而且又不是叫你什么人都合作，你挑大家族的人合作就是了。”她又不是经商的，哪里知道这些。

“这么说也有道理，要不你晚点去和皇上说，我考虑一下要不要办钱庄。”趁你病要你命，苏茶是商人，知道机会的重要性。富天钱庄现在正面临极大的信用危机，一旦错过这个机会，他想要将钱庄办起来，可不是容易的事。

“你要是担心风险，其实可以多找几个人合伙。你看太子、文王几个为了银子都打到粮食的头上，简直是穷疯了。这个时候，你完全可以找上门，这明显给他们送银子的举动，他们就是知道有危险也会冒险一试。”当然，最主要的还是借太子几个人的势，而且钱庄这种生意明显是能赚钱的，要吃独食，吃相未免太难看。

“除了太子外，你还可以找些有名气的商家合作，利用钱庄这个利益纽扣将这些人连成一张网，形成一股势力，就是以后也能和富天钱庄对抗。”林初九简单地说了一下入股和合伙制。

反正明摆着赚钱的生意，她相信不管是太子还是安王或者是那些个商人，都会很乐意插一把手。而有了这些人的插手，她还担心取不空富天钱庄的银子吗?

“我要再想想……”苏茶很心动，却不敢胡乱下决定。

不管是对上帝国张家，还是找富天钱庄的麻烦，甚至现在林初九提的要开钱庄，都不是小事，苏茶不知如何决定。如果是萧天耀在还好，他只需要把事情和萧天耀说一遍，然后等萧天耀决定，现在萧天耀不在，他要怎么办?

苏茶和往常一样，将京中重大的事件一一写成文书给萧天耀送过去，而开钱庄一事苏茶更是写得十分详细。

当然，苏茶很清楚这件事他要自己做决定，京城和前线相隔太远，就算他们有特殊渠道，等到萧天耀把命令传回来，黄花菜都凉了。

林初九提出的开钱庄很有前景，计划虽然不够详尽却有可操作性，只要花点心力就能做成，苏茶很是心动，可他也很担心……

不是担心赚不到钱，而是担心钱庄开出来，会遭到富天钱庄的打压。要知道在四国虽不是富天钱庄一家独大，但所有的钱庄都以富天钱庄为尊。最重要的是，四国从来都没有属于自己的钱庄，经营钱庄的全是中央帝国的人。

“谁都知道开钱庄赚钱，可钱庄不好开啊。”苏茶很头痛，忍不住揪了揪自己的头发，这才发现自己不经意间都把前头的那撮软发揪掉了，苏茶的脸立马扭曲，“居然揪掉这么多头发，我要成秃子就惨了。”

苏茶看着手上的头发伤心大叫，可惜他再伤心也没有办法把头发“种”回去，只能愤愤地将手上的头发丢了。

“林初九，你真是一个麻烦精，什么主意不好，偏偏想出这么一个勾人又难办的主意。”没有人替他做决定，有选择恐惧症的苏茶真的是急得头发都要掉了。

他当然想开钱庄了，开了钱庄后就有源源不断的金银涌入，可是开钱庄的风险实在太大，他承受不起失败的后果。如果只有一个苏家，他就是输了也无妨，不过是银子的问题，大不了一切从头开始。可偏偏他肩上扛了整个萧王大军的用度，要是他败了，他拿什么帮萧天耀养兵马？

“天耀，你为什么就不在京城呢？你在我就不用这么愁了。”

苏茶这次写给萧天耀的信，满纸都是纠结与郁闷，萧天耀看到信的时候脸都黑了，他真不知道，苏茶原来是这么胆小怕事的人。

这种事有什么好犹豫的？林初九把路都铺好了，人脉都给他搭出来了，只要循规蹈矩地做还不会吗？

“蠢死了！”萧天耀握信的手一紧，苏茶写给他的信就变成了碎片，风一吹，连个渣渣都不剩了。

看完了苏茶的来信后，萧天耀端起手边的茶喝了一口，然后慢条斯理地打开林初九的信。

看到信尾熟悉的印鉴，萧天耀的心情颇好，甚至比打了一个胜仗还要高兴。那女人总算聪明了一回，知道他刻那枚印鉴的用意。

不管林初九的信上到底写了什么事，对萧天耀来说，看林初九的信都是一种享受。当然，不是享受林初九那十岁孩童都不如的字，而是享受林初九在信上写的三两事。

除了那段时间，天天给他写读后感，还有各种八卦推断自己的身世外，林初九写给他的信都十分有趣，总是喜欢用一大段一大段的“废话”来记录身边发生的点点滴滴。

虽说信上满纸“废话”，却无法让人讨厌，而且观之还有一种陪在林初九左右的感觉。

林初九这次写给萧天耀的信，也是写帝国张家和富天钱庄的事。林初九在信里简单交代了钱庄的构思，没有苏茶的详细，因为林初九的侧重点全在钱庄能赚多少钱上。

“真是掉钱眼里了。”要不是萧天耀知道林初九手握巨款，都要以为林初九打小穷到怕了。

看到林初九在信中写赚好多好多钱这种二傻的话，萧天耀似乎能透着纸，看到她那双发光发亮的眼睛……

即使不肯承认，萧天耀还是想说，他有点想林初九。

林初九很能干，比他想像中的能干。连皇上特意针对他的阴谋都能察觉到并及时想出应对之策，萧天耀不知还有什么事能难倒林初九。

有林初九在京城，他便完全没有后顾之忧，可以放开手脚，而不用担心京城的人拖后腿。

“有妻如此，夫复何求？”萧天耀庆幸皇上把林初九赐给了他。

萧天耀看完信，顺着原来的折痕，将信折好装回信封，放入带锁的铁盒。

“咔嚓……”铁盒上锁，萧天耀还来不及抽出钥匙，营帐外就响起一阵急促的脚步声，转身就看到传令亲兵气喘吁吁地进来，喘着粗气道：“王，王爷，北，北历突袭，有，有武神级的高手上场。”

“武神？”萧天耀眼神一变，飞快地将钥匙收了起来，抓起桌上的头盔就往外走，“通知金吾卫迎战。”

金吾卫就是萧天耀原先的那三十万人马，不过经过几场大战，三十万人马只余二十四万，其中还有一万余名伤残士兵。

为了便于这二十多万人马与皇上兵马的区别，萧天耀正式将这支人马命名为金吾卫。

萧天耀取名字并不仅仅是为了在军中做区别，而是借此告诉皇上，这支人马现在已经回到他手里，皇上不要再打他手上兵权的主意。

此事皇上知晓，只是山高皇帝远，再加上萧天耀手中有兵符，皇上就是生气也没有办法在这个时候收回萧天耀手中的兵符，只能眼睁睁地看着自己费尽心机才夺回来的兵马，再次回到萧天耀手中。

金吾卫全身着金铜铠甲，所有的武器配备都是崭新的、最好的。金吾卫这身装备一出，就引得其他士兵眼红，可惜他们也只能眼红一下。不管是金吾卫身上的铠甲，还是他们用的武器，全部都是萧天耀自己准备的，没有用朝廷一分一毫。

由此可见萧天耀早就做好了准备，只等皇上退让，让他来前线重新接管兵权。

当然，金吾卫待遇好，面临的危险也高，不管是攻城还是防守，金吾卫都是冲锋在前的那个，朝廷的兵马只需要跟在他们屁股后面捡便宜就可以。

是以，哪怕朝廷的兵马对着金吾卫闪闪发亮的武器流口水，也没有人敢说半句不公平，因为金吾卫有资格享受最好的待遇……

第十五章　揽天下财富

苏茶并非胆小怕事之人，也不是没有魄力的人，经过两天两夜的闭关思考后，苏茶果断下了决定……

办了！

花了一天的时间，苏茶十分高效地写了一个计划书。拿着这个计划书，苏茶没有去找林初九，而是找上了太子、安王、文王，军方的大佬，还有崔家、薛家等大世家、大商人。

天下熙熙皆为利来，天下攘攘皆为利往。这世间没有永远的朋友，也没有永远的敌人，只有永远的利益。钱庄的利益有多大，长眼睛的人都能看到，更不用提苏茶还提供了不少用钱生钱的法子，这块大利益摆在面前，谁要是不张嘴咬一口，都对不起自己。

最先答应的是太子！没办法，太子真的是穷疯了，否则他也不会和粮商掺和，借战争发国难财。

说起来太子也是挺可怜的，他一个成年立府的太子，要养幕僚，要拉拢朝臣，还要支撑自己奢侈的生活，处处都是用钱的地方，凭他那点银子根本不够。可皇上不喜欢他，皇后也不怎么管他，太子立府时除了正常的额度外，父母没有给一点补贴，而且太子的外家已经没有人，他根本得不到外面的帮助，甚至想要插手朝政，拿底下人的孝敬都难。皇上正值壮年，太子根本插手不了朝廷大事，也不敢做太过火的事，以免被那些兄弟盯上。太子平时只能吃一点小官的孝敬，那点银子都不够他开销，他不想办法捞银子行吗？

苏茶此时送来的开钱庄计划可谓是及时雨，太子想都不想就应下了，至于开钱庄可能带来的麻烦，太子一点也不放在心上。

如果苏茶只找他一个人合作，他还会担心，毕竟他可承受不起中央帝国的怒火，可苏茶的合作对象，覆盖了军、政、商甚至还有世家与朝廷。

是的，苏茶给朝廷留了一成的干股，也就是说等钱庄办起来，皇上什么都不做，就能从中拿走一成的利益。

当然，这事苏茶还没有找皇上谈，因为此前他必须先确定，他看中的合作对象也能看上他。

除了太子外，苏茶又与文王、薛家敲定了下来，崔家、安王还有苏茶看上的几个军部大佬都不想掺和，不过也没有拒绝死，只是说要再考虑。

如果是别的事，苏茶也就任他们继续考虑，开钱庄这事真的是迫在眉睫，根本不能等。不然，等到富天钱庄从这一波的打击中缓过神来，他们就是想开也开不起来了。

“王妃，这些人真的太狡猾了，钱他们想赚，又不想得罪中央帝国的人，你说这世间哪有那么好的事？”几个军部大佬说得更直接，四国都没有钱庄，就我们东文搞一个，万一中央帝国因此拿我们开刀呢？

这天下好不容易才平定下来，他们可不想和中央帝国打仗。

苏茶为了说服这些人，都说了钱庄明面上是他的，中央帝国找麻烦也只会找他，私下的合作条款他们是不会给外人看的。

饶是如此那几个军部大佬还在那里犹豫。

至于崔家和安王……

崔家生意遍布东文，家大业大，虽说眼红开钱庄的收益，却也不想因此冒险，安王则纯粹是觉得没有必要，不认为自己需要那么多银子。

苏茶真是被这两方气晕了，左右他也不打算借安王和崔家的势，便想划掉这两个人，却被林初九阻止了。

“如果太子加入，就一定要把安王拉进来。如果薛家同意，就一定要崔家也合作。只有这样才能相互制衡，皇上才能满意。”皇上绝不会允许太子一家独大，也不会允许薛家一家独大。就如同他们找军部的人合作，都是找敌对阵营的是一个道理。

苏茶开钱庄的目的很明确，就是为了赚银子，你们出点银子，在背后为我撑腰，赚到了银子我给你们分红，至于你们之间的斗争，我不参与！

钱庄的经营权在苏茶手中，但是分红苏茶也只能拿一成而已，不比旁人多多少。

“他们不同意没有关系，只要这份计划书呈到皇上手里，皇上同意就行了。”林初九相信皇上一定会同意，皇上怕是做梦都想摆脱中央帝国的钳制。

“皇上会同意吗？不对，皇上肯定会同意，但万一皇上把我们踢掉怎么办？”这绝对是有可能的事情，到时候他不是白忙一场。

“不可能。”林初九笃定地摇头，唇角轻扬，好心情地道，“皇上踢掉谁也不会踢掉我们。”

“为什么？”

“因为……我们手上有三千万两！”这笔银子能给富天钱庄致命一击，也能挽救富天钱庄的命。

皇上要是踢了她，她就马上把这三千万两存进富天钱庄，卖富天钱庄一个好，让皇上的钱庄也办不起来！

“对对对，我怎么忘了我们手上有三千万两，哈哈哈……有这三千万两在，我们根本不用担心皇上单干。”苏茶一脸的兴奋，从林初九手中抢过计划书，“此事宜早不宜迟，我现在就托人把东西给皇上送去。”

苏茶是个行动派，当天晚上他的计划书就呈到了皇上案前，苏茶没有标明上面所列的合作对象有没有同意，只把名单和他们所占的红利写上。

最高也就是一成的利，在没有看到钱庄的收益前，一成的分红在皇上眼中并不算高，不过皇上对这个计划还是很感兴趣的。

他在乎的不是钱庄的红利，而是他们东文将会有属于自己的钱庄，不会再眼睁睁地看着大量的金银流向中央帝国，一辈子为中央帝国卖命。

“这倒是个好时机。”想到富天钱庄连续三天，一直有排队取银子的百姓，皇上就忍不住笑了出来。

萧天耀和林初九总算办了一件让他高兴的事，既然二人这么识时务，他也不会不近人情。

开钱庄的计划很好，苏家冲锋在前也很好，拿苏家和萧天耀试探中央帝国的底线，真的是再好不过的事……

诚如林初九所想的那样，皇上看到苏茶递交的计划后，确实动了把苏茶踢掉自己派人去做的意思，但转念想到苏茶和林初九手中的三千万两银子，皇上就打消了这个念头。

三千万两虽然不多，关键时刻却能起到意想不到的作用，皇上不想冒这个险，左右苏茶与萧天耀所占的比重也就是一成，和他这个皇帝差不多，便让萧天耀占这个便宜也无妨。

虽说皇上很重视钱庄一事，却也不会亲自出面，皇上让人把萧子安寻来，将苏茶的计划递交给他：“子安，这件事朕交给你了。”

萧子安一向宠辱不惊，但当他看到手中的计划书时，还是愣了一下：“父皇，这……”他根本没有答应苏茶参与此事，苏茶居然把他的名字写上了？

皇上不等萧子安说完，就打断道：“朕知道你不想与民争利，可子安你别忘了，没有朝廷的背景，这钱庄开不起来。你不与民争利，就只能眼睁睁地看着我们东文的银子流向中央帝国，看着我们东文的百姓日夜操劳却始终吃不饱、穿不暖。”

皇上自认对自己的儿子十分了解，太子好大喜功、文王安于享受、安王体恤百姓、七皇子天真烂漫。这件事，皇上觉得交给萧子安来办，再好不过。

萧子安不是什么死脑筋，听到皇上的话立刻就明白了，暗自吸了口气，从容应下：“请父皇放心，儿臣定不会让您失望。”

“朕相信你。朕会跟户部打好招呼，你缺银票可以去户部换。”所谓的换，当然是拿真金白银换户部的银票，如果能拿到萧王府的三千万两白银，那就更好了。

“儿臣知晓了。”皇上的暗示十分隐晦，可是安王听懂了，只是他有自己的盘算！

面对中央帝国这个庞然大物，萧王府与皇上第一次联手，在萧王府释出最大的善意后，皇上也摆出了自己的姿态，用实际行动暗示自己支持东文开钱庄。

与中央帝国争利这种事，皇上不会放在明面上说，但该有的暗示却不会少。次日早朝后，皇上就把六部尚书和几个军方大佬留了下来。

和苏茶想的拉拢几个人不一样，皇上的意思是开钱庄这事，明面上由一个人挂名，实际上却由六部与军方共同参与此事，互相帮助也互相监督。

苏茶给军方和朝廷留下的红利有四成，皇上大手一挥，表示日后钱庄如有盈利，红利由六部和军方平分，用于六部与军方自我建设，以减少国库的压力。

六部自然没有意见，原本这就是天上掉馅饼，军方几个大佬心里却有点不是滋味，原本苏茶找上他们，是给他们私人红利，现在这么一弄全成了朝廷的，他们还捞什么？

不过，转念一想几个大佬也明白了，苏茶给他们红利是因为他们所处的位置，是要他们出力才能得到红利，他们原本就担心为这事赔上前程，现在由皇上出面他们就不用担心这一点了。

虽说红利归公，可这么一大块利益在手，就算不是他们私人的，他们从中抠一点也不会少。

意外之财，还是公家的钱，现在也看不到银钱在哪里，但皇上要怎么分，几位大人和将军都没有意见，都爽快地应下了，也保证会尽力配合安王与苏家的行动。

萧子安之前就听了苏茶的计划，他承认苏茶的计划很好，现在这个时机也很好，只是他对赚银子一事实在不感兴趣，当时也听得不清不楚，现在接手这件事，便是不喜也要上心。

萧子安不是一个爱摆架子的人，细细看了一遍后，萧子安将自己不能理解的地方摘抄下来，又将自己的一些想法写了下来，而后亲自上门找苏茶。

苏茶正在书房里忙，听到管家说安王上门找他，惊得把手中的笔都摔进砚台里了：“安王在花厅等我？”什么时候皇子皇孙这么平易近人了？

有事，不都是让他们这等平民上门的吗？怎么会招呼也不打一声，就跑到苏家找他，这也太不讲究了。

苏府的管家强压下心中的骄傲，尽量用沉稳的声音说道：“大爷，小的不敢撒谎，安王此时正在花厅等您。”

苏茶这次肯定自己不是幻听，抬脚就准备往外走。

他虽然和天耀交好，终归是最下等的商人，他哪敢让萧子安这个皇子亲王久等，只是一走出门就发现自己的衣服上沾了好几团墨迹，没有办法，苏茶只得先去换一件衣服。

苏茶换衣服的动作称不上慢，却也绝对不快，和平时一样让下人拿来干净的衣服，服侍他穿上……

最初的惊讶过后，苏茶已经十分淡定，不就是安王亲自上门吗？他平时去萧王府还跟逛自家后花园一样呢，安王招呼不打一声就上门，他让安王等一等又怎么了？

苏茶十分淡定，半点也不着急，他这不温不火的样子，可把急性子的苏管家给急坏了，恨不得拉着苏茶跑到安王面前去。

人家那可是亲王，看看哪个商家能让亲王亲自上门？就是皇商薛家也不曾呀！

这是多大的荣耀，他们家大爷怎么就一点也不着急，让堂堂亲王在花厅等他呢？就不怕安王一个不高兴，找他们苏家的麻烦吗？

好不容易等到苏茶换好衣服，急性子的苏管家终于按捺不住，上前催道："大爷，安王都等你一炷香了。"

"知道了。"苏茶依旧不急，迈着从容的步子往外走。

利用换衣服的时间，苏茶思索了萧子安的来意，知晓萧子安为何而来后，苏茶就更不着急了。

安王都上门了，他还怕人跑掉吗？

只是，苏茶不着急却有人着急，苏茶的父亲、继母、继弟和继妹听到这个消息，一个个高兴疯了。

苏茶的继母一脸激动地说道："老爷，我们的机会来了。苏茶有萧王做靠山，只要我们讨好安王，让安王做我们的靠山，老爷你就能重新接掌苏家。"

"重新接掌苏家？"这个诱惑，苏父无法拒绝，即使他心里明白安王上门是来找苏茶的，他们想要得到安王的帮助微乎其微，苏父也不想放弃这个千载难逢的好机会。

他被苏茶关太久了！

苏家的情况十分有趣，苏父正值年壮，但五年前就不曾在人前露面，对外的说法是病了，在家静养。另外还有苏茶的继母、继弟和继妹，这些年也不曾在人前露过脸，外头许多人都不知道，苏家还有这三个人，对于外界而言，苏家就是苏茶。

这些事只是外面人知晓的，真正的情况苏家人很明白，苏茶的父亲和继母等四人，全部被苏茶软禁在苏家后院，不得外出半步。

这些年来，苏父四人一直很老实，苏茶虽然没有疏于对他们的看管，也没有加重防守，结果就让苏父四人探到安王过府的消息，并且成功地骗走看守的人，跑了出来……

苏茶还未走近，就听到花厅内传来他那好继妹苏梦矫揉造作的声音，还有他那好父亲明里暗里诋毁他的话。

"怎么回事？"苏茶脚步一顿，好心情荡然无存。

"大爷……"下人惶惶不安地上前请罪，"奴才失职，让人跑了出来，现在人正在里面，奴才不敢贸然进去。"

看守苏家老爷的下人都快哭了，不过是一个眨眼的工夫，怎么人就跑了出来呢？跑了还不算，居然直接冲到安王面前，这让他们怎么敢进去拿人。

苏茶脸色一沉，面无表情地道："去，找几个力气大的下人过来。"

他也不想在安王面前丢脸，如今看来却是容不得他了，既然他那好父亲不要脸，那就别怪他不客气，反正商户人家丢脸也不算什么。

苏茶阴沉着脸走进去，一踏进门槛就看到苏梦一脸娇羞地站在安王身侧，一副贴身小丫鬟的模样。

他的继母和继弟则站在下手，同样是一副狗腿样，他那好父亲也好不到哪里去，谄媚地站在安王面前，喋喋不休地告他的状。

苏家三口都背对着门，苏梦一双眼粘在安王身上，一家四口都没有发现苏茶的到来，苏茶人都走进来了，苏父还在说：“安王殿下，苏茶那个不孝子仗着有萧王撑腰，一向无法无天，他要是冒犯了王爷您，王爷您尽管说，草民一定打死那个不孝子，还请王爷……”

“父亲，你要打死谁？”苏茶站在安王正下方，突然出声，打断了苏父的话，又像无事人一般跪下向安王行礼，“草民参见王爷，千岁千岁千千岁！”

“苏，苏，苏茶……”苏茶的继母、继弟和继妹看到苏茶站在眼前，着实吓了一大跳，苏父亦是脸色大变，生生将到嘴的话咽了下去，只是瞪大眼睛看着苏茶。

安王像是什么也没有看到一般，淡然地开口：“免礼。”

“谢王爷。”苏茶站起来，没有去看苏父，而是对安王拱手致歉，“家人无状，冲撞了王爷，还请王爷恕罪。”

“无妨。”安王好脾气地开口，根本不看苏家其他人。他是来找苏茶的，苏家家务事与他何干？

苏茶淡淡一笑，轻蔑地扫了继母和继弟一眼，两人气得全身直颤抖，却又敢怒不敢言。

苏茶淡漠地收回眼神，摆出一个请的姿势：“此地污浊，恐扰了王爷清静，还请王爷移驾书房可好？”

“好。”萧子安也不想待在这个全是脂粉香味的花厅，也不知苏茶那个妹妹身上洒了多少香油，香得呛人，要不是修养好，萧子安此刻怕是要喷嚏连天。

“王，王爷……”安王起身，苏父几人想要挽留，却又不敢开口。眼见安王就要走出去，苏茶的继妹苏梦突然大叫一声，冲上前去，扑通一声跪在萧子安面前：“王爷，求你为民女做主，民女要……”

“咚……”苏梦的话还没有说完，就被苏茶一脚踹飞：“王爷，这丫头不懂事，冲撞了您，还请王爷恕罪。”

“啊……”苏梦惨叫一声，摔了出去。

“无事。”萧子安无声一笑，苏家大爷果然是个有趣的人。

“孽子，你这个孽子，居然对你妹妹动手，你……”苏父见状，气愤无比，忙冲上前，抬手就要打苏茶，却被苏茶一手握住：“父亲你又糊涂了？我哪来的妹妹？我的妹妹和弟弟不是一出生就被你活活摔死了吗？”

这一句话，足以解释苏茶为何不敬生父。

父不慈，子如何孝？

苏茶甩手，苏父一个不稳，摔倒在地，而这个时候苏茶要的下人也过来了，苏茶摆了摆手，示意他们无须行礼，指着苏父几人道：“老爷又发疯病了，你们几个还不快把老爷扶下去。”

“是。”下人上前拖人，苏父几个自然不肯，拼命挣扎：“苏茶你这个孽子，你竟敢对为父动手，你还是人吗？”骂完苏茶后，苏父又对萧子安哭诉，“王爷，王爷求求你为草民做主呀，这个孽子丧心病狂，连亲生父亲都囚禁起来，他不是人，不是人……”

“苏茶，母亲求你了，高抬贵手放过梦儿和志儿吧？千错万错都是母亲的错，母亲愿承担一切，只求你原谅。”这是苏茶白莲花的继母。

“大哥……我没有病，大哥你放过我吧，我害怕，我害怕……”这是苏茶被教歪了的继弟。

除了被踹得倒地不起的苏梦，苏父三人都撕心裂肺地大喊，无所不用其极地抹黑苏茶，想求萧子安主持公道。可惜，温润如玉的安王从头看到尾都没有发一句话，任由苏府的下人将苏父四人拖下去，而他的面上始终挂着温和的笑。

“王爷，王爷……”苏父四人近乎绝望地被拖了出去，最后留给他们的是安王与苏茶如出一辙的笑脸。

苏父四人被拖出去后，花厅瞬间安静了下来，苏茶朝安王作揖，歉疚地道：“让安王见笑了。”

发生这样的事，苏茶却半点也不尴尬，更没有遮掩的意图。

“无事，谁家没点糟心事。”萧子安暗自点头，心里多少明白为何萧天耀会对苏茶高看一眼。

苏茶这人虽然出身商贾之家，却是难得的坦荡之人，倒是可以结交。

将自己最狼狈、最不想示人的一面展现在人前，比表现自己优秀的一面，更能拉近两个人之间的关系。

萧子安刚刚见到了苏家不为外人所知的家丑，虽然面上没有表露出来，心底却对苏茶亲近了一些。虽不至于立刻就动结交的念头，至少不像来之前那般，只把苏茶当作配合他筹办钱庄的商人。

两人来到外书房，萧子安与苏茶客套几句后便将自己的来意说明。

苏茶早就猜到萧子安是为办钱庄的事而来，可亲耳听到萧子安说皇上同意了，苏茶还是小小地激动了一下。

钱庄呀！他原来想都不敢想的事，现在眼见就要办成，简直像是做梦一样。

苏茶也是见过大世面的人，在萧天耀的面前都能保持冷静，当然不会在萧子安面前失态，小小地表达了一下自己的心情后，便与萧子安就具体细节商讨起来。

萧子安别的疑问没有，他最大的疑问就是利息与盈利的问题。

为何存银子要付利息？别的钱庄都是要收保管费和损耗费，他们为何反倒要花钱？如果是为了刺激百姓将银子存在钱庄付个利息，那是短时间内给出一笔，还是一直都要给？如果是短暂的，日后取消会不会引起百姓的不满？拿钱庄的银子做生意，会不会存在与民争利的可能？钱庄背后的几位个个身份不凡，又有朝廷背景，在商场上会不会以权压人？

人总是这样，一开始给了他们利益，便认为这是理所当然应得的，一旦收回就会认为你抢了他的东西，这利息一项必须要提前考虑清楚。

如果一直给，能不能确保钱庄还有利益？

苏茶上面确实写了几条钱生钱的法子，可是不够，做生意有赚有亏，即使萧子安不曾经商也懂这个道理，要是把所有的利益都寄托在靠做生意赚钱上，萧子安无法安心。

萧子安提出来的问题，正是苏茶之前思考过的，他不假思索就给出了准确的答案。

利息是一定要给的，只是高低会不同！盈利是一定会有的，只是多少的问题！

钱生钱是这个世界最保险的一种赚钱方法，几乎不存在亏本，而且就算是亏了也不会影响根基。只要存银子的人不在一年之内，将所有的银子全部取出来，他们钱庄就不会亏，就有赚回来的可能。

这世间做买卖有盈有亏，那都是指小本生意，真正的大生意是不会亏的，因为他们手上有足够的钱，看准一项生意，他可以一直做下去，直到赚钱为止。

要是安王觉得拿钱庄的钱做生意是与民争利，那么钱庄可以不做生意，只做投入，也就是俗称的合伙。就像他们几个人合伙开钱庄一样，如果真要合伙，钱庄不会插手经营，最后只要分红。

至于以权压人的问题！苏茶觉得这个更不可能，因为……

“钱庄的背后是朝廷，是六部，所谓人多事杂，就算要以权压人，用谁的名头？我想那些个尚书、将军不会拿自己的私人名头帮钱庄赚钱。”得知皇上把六部和军方势力全部扯了进来，饶是苏茶也不得不说皇上这一招高。

由文官、武官互相监督，那些个大人谁敢乱来？就不怕背后被人参上一本，连官位都保不住吗？

苏茶见萧子安仍面有疑色，只得再道：“王爷，钱庄是稳赚不赔的买卖，要不是非要朝廷许可才能开办，我根本不会找朝廷合作。我之所以让朝廷拿大头，一是金银只有掌控在朝廷东文才能稳，二则是开钱庄必会与中央帝国对上，我个人没有这个能耐，必要朝廷出面周旋才行。殿下应该清楚，我们要办钱庄中央帝国明面上不会说什么，但私底下一定会有动作，要是没有朝廷的默许与支持，钱庄一个月也开不下去。”

“言之有理，此事容本王再细想一二。”萧子安承认他被苏茶说服了，可还不够，他需要亲自查一查，不然他无法安心。

“事关重大，王爷细想也是应该的，”苏茶没再多劝，只是在萧子安走之前，提醒了一句，“王爷，机不可失，失不再来。富天钱庄此时的困境可谓百年难遇，一旦错过就没有下次了，还请王爷早做定夺。”

要不是没有朝廷的允许无法开钱庄，他一定不会与朝廷中人合作，一扯上朝廷的事情就拖拖拉拉，一点效率也没有。

“嗯。”这事萧子安当然知道，萧子安还知道富天钱庄已调来一大批银子，挤兑风波也没有之前那般剧烈了，如果没有重力一击，富天钱庄很快就可以缓过来，恢复正常运转。

富天钱庄财大气粗，自诩有中央帝国撑腰，根本没有想过东文敢故意挤兑。尤其是除了林初九大手笔取了一笔银子外，再无大客户取银，而那些持观望状态的商家，只有少数几个人动了手，不过取出来的数额都不大，几乎造不成什么影响。富天钱庄放下防备，只当这是普通百姓受人蒙蔽，跟风取银子。

富天钱庄的司管事，见这两天钱庄支出的银子逐渐减少，认为这次挤兑风波就要过去了，已停止继续调银的举动，只像之前一般，存个一两千万银，以应对正常的兑付。

眼见挤兑风波就要过去，苏茶急得不行，想上门催催萧子安，又怕太急了不好，在家里愁了一天，最后还是咬咬牙决定来找林初九。

开钱庄的主意是林初九提出的，现在遇到难题，找林初九解决没有错吧？没有错吧？

苏茶正准备踏上马车，就有暗卫出现，挡住了他的去路："王爷来信！"

萧天耀给苏茶的信，是一路快马加鞭送回来的，信中说的正是开钱庄的事。

认识苏茶这么多年，萧天耀太了解苏茶的本性。不管苏茶外表多么的风度翩翩，有君子风范，骨子里还是那个锱铢必较的商家子弟，凡事利益至上。

开钱庄这件事苏茶最后一定会同意，也会拉上京中有权有势的人，但苏茶舍不得让出太多的利益，而且也顾不到全局。

换句话说，苏茶精明能干，可大局观仍差了一点，有许多事情想不全。萧天耀让人快马加鞭送这封信回来，就是帮苏茶把计划做得更圆满些。

苏茶回到书房，拆开萧天耀的信，看完后脸上的表情就僵住了……

萧天耀所提的建议，和皇上修改后的计划一样，不是单单找个人合作，而是将大头直接给朝廷，给皇上，当然这个份额也有一个度，那就是绝对不能超过五成，最好控制在四成以内。

至于自己？只需要握个一成利益足矣，剩下的则分给皇子、大世家，每人一点，分散一些，让皇上看到参与的人很多，这样皇上就不会担心他们联合起来。除了这些细节之外，萧天耀再三提醒苏茶一件事，那就是千万不要着急，至少不要急着去找皇上或者任何人，因为……

在这件事情上，皇上比他更着急，这个时候沉得住气才是赢家。

萧天耀这封信来得十分及时，要是再晚上一刻，苏茶就跑去找林初九了。虽不至于让皇上和萧子安发现他的急切，却也露了马脚，到时候就失了原有的优势。

没有意外，看到萧天耀的来信，苏茶打消了去找林初九的计划！

连着几天都没有见苏茶上门，甚至三天之期到了，也不见苏茶上门拿信，林初九颇为不习惯。

"苏苏转性子了？居然这么沉得住气？我还以为安王这么久没有搭理他，他一定会急得找上门来呢。"林初九一边将信封口，一边摇头。

由此可见，不仅仅是萧天耀，就是林初九也很了解苏茶。连林初九都知晓苏茶的急性子，皇上和安王会不知吗？

答案很明显，皇上和安王也很了解苏茶的性子，这个时候，他们正在等苏茶主动找上门呢，可眼见富天钱庄外面排队取银子的人越来越少，也不见苏茶找上门，皇上和安王着急了。

"苏茶莫不是转性了？"萧天耀身边的人，皇上自然都是查过的，他很了解苏茶的性格，所以他才会之前爽快，后面拖延，不想没有萧天耀在背后指导，也不见苏茶上当。

"应该不是，许是觉得开钱庄他只赚一成利，不用太上心。"萧子安和苏茶接触过，比皇上的了解又更深一些。

苏茶有着商人的天性，虽称不上唯利是图，却很在乎利益。从苏茶的只言片语中，萧子安知道苏茶牵头却只拿一成利是林初九逼的。

想到林初九，萧子安心里酸涩得紧。他听苏茶说，开钱庄的计划是林初九想的；钱生钱的法子是林初九想的；给存银百姓利息的法子，也是林初九提的……

甚至从对张家出手，拖富天钱庄下水，一整出的计划都是林初九一手策划的，帝国张家那些管事闹上门，也是林初九一一打发的。

林初九，她只露了一面，可所有的事却都有她的影子。

夜深人静，萧子安总是不受控制地想到林初九，想起他母妃口中说的，原本皇后想指给他的女人……

苏茶虽然不上门取信，这信林初九却是不能断，她只能让暗谱把信送给苏茶，让苏茶尽快送过去，不然萧天耀没有定期收到信，还以为她偷懒了呢。

萧天耀那个男人可小气了，她才不要被惦记上。

"哈啾，哈啾……"一连串的喷嚏声打断了林初九的思绪，连同喷嚏一起飙出来的鼻涕，把林初九恶心得不行，林初九顾不得想萧天耀，快步跑到架子旁，取毛巾擦脸。

打个喷嚏，结果打出一把鼻涕，简直是丢脸丢到家了，偏偏这么丢脸的事，还被暗卫看到了。

林初九没好气地瞪了暗谱一眼："拿了信，还杵在这干吗？"

"王妃……"暗谱低头，以表明自己什么也没有看到，"属下刚刚在和你说福寿长公主的事。"

"福寿长公主怎么了？"林初九一脸不解，暗谱诧异地抬头，见林初九是真不知，又默默地低下头。

无奈，暗谱只得重新再说一遍。

事情很简单，那就是他们的计划成功了，他们从江南找来的、那个比女子还要娇美的男人，已经成功混到了福寿长公主身边，并迅速得到了福寿长公主的青睐，成了福寿长公主的入幕之宾。

因那男子一直做女子打扮，看守福寿长公主的人也没有防备，见福寿长公主亲近他，也就由着福寿长公主去。

福寿长公主被皇上发配到别院，脾气十分不好，服侍她的人随时都有挨打的可能，现在福寿长公主只要那个男子贴身侍候，其他人乐得偷懒。

那男子绝对是行走的毒物，已经是烂到根子了，要不是他们寻人用上好的药养着，这个时候怕是全身红肿溃烂了。

福寿长公主成天与这样的男子私混，怎么可能不染上脏病?

不过几天的工夫，福寿长公主已显出了征兆，下身开始出现难闻的气味，还有糜烂的迹象。此时还是病症初期，如果及时医治还是能好的，福寿长公主没有当回事，按以往的方子让人抓药喝了。

福寿长公主的那张方子确实有些用处，喝了两剂药症状就减轻了，福寿长公主也就没当回事，继续与那男子厮混。

福寿长公主已确定染上了病，暗卫见好就收，也为了不让那男人暴露出来，便通知那男人，让他露出一点自己与福寿长公主在一起，被她传染上脏病的苗头，便不再与福寿长公主厮混。

暗卫本以为，福寿长公主听到这个消息会安分些，不想她动了利用那个男人害林初九的心思！

“呵……”林初九忍不住冷笑，“她不仁别怪我们不义，不用管她的死活。”

林初九原本的计划是，只要福寿长公主染上了病，就把那个男子送回江南养着，现在……

她不介意送福寿长公主一程！

有了林初九这句话，暗卫自然不会再管福寿长公主的死活。将大部分人马抽离后，只留了一个人负责与那个男人联系，免得出了什么事找不到人。

福寿长公主也算是能折腾的，她自知惹了皇上的厌弃，短时间内不可能有自由，自己没有能力谋算林初九，便联系上太子，要太子帮忙。

福寿长公主与太子之间确实有些不清不楚，不过知晓此事的人并不多，就连皇上也不知，因为密探根本不敢将此事报给皇上听。这可是皇家大丑闻，他们报给皇上听不就代表自己也知道了吗？到时候皇上能放过他们吗？这事又不影响大局，是以，密探们十分有默契地将此事压下。

皇上根本不知福寿长公与太子的真实“交情”，也就不知福寿长公主与太子联系，并且太子利令智昏，答应帮福寿长公主绑架林初九，寻人强暴她的事。

皇上这段时间一直忙着筹备钱庄的事，东文要开钱庄，绝对不像表面那么简单，皇上必须要控制住消息，不然中央帝国早早地收到消息，东文的钱庄就开不起来了。

这世间有一种说法叫先斩后奏。说白一点就是先把事情做了，至于你同不同意……双手一摊，极度无耻地表示事情已经这样了，你就是不同意也不行。

东文开钱庄就得先斩后奏，在中央帝国收到消息之前，先把钱庄开起来，到时候中央帝国还能厚颜无耻地欺负东文一个“普通商人”，逼人关掉自己的合法产业吗？

皇上与中央帝国周旋了这么多年，自然知道怎么做才能瞒住中央帝国，只是这消息只能瞒一时，却瞒不了一世。

苏茶迟迟不主动，就换皇上着急了。又等了一天，还没有等到苏茶上门，皇上实在等不及，便去催了萧子安一句，让他联系苏茶，尽快把钱庄办起来。

因钱庄一事，萧子安最近接触了许多与中央帝国有关的事，知晓东文被中央帝国剥削多少后，他再不会天真地说开钱庄是与民争利。

有了皇上的首肯，萧子安再一次找上苏茶。这一次萧子安没有去苏家，而是让人传话让苏茶去户部见他。

上一次，萧子安直接到苏府找苏茶也是没有办法，萧子安虽然封了王，之前一直住在宫里，并没有自己的府邸，根本没有办法招待人。现在皇上在户部给他安排了一个办公的场所，他要见人也方便了许多。

苏茶准时赴约，与萧子安寒暄片刻，两人便直接切入正题。苏茶这一次谨记萧天耀的警告，每一句话都思考再三才说出来，绝不会让萧子安看到他的急切，当然也不会让萧子安认为他在拿架子。

双方都是想做实事的人，苏茶和萧子安都很干脆，很快就将一应事宜定了下来，并且钱庄铺子选址也定好了。

苏茶的定位很简单，他们的钱庄就是和富天钱庄抢生意，富天钱庄对面或者旁边，一定要有他们的钱庄。

苏茶为什么非要把那些个世家、大商户拉进来？因为有很多地段好的铺子，全部掌握在他们手中，有他们参与合作，要拿铺子事半功倍。

萧子安打从心底觉得苏茶这个法子很损、很不君子，转念想到中央帝国每年从东文运走的金银，萧子安心里的那点君子风度立刻被拍飞。

“就按你说的办，以京城为中心的七个主要城镇的钱庄，会在同一天营业。”萧子安也是个干脆的人，当场就拍板了。

苏茶心里大乐，面上却不敢表露出来，反倒一脸忧心地道：“三天内，户部的人能把所有的铺子都整理好吗？”

“三天？时间太短了，至少需要五天，打压富天钱庄也不是三天就能办到的事。”萧子安已将详细的计划做好了，可是……

“三天后，萧王府要发放赔偿给百姓的银子，那是一个好时机。”到时候林初九左手把银子发出去，苏茶右手就能把银子收回来，想想就觉得很美好。

“虽说银子不多，但对普通老百姓来说，银子放在家里并不安全，那天肯定会有很多百姓想把银子存起来。不敢存富天钱庄，他们定会存别的钱庄，我们要是错过这个机会，会少很多存银，也会失去一举打响名气的时机。”苏茶轻描淡写地说道，那神情无比地平静，就好像在说今天天气很好似的，可他说的是天大的事呀！

“这么大的事为什么不早说？”萧子安有一种被人戏耍的感觉，苏茶一定是故意的，报复他们拖延时间。

“殿下恕罪，草民见殿下迟迟未做决定，以为殿下不打算开钱庄了，所以……”苏茶从容地跪下，半点也不惊慌地请罪。

“所以，你就擅自做主，把事情都办完了？”萧子安本就是通透之人，很快就想明白了。

苏茶这哪里是戏耍他，明明是借时间紧迫的机会，揽下大权。

“殿下，草民想要开钱庄，自然要把一切都准备好才能去寻合作者，不然只有一个空架子，能成什么事。”苏茶脸一红，一副不好意思的样子。

天知道，他一点也没有不好意思。

开钱庄，他可以只占一成的利，但银票的发行权，必须在他手上，不然，他忙了半天不是为他人做嫁衣吗？

开钱庄的事苏茶和林初九想了许久，他们两人商量出来的计划，远比写在纸上的多。当然，这并不代表他们不坦诚，而是防人之心不可无。二人比谁都清楚萧天耀和皇上之间的关系有多么紧张，他们宁可费事多做一些，也要把主动权握在自己手里。而且林初九和苏茶防备皇上，皇上和安王就没有算计他们吗？要不是手中的三千万两，要不是林初九掌握了主动权，皇上和安王会把苏茶吃得连骨头都不剩，到时候苏茶说不定就会和太子一样，只能干拿一成分红，而什么也不能做了。失去经营权绝不是苏茶想要看到的，为了经营权他送了四成利益给朝廷，他牺牲得还不够多吗？

皇上和安王特意拖几天的时间，本就是想给苏茶施压，同时也着手安排了人刻制银票模板。只是，想要做出让人无法仿制的银票并不是容易的事，至少这几天的时间远远不够。

三天，只有三天的时间！虽说他们也可以拒绝，将钱庄开张的日子压后，甚至让林初九压后发放赔偿款，可皇上和安王很清楚，这是萧王府摆出来的姿态，他们一开始就摆明了要经营权，现在也不会放手。皇上和安王想到这家钱庄只是试水，是推萧天耀出去试一试中央帝国的底线，也就没有再坚持下去，同意按苏茶说的办。

苏茶这几天虽然窝在家里等，却没少做事，店铺已经准备好了，银票也准备好了，甚至存放银子的地方苏茶也想好了，只等建成就可以启用。

安王见苏茶早早地把一切都安排好，暗自赞了一句，苏茶有魄力。在事情还没有影子之前，就把所有的准备工作做好，苏茶这可真是豪赌，不过他赌赢了。

苏茶和林初九绝对是“狼狈为奸”，苏茶这里的消息一确定，林初九就让曹管家对外宣布，赔偿粮价的事已核实完成，明天在府衙门口发放赔偿款，请各家拿着之前写好的条子，去领银子。

消息一出，京城上下再次轰动，能拿到赔偿款的老百姓一个个高兴坏了，帝国张家那些人则是气疯了。只是他们再气也没有用，因为他们闹事时，林初九直接让人把他们关了起来，每天好吃好喝地照顾着，就是没有自由。

富天钱庄的人也高兴坏了，林初九出那么多银子，那些领了银子的老百姓，总有人要存银子吧？只要有人往富天钱庄存银子，他们就不担心了。

只可惜，理想很丰满，现实很骨感。发银子的那天，有银子可领的百姓一大早就来排队，就是没有银子领的人也跑来看热闹，这些人本以为会看到一座座银山，不想他们等了半天，连一块银锭子都没有看到。

“这是怎么回事？”排队的、看热闹的百姓议论纷纷，等萧王府公布的时间一到，就见萧王府的侍卫抬着一筐筐的铜钱过来。

“怎么全是铜钱，这，这要发到什么时候？”

“铜钱？要怎么拿回家？”有赔偿款多的人，一个个都蒙了，可他们却不敢说萧王府的坏话，只在心里憋着气。

就在此时，萧王府的管家突然走到人前，拿着一个木制版的“扩音器”，大声说道：“为了保证安全，我们家王妃提前将银子存进钱庄，一两以上全部发银票，一两以下才发铜钱。”

“一两，还有一两的银票？”曹管家的话一出口，底下就议论纷纷，不过曹管家没有理会他们，继续说道：“银票是通元钱庄发行的，通元钱庄是由苏家、崔家和薛家联合开的钱庄，信用绝对有保证，并且我们王妃以萧王府做担保，大家凭着银票一定能拿到银子，拿不到银子萧王府出。”

“大家拿到银票可以直接去通元钱庄领银子，也可以把银票留着，什么时候去取都行。通元钱庄开出来的银票，上面都有日期，凡是超过一个月的银票，每一两银子额外可以拿一个铜板，两个月以上则是两个铜板，以此类推。”

听到曹管家的话，许多百姓都蒙了，大家完全不能理解，这突然冒出来的钱庄，到底是什么东西?

“通元钱庄是什么？能拿到银子吗？真的存了银子不要交保管费，还额外有银子拿？”

领银子的百姓有一堆的问题，哪知萧王府的人却不再回答，只道领了银票直接去钱庄取就是，至于通元钱庄在哪里……

凡是有富天钱庄的地方，对面没有通元钱庄，隔壁一定有。

普通百姓对官家还是十分信服的，虽说大家拿到面值一两的陌生银票，都是一脸的不解，可还是老老实实的，没有说什么。但也有不放心的人，一拿到这新银票立刻就跑去取了。取了银子还跑回来大声嚷嚷：“真的能取，这一两的银票能取银子，就是没有额外那个铜板，说是一个月后取就会有，要是十两银子，一个月后就是十个铜板。”

“通元钱庄是苏家、崔家和薛家联合开的，都是有钱的大世家、大商家，有银子，不怕被骗。”

“我刚问了，通元钱庄的银票朝廷也是认的，朝廷也收，而且不只京城，京城外也有，只要在一家存了银子，哪里都能取。”

信任是基石，只要取得百姓的信任，接下来的事情就好办了。诚如林初九所预料的那样，通元钱庄火了。借着林初九发赔偿款的事，一瞬间在百姓间火了。

当天领了赔偿款的人，都去通元钱庄问了，然后，他们就看到一个个有钱人，抬着一箱箱的银子存到通元钱庄，有人壮着胆子问理由，得到的答案是方便!

通元钱庄的银票防水，就是落了水也不怕。还有就是通元钱庄可供选择的面额很多。一两的面额，二两的面额，还有五两、十两的面额，用起来着实方便。

当然，这些都不是最主要的原因，最主要的原因是，把银子存在通元钱庄不仅不需要交损耗费，还能拿利息，着实是划算。

一两银子能换一千个铜板，一个月一个铜板对有钱人来说不算多，要是算上他们付给银楼的损耗就很多了，至少他们可以省下一笔支出。

跟风这种事哪里都有，看到那些个大商人存成百上千两的，普通老百姓也一个个跟着存了。

新开的钱庄怎么了？人家几千、几万两都敢放在通元钱庄，他们几两小银子怕啥？还能被人黑了不成？再说了，一二两的银子还好，这要十几两银子放在身上实在不安全，换成薄薄的一张银票就能贴身放着，一点也不打眼。

通元钱庄人潮爆满，彻底爆了！

第十六章　爱你在心口难开

有人欢喜自然就有人愁，通元钱庄存款人数暴增，就意味着其他钱庄不仅没人存款，还会有更多的人取款！一个存银要付保管费，一个不仅不要保管费，还额外有利钱，有点脑子的人都知道要怎么选择。没有意外，其他的钱庄都涌现出了取银热潮，通元钱庄对面的富天钱庄无疑是最惨的。

因地理位置的“特殊性”，就算有人想去富天钱庄存银子，看到通元钱庄的介绍，还是忍不住会多问一句，得知通元钱庄是崔、薛、苏家联手办的，东文的百姓完全不担心被骗。

富天钱庄本想借林初九发补偿银子的机会，吸收一笔存银，好缓过这一波打击，没想到不仅没有迎来存款小高峰，反倒迎来了更大一波的取银热潮。

这一次可不像之前那样小打小闹，之前是普通老百姓在取银子，一天能取个万把两就算多了。这次各大商家，有钱的富农都将家中的银票全部兑成银子，再存到对面的通元钱庄。

一天，就取了足足五百万两，富天钱庄的存银少了三分之一，司管事都要哭了。为了避免情况继续恶劣下去，司管事特意上门拜访一些还未取银的大户，希望他们能在这个时候与富天钱庄共渡难关。

然而，事情并没有司管事想得那么顺利。司管事自恃来自中央帝国，一向眼高于顶，连林初九这个萧王妃都不放在眼里，又怎么会把那些商人放在眼里？司管事此前从不担心钱庄没有存银，东文的钱庄全部是中央帝国开的，这些钱庄又以富天钱庄马首是瞻，要是得罪了司管事，你的银子就别想存了。之前有不少商行的老板，为了存银便利一些，没少给司管家说好话。

林初九早时听到这个消息着实吓了一跳，随即一想就明白了。垄断生意就是这么傲娇，东文没有钱庄，要是中央帝国的钱庄不收他们的银子，他们就只能抬着成箱成箱的银子做交易，不说方不方便的问题，就是安全问题也让人忧心。

现在情况反过来了，钱庄市场有了新的竞争者进人，之前一面倒的局面被打破。虽说有不少人碍于中央帝国的威严，不敢不给司管事面子，但也有人在司管事面前受够了气，不想再受气。这些人面上应下司管事，转身就派下人或者亲人去取银子，也不多，一次只取个千八百，左右银票上没有署名，谁知是谁家的。

司管事本以为，自己屈尊降贵亲自上门，那些个“低贱”的商贾一定会吓得不敢再和他作对，哪想到此举不仅没有抑制住取银狂潮，反倒引得外面传出富天钱庄银子短缺，管事上门警告大商户不许取银的消息。

此消息一出，全城的百姓就疯了，原本观望的人现在也匆匆去把银子取出来，甚至影响了周边几个城镇。司管事本想从周边几个城镇调银子，这下对方还要向他求助。

这世间有一个很奇怪的定律，那就是好事会一件接一件，坏事也会聚在一起同时爆发，让人应接不暇。就在富天钱庄面对挤兑风波，快要撑不下去时，富天钱庄运银子的船翻了，一整船，五千万两白银沉入大海，没有踪迹……

这件事就好比压死骆驼的最后一根稻草，东文不会放过这个机会，当即就大肆宣传，没有存银的富天钱庄撑了一天后，终于宣布存银告罄，提前关门的消息。

此消息一出，手上握有富天钱庄银票的人都疯了，他们一个个围在钱庄外面，要富天钱庄给个说法。司管事的住处也挤满了人，有关系的人则想办法托人，把银票带到外地去取，可惜外地的情况也好不到哪里去。

京城一片混乱，那些握着富天钱庄的银票却没有取到银子的人，一个个如丧考妣，天天在富天钱庄外面游晃，要不是碍于中央帝国的威严，早就砸了钱庄。

司管事这个时候再不敢摆架子，站出来安抚百姓，说明富天钱庄的背景，解释暂时取不到银子的原因，并保证三天内富天钱庄正常开业，到时候会继续兑换各位手中的银票，不会让他们的银票变成废纸。

司管事毕竟是中央帝国的人，富天钱庄之前也一直好好的，听到司管事的解释，许多人稍稍安心，静等三天后富天钱庄重新开门。

司管事许下三天之诺但凭现在的情况，司管事是不可能在三天内调来存银的，他只能把主意打到东文的国库上。一向不屑与东文皇帝打交道的司管事，亲自求见皇上，向皇上借银。

借银？东文皇帝怎么可能借银给他，可要直说不借就会得罪中央帝国。皇上无耻地一摊双手，说道：“东文国库有多少银子，司管事想必也清楚，这些年来东文国库收上来的税收，有七成是富天钱庄的银票，要不朕借些银票给你？”

皇上这是威胁，这绝对是威胁！

这些年来，国库收来的税银大多是银票，虽说只要拿着银票上门富天钱庄就给兑，可明明是花自己的银子，还要受人监管的感觉真的很不好。

皇上心里是不满的。

司管事碰了一个不软不硬的钉子，气得差点吐血。

皇上也好心，给司管事指了一条明路：“萧王妃前不久不是取了三千万两银子吗？司管事可以考虑找萧王妃借。”

林初九取了三千万两银子，说是发放给百姓的赔偿款，结果林初九却是发了一堆通元钱庄的银票出来。这些银票还是拿着从张家搜出来的东西抵押借来的，林初九一分银子都没有花。

司管事知道这个时候找林初九不是什么好选择，可他现在没有更好的选择，从皇宫出来后，司管事便让人给林初九送帖子，说要亲自上门拜访。

林初九把玩着富天钱庄送来的帖子，嘴角扬起一抹玩味的笑容：“告诉苏茶，可以行动了。”

“啪……”林初九起身，手中的帖子落在地上，发出一声闷响：“曹管家准备准备，下午有贵客到。”

有富天钱庄出手，帝国张家还敢在东文嚣张吗？林初九觉得自己真是好人，大大的好人！司管事之前可是当众驳了她的面子，可她现在不仅不跟司管事计较，还大度地同意帮他，要说她不好都不应该。

当然，要林初九帮忙是有条件的。

“司管事，我和帝国张家有点小矛盾，我希望司管事能居中牵个线，帮忙说说情。”林初九把姿态摆得很低，但条件却不容谈判。

如果是之前，司管事绝不会理林初九，现在他急需林初九手上的那笔银子，只得压下心中的不耐烦，问道：“你要怎么赔偿张家？”

“赔偿？司管事你理解错了吧！我什么时候说要赔偿张家？”开什么玩笑，她查封张家的铺子是按流程走的，完全合法，赔什么赔？

“不赔偿张家，你要我帮你说什么？”司管事习惯了高人一等，哪怕求人，语气也是傲慢的，这也就是林初九不在意，换了其他人，搞不好就把司管事轰出去了。

说实话，这种时刻高高在上，永远都高人一等的样子，实在惹人讨厌。

“司管事真爱说笑。”林初九高深莫测地看了司管事一眼，想给对方台阶下，不想对方却不领情，冷着脸道：“我没有说笑。”

“哦。”林初九应了一声，表示自己知道了，然后就端起一旁的茶，不再开口。

司管事等了许久，也不见林初九开口，皱眉道：“萧王妃，你手上那笔银子什么时候存进去？我可以做主不收你的损耗费与保管费。”

司管事说这话时，还带着施舍的口吻，要放在以前，这绝对是天大的面子与人情，现在嘛！

司管事还没有认清自己的位置，还没有明白他已经不是那个、受人追捧的富天钱庄大管事了。

“啪……”林初九放下茶杯，抬眸道：“司管事，我明天与通元钱庄的苏老板有约。”

“你什么意思？”司管事脸色大变，说不出来地难看。

“就是司管事你听到的意思，我们萧王府可不是别的地方，别说三千万两银子，就是再加十倍我也有地方放。区区三千万两，我不一定非要放进钱庄不可。”

“你刚刚明明答应……”不等司管事说完，林初九就打断道：“我答应了什么？”

林初九从头到尾都没有答应，把银子存进富天钱庄，她只说什么事都好说，她一定尽力帮忙。

“你……”司管事以为自己被耍了，正想拍桌子放狠话，就听到林初九道：“司管事别动怒了，我手上还有五千万两富天钱庄的银票，你说我要怎么办？”

“不可能，你怎么可能会有这么多的银票？”司管事眼睛大睁，不可思议地看着林初九。

林初九浅笑盈盈，温柔地说道：“现在还没有，但到明天就不好说了。”

“你，你，你……让人收购富天钱庄的银票？”司管事在这一行干了多年，立刻就想到林初九可能会做的事。

“没办法，外面动乱得很，我不能让东文因一个钱庄而乱，只好先拿银子出来，免得百姓不安。不过，我能力有限，也只能收收普通百姓手中的银票，那些上万两的，我却是没有能力了。”

富天钱庄的银票最小的是五两一张，对许多人家来说，全家要不吃不喝一两年才能攒到五两银子，这些人要是迟迟取不到银子，东文必然大乱。林初九这个时候让苏茶去收富天钱庄的银票，虽有钳制富天钱庄的意思，也却是为了稳定大局。

听到林初九的话，司管事知道自己这一次栽了，如果自己不想富天钱庄声誉扫地，就必须答应林初九。

司管事颓废地坐在椅子上，问道：“你想怎么样？”

林初九眼睛一亮，欢快地道：“司管事这么爽快，我也就不拐弯抹角了。”

司管事暗自撇嘴，他爽快，他是被逼的好不好？

“司管事，麻烦你告诉帝国张家一声，这次的事我就不跟他们计较了，三天后他们的铺子就能照常开业。”林初九见好就收。

帝国张家是商人，商人重利，她只是剜了张家一成利，张家要是有脑子就不会再与她计较，毕竟强龙不压地头蛇。

“可以！”司管事想也不想就应了下来。

帝国张家在东文这些人眼中，是不能惹的庞然大物，富天钱庄却不会把张家放在眼里，有能耐开钱庄的，背景都不会差。

“司管事果真是爽快人。”林初九再次赞道。司管事这次倒没有说什么，只是扯着嗓子轻哼了一声。

林初九只当没有看到，继续道：“司管事这般爽快，帮我解决张家的事，我也不会小气。三千万两银子也不说什么借不借，就当我存在富天钱庄，司管事什么时候把银票给我，什么时候带人来运银子就可以了。”

富天钱庄财大气粗，扎根多年，手上握有大量的银子，林初九他们只能短时间内找对方麻烦，根本不可能将对方彻底击垮，真要闹到不死不休的地步，吃亏的也是他们。

“明日上午，我会带银票来取银子。”顺利借到银子，司管事却高兴不起来。

林初九这个女人，太惹人厌了！对于自己栽在一个女人手里，司管事无比郁闷，尤其恨林初九与苏茶趁人之危，可商场上的斗争，帝国不会管，至少明面上不会出手。

司管事带着满腹怨气离开，林初九则欢喜得快要跳起来了。

“我要去给萧天耀写信，报告这个好消息。”林初九欢欢喜喜地去书房，研墨、铺纸，提笔……

林初九重点写上，自己如何漂亮地赢得这一局，又说皇上多么阴险小气，什么力都没有出，就吞了中央帝国五千万两银子，还不分她一杯羹，以后再也不和皇帝合作了，太亏了。

林初九还是有理智的，嘚瑟完了就开始问萧天耀，她这么做有没有太过分？会不会引起中央帝国的报复？

林初九在行动前询问过苏茶的，苏茶说萧天耀同意了，并且十分认可，林初九才实施的……

做的过程中不觉得有什么，现在事情结束了，林初九总觉得有那么一点不安。

富天钱庄和帝国张家都是聪明人，聪明人就会多想。他们肯定不会相信这件事是她一个女人做的，十有八九会认为是萧天耀在幕后操控这一切，要是他们因此报复萧天耀怎么办？这是林初九担心的，所以她把这份担心写在了信上……

林初九每隔三天就给萧天耀写一封信，从来不曾落下，在信里林初九什么都会和萧天耀讲，唯独没有关心与担心。萧天耀也习惯了，或者说他不认为自己需要旁人的担心与关心。而且，那些无用的担心与关心，能派上什么用场？挂在嘴边的担心，能让他避开危险，还是打赢战争？

有没有那些无用的关心与担心，他都一样能做到最好，萧天耀从不认为他需要这些虚伪的东西，可当他看到林初九写在信上的担忧和提醒，萧天耀突然发现，原来他也是一个普通人，也需要旁人言语上的关心，即使这份关心对他一点实际用处也没有，他也觉得满足。

林初九的提醒他早就想到了，也做了相应的安排与准备，林初九信上所写的那些可以说是马后炮，但他看了仍旧觉得高兴。

“原来，这就是被人关心的滋味。”看着林初九反复叮嘱他，要小心帝国张家，防备富天钱庄的报复，萧天耀就觉得心里满满的都是暖意。

他一直以为，有些事去做了就好，至于说不说并不重要，他何必在乎旁人怎么看他，说那么多做什么呢？

今天看到林初九的信，看到那些写在纸上的关心，他却觉得有些事说出来，也许会更让人满意。

林初九最近做得很好，好到让他惊艳，他却吝于赞美，甚至吝于写信给她。

这样是不对的！他应该让林初九知晓，他很满意……

刹那的冲动涌上心头，萧天耀将林初九写来的信小心收好，而后铺纸、研墨，仔细地写上这段时间的生活，还有他想尽快结束战争，回到京城的冲动。

没办法，哪怕再冲动，萧天耀也无法写出思念的话，总觉得这种话不应该是大男人该说的。男儿志在四方，怎么能困于儿女情长，尤其是像他这样的人，更不应该沉迷于儿女私情。

积了太多的信没有回，积了太多的话没有说，萧天耀这一次将之前所有积欠下来的回信，全部回上了。

这个时候萧天耀才发现，原来林初九写给他的每一封信，他虽然没有回但全部记在脑海里了。

一连写了数十张，萧天耀终于满意了，想到林初九之前抄的一首不伦不类的情诗，萧天耀想了想，又在信的末尾加了一句：换我心为你心，使之相……

写到这里，萧天耀又是一顿，犹豫再三，将“相爱”“相忆”跳过，写到“相知”。

换我心为你心，使之相知深!

他希望林初九能懂他!

这一生，能找到一个让他满意又有足够能力的女子很难，林初九很好，他不想放手。

写好信后，萧天耀拿出私印盖上，他正准备封信，外面突然传来轰隆的巨响，随后又是战马不安的嘶孔声和急促的战鼓声。

“出事了。”再没有人比在战场上长大的萧天耀，更了解这些声音代表了什么。

来不及封信，萧天耀将信塞入怀里，抄起手边的长枪，飞快地往外走，而这个时候传令兵也急急来报：“王爷，象群，北历出动了象群！”

“象群？北历哪来的大象？”北历长年冰寒，山上倒是有狼、豹等凶猛的野兽，可象却是没有。

象群只有南远才有，萧天耀曾和南远的象群打过。说实话，象群非常难缠，那一战萧天耀虽然赢了，可也是惨胜。

“是南远，南远人带来象群，支援北历。”传令兵跟在萧天耀身边多年，与南远象群一战他也参加过，认识南远训象的人，也认识南远的象群。

“南远？果然不安分！”萧天耀握枪的手略紧，脚下的步子更快了。

看到南诺瑶与南诺离出现在东文，萧天耀就知道南远与西武别有目的。

东文的强大，对南远、西武来说不是什么好事，当然对于中央帝国来说，更不是什么好事。

恐怕，这一次就是中央帝国也不会放过这个机会吧!

混乱的四国，互相钳制的四国，远比四国一统更符合中央帝国的利益。这一次别说他得罪了富天钱庄与帝国张家，就是没有这件事，中央帝国也不会放过他。

看着远处因巨象前行而卷起的一片尘土，萧天耀眼眸微眯：不管是南远还是西武，又或者中央帝国出手，他都不会怕!

“出兵！”萧天耀手握长枪，跃上战马，同一时刻他手底下的金吾卫亦排列整齐，随时待命。

和金吾卫相比，朝廷的兵马就要差许多，等到萧天耀带着金吾卫杀出去，朝廷的兵马才整顿好，跟在金吾卫后面捡功劳。

“呜……”号角声响起，北历的主帅远远地看到冲锋在前的萧天耀，轻蔑一笑：“进攻！”

“杀！”萧天耀抬手，长枪往前一动，金吾卫“唰”的一声，毫不畏惧地涌入战场。

……

大象的力气非常大，面对一群训练有素的大象，饶是金吾卫也占不了多少便宜，这一战打得十分惨烈，萧天耀也受伤了。

等到这一战结束，已是日落时分，这一战说不上谁胜谁负，虽然最终萧天耀挡住了北历前进的步伐，可付出的代价也很大。

“王爷，你受伤了？属下这就去找军医过来。”亲兵发现萧天耀身上的伤口，忙去喊人，却被萧天耀阻止了：“不必，本王无事。”

“可是……”

“没有可是，出去！”

“是。”亲兵不敢违抗，乖乖地退下，萧天耀待到人走后，才将怀中染了血、被划破的信抽出来。

萧天耀当时会受伤，就是因为这封信，可惜最后还是没有保住。信封染了血，信纸也被划破，这信根本没法寄出去。

“看样子，你没福气收到本王的信了。”萧天耀随手将信丢在桌上，心情颇为复杂。

南远加入了这一战，很快西武也会加入，他原计划尽快结束这场战事，似乎不太可能。

“短时间回不去了。”萧天耀闭上眼睛，靠在椅子上，一动不动。

前线战况突变，消息很快就传回京城。皇上刚刚因钱庄开成和帝国张家示弱两件事带来的好心情荡然无存。

“南远，好一个南远，送个莫名其妙的公主来我东文，原来是为了迷惑我们。”皇上气极，当即命禁军围了南诺瑶住的凌云苑。

南诺瑶的伤刚刚养好，还来不及高兴，就遇到这出事，当即吓得脸色发白，忙询问禁军到底发生了什么事？

南诺瑶并非真的蠢笨，她很清楚东文和北历之间的战争没有结束，东文不可能得罪她，更不会得罪南远，此时的情况太诡异了。

禁军收到的命令并没有要他们隐瞒南诺瑶，见南诺瑶问起，禁军便道：“南远派出象兵，援助北历，公主你好自为之。”

很明显，南远这个时候派兵帮助北历，就是放弃了南诺瑶。或者说，南诺瑶一开始就是一枚弃子，南远把她送到东文来，就是为了让东文的皇帝相信南远不会插手北历一战，毕竟他们亲自送了一个皇帝喜爱的公主过来，不是吗？

不想，这个所谓的受尽帝王宠爱的公主不过是一枚弃子。南远把她送到东文收集情报，转身又派兵援助北历攻打东文。

“这不可能，父皇他怎么会？怎么会丢下我不管？”南诺瑶听到这个消息，顿时疯了：

“我不相信这是真的，我要见皇上。不，不，我要回去，我要回南远，我要问清这到底是怎么一回事？”

为什么前一刻，父皇还传信给她，要她尽快想办法杀死萧王妃，嫁祸给东文皇上，引起东文皇上和萧王的内斗，现在又突然出兵，不顾她的生死？

“回南远？诺瑶公主，你在开什么玩笑？”禁卫见南诺瑶居然吵着闹着要回南远，对她大失所望。

到现在还看不清情况，认不清现实，难怪会被南远当成弃子。

“不会的，不会的……父皇和皇兄怎么可能不要我。”南诺瑶跌坐在地，手握成拳，指甲掐入肉里，可她却不知道痛。因为她的心比这痛一万倍。

弃子，她从高高在上的南远公主，变成了弃子？

这一战，要是北历与南远赢了还好，要是输了她怎么办？

“不……不会的，父皇不会这么对我的。”南诺瑶哭倒在地，越想越觉得可怕。

身旁的侍女见状，忙上前将人抱住：“公主，你别这样，你要相信皇上，皇上不会放弃你的，很快，我们很快就会回去的。”

“回不去了，回不去了。”南诺瑶双手掩面，痛哭流涕。

家、国、天下……在两国之战这种大事情上，她根本一点办法也没有，只能眼睁睁地看着自己沦为弃子，由东文摆布。

皇上虽然派兵看押了南诺瑶，却也没有对其用刑，只是限制她的自由，不让她有离开东文的可能。

和南诺瑶一道来的纪丰羽也没有好到哪里去，虽说西武还没有行动，可谁能保证南远出兵之后，西武不会出兵呢？

以防万一，皇上派人把纪丰羽也关了起来，不过待遇要比南诺瑶好数十倍，在禁军的陪伴下，纪丰羽还是可以自由出门的。

东文对纪丰羽这么好，并不是因为西武没有出兵，而是纪丰羽与太子、安王、文王都算交好，这三人还是挺看好纪丰羽的。

纪丰羽和南诺瑶不一样，纪丰羽是皇子，他有继承皇位的可能。安王就曾直接对皇上说，一个被西武放弃的皇子，如果回到西武会怎么样？

西武的内斗一定会很精彩！

就冲这一点，东文皇帝也不会太苛待纪丰羽，甚至必要的时候，还会给纪丰羽一些助力。

政治没有对错，敌人的敌人就是朋友，不是吗？

随着南远象兵的加入，前线战事再次陷入僵局，原本胜利在望的局势又一次被改变，皇上只能继续筹集粮草，以应对这一战。

为了不引起百姓恐慌，皇帝没有对外宣布详细的情况，普通百姓并不知道前线的具体情况，只知南远大军加入，不过有萧王在，没事！

只要有萧天耀在前线，只要萧天耀不出事，东文的百姓就不会害怕，哪怕大军压城，他们也不会怕。

他们东文的战神，他们东文的骄傲，他们东文的荣耀，从来没有让他们失望过！

普通百姓不了解情况，对萧天耀信心满满，苏茶和林初九就没有这么乐观了。

“南远的象群很厉害，要不是这次花钱重新给金吾卫打了铠甲武器，我们肯定要吃大亏。”苏茶可是知道，萧天耀在象群手中吃过亏的。

“不过，如果只有南远还好说，要是西武再插手就麻烦了。”一想到三国联手对战东文，苏茶就头痛。

东文再强大，也没有强大到可以一打三。

“和中央帝国有关吗？他们出手了？”除了这个理由外，林初九想不到别的原因。

南远和西武一直有暗中帮助东文，也想借机诛杀萧天耀，可一切都在暗处行动，像现在这样放到明面上，完全撕破脸的行为，和他们之前所做的完全不相符。

南远就是要帮北历，也不会这么明目张胆地派出象兵。

南远此举也算是卖萧天耀一个好，告诉萧天耀幕后真凶是谁。

当然……南远这么做并非真的为萧天耀好，不过是为了转移萧天耀的仇恨，让萧天耀找到真正的凶手，别拿他们南远出气。

“东文崛起得太快了，中央帝国这是在给东文教训。”苏茶点点头，表示林初九猜得很对。

“因为钱庄的事吗？”林初九转着手中的笔，一副漫不经心的样子，看不出丝毫的紧张与不安。

这一点萧天耀和林初九很像，两人都有很强的抗压能力，面对巨大的压力，两人不是崩溃，而是更理智。

“一半一半吧，这几年东文发展太快，超出了中央帝国的掌控，钱庄只是一个引子，没有钱庄事件中央帝国也要打压东文。就像之前的南远一样，你以为南远现任皇帝是怎么叛国成功的？倘若没有中央帝国在背后帮忙，他能顺利地坐稳皇位？”

苏茶说这些时，脸上一直挂着嘲讽的笑。

中央帝国自称从不插手四国内政，却又控制了四国的经济，将四国实力高强的人全部带走，暗中更是各种挑拨利用，就是想让四国混乱，国力变弱……

所有人都知道，中央帝国从来没有放弃吞并四国的打算。

这世间多得是聪明人，南远象兵的加入足以让某些人明白，东文和北历这一战很复杂，现在已不是东文和北历两国的事，也不是东文和北历想要停手就能停手的，这一战将会非常惨烈，可这一战东文不能退！

政治利益不可均分，不是你退就是我进，这次一旦后退，东文好不容易谋划得来的自主权，就会被中央帝国再次收回。自主权一旦收回，百年内中央帝国都不会再给东文崛起的机会！

是以，不管皇上在心里多厌恶萧天耀，在面对中央帝国这个庞然大物时，东文皇帝都选择与萧天耀联手，全力支持萧天耀打赢这一战。

皇上放下与萧天耀的内斗，不再针对萧王府，也不再打压林初九，并不表示林初九可以安心了。

皇上把精力放到前线战事上，太子便寻到了机会。之前福寿长公主一再给太子写信，要太子帮她对付林初九，之前太子一直不肯应下，现在太子见皇上无心管林初九的事，便答应帮她把林初九骗出城。

太子也是一个谨慎的人，他始终记得萧天耀临出征前对他的警告，虽然答应帮福寿长公主，却不敢自己动手。

手脏了就洗不干净了，谁也不知道这一战过后，萧天耀能达到什么样的高度。这个时候别说是太子，就是东文皇帝也不敢太针对林初九，以免引来萧天耀的疯狂报复。

太子给福寿长公主建议，让她以赔罪的名义请林初九出城，请林初九去别院。

“赔罪？”福寿长公主知道太子不会帮她更多，却也没有想过，太子要她给林初九赔罪，这绝对不可能。

就在福寿长公主准备写信骂太子一顿时，帝国张家的人找上门来。

碍于富天钱庄的势力，帝国张家不得不与林初九和解，损失了近千万两后，还要笑着谢林初九高抬贵手，这种感觉真的不是一般的憋屈。

但是，张家明面上不敢找林初九的麻烦，暗中还不行吗？张家派人查了林初九，查出所有与林初九不对付的人，其中让张家满意的就是林夫人与福寿长公主。相比娘家势微的林夫人，福寿长公主更好。

张家与福福寿长公主一个狼一个狈，凑在一起怎么能不为奸？双方很快就敲定好计划，由福寿长公主负责引林初九出城，张家出人绑架林初九。

福寿长公主的原计划是派人强暴林初九，然后在大庭广众之下，把受尽凌辱、奄奄一息的林初九送到萧王府门口，以此羞辱萧天耀，不想张家却不愿意这么做。

“公主这么做只能逞一时之快，你把这个女人交给我们张家，我们张家能将她身上所有的价值都榨干净，让她生不如死。”这世间折磨人的方法不知有多少，而要折磨一个女人就更容易了。

福寿长公主没有立刻应下，而是红唇轻启，魅惑地问道：“你们要怎么做？如果能让本公主满意，把人给你又如何？”

福寿长公主侧躺在贵妃椅上，腰肢轻扭，身上火红的薄纱隐隐有滑落的迹象，猩红修长的手指轻拂秀发，浑身上下都散发着慵懒、魅惑的气息……

张家的管事虽然年轻，却也是经历了大风大浪的人，然而看到高贵又魅惑的长公主，还是忍不住热血沸腾。

是男人都无法拒绝一个尤物的诱惑，尤其是这个尤物还出身高贵，不是花钱就能买到的，要是能将这样的女人压在身下，绝对能带给男人征服的快感。

对上长公主似挑衅又似邀请的眼神，张家的管事十分心动。而后，在他还没有搞明白怎么一回事时，他就与福寿长公主滚到贵妃椅上……

很快，长公主就把她想知道的全部问出来了，心和身都颇为满意的长公主推开身旁的男人，起身，白皙圆嫩的脚丫子踩到对方的脸上，将薄纱披在身上，扬长而去。

“告诉你们家主子，你们折腾林初九时，本宫要亲自观看。”远远的，传来福寿长公主的话，张家的管事躺在床上回味半晌，才带着福寿长公主的交代回去复命，并在主事者面前，说尽福寿长公主的好话。

张家和福寿长公主就此达成协议，福寿长公主很快就给皇上送信，说这段时间在别院反省了许久，知道自己做错了事，要摆酒给林初九赔罪。

“福寿也学会了这一套？”皇上当然不相信福寿长公主是真心要给林初九道歉，不过福寿长公主这个时候还知道做样子，也算是聪明。

“告诉福寿，要道歉就好好道歉，切莫动什么歪心思，不然朕绝不轻饶。”这个时候，皇上也想和萧王府把关系弄好，让中央帝国看到他们兄弟齐心，从而不敢轻易动他们。

“奴才明白。”传话的太监转身，将皇上的警告说给福寿长公主听，并再三叮嘱，“公主，皇上很重视萧王，皇上说了前线战事未结束前，萧王妃不能有事，至少不能死。”

这话近乎直白，只要有脑子的人就能听明白，福寿长公主却没有放在心上。这么多年来，皇上不让她做的事，她不是照样做了吗？左右皇上看在她死去母妃的面子上，也不会拿她怎样，她就是弄死了林初九又如何？人都死了，难道皇上还会因为一个死人怪罪她不成？

福寿长公主嘴上应是，心底却没有将太监的警告放在心上，依旧是该干什么干什么。

有了皇上的许可，福寿长公主马上联系张家人，确定对方准备好后，便下帖子给林初九。

福寿长公主的帖子，是曹管家亲自送进来的：“王妃，福寿长公主给您下了帖子，说是之前的事多有得罪，要当面给您赔罪，请您务必赏光。”

“福寿长公主？”林初九接过帖子，展开……

看到帖子上言辞恳切的话语，林初九嘲讽一笑，将请帖随手丢在桌上：“除了我，福寿长公主还请了谁？”

“福寿长公主请了太子、安王、文王、福安公主。还有林夫人，林小姐和宫里的梅淑妃。”梅妃与福寿长公主关系颇好，算是皇后的人，不过不得宠。

“倒是费了些心思。”林初九眉头微蹙，一脸为难。

福寿长公主请的人个个都大有来头，不说极少出宫的梅妃，就是要把文王、安王和太子一起请来都不容易。

太子或许会买福寿长公主面子，安王与文王却不会，福寿长公主能把这两人请来，还真是颇费了一番功夫，而这也就说明林初九不能说不去。

“城外？这地方多好下手。”林初九想着想着又笑了。

福寿长公主给她赔罪？开什么玩笑。就福寿长公主那人，是会低头给人赔罪的主吗？林初九真不知道皇上是怎么想的，曾经被得罪过的、皇帝的宠妃周贵妃，福寿长公主给她赔过罪吗？别说她知道福寿长公主联系太子，谋划绑架她的事，就算不知这件事，她也知道福寿长公主所谓的赔罪宴，十有八九是鸿门宴。

“王妃，这事……要拒绝吗？”曹管家试探着问道。

这事林初九当然能拒绝，却会落下一个狂傲的名声，而且她能拒绝一次，能拒绝两次吗？

福寿长公主一计不成，定会再生一计，与其这样，不如将计就计，一劳永逸。

“不必，告诉福寿长公主我会准时赴约。”林初九转身，眼神落在桌上精致的请柬上，唇角微扬……

不管福寿长公主要做什么，最后她都会让福寿长公主自作自受。

前线战火纷飞，京城仍旧是一派歌舞升平，最近京城最热的话题，除了通元钱庄和前线战事，就是福寿长公主在城外别院宴请林初九，要给林初九赔礼道歉一事。

也不知什么人传出来的，总之短短一日之间，街上爱凑热闹的人都听说了这件事，时不时就有人议论几句。

没办法，福寿长公主在京城也算是名人了，一连两次的丑闻，让她在京城中名声大起，只要是关于福寿长公主的事，不管大小都会成为众人议论的焦点。

不过，京城的百姓也算是学聪明了，就算议论长公主，也不直接说她的名字，只用贵人二字代替，左右他们道听途说，皇上不能因此拿他们治罪吧？

“小池池，你说那老妖婆是真的要给那什么萧王妃赔罪吗？”糖糖坐在京城最大的酒楼福云轩里，听着外面的人议论福寿长公主给林初九道歉一事，忍不住问了一句。

冷着脸的荆池一直埋头喝酒，听到糖糖的话，抬头看了他一眼：“你不是知道怎么回事吗？”

“可是，可是……万一萧王妃骗我们怎么办？萧王妃真的太坏了，上次骗我们出来为她顶罪，这次又骗我们做白工。”糖糖清秀的脸上泛起红晕，眼睛瞪得滚圆。

没错，他这就是气的！他们是杀手，杀手耶！请他们不是杀人就算了，居然还不给银子，再这么下去，他还有杀手的尊严吗？

“你不是一直想要报复那个老妖婆吗？现在机会来了。”荆池说完没有再理会糖糖，继续埋头喝酒，完全不看桌上精美的菜肴。

“我是想报复那个老妖婆，可我也不想被人利用好不好，萧王妃太奸诈了，明明是要我们帮她，居然一点点银子都不给，太小气了。她又不是没有银子，怎么可以克扣我们这么一点点银子。”想到自己要白忙一场，糖糖也没有心情吃饭了，趴在桌上一脸哀怨。

荆池没有理他，继续喝酒。

“喂，小池池，你就不能安慰我两句吗？我现在很伤心。”伤心的糖糖捻起桌上的花生米塞到嘴里，咔嘣、咔蹦咬得十分用力。

好吃，再来一颗！

荆池咽下一口酒，淡漠地扫了糖糖一眼：“你缺银子用吗？”

“啊……不缺呀。”有荆池在，他怎么可能缺银子用？

“不缺银子用，你抱怨什么？”荆池继续喝酒，又不看糖糖，而糖糖也习惯如此，自顾自地抱怨道：“我虽然不缺银子用，可这不是快要到年底了吗？我今年又没有赚到银子，回去后他们肯定要笑话我。”

一想到这事，糖糖就更哀怨了。这世上再也没有比他更惨的杀手了，他出道至今也没有赚过一两银子，每年在组织里都是垫底的，简直没有脸见人了。

“放心，没有人会笑话你。”荆池说得十分肯定，糖糖立刻转忧为喜，不等他欢呼，就听到荆池补充道，“每年都如此，他们已经习惯了，你也要习惯。”

“啊……我的心受伤了。”糖糖脸上的笑容立刻垮了，趴在桌上一动不动，“让我死了算了。”

“去吧，我不拉你。”荆池眼眸突然一亮，抬腿踢了糖糖一脚，“张家有异动，走，上前去看看。”

“哦……来了。”正事要紧，糖糖顾不得装死，立刻弹了起来，一阵烟似的往外闪，速度之快就是荆池也没有跟上。

糖糖是天生吃杀手这碗饭的人，可他至今也没有完成一单杀人的买卖！

林初九从苏茶口中得知荆池与糖糖已经盯上了帝国张家人，长长地松了口气。

荆池和糖糖很不靠谱，但林初九相信萧天耀的眼光，萧天耀当时选上荆池必然是有原因的……

这一次不是他们与荆池做交易，而是与荆池合作，共同对付福寿长公主，林初九相信那一对奇葩的杀手，一定会尽力完成任务。

有荆池师兄弟盯着帝国张家，林初九也就可以放心地去赴宴。知晓福寿长公主爱穿艳色的衣裳，林初九今天特地挑了一件象牙白的长裙，衬得她少了几分凌厉，多了一分温婉。

恰到好处的装扮既不张扬亦不低调，林初九十分满意，带着亲卫与翡翠四个丫头准备出发。

林初九本打算独自前往，不想一出门就遇到在外面等她的萧子安。萧子安没有坐马车，而是骑马前行。他亦带了一队亲兵，双方人马合在一起，声势浩大，看上去还挺像那么一回事。

萧子安虽然什么也没有说，林初九猜测萧子安定是知晓一些什么，不然不会特意带兵过来，等她一同出城……

第十七章　娇艳动人的林初九

皇上虽然下令软禁了福寿长公主，却没有苛待她。软禁福寿长公主的别院离京城近不说，就是环境也是极好的，在林初九看来，说这里是世外桃源也毫不夸张。

马车停稳后，林初九在翡翠和珍珠的搀扶下下了马车，抬头就看到站在不远处的萧子安。萧子安见林初九下了马车，上前一步，压低声音道："皇婶，等会儿回去时，你与我一道可好？"

来时一路平静，可这并没有让萧子安放心，他自认还算了解福寿这个姑姑的性格，她不是会吃亏的人，也不是会道歉赔罪的人。

福寿不是福安公主，她什么也不在乎，儿子、女儿、丈夫，福寿长公主什么都可以丢下，这样的人做起恶来可以说毫无底线，只要让她不痛快，她什么事都做得出来。

"多谢安王。"林初九没有拒绝萧子安的好意，有些事大家心里都明白，说不说破并不重要。

做戏做全套，福寿长公主今天可真是下了血本，听到林初九来了，亲自来门口迎接，远远地看到，就亲热地打招呼："初九，你可来了。皇姐还担心你会不来。"

一身大红裙装的福寿长公主明艳动人，眉眼间都是笑意，浑身上下都散发着喜悦之情。

"长公主有请，初九怎敢不来。"林初九神情淡然，并没有因福寿长公主的热情而倨傲，或者忐忑不安。

福寿长公主只当没有看到，亲热地抓起林初九的手："初九这话可真叫皇姐伤心，皇姐请你就来，不请就不知来看皇姐了？"

"长公主错怪了，长公主知道我身上戴着孝，实在不好出门。"林初九不着痕迹地抽回手，指了指身旁的萧子安，"在路上遇到了安王，便与安王一同过来了。"

"子安见过皇姑姑。"萧子安适时上前给福寿长公主见礼，恰到好处地打断了福寿长公主与林初九的寒暄。

福寿长公主因为皇后的关系，十分不待见周贵妃，对萧子安却没有偏见，而且因为萧子安长得好，脾气也好，福寿长公主十分喜欢他。

见到萧子安上前，福寿长公主未语先笑："子安来了就好，你跟皇姑姑我客气什么，快快免礼。"在萧子安面前，福寿长公主还是端着长辈的架子，举止十分有度。

"谢谢皇姑姑。"萧子安一板一眼地行礼，少了平日的从容，多了几分刻板，甚至在福寿长公主再次找上林初九前，上前一把扶住福寿长公主的手："皇姑姑，子安扶您。"

声音平和淡然，林初九却听出了萧子安话中的别扭与不自在。显然，萧子安不喜欢与福寿长公主靠近，也不懂得与福寿长公主沟通。

林初九低头，掩去嘴角的笑意。原谅她这么不厚道，实在是萧子安这副隐忍的样子十分有趣，而且她也没有让萧子安帮她应酬福寿长公主，原谅她没有办法领萧子安的情。

好在，萧子安没有忍耐太久，下人就来报："文王来了。"

文王，萧子文，皇上的长子，早年深得皇上喜爱，因从小喜武厌文，早早地就在军中发展，手上握着三万兵马，虽不算多，却也是一股不容小觑的力量。

"子文来了？子安，陪姑姑一起去迎迎你大哥可好？"福寿长公主眼睛一亮，看得出来与文王也颇亲近。

"皇姑姑，皇兄见到我十有八九得训我，我和皇婶先行一步。"萧子安松开福寿长公主的手，飞快地退到林初九身后。

林初九甚至看到萧子安，极度不自在地拂着衣服上不存在的褶子。

"你还是这么怕子文。"福寿长公主好似想到了什么趣事，笑道，"好好好，皇姑姑自己去，你陪陪你皇婶。"

福寿长公主一离开，萧子安就长松了口气，那样子着实好笑。

见萧子安仍旧不自在地拂着衣袖，林初九将手中的帕子递到萧子安手里："擦擦吧。"

看在萧子安帮她应付了讨人厌的福寿长公主的份上，她就小小地牺牲一条帕子吧，反正不是她绣的。

萧子安愣了一下，才接过林初九手中的帕子："谢谢皇婶。"面上一派镇定，耳根却微微发红，似乎很不好意思。

林初九轻笑一声，怕萧子安尴尬，忙转移话题道："听说太子已经到了，我们也快些走吧，免得让太子久等。"

不得不说，太子还真是给福寿长公主面子，堂堂太子居然到得最早，简直让林初九不知说什么好。

萧子安暗自松了口气，拿着林初九给的帕子，细细地擦了擦手，又将被福寿长公主碰到的衣服也擦拭了一遍，萧子安心中的别扭才少了一些。他并非对福寿长公主有偏见，也不是清高矫情，只是一想到福寿长公主的那些事，他就有些无法接受。

擦拭完，萧子安看了一眼手中的帕子，正欲将帕子收起来，就见跟在身后的侍女上前，将帕子讨要了回去。

萧子安也没有多想，将帕子给了侍女，可不知为何，当手帕被人取走时，萧子安心里莫名地有一种不舍……

许是他最近太忙了，才会胡思乱想。摇了摇头，将这荒谬的情绪甩去，萧子安笑容不变地往前走。

福寿长公主请的客人不多，但一个个都很有分量，除了在他们身后的文王，就是早已到了的太子与林家母女。

别院风景很好，树木成荫，即使烈日当空，走在里面也感觉不到炎热，福寿长公主将客人安排在花园，林初九和萧子安进去时，太子正在与林夫人聊天，林婉婷乖巧地站在林夫人身后。

因林夫人和林婉婷背对着门口，两人并没有看到林初九与萧子安走进来，太子倒是看到了，却没有任何反应，坐在那里一动不动，似在等林初九和萧子安主动上前行礼。

太子一如既往地幼稚！

林初九摇了摇头，只当没有看到太子，缓步朝空出来的桌子走去。

林初九和萧子安一进来太子就看到了，他之所以没有动，就是等林初九和萧子安主动上前给他行礼。

太子此举倒不是针对林初九，而是要给萧子安一个下马威。

萧子安最近负责通元钱庄一事，在皇上面前大出风头，让太子感到了威胁，太子看到萧子安进来，便想给萧子安一个下马威，让他认清谁才是储君，不想林初九和萧子安看到他后，就像没有看到一般，目中无人地往里走，甚至直接坐下了。

萧子安，你简直过分！

太子怒火中烧，脸色大变，林夫人和林婉婷见状吓了一跳，顺着太子的视线回头一看，就见林初九和萧子安坐到了她们邻桌的位置，正欲起身行礼，太子却拍桌而起："大胆！"

太子大怒，不过他还来不及说什么，就被一道爽朗的声音打断："咦？什么人惹太子殿下不高兴了。"

开口说话的人正是与福寿长公主一同走进来的文王，皇上的长子。

文王身高七尺，浓眉大眼，左眼处有一道手指长的疤，平添了几分凶狠。身上有着军人独有的刚硬与杀气，只是同样是从武的皇子，文王却没有萧天耀的清贵与霸气。

和萧天耀相比，文王更像是一个武夫。

"文皇兄，你来了。"太子见到文王，稍稍压下了心中的怒火，看文王的眼神也透着亲近。

"参见文王，千岁……"林夫人与林婉婷原本是要给林初九、萧子安行礼，被太子和文王打断，只能先给文王见礼了。

"不必多礼。"文王不耐烦地挥手，"最讨厌你们这群女人叽叽歪歪的，烦不烦。"

"文皇兄你还是这么粗鲁。"太子摇了摇头，一副熟稔的样子，文王亦拍了拍太子的肩膀，很不客气地道：“殿下还是这么瘦弱，我早就说了，殿下你要好好锻炼，要不你回头跟我去军营！我最近可是赚了一笔银子，正好可以好好修建练武场。”

文王好武、好财。不过他好财也是为了武，他赚的银子几乎全部用在了手下的身上，对底下的人十分大方。

太子被文王拍得身子一歪，差点摔倒在地。

林婉婷和林夫人早在文王过来前，就退到一旁，以免被文王“误伤”，福寿长公主则站在一旁，笑容满面地看着这对兄弟。

按说太子和文王都算是林初九的晚辈，见到林初九在，应该先给林初九行礼才是，二人却旁若无人地交谈起来，好似林初九和萧子安不存在一般。

萧子安见状便打消了上前给文王行礼的念头，见桌上有茶有水，直接煮水泡起茶来。

太子要给他下马威，他并不在意，牵扯上林初九就不应该了。

至于文王……

自从父皇更看重他后，文王就处处针对他，他们兄弟二人也没有什么可以聊的。

萧子安见林初九浑不在意，也就不再多想，专心地泡起茶来，很快茶香味弥散开来。

文王怪叫一声：“子安，你居然也在？刚刚怎么没有看到你？”文王这话看似在说他现在才看到萧子安，实则是在指责萧子安不懂礼数，见到兄长都不懂得起身行礼。

“文皇兄……”萧子安放下手中的杯子，起身正欲开口，就听到林初九先一步道：“本王妃请安王殿下给我泡茶，怎么？文王有意见？”

“这是……”文王看着林初九，一副不认识的样子。

文王之前一直在外地，前不久才回京，他要装作不认识林初九再正常不过。

“这是你天耀皇叔，今年新娶的正妃。”福寿长公主出声介绍，却带着嘲讽的意味。

“原来是四皇婶，子文失礼了，还请四皇婶见谅。”文王从善如流地行礼，一副惶恐不安的样子。

“文王不必如此，你与太子兄弟情深，和太子一样看不到本王妃也是正常，本王妃不会记在心里。”凭什么你“失礼”了，说句“见谅”我就要原谅你？

我捅你一刀，说一句“失手了，请见谅”你能原谅吗？

“皇婶，我刚刚真的没有看到你，你看这事，这事……”文王一张脸涨得通红，一副局促的样子。

林初九看也不看，端起桌上微温的茶水：“文王不必如此，我说了我已经习惯了。文王和太子殿下不必理会我，你们兄弟慢慢聊，有安王在就成了。”

林初九一句话，就替萧子安解了围。文王和太子没有把林初九这个皇婶看在眼里，萧子安也没有把两位皇兄放在眼里，可谓是半斤八两，但有了林初九这话就不同了。

萧子安并非失礼，而是为了照顾林初九这个皇婶。

“皇婶你这还是在怪我，都是我不好，一见到太子就高兴得忘乎所以，回头我自罚三杯给皇婶赔礼。”文王豪迈地道，一副直来直往没有心机的样子，就像他爱财，只要有人给他送钱，不管好坏全收一样。

这样的人看似憨傻，身上一大把的辫子，殊不知，这样的人掌兵权，最叫皇帝安心。

难怪诸多皇子中，只有文王能手握兵权，果然不是没有原因的……

林初九放下杯子，抬眸看了文王一眼，一脸温柔地道：“文王不必如此，要是你皇叔知晓你为这么一点小事自罚三杯，指不定得说我欺负你。”

“萧皇叔？”文王一脸惊恐，讨饶道，“还请皇婶恕罪，千万别告诉萧皇叔，要让萧皇叔知晓了，指不定怎么罚我呢。”

“恐怕不行了，我昨儿个才给王爷写信，说今天福寿长公主宴请。回头我必然要将宴会上的事写信给王爷看，免得他担心我。”林初九这话是对文王说的，实际上却是看向福寿长公主。

果然，福寿长公主听到林初九这话，不自在地道：“怎么初九你出趟门，还要给天耀写信？”

她怎么觉得林初九这话，像是警告呢？莫不是林初九猜到什么了吧？一想到这个可能，福寿长公主就有一种不好的预感……

没错，林初九这句话就是说给福寿长公主听的，如果福寿长公主够聪明，就此收手，还能捡回一条命，要是福寿长公主执迷不悟，那就怪不得她了。

无视福寿长公主不自在的神色，林初九笑着回道：“王爷去战场前给我定了规矩，要我每天给他写信，少一天回来后都要跟我算账。这日子太太平平的，我哪有那么多事可以写，正好长公主宴请，我昨儿个就给王爷写上，这会儿信已经在路上了。”

林初九温温柔柔地开口，双眼含情脉脉，一副明明欢喜、得意得紧，却要强装作不在意的样子，任谁看了都知道这是一个沉浸在幸福中的小女人。

“初九，你和天耀的感情真好。”林初九幸福的笑靥，刺痛了福寿长公主的眼。

曾经，她也想过与驸马恩恩爱爱，可惜，她的驸马负了她。

“长公主别取笑我了，什么恩爱呀，谁不知道王爷性子冷淡，平时都不搭理人。”林初九脸颊通红，嘴上虽然这么说，可眼中透露出来的神情，却不是那么一回事。

这一次不仅仅是长公主，就是林婉婷和太子看着林初九也十分不顺眼，林婉婷纯粹是因为心里不忿，要不是林夫人拉着她，说不定早就闹起来了。

至于太子，纯粹是觉得自己不要的女人就不该幸福，此时林初九露出这幸福的模样，真正是叫人刺目，不知情的人还以为是林初九不要他。

看着林初九幸福的笑，太子终是没有忍住，出言讽刺：“我们与皇叔相处了近二十年，皇叔是什么性子，我们比皇婶还要了解，不需要皇婶你多说。萧皇叔在前线打仗，皇婶你没事还是少给皇叔写信，免得耽误皇叔的正事。”

福寿长公主见太子开了口，当即冷着一张脸，以长辈的口吻教训道：“太子说得是，前线战事紧张，初九你切莫给天耀添乱。而且你每天给天耀寄信，着实浪费人力物力，要是皇兄知晓此事，定要训斥你们不知轻重。”

“皇姑姑言之有理，皇婶你实在是太不懂事了。”太子一脸失望地看着林初九，一副恨铁不成钢的样子。

福寿长公主眼角带笑，不冷不热地接过太子的话，与太子一唱一和，继续训斥林初九。

两人越说越起劲，说了半天发现林初九没有吭声，这才停下看着她：“初九，你听到本宫和太子的话了吗？”

“听到了，长公主和太子教训得是……”林初九点头，神色淡漠。

“你没有别的要说？”福寿长公主和太子一愣，没想到林初九会这么爽快地应下，以至于到嘴的话都说不出来了。

“没有。”林初九老实地摇头，就在他们以为林初九服软时，林初九又高声喊道，“来人！”

“嗖”的一声，暗谱从外面走了进来，速度之快就是文王也只看到一个虚影。

“属下参见王妃。”暗谱走进来，眼中只有林初九。

林初九抬眸，一脸认真地道：“暗谱，听到太子和长公主的话了吗？派人传消息给王爷，就说太子和长公主训斥我，说我给他写信是浪费资源，会耽误他的正事，我以后就不给王爷写信了。”

“初九，皇姐不是这个意思。”福寿长公主一听，傻眼了。

林初九这是断章取义，她根本不是这个意思好不好。

太子也急急地解释：“皇婶，你听岔了，本宫没有训斥你的意思。”开什么玩笑，林初九怎么可以把责任推到他身上，虽说他并不相信萧皇叔会看林初九的信，可万一呢？万一萧皇叔真的和林初九感情好，要林初九天天给他写信，现在林初九说因他而不写，他不是成了罪人？

“不是吗？难道是我听错了？”林初九一脸茫然，“长公主、太子，你们刚刚不是说，我天天给王爷写信是不对的吗？”

“是这样没有错，但是……”福寿长公主想了一下，才寻到一个好理由，“你和王爷是新婚夫妻，通信频繁一些再正常不过。”

“皇姑姑说得没错，不过皇婶你也要体谅皇叔，皇叔在前线军务繁忙，别拿小事去骚扰皇叔，影响了前线的战事就不好了。”太子不想惹麻烦，也不想完全否定自己的话，便折中了一下。

林初九连连点头，待到两人说完，才看向暗谱：“听到太子和长公主的话了吗？记住了，回头有人问起就如实说。”

“属下明白。”暗谱低头，以免让人看到他唇角抑制不住的笑意。

“初九，你这是什么意思？”福寿长公主有一种被人算计的感觉，又想不出哪里有问题。

“没有别的意思呀，长公主和太子这么关心我和王爷的事，当然要让王爷知晓，不是吗？”林初九一脸纯真，似乎事情真的就是她所说的那样，事实却是，她在告状，告诉萧天耀，太子和长公主管他们俩的私事。

“初九，这种小事就没必要说给天耀听了，天耀在前线忙得紧。”福寿长公主咬牙切齿地压下心中的烦躁。

她真的觉得和林初九说话好累，她明明是要林初九不再追究此事，不要说给萧天耀听，林初九到底有没有听明白。

“会引皇上训斥的事都不是小事，我还没有谢长公主指教呢。”林初九站起身，一本正经地作揖道谢，不等长公主反应过来，便对暗谱道，“退下吧，免得打扰了太子和文王殿下的谈兴。”

“是。”暗谱默默告退，一如来时，速度十分之快。

躺枪的文王看了一眼，默默地收回眼神，一脸憨厚地对林初九道：“这是皇婶的暗卫吗？武功很高的样子。”

“你皇叔给的人，武功高不高我不知道，挺好用倒是真的。”林初九有啥说啥，一副没有心机的样子。

福寿长公主眼眸微变，状似随意地问道：“天耀对你可真是大方，初九你身边有几个暗卫？”

“大方什么呀，王爷只给了我这么一个人，算什么大方。”林初九将脸拉长，一副不高兴的样子，而她不高兴福寿长公主就高兴了。

虽说被林初九摆了一道，令她很不满，可查清林初九身边的护卫也是一件好事，至于她训斥林初九的事……

只要杀了那个暗卫，萧天耀就什么都不会知道。

为了不让自己再受刺激，打探到足够的消息后，福寿长公主便自动地揭过这个话题，拿出主人的姿态，邀请众人入席。

此时还未到饭点，并不算正式开席，众人便围着林初九而坐，太子本想说什么，福寿长公主一个斜眼丢过去，太子立刻噤声了，只得一脸不爽地在林初九左侧坐下。

没办法，林初九把主位给占了，太子就算是储君也不敢叫林初九起来，谁叫林初九是萧王妃，是他的皇婶，哪怕年纪再小，辈分摆在那里，他就是再不喜，面子上也得过得去。

一行人中，身份最低的自然是林夫人和林婉婷，左相夫人和嫡次小姐的身份放在京城绝对够看，但在一群皇子、公主面前实在不算什么。

不过，福寿长公主却没有把她们安排在末尾，而是让林婉婷紧随太子而坐，还美其名曰：“大家随便坐，都是一家人，在我这里就不必讲究这些虚礼。”

萧子安原本打算起身，把林初九右侧的位置让给福寿长公主，听到这话便自发地坐下，然后给林初九添茶：“皇婶，请……”

林初九拿起杯子还来不及道谢，就听到福寿长公主故作吃醋地抱怨：“子安对初九可真好，你皇姑姑我也渴了。”

这话怎么听都透着暧昧，众人视线轻转，看看萧子安，又看看林初九，林夫人和林婉婷两人自知身份低微，不敢多说，太子则是不屑，反倒是文王仗着直爽的性子，一脸小心地问道：“子安，你和皇婶的关系很好吗？”

“啪……”林初九放下杯子，面露冷色，萧子安不着痕迹地扫了一眼，见状心里微微酸涩，面上却是一派淡然：“文皇兄，皇叔和皇婶救过我的命。”

“哦……”文王了然点头，聪明地就此打住。

文王一个大男人还真的不会瞎想，见萧子安这么说便认为是了，福寿长公主则不同。作为一个混迹情场的高手，她自认不会看错，萧子安看林初九的眼神很不对，就算不是看爱人的眼神，也绝不是对长辈或者救命恩人的敬重。

见萧子安有意揭过，福寿长公主故作暧昧地道：“子安就是有心，初九救你的事都隔了这么久，你还记在心上。之前也不见你这么体贴，天耀不在京城的这段时间，倒是见你对初九照顾有加、体贴入微。”

“皇姑姑，请慎言。”萧子安脸色微凝，一脸愠怒。

福寿长公主才不怕，故作吃惊地道：“怎么？我说错了吗？你最近确实和初九走得很近，子安，不是做姑姑的说你，虽说初九是你的皇婶，可你和初九年纪相近，须知男女有别，你们也确实该注意一些，让外人看到指不定就想歪了。”

萧子安脸色大变，正欲开口说什么，就见林初九不瘟不火地道：“长公主你想太多了，安王在皇宫，我在萧王府，何来走得近一说？再说了，我虽年幼，却是安王的长辈，这话长公主以后切莫再说，不知情的人还以为长公主你嫌王爷年纪太大，配不上我。”

“不……”福寿长公主见自己的话又被林初九歪解，立刻就要解释，不想林初九略一停顿后，旁若无人地说道：“说到贴心这事，太子对长公主你才是真贴心，我记得前不久太子可是在别院过了夜，之后长公主你也在太子府上住了一晚吧？说起来，长公主和太子才是真正走得近，都住到一块了。”

林初九说的是事实，换在平常这也是一件很普通的事，可这个时候说出来，令人怎么听都觉得奇怪，尤其是最后一句，文王听到后，差点被口水呛到了。

住到一块？这话，这话还真是，容易让人误解呀。

文王不敢多言，只看了太子一眼，太子原本不觉得有什么，被文王这么一看，便十分不自在，反倒是福寿长公主一副理所当然的样子：“太子是我侄子，我住他府上怎么了？”

“不怎么，只不过有些事仁者见仁，智者见智。我，还有一句淫者见淫。”说到最后，林初九便笑了出来，一副没有心机的样子。

“咳咳咳……”这次被呛到的是太子，太子咳得满脸涨红，林婉婷坐在他身侧，忙给他递水：“殿下，你没事吧？”

“没，没事。”太子喝了一口水，这才平静下来。

林婉婷乖巧地坐下，没有说什么，却用责怪的眼神看着林初九。

林初九没有理会她，一个眼神罢了，左右她不痛不痒的。

福寿长公主也关切地问了太子几句，确定太子无事，这才狠狠瞪向林初九，见林初九一点歉意也没有，一脸不快地道：“什么乱七八糟的话你也敢说，也不怕污了人耳朵。”

许是心虚，许是忐忑，福寿长公主将这话说得十分大声，有些虚张声势的意味。

林初九莞尔一笑："文字的出现就是给人念的，好言、污语，看用的人和听的人怎么想，不过是一句玩笑话，长公主莫不是当真了？"

林初九坐直，双手交叠，置于小腹前，一副端庄的模样。

文王看了一眼，默默地扭头不语，假装自己什么也没有听到，萧子安则十分捧场："皇婶这话说得太好了。文字就是拿来给人念的，如同刀子就是拿来用的，只是有人用它救人，有人用它杀人，错不在刀子本身，而在于用刀的人。"

萧子安唇角轻扬，说话时也带着三分笑意，不着痕迹地看了一眼福寿长公主，见她憋着气却没法发泄的样子，越发觉得有意思。

一连吃亏，太子的脸色十分不好看，看到林夫人坐在身侧，便给她使眼色，让她去说说林初九。然而，林夫人一接触到太子的眼神，就慌忙别开，一副没有看到的样子。

她倒是有心摆母亲的谱，借机说教林初九几句，好叫她没脸。可林夫人一想到林初九现在高出她一截的身份，还有之前在林初九手上吃的亏，就再也兴不起"教训"林初九的念头。

今非昔比，林初九早已不是当日那个任她拿捏的蠢货，出门前林相就交代过她们，这段时间切莫与林初九起争执，到时候就是林初九当众抽婉婷的耳光，他们林家也不能说什么。在场的个个都是皇子、皇女，安王又摆明站在林初九那边，她若开口训斥林初九，万一没有讨到好，太子和福寿长公主也不会满意，到时候里外都不是人。林夫人果断装傻，同时拉住蠢蠢欲动的林婉婷，免得她被人当枪使。

花园的气氛再次僵住，太子气得不知说什么好，林初九则完全没有打破尴尬的念头，反倒手持茶杯笑容满面地看着众人，当然重点是看福寿长公主。

许是心虚，福寿长公主总觉得林初九看她的眼神就好像是她知道了什么一样，福寿长公主心中恼怒，有心想要扳回一局，就在此时下人送来了热茶和点心。

福寿长公主犹豫了一下，将到嘴边的话咽了回去，改为招待众人喝茶，用点心。

她现在忍林初九，反正等会儿就能连本带利地讨回来！

"皇姑姑这里的点心果真别致。"文王拿起一块点心，一脸真诚地赞美道，就好像刚刚什么也不曾发生。

"这些点心是我特意请江南的厨娘做的，喜欢就多用一些，回头让厨娘给你们一人准备一份带回去。"福寿长公主大方地说道，太子和林夫人十分给面子地附和了一句，很快气氛再次热络起来，众人你一言我一语地聊着不着边际的话题。

只是林初九并不怎么开口，摆出一副专注倾听的样子，偶尔文王和福寿长公主问起，林初九才会回上几个字，虽不热络，但也没有冷场。福寿长公主见状，便以准备宴席为名先下去了："你们慢慢聊，我去厨房看看准备得怎么样了。"

福寿长公主带着一阵浓郁的花香起身，转身之际还不忘叮嘱太子一句："太子，帮我好好招呼初九，我今天可是专程为了宴请初九，要是怠慢了贵客就不好了。"

福寿长公主认为，对待林初九这种人，一味地放低身段讨好不行，一味地高傲也不行，之前怎么对林初九，现在也怎么对她，忽好忽冷才能不让林初九起疑。

福寿长公主自以为拿捏好了对待林初九的态度，消除了林初九的疑心，便放心地离去。

林初九笑了一声，既不反驳也不应下，太子则点头道："皇姑姑放心，我会招呼好皇婶，不会让她无聊。"

太子嘴上应得极快，福寿长公主一走，太子就背对着林初九，专心和身旁的林婉婷说话。

文王看到这一幕，当即愣住了，眼角不受控制地抽搐。他真的很想知道，皇后到底是怎么把太子养到这么大的？太子怎么可以蠢成这样？放着两个兄弟不招呼，放着萧王妃不招呼，居然去和一个小姑娘讲话。那小姑娘好像是萧王妃的妹妹，林相的嫡次女吧？一个相爷嫡次女也值得堂堂太子费心？看太子含情脉脉地看着林婉婷，文王哆嗦了一下，太子这是动了真情，还是想要拉拢林相？

如果是前者，文王只想说太子绝对不是他们皇家的种，他们这种出身的男人，哪里需要和女人讲真情，看上了带回去就是。

至于后者……文王只想说太子的眼光太差，挑来挑去居然想与林相合作，太子这是有多蠢？

林相明显是他们父皇的心腹，像林相这样的官员，忠于他们父皇一天，手上就有一天的权势。要是林相押宝在某位皇子身上，立刻就会被"辞官归隐"，就算手中有权力也会被他们的好父皇斩断，再不复之前的风光。

文王实在无法忍受太子与林婉婷含情脉脉的对视，淡定地移开眼，正好看到林初九和萧子安。

这两人都是沉得下来的人，萧子安很耐心地摆弄着桌上的茶盘，林初九则慢条斯理地喝着茶，微眯的双眼说明她对手中的茶水极为满足，可天知道她根本不懂品茶。

除了太子和林婉婷外，园子里就再无说话的人，文王见两人越说越激动，不屑地撇了撇嘴，主动找上林初九道："皇婶，钱庄的事谢谢你了。"

"钱庄？"林初九愣了一下，反应过来后立刻笑了，"文王客气了，都是我的侄子，哪能厚此薄彼。"文王果然是个聪明人，这个切入点好得不能再好了。

"皇婶你真是太好了，皇叔怎么不早些娶你，要是早些娶你，我早年也就不用为银子发愁了。皇婶你是不知道皇子的俸禄有多低，我要是靠俸禄过日子，估计得饿死。"文王一脸夸张地道，同时也是借这个机会将哄抬粮价的事情揭过。他当时跟风哄抬粮价，真的不是为了针对萧王府，不过是大家都如此，他也跟在后面赚点小银子罢了。

"你这话得去对王爷说。"文王上道，林初九自不会给冷脸，但也不会亲近。

文王不是一个简单的角色，之前给人的下马威也足够吓人了。

"皇叔在前线呢，皇婶你能让我去吗？我在京城都待了好几个月，正想出去动动筋骨，这京城待得我烦了。"文王双眼闪烁着兴奋的光芒，就好像此时已经在战场上一样。

林初九笑了一声，婉拒道："这事得去和皇上说，皇上准了才行，我可做不了主。"

"我就知道会是这样，唉……我还是老实待着吧。父皇前几天才刚警告过我，说这段时间时局紧张，要我安分一些，不然收回我在通元钱庄的份子钱。"文王说这话时一直看着太子，很明显是对太子说的，提醒太子别做不该做的事，可惜此刻太子眼中只有美人，根本没有看到文王的暗示。

萧子安看到了，眉头微皱，心里越发肯定今天这顿饭不好吃。林初九则是似笑非笑地看着文王，眼含警告。这一眼足以让文王明白，林初九知道很多，至少比他知道的要多……

文王虽是太子和福寿长公主找来的，但他对二人的计划并不知情，只是从两人的举止中，发现今天的事有些蹊跷。文王提醒太子，是想同时卖太子和林初九一个好，不想太子完全没有看到，而林初九似乎早就知道，不仅不领情，还怪自己太多事。文王想想也觉得自己多事，他都能看出来，林初九会不知道？再说了，这事父皇肯定也猜到了，既然父王都放任，他还管什么？

“皇婶，刚刚是我考虑不周，还请皇婶恕罪。”文王是个聪明人，之前的试探就知林初九不是一个善茬，鉴于双方初见有点小不愉快，文王果断将姿态摆低。

没办法，他不想和太子、福寿长公主一道作死，只能不要脸了。

“文王言重了，不过是闲聊罢了。你且放心，今天的事我不会告诉你们皇叔知晓。”反正她又没有吃亏，她告诉萧天耀干什么？

再说了，就算她吃了亏，告诉萧天耀也没用，先不说萧天耀会不会帮她找回场子，就说他远在千里之外，等到萧天耀来找场子，黄花菜都凉了。

她喜欢自己的仇自己报，萧天耀偶尔贡献一下，让她借个势就好。

一个有心，一个有意，不管内里如何，至少表面上两人还是聊了起来，萧子安偶尔会插两句，不过他大多数时候都坐在那里，做一个安静的美男子。

福寿长公主并没有离开太久，两刻钟左右过去，福寿长公主就出现了，亲自过来请众人移驾花厅用膳。

林初九率先起身，文王与萧子安一左一右走在林初九两侧，太子则与林家母女走到一块，福寿长公主看到这画面，差点被气晕。

她让太子招待林初九，是希望太子能和林初九好好聊聊，哪怕和林初九吵架也行。总之，如果不能让林初九与他们握手言欢，放下戒备，就和林初九交恶到底，最好气得她理智全无，这样一来事情的胜算才会高，可现在这是什么情况？

暗暗瞪了太子一眼，结果太子完全无视她。福寿长公主简直是要气死了，几次想要与林初九攀谈，可林初九和文王聊得正欢，两人一刻也不得停，完全没有她说话的机会。

福寿长公主无奈，只得暂时放下，以免做多了反倒露出马脚。

别院不小，从花园走到花厅足足走了一刻钟，福寿长公主放弃与林初九攀谈后，便先一步走进花厅，林初九和文王等人紧随其后，而在踏进门槛的那一刻，文王突然一顿，然后拉了拉林初九的衣服，林初九似有所思，不着痕迹地放缓步子，朝左侧倾斜……

“有声响，顶尖高手。”文王没有看林初九，目不斜视地往前，林初九却听到了文王的话。

这是文王卖她的好，还之前的不敬。林初九朝文王点了点头，表示自己听到了，文王咧嘴一笑，一副没有心机的模样。

文王见福寿长公主招呼林初九坐主位，厚脸皮地在林初九右下侧蹭了一个位置：“我今天才见到皇婶，得让皇婶赶紧地熟悉我，你们都不要跟我抢呀。”

“不抢不行，今天是我宴请初九，你的位置在那……”福寿长公主走到文王身侧，拍了拍文王的肩膀，示意文王起身。

“皇姑姑，你这么做可就不厚道了，我也是客人。”文王一脸的不高兴，死赖在位置上不肯走。

这世间没有永远的敌人，他以前一直认为自己和萧皇叔一起从军，两人必然存在比较与竞争。到现在他才明白，他和萧皇叔虽然走的是同一条路，但双方根本就不是一个级别的，他们之间根本不存在竞争，至于比较……

这个不提也罢，越提越伤心。

“这么说，你是不起来了？”福寿长公主眼眸一挑，不怒自威。

不得不说皇家这几位皇子、公主都是得天独厚之人，不管是长相还是气势都十分不错，福寿长公主这花架子一摆出来，还真的颇能唬人。

“皇姑姑……”文王亦是面露不满，福寿长公主压根不看他，至于其他人则完全在看戏，没有一个人开口给文王台阶下。

林初九是不想掺和，太子则是巴不得文王与福寿长公主交恶。萧子安与文王本身交情就不好，只要林初九不吃亏，他就不会吭声。

“好吧，我换，我换位置还不行嘛。”文王无奈，起身将位置让给福寿长公主。

福寿长公主与太子一右一左在林初九身侧坐下，真正是把林初九当主客招待，林初九看了一眼，坦然地接受，没有一丝的惊慌，就好像事情本该如此一般。

林婉婷坐在末尾，看着如同众星捧月的林初九，再看看自己母女二人孤零零的样子，不由得悲从中来，暗暗看了林夫人一眼，无声地诉说自己的不满，为什么当初嫁给萧王的人不是她？如果是她嫁给萧王，那么今天被高高捧起的人就是她，而不是林初九。

这个念头一闪现，就如同扎了根一般烙印在她的脑海里，怎么也消不去。

福寿长公主特意请林夫人和林婉婷过来，明面上说是请林夫人做见证，实则拿林夫人和林婉婷当枪使，想借她二人激怒林初九，然后踩着二人博取林初九的信任。

不想林夫人和林婉婷今天特别乖，一句话也不说，这让福寿长公主十分不满，所以，当福寿长公主看到林婉婷一脸怨恨地看着林初九时，立刻问道：“婉婷，你这是怎么了？谁惹你不高兴了？来给皇姑姑说说，皇姑姑去帮你出气。”

“公主……”林婉婷吓了一跳，脸色煞白地站了起来，因为起得太快，撞得桌上的餐具当当作响，惹得众人皱眉，而林婉婷则更慌乱，扑通一声就跪了下来，“公主，臣女失仪，请公主责罚。”

“快起来，你这么娇滴滴的姑娘，谁舍得罚你，初九你说是吧？”福寿长公主将话题扯向林初九，心中默默祈祷林初九和林婉婷因此事闹起来。

然而，长公主注定会失望。要是事事都如长公主的意，她也不会混到如今这个地步。别说林初九知道长公主的心思，就算不知，她也不会在公众场所和林婉婷闹起来，这里不是萧王府，真要闹起来，她不一定能占便宜。

见福寿长公主将话题扯向自己，林初九并没有立刻回答，而是看向林婉婷，略有几分不满地道："大病一场没有养好就少外出，这是长公主大度不罚你，要是别人，指不定你就受罚了，还不快快谢过长公主。"

完全是上位者的训斥语气，令林婉婷愤愤不平，转念想到如今自己的处境，林婉婷只能咬牙，顺着林初九的话给福寿长公主道谢。

福寿长公主没有想到皮球最后又踢到了自己这边，笑了一声，倒也没有再死缠烂打，只让林婉婷起身，同时心里对林婉婷和林夫人极度不满。

连这么一点小事都办不好，还指望嫁给太子当正妃，林婉婷简直是在做梦。

开席前的交谈就此告一段落，别院的丫鬟们端着热腾腾的菜肴走进来，一一摆放在桌上。其中最引人注目的就是放在林初九面前的红烧熊掌。

巨大的熊掌占据了整个盘子，浓稠的汤汁洒在上面，再撒上碧绿的香菜，霸道的香味一瞬间便充斥鼻间，引得人口水直流。

福寿长公主适时地拿出主人的姿态，介绍道："这是昨儿个特意让人猎杀的，初九你可要好好尝尝，这可是特意为你准备的。"

毕竟是道歉宴，说不出道歉的话语，总得拿出道歉的姿态，福寿长公主即使再不喜，也得把表面功夫做好。

林初九看了一眼便收回眼神："长公主费心了。"

"不过是吩咐下人一声，哪来的费心，大家都尝尝。"福寿长公主开口，立刻就有小丫鬟上前布菜，偌大一个熊掌分成数份，每人碗里一块，最大最好的自然给了林初九。

对熊掌这种东西，林初九承认她是好奇的，她长这么大还没有吃过呢。

夹了一筷子塞嘴里，林初九满意地点头，果然是能让饕餮之徒称赞的佳肴，着实是美味。

软烂的肉泥似能融化在嘴里，独特的香味让舌尖都跟着颤抖，让人忍不住要闭上眼睛，享受这一刻的美味。

林初九沉浸在美食的诱惑中，结果却被福寿长公主讨厌的声音打断："味道如何？"

"很不错。"林初九诚心地赞道。

福寿长公主一听，脸色大喜："初九你喜欢就好。昨儿个捕的那头熊还是活的，剩下的熊掌还没有剁下来，初九你要是喜欢，我让人送到萧王府去，你可以养着慢慢吃。"

"活熊身上剁下来的？"林初九咀嚼的动作一顿，吃到嘴里的熊掌一瞬间就像是毒药，再不复之前的美味。

她没有虚伪的同情心，吃猪肉、吃鸡肉和吃熊肉都是吃，可活体宰杀，她有点不能接受。

"当然是活的，死了多不新鲜。"福寿长公主理所当然地说道，林初九听罢点了点头，没有多说。

可惜，林初九的沉默并没有换来该有的宁静，福寿长公主放下筷子，不悦地道："怎么？初九这是觉得我太残忍了吗？"

"不……弱肉强食。人吃熊，熊也会吃人。无所谓残忍与否，看谁更强罢了。"她接受不了，但也不会站到道德的制高点去指责别人，毕竟她能救一头熊，救不了两头，她能做的就是自己不做这样的事。

"我就知道初九你是个通透的，我最讨厌那些嘴里吃着牛肉，还说杀牛的人太残忍、太血腥的伪君子。"福寿长公主突然加重语气，似乎意有所指。

林初九没有听懂福寿长公主的话中话，也不想听懂，只是点了点头，继续保持沉默，但再没有动碗里的熊掌。

和她一样没有再碰那道菜的人还有萧子安与文王。福寿长公主见状问了一句，萧子安只说油太重，自己不爱吃，文王却道："我们出征在外，经常进山里猎杀猎物打牙祭，但有两个规矩，一是猎物死透再吃，二是怀崽子的猎物不碰。"

"你们这些人就是矫情，假虚伪。"福寿长公主听罢，一脸不屑地嘲讽道。

文王没有退让，而是一脸直爽地道："做人得有底线，不然和畜生有什么两样。"

"啪……"福寿长公主当即变脸，拍桌道："你骂我？"

"皇姑姑你想多了，我说的是我们出征在外的规矩。"文王嬉笑一声，又是一副满不在乎的样子。

他只想借这个机会，告诉林初九和萧子安，他这个人坏，也阴，但他有底线，他再怎么坏也坏不到福寿长公主这个地步。

"哼……"福寿长公主冷哼一声，摆明不信，文王见状忙倒了一杯酒，站起来道："皇姑姑，我错了，你别生气，你也知我的性子，我就是有口无心，你大人有大量，千万别和我计较，我自罚三杯。"

"咕噜……咕噜……"一眨眼的工夫，文王就把三杯酒给喝光了。

福寿长公主脸色稍霁，可却没有轻易地松口，而是说道："你知自己有错就好，今天我宴请的是初九，这样好了，你给初九赔个罪，敬初九一杯。"

"好好好……"文王二话不说，倒上酒就去敬林初九，"皇婶，我今天说错话了，你怎么罚我都行，千万别往心里去，我先干为敬。"

说完，仰头就干了，四杯酒下肚，文王脸色涨红，看样子这酒的酒劲不小，林初九举起杯子："文王客气了，我没有生气，坐下吃饭吧，菜都凉了。"

林初九轻轻一抿，只喝了一口，文王没有说什么，福寿长公主却不干了，死活要林初九干了，林初九别有深意地看了福寿长公主一眼，很干脆地喝完。

一杯酒下肚，林初九的脸立刻红得像苹果，眼睛也泛着水光，呆呆地看人，说不出来的可爱。

福寿长公主见状眼前一亮，举起杯子说要敬林初九，而且点明这是赔罪酒，林初九一定要喝。

“好，我喝。”林初九摇晃着脑袋，明明一脸迷糊，却强装清醒，萧子安按住林初九的手：“皇婶，我替你喝。”

“不用，我能喝。”林初九挥开萧子安的手，十分豪爽地将杯中的酒喝尽。

爽快地喝完两杯酒，林初九不给福寿长公主再灌她酒的机会，杯子一丢，华丽地转身，往身后的翡翠身上一靠，娇气地道：“我的头好痛，我要回家，回家，王爷，王爷在等我，回家，快回家……”

林初九不是那种柔弱的女子，平时也极少撒娇，但并不表示她不会，只是从前没有机会也没有可以撒娇的对象。

没人疼的女孩，撒娇给谁看?

“王妃，王妃你没事吧？”翡翠吓呆了，手足无措，本能地扶着林初九。

“不舒服，头好疼，想吐……”林初九脸颊通红，眼眸含着水光，本就艳丽的面容此时更添三分潋滟，让人移不开眼。

太子直勾勾地看着林初九，眼中闪过一抹亮光，他以前怎么没有发现林初九这么漂亮?

要早知道林初九这么漂亮，当初林初九缠上他的时候，他就应该占点小便宜，实在不行把林初九接进府当个侧妃也行。

可惜了……太子颇为遗憾地收回眼神。

人都是视觉动物，不管男女颜值好都会吃香一些，不说太子就是文王看林初九的眼神也透着惊艳。他原先因林初九的身份，并不敢盯着林初九看，只是粗粗地扫了一眼，只觉得林初九长得不错，至少外表配得上他们家皇叔，站在一起不会被他们家皇叔的天人之姿衬托成粗鄙村妇。

这会儿林初九喝醉了，众人都看着她，文王才敢打量她。这一看，着实把文王惊艳了，不过是眼睛微红，眼眸含情，整个人就像是亮了起来。

太子和文王都惊呆了，两人坐在原地一时忘了反应，倒是萧子安看了一眼便收回眼神，按捺下怦怦直跳的小心脏，起身去搀扶林初九：“皇婶，你没事吧？”

“不要碰我，讨厌！”林初九挥开萧子安，不肯让他碰。

她并非真的喝醉，不过是借酒醉提前遁走罢了，文王之前的提醒她可记着呢，有高手出没。

福寿长公主这女人还真是急性子，知晓她身边有暗卫，居然连一刻都不等，转身就跑出去清理，也不怕太急了露馅。

萧子安以为林初九真的喝醉了，并没有多想，保持一步的距离，关切地道：“皇婶，你喝醉了，我送你回去。”

“回家，回家，我要回家……晚了王爷会不高兴。”林初九挣扎得厉害，翡翠累得直喘粗气，反应过来后，忙喊外面的珊瑚、玛瑙和珍珠进来帮忙。

花厅不算大，为了不让花厅太拥挤，除了服侍用膳的丫鬟外，也只有翡翠跟了进来，珍珠几个都站在外面。

听到翡翠的喊声，珍珠几人忙跑了过来，看到林初九歪歪斜斜地倒在翡翠身上，三个姑娘吓了一跳：“王妃这是怎么了？”

三人上前，不着痕迹地挤开萧子安，将林初九扶稳。

“快，王妃喝醉了，我们扶王妃回去。”翡翠急急地对三人道，然后又歉意地对福寿长公主道，“长公主实在抱歉，我们家王妃喝醉了，需先行一步。”

福寿长公主一直坐在边上看戏，她是不信林初九喝醉的：“不过是两杯果酒，怎么就醉了呢？莫不是生我的气装醉吧？就算是真醉也没关系，我这别院再小，收拾两间房还是可以的。”

福寿长公主使了个眼神，别院的侍女很机灵，当即上前要搀扶林初九，却被林初九挥开了：“回家，快……回家。”

林初九没有发酒疯，只是挥舞着不让别人碰，别院的侍女没法近身，只能挡住珊瑚三人，不让她们扶林初九走，同时劝说道：“几位姐姐，萧王妃喝醉了，不如扶她去客房休息一下？奴婢去熬解酒汤来？”

“不要，不要留下，回家，要回家，我要回家……”林初九的脑袋枕在翡翠的肩膀上，一晃一晃，说不出来的可爱。

“好好好，王妃别急，我们这就回家。”翡翠哄着林初九，想扶林初九走，不想又被别院的下人挡住去路，翡翠脸色不快，再次看向长公主，“长公主，我们家王妃不胜酒力，请长公主见谅，让我们离去。”

翡翠出来前就得了提点，知晓今天宴无好宴，现在见林初九喝醉，翡翠急得都要哭了。

“是吗？”福寿长公主仍旧不信，眼眸一转，看向林夫人。林夫人一个激灵，本能地站了起来：“初九……不，是萧王妃，萧王妃在家没有喝过酒，我也不知她居然如此不胜酒力。”

林夫人这话真是实话，林初九以前那性子，完全不需要灌酒就丑态毕露，林夫人根本不需要给她灌酒，以免落人口舌。

有林夫人这话，福寿长公主就是怀疑也不能直说，这个时候，林初九仍旧拉着翡翠撒娇，说要回家，说王爷要生气了。

萧子安听着既难受又心疼，见福寿长公主一再阻拦林初九离开，萧子安怕林初九吃亏，强硬地道：“皇姑姑，皇婶喝醉了，让她早些回去才是，我送皇婶回去。”

“喝醉了也不必急着回去，这地方大得很，少不了她睡的地方。”福寿长公主不容拒绝地下令：“来人，扶萧王妃下去休息。”

“是。”别院的侍女得令，直接上前拉开珍珠和玛瑙，要从她们的手中抢人。

“皇姑姑……”萧子安脸色微变，福寿长公主看了他一眼，高傲地别过脸。

萧子安气极，犹豫着要不要把暗卫招来，强硬地带林初九离开。

珍珠和玛瑙几人怕伤着林初九，不敢有大动作，很快就陷入被动，眼见珍珠和玛瑙要被甩出去，林初九突然歪歪扭扭地上前……

“啪……”抬手就甩了动手的侍女一巴掌，双手叉腰，娇憨地道：“坏人，不许打我家的珍珠，珍珠很贵的，碎了就只能敷脸了。”

像是为了验证自己的话，还煞有介事地点头，差点儿把文王乐坏了。

他们家皇婶可真是一个有趣的人，难怪嫌他多管闲事了，这酒疯一发，完全是一力降十魔，福寿长公主什么阴谋诡计都行不通了……

第十八章　不择手段活下来

在人前喝醉发酒疯是十分失礼的事，自恃身份的人绝不会允许自己在人前失礼，不会放纵自己在人前喝醉，但这些通通与林初九无关。为了活命，她可以跪下来求萧天耀，装醉发个酒疯算什么?

至于丢脸的问题……

这更不在林初九考虑的范围内，如果连命都没有了，还会在乎丢不丢脸吗?

不管福寿长公主怎么说，林初九现在就仗着自己喝醉了，胡搅蛮缠，坚持要回家，谁敢上前阻拦，她就敢往谁脸上扇巴掌。

别说只是一两个侍女，就是福寿长公主和太子上前她也敢扇。没办法，她喝醉了嘛，有点风度的人都不会和一个醉鬼较真，不是吗?

“回家，翡翠我要回家，你再不带我回家，我就叫暗卫揍你，呃……”林初九打了个酒嗝，身上的酒气越发地重了，双手胡乱地拍着，翡翠上前扶着她，却被林初九拍得手背通红，“坏人，王爷，把坏人拖出去砍了……”

“暗卫死哪里去了，快出来，快出来，我要回家，我要回家，听到没有。”林初九大喊大叫，嘴里直嘟囔着暗卫的名字，福寿长公主一听脸色就不对了，要是让萧王府的人知晓林初九的暗卫出事，指不定就多想了。

福寿长公主不敢再阻拦，忙起身道：“既然萧王妃喝醉了要回家，你们就快点送她回去，免得出什么事。”

“多谢公主。”翡翠听到林初九叫暗谱，暗觉不妙，不等她多想福寿长公主就松口让她们走，翡翠来不及多想，忙扶着林初九往外走。

“暗谱，暗谱你快出来……我要回家，再不出来我就告诉王爷，砍了你。”

“王妃，王妃，我们回家了。”翡翠哄着林初九，眼眸扫向四周，似乎在寻找暗谱的下落，福寿长公主朝侍女使了个眼色，别院的下人忙簇拥到林初九身旁，不让翡翠、珍珠等人分心多想。

“快，早点送萧王妃回府休息，这醉了指不定多难受呢。”福寿长公主不停地催促，翡翠也怕事情再度生变，虽担心暗谱，可这个时候扶着林初九离开才是上策。

“皇姑姑，我送皇婶回去。”福寿长公主松口，萧子安便打消了叫皇家暗卫出来的念头，抬脚就跟了过去，不想却被福寿长公主拉住：“子安，你皇婶身边下人、侍卫多得是，你跟着干吗？太子和文王都在，你们兄弟三人好好聚聚。林夫人、婉婷，走，我们也去逛逛，这别院的风景可是十分不错，初九喝醉了没有眼福，你们二人可不能白跑一趟。”

福寿长公主不由分说地推搡着萧子安，不肯让他离开。萧子安的脸色十分难看，福寿长公主的碰触让他恶心，可福寿长公主不仅仅是女人，还是他的长辈，他不可能出手打福寿长公主。

“皇姑姑，我自己会走……”萧子安侧身避开福寿长公主，长长的睫毛耷拉下来，掩去眼中的厌恶。

“好好好，你们坐着，我让人撤了酒席，重新给你们开一桌。”福寿长公主没有看到萧子安眼中的厌恶，朝太子使了个眼色。

太子虽不高兴，仍旧起身去拉萧子安：“皇姑姑说得是，子安，我们兄弟三人难得聚在一块，你怎么能提前离席。今天你可要陪本宫好好喝两杯，自从你的病好后，我们许久都不曾见面了。”

“皇兄……”萧子安刚开口就被太子打断：“男子汉大丈夫少婆婆妈妈，坐，坐，大皇兄你也坐过来。”

大皇兄就是指文王，文王打从心底不想掺和今天的事，可他也知道太子和福寿长公主不会让他走，即便心里不悦，文王还是乖乖走了过来，同时劝了萧子安一句：“子安，别担心，皇婶只是喝醉了。”

这话没有什么，可文王按在萧子安肩膀上的手却别有深意，萧子安飞快地看了文王一眼，见文王轻轻点头，萧子安总算冷静下来，脸上又浮现出一抹笑，转身给太子赔罪：“皇兄恕罪，臣弟失仪了。”

“你知道就好，有些人、有些事和咱们无关，还是少惹为妙。”太子意味深长地劝说道。萧子安心里厌恶，面上却温和地点了点头，与文王一起陪太子饮酒。

福寿长公主见事情虽有变数，最后还是按她预想的进行，当下十分满意，亲热地拉着林婉婷、招呼林夫人往外走。看在太子这般帮忙的份上，她会帮忙好好哄哄太子的心肝肉。

醉酒的人力气都大，林初九虽然是装醉，但此刻有别院的下人在，林初九只能装到底，走路扭扭歪歪不说，全身的重量都交给了翡翠四人，四个侍女搀扶着林初九还是挺吃力的，等她们走到马车旁，已是一头大汗。

萧王府的亲卫与车夫见状，忙上前问道：“王妃这是怎么了？”

翡翠苦笑一声：“喝醉了，你们快把车门拉开，我扶王妃进去。”

男女有别，侍卫和车夫的力气明显更大，却不能碰林初九，只能在旁边打下手。

车门拉开，翡翠和珍珠四人十分艰难地扶着林初九上马车，途中林初九还狼狈地撞在车顶上，额头鼓出一个大包，红红的眼睛蓄着泪，似要掉下来……

翡翠四人心疼坏了，别院的侍女却低头轻笑，似乎看到林初九出丑是一件很高兴的事。

珊瑚脾气爆，不等林初九坐进马车，就跳下来将那堆看热闹的侍女推开："滚，通通给我滚，什么下贱坯子也敢笑我们家王妃，信不信我叫侍卫打死你们。"

"你，你……"别院的侍女一个个千娇万媚，被珊瑚一推，狼狈地跌在地上，委屈至极。

"我什么我，再不滚别怪我不客气。"珊瑚双手叉腰，泼辣异常，而萧王府的侍卫也十分配合地握着刀柄，摆出抽刀的姿势。

"你，你们给我等着！"别院的侍女吓得脸色发白，当下顾不得福寿长公主的交代，连滚带爬地跑了，至于要如何向福寿长公主复命……

几个侍女商量了一下，一口咬定她们试探了，萧王妃是真的喝醉了！

被别院侍女一口咬定喝醉的林初九，在马车驶出别院的范围后，立刻坐了起来，眼神清明，字正圆腔地道："拿块帕子过来。"

此时的她，哪里还有一丝的醉意。

"啊……王妃，你，你……"林初九装醉装得十分成功，别说别院的侍女看不出来，就是翡翠四人也没有发现异常，四人看到林初九突然"清醒"，一个个吓呆了。

"王妃，你，你装醉？"珍珠一脸吃惊地看着林初九，其他三人也好不到哪里去，似乎不敢相信她们家优雅高贵的王妃会在人前装醉，还耍酒疯？

翡翠四人捂脸，讷讷地道："王妃，你装得可真像。"除此之外，她们真的不知要如何赞美王妃。

"不装像一点，怎么躲得过福寿长公主的眼线。"林初九接过玛瑙递来的帕子，擦了擦脸，将眼角的泪痕拭去，嫌弃地丢开沾了酒味的帕子，拿起茶几上的茶猛灌了几口，压下嘴里的酒味，这才觉得自己舒服了一些。

等到林初九收拾好，翡翠四人也缓过神来，见林初九不喜酒味，珍珠立刻打开车窗，好让气味散开，珊瑚则拿出一碟酸梅放在林初九面前："王妃，你吃一个，好压压味。"

"嗯。"林初九含了一颗酸梅，才道，"暗谱怎么样了？"

"人不见了，奴才让人去找了。"翡翠一出来，就让在外面候着的暗卫去寻暗谱。

福寿长公主真的太天真了，林初九明知她不安好心，怎么可能只带一个暗卫出来，萧天耀再小气，也不至于小气到这份上。

"很好，找到暗谱后立刻把人带回去。让人通知荆池，可以动手了。"林初九擦了擦手，眼神轻佻，笑得十分温柔，翡翠四人却觉得背脊一寒。

可怜的长公主，愿佛祖保佑你心底还有一点良善，不然你可就惨了。

别院的厨房最后方的隔间里，荆池双手抱剑倚墙而站，至于糖糖……

第一眼看过来，绝对没有人会发现糖糖的存在，他此时正抱着一个大盘子，蹲在荆池的身后偷吃厨房的好料。

“小池池，你真的不尝尝吗？这熊掌真的很好吃，十分入味，我还从没吃过比这更好吃的熊掌呢。”盘子里只剩下最后一小块，糖糖忍痛收回自己伸出去的爪子，将盘子端到荆池面前。

“不吃！”依旧是这个回答，荆池连眉毛都不抬一下。

“真的不吃？”糖糖双眼放光，看着盘子里的熊掌肉。

不是他不给小池池吃哦，是小池池自己不吃。

“嗯。”

“那我就不客气了，把你那份也吃了哈。”要不是场合不对，糖糖肯定要欢呼一声，不等荆池回复，糖糖就火速干掉了盘子里的肉，满足地打了一个饱嗝：“虽然不是最精华的部分，不过也算不错了。”

荆池见糖糖吃完，终于拿正眼看他：“糖糖，熊掌好吃吗？”

“当然好吃了，你这不是废话吗？”糖糖白了荆池一眼，蹦蹦跳跳地把盘子送了回去。

荆池也不生气，继续道：“糖糖，记得我们进来时看到的那头熊吗？”

“记得呀，”糖糖扭头看着荆池，一脸认真地道：“那头生病的熊吗？也不知它的肉好不好吃，要是它病死了，我能带它走吗？”

“它不是生病。”荆池无奈，糖糖除了吃，还能想到别的吗？

糖糖一脸的不解，走到荆池面前，拉着他的衣服道：“不是生病是什么？”

“你没看到，它少了一条胳膊吗？”荆池说得平静，糖糖的脸却刷的一下就白了，惊恐地压低声音道：“你，你，你说，我刚刚吃的就是它的胳膊？啊啊啊，活的……胳膊？”他有点儿想吐怎么办？

糖糖的胃里一阵翻滚，双眼蓄泪，白净的脸上没有一丝血色，咬牙切齿地看着荆池：“混蛋小池池，你为什么不早告诉我，早告诉我，早告诉我……”

“早告诉你，你就不吃吗？”

“当然不是……”糖糖想也不想就否决，“师父说世上最残忍的不是杀生，而是让活生生的动物生不如死。你要是早告诉我，我就去把那头熊打死，给它一个痛快，算是我吃它的熊掌的报酬。”

“呵呵……”荆池笑了一声，拍了拍糖糖的脑袋，“杀了它又能如何？这样的事每天都有，你能杀多少？”

“没看到的我不管，看到了不管不行。”糖糖十分坚持，“小池池，你让我去杀了它，不然我晚上会做噩梦的。”

“去……”荆池正想松口，就听到一阵脚步声，荆池连忙屏住呼吸，一把将糖糖拉到怀里，捂住他的嘴，“先别去，有人来了。”

“唔唔……”糖糖被勒得难受，用力掰开荆池的手。

他又不是小孩子，他是杀手耶，哪里会胡乱出声，小池池太坏了，一定是在惩罚他多吃了一份熊掌。

来厨房的是一个十分漂亮的“女子”，至少荆池和糖糖这么看，二人都觉得那人是个妙龄女子。

“女子”走进厨房，利落地打发了外面的人，说是要亲手给长公主煮醒酒汤。这事时有发生，厨房的人早已习惯，除了必要留下来的人，其他人纷纷退出去，将位置留给“女子”。

“女子”并没有在外间大灶上煮汤，而是走到里面的小厨房，糖糖与荆池就站在后面的隔间。

“女子”说是亲手煮汤，却没有动手，而是站在灶台旁，指挥着厨娘做这做那，等到醒酒汤煮好，才端起碗将锅里的汤盛了出来。

这就是亲手煮了?

糖糖通过小孔，看到外面的情况，眼睛瞪得大大的。

荆池也在看那个“女子”，不过他和糖糖不一样，他注意的是那个人的手，那不是女子应有的手，难道这个人……

就在荆池怀疑这“女子”有问题时：“女子”一个转身，背对着荆池与糖糖，手也顺势放在身后，往前走的刹那，手腕一动，一团黑漆漆的东西从他的袖中滑落，落在柴堆里……

荆池和糖糖出现在这里并非意外，这是他们和林初九约好碰头的地方。林初九让二人在这里等着，说时机到了会有人来找他们。

让杀手待在特定的地方等人，等于是暴露自己的踪迹，这对杀手来说是一件极度危险的事，如果是别人，荆池绝对不会搭理，可他和萧王府也不是第一次合作了，自然是相信萧王府的信用，虽然等了大半天也不见人来，但他依旧耐着性子等。

荆池不是一个善于联想的人，然而糖糖是，在等待的过程中，糖糖数遍了所有可能出现的人物。有老妈子、小孩子，侍女，太监、护卫，车夫…什么乱七八糟的人糖糖都数了一遍，唯独没有想到，林初九会让一个男扮女装的家伙来给他们送信。

看到那位身材妙曼的“女子”渐行渐远，糖糖张大的嘴仍旧没有合拢：“小池池，是我眼睛花了吗？我要洗眼睛，啊啊啊……我居然看到比我还好看的男人，简直不想活了。”

“别闹！”荆池拍了糖糖一巴掌，“去，把地上那团东西捡过来。”

糖糖长得眉清目秀，白皙可人，看上去就像个没有长大的孩子，而且此时是一身太监的打扮，他走出去就是被人看到也不会起疑。

“哦……”糖糖不高兴地应了一句，不过很快又恢复了笑脸，他不和一个像女人的男人计较!

糖糖像一只偷粮吃的小老鼠，打开一条门缝，伸出小脑袋，探头探脑地左右看看，一副谨慎的样子，事实上外面根本没有人，糖糖这些举动完全是多余的。

荆池早已习惯糖糖的不着调，此时他连说话的力气都没有，只默默地等着，等糖糖玩够，把东西捡回来。

好在糖糖还算靠谱，虽然玩心大了些，所幸圆满完成了任务。

"小池池，我拿到了，我拿到了。"糖糖将黑色的小木丸捧到荆池面前，一副献宝求表扬的傲娇样。

"乖。"荆池先揉了揉糖糖的脑袋，表扬过后才接过小木丸，捏碎……

木丸是空心的，里面塞了一张纸条，上面写着"长，南，安，左，三。"

只有五个字，不过荆池一眼就看明白了：长公主在南院的安宁院，左手边第三间。

将纸条撕碎塞入口袋，荆池用剑柄敲了敲糖糖的脑袋："走，干活去。"

一听到这两个字，糖糖立刻来了精神：哎呀，"总算可以报仇了。"他可没有忘记，长公主那个老妖婆，把他衣服剥掉，摸他的事。真的太太太恶心了，他这一辈子都不要想起。

糖糖一会儿摇头，一会儿咬牙，荆池不用问也知道他想起了什么，眼中的杀意更浓……

荆池和糖糖两人都是顶尖杀手，就算糖糖再不靠谱，实力也摆在那里，两人走在别院，机警地避开了守卫，如同幽灵一般，悄无声息，没有引起任何人的注意。

两人很快就走出后厨房，来到蓄养牲畜的地方，糖糖口中"病"了的断掌熊就被关在笼子里。

糖糖一走近，就听到大熊痛苦的哼唧声，还有那浓到挥之不去的血腥味。路过大黑熊的身边时，糖糖停下脚步，拉了拉荆池的衣摆："小池池，我们做个好人成不成？"

"你放了它，它也会伤你。"荆池停下脚步，扭头看着糖糖。

糖糖不杀人没关系，但不该有不切实际的善良与慈悲。

"没关系，我跑得快。"糖糖不以为意，他又不是傻蛋，当然知道人无杀虎意，虎却会有伤人心。

山上的老虎、黑熊不知伤了多少人、吃了多少人，他怎么可能蠢到因为对方被捕，就觉得对方可怜，就想放过对方。他之所以不想给大黑熊一个痛快，而是把它放了，不过是想给福寿长公主添些乱而已。

这头熊被福寿长公主的人虐待，心里肯定十分怨恨人类，把它放出来绝对能让别院乱起来，到时候他们行动起来也方便。

"那便放吧。"荆池眼皮也不曾抬一下。

不过是一头熊，他还不看在眼里。

有了荆池的同意，糖糖立刻动手，"哐当"一声，就把笼子上的锁给砸开了。

这一声不仅引起了笼中大黑熊的注意，也引起了门外看守护卫的注意："什么声音？"

"快，关熊的地方有动静。"

"走，过去看看。"

侍卫咚咚地往里跑，糖糖听到动静，飞快地计算着彼此之间的距离和对方的速度，知晓还有一点时间，糖糖三两下就把缠在上面的铁链扯下来，打开笼门。

大黑熊之前一直躺在地上，见笼门打开："噌"的一下站了起来，通红的双眼死死地瞪着糖糖，嘴里发出"嗬嗬"声，凶猛地往外扑……

大黑熊身上有不少血迹，应该伤得不轻，不过它皮糙肉厚，这点伤和被砍断的熊掌相比，实在算不得什么。

诚如糖糖所想的那样，大黑熊因断掌之痛而仇恨人类，它获得自由后，第一件事就是扑向面前的人，也就是放它自由的糖糖。

“畜生就是畜生，不知好歹。”糖糖孩子气地剜了大黑熊一眼，拉着荆池飞快地躲了起来。

大黑熊找不到人，急切地砸东西，因动作太大，包扎好的伤口崩开了，血不停地往外涌……

正好，这个时候门外的护卫过来了，大黑熊似乎记得伤他的人，看到侍卫出现，大黑熊的愤怒达到一个顶点，完全不顾自己的伤，发疯似的扑向护卫，一掌就将人拍飞。

大黑熊发起狠来，普通的护卫根本不是它的对手，只能狼狈地溃逃：“快，来人呀，来人呀，黑熊跑出来了。”

“阿弥陀佛，小僧不是故意的。救熊一命胜造九级浮屠，大黑熊也是一条命，小僧也是为了不杀生。”糖糖看着这一幕，煞有介事地自言自语，惹得荆池一阵好笑。

“走了。”为了避免出现不可控的意外，荆池拎起糖糖的后领，直接把人带到安宁院，迅速解决掉院外的侍卫后，荆池与糖糖直接闯进左手边第三间厢房。

没有意外，在房间里的人正是福寿长公主。除了福寿长公主外，还有那个给荆池和糖糖传递消息、男扮女装的娇美男子。

不知娇美男子给福寿长公主吃了什么，她此时正昏迷不醒地躺在床上。

娇美男子见到荆池与糖糖进来，半点也不惊慌，含情脉脉的眸子微微一挑，娇软地道：“你们等一等，让我给公主换上衣服就可以了。”

没有外人，娇美男子一开口就是男子的声音，娇娇软软的并不难听，和他这身装扮实在不相符，糖糖不自觉地哆嗦了一下。

荆池没有说话，抱在怀中的剑此时已握在手上，明显是戒备对方。

娇美男子看了一眼，调笑道：“大侠，奴家只是一个普通人，你不必如此。”

“做你的事。”荆池酷酷地开口，明显是受不了一个男子对着他撒娇。

“真没趣……”娇美男子嘟囔了一声，到底不敢再生事，老实地给福寿长公主换了一件和林初九一模一样的衣服，又把福寿长公主的发髻拆了，梳了一个和林初九一模一样的发髻。

娇美男子不仅手巧，速度还很快，三两下就整理好了，从后面看去，和林初九还真有几分像。

“好了，可以带走了。”没有一丝不舍，娇美男子拍了拍手，就把福寿长公主推了出去。

拿人钱财，替人办事。死前能用这副脏身子赚一笔，给家人留点银子，他满足了。

糖糖等的就是这话，娇美男子一出口，他就跑上前：“老妖婆，你终于落到我的手里了，哈哈哈……”

不等他碰到福寿长公主，就被荆池架开了：“让开。”这么脏的女人，糖糖也愿意碰。

“喂，你干吗？我可是要报仇的。”糖糖踉跄一步，差点摔倒，荆池没有理会他，嫌弃地看了看福寿长公主，挑了半天最后还是拎起福寿长公主的后领：“可以走了。”

说完转身就往外走，气得糖糖在原地跳脚，可人都走了他能怎么办，只能追上去了。

荆池和糖糖带着福寿长公主一走出安宁院，就听到护卫高叫“保护太子”“保护王爷”。除此之外，还有女人的尖叫声和重物飞撞的声音。

“那头大黑熊好厉害呀。”糖糖远远地听到声音，兴奋无比，要不是时间有限，他都想去看热闹了。

一群皇子、美人被大黑熊追着满场跑，那画面想想就叫人热血沸腾。

糖糖屁股一撅，荆池就知道他要拉什么屎，扯了一把看热闹不怕事大的糖糖，冷着脸道：“赶紧，办正事……”

林初九出了别院后，就慢悠悠地朝京城方向走，时不时还能听到侍女让车夫再慢一点，再慢一点，她们家王妃不舒服。

暗中监视的人，听到这声音也是醉了，看着那比老牛车还要慢的马车，监视的人差点打瞌睡。

时间一分一秒过去，林初九一行人走了一刻钟，回头还能看到别院的屋顶，可见他们的速度有多慢。

荆池与糖糖出了别院后，看到了林初九的马车，按事先的约定，糖糖学了一声鹰啸。

声音响彻苍穹，似要将人的耳膜穿透。

“哪来的鹰叫声？”监视林初九的人心中警铃大响，是京城，可这一带可没有鹰出没，他也没听说有谁养了鹰。

监视的人一动，萧王府的侍卫立刻就发现了，马车一顿，亲兵上前道：“王妃，一共三个人。”

“动手，杀了他们！”林初九的声音透着车窗传来，清冷的语调没有一丝迟疑与不安。

自从上次被抓后，林初九对于杀人就再无心理负担。她不杀对方，对方就要杀她，她当然是选择让对方去死。

“是。”亲卫应了一声，立刻拔刀。

“不好，被发现了。”监视者立刻明白自己中计了，纵身一跃想要逃走，不料却被萧王府的暗卫先一步挡住去路：“想走？先问过我手中的刀再说。”

“唰……”刀光一闪，从监视者的脸侧扫过，削断数根头发，也划伤了对方的耳朵。

“好本事！”监视者往后一跃，拉开两人的距离。

对方一开口，暗卫就皱眉了：“北域人？”

福寿长公主到底拉了几伙人来绑他们家王妃?

他们是不是要说，福寿长公主也太看得起他们王妃了，不仅仅出动了中央帝国张家，连北域人都用上了，幸亏他们今天请了外援，不然还真要吃亏。

“既然知道了，就别想活着出去。”萧天耀在北域扶持莫家，北域有不少人的利益因此受损，某些人为了利益便想出将林初九绑到北域，借此和萧天耀谈判的计划。

这些人并不敢将萧天耀得罪到死，所以在没有得手前，他们还不想让萧天耀知道。

“谁死谁活你说了不算。”暗卫知晓对方是北域人，暗松了口气。除了中央帝国的人，他们不怕任何人。

对方只有三人，林初九却是把府中的暗卫和亲兵全带来了，在人数上他们占据了压倒性的优势，完全可以以多欺少，碾压对方。

事实上，暗卫和亲兵也是这么做的，没有给对方半点喘息的机会，暗卫将三个监视者逼到绝境，刀刀致命，不给对方逃走的机会。

而此时，荆池与糖糖带着福寿长公主过来了。荆池像是扛猪一样，把福寿长公主扛在背上，走到马车旁边，一句话也没有说，直接把人丢到马车上：“人带来了，接下来要我们做什么？”

林初九从马车里走了出来：“接下来，劳烦两位送我回府。”

林初九早已换下繁复的正装，穿着一身便服，脸颊上还带着喝了酒后的红晕，眼眸水汪汪的，比平时多了一份娇媚，十分耀眼。

“哇……漂亮美人，你跟我回家好不好？”糖糖看到林初九，眼前一亮，上前一步，伸手就要摸林初九的脸。

“大胆！”翡翠等四人正忙着将福寿长公主拖进马车，抬头就看到这一幕，脸色大变，跳下来挡在林初九身前，一脸凶狠地瞪着糖糖。

同一时刻，荆池的剑也架在了林初九的脖子上！

“你，你要干什么？”林初九没有动，翡翠却吓得脸色发白：“你不要乱来，我们家王妃和你无怨无仇，你要找麻烦就找我。”

突如其来的一幕把糖糖吓了一大跳，倒是林初九元事人一般站在原地，一脸笑意地看看糖糖，又看看荆池，那眼神让荆池莫名地不喜欢。

“滚！”荆池收回剑，对翡翠道。

“王，王……”翡翠虽怕，却不肯走，还是林初九说了一句：“退下吧，他不会伤我。”不是杀，是连伤都不会。

翡翠听到这话没有再坚持，只是待她退到林初九身后，仍旧盯着糖糖不放，那眼神就像是在盯贼。

林初九知道翡翠是介意糖糖伸手摸她的脸，不由得解释了一句：“他只是一个孩子，别想太多。”

糖糖开始还很嘚瑟，林初九这话一出，糖糖就发怒了：“孩子？你才是孩子，你全家都是孩子，你唐爷我才不是孩子。”

翡翠一听，噗嗤一声笑了出来：“果然是个孩子。”亏得她刚刚吓坏了，还以为遇到了登徒子。

“你，你你……”糖糖气得跳脚，“小池池，师父说得对，山下的女人是老虎，她们太坏了，你帮我教训她们。”

“杀了她们？”荆池冷冷地给出建议，糖糖一听、想也不想就否绝：“不行，师父说我们是做杀手的，不收银子就杀人太亏了，除非有人出银子，不然就是浪费力气做白工。”

“嗯。”荆池轻应一声，糖糖略一思考，说道：“那老妖婆想杀她们，不如把她叫醒，让她出银子？”

“你们两个……够了！”林初九实在听不下去了，“不就是说了你一句小孩子吗？至于喊打喊杀的吗？”

“士可杀不可辱！”糖糖挺直小身板，义正辞严地道。

林初九默默地望天：“好好好，不可辱。不过现在正事要紧，办完正事，我们的事回萧王府慢慢谈。”

“真的？”糖糖不信，林初九用力地点头：“比珍珠还真，不信你问他。”

糖糖果然扭头去问：“小池池，你相信她的话吗？”

“信。”荆池看了林初九一眼，果断地给出答案。

糖糖不是第一次不分场合地调戏女子，林初九是第一个没有生气，还说糖糖是小孩子的人。

在旁人看来，糖糖此举就是纨绔浪子，但荆池知道，糖糖就像林初九所说的那样，只是一个小孩子，可见林初九这个女人并不是那些只懂唧唧歪歪，却半点见识也没有的女人。

别人的话糖糖不信，荆池的话糖糖半点不怀疑，有荆池保证，糖糖终于不再不依不饶，果断放弃找林初九的麻烦，主动要求把正事办完。

林初九所说的正事也没有什么重要的，不过是把福寿长公主塞进林初九的马车，然后林初九与荆池、糖糖一起回萧王府。

离去前，林初九再三叮嘱侍卫和翡翠几人：“记住，以保命为主，不需要太努力，福寿长公主的死活与你们无关。”

“王妃放心，我们会保护好自己的。”侍卫连连点头，一脸的轻松。

马车里的人又不是他们王妃，他们要拼什么命?

至于福寿长公主落到对方手中会有什么下场……

那不是他们需要考虑的事，他们对福寿长公主已经够好了，他们没有要福寿长公主的命，只是将计就计，用福寿长公主代替王妃罢了。

日后，福寿长公主就是遭了天大的罪，也与他们无关，那全是福寿长公主自己一手安排的。

事情交代清楚，林初九便和侍卫兵分两路，各自离开……

有两个顶级杀手做保镖，林初九一点也不担心路上会有危险，事实上除了福寿长公主在半路上安排的人外，林初九一行人也没有遇到什么危险，毕竟是天子脚下，谁敢乱来?

林初九出城是坐马车，回来就没有这么好的待遇了，荆池问了一句林初九会不会骑马，确定林初九会后，便丢了一匹马给林初九，然后带着糖糖共乘一骑回城。

荆池的骑术十分精湛，即使带上了一个人，那速度也不是林初九能跟上的，林初九使出了全部的手段，才能保证不掉队。

“小池池，那个漂亮小妞好厉害呀，一匹破马居然能跟上你的惊风。”糖糖窝在荆池的怀里，时不时地往后看。

“别乱喊，她是萧王妃，已经成亲了。”荆池提醒糖糖一句，免得他又失礼。

有些事林初九不计较，不代表旁人不计较，要让人知道糖糖摸林初九的脸，林初九在京城也会很难办。

“我知道……漂亮的小妞都是别人家的。”糖糖有气无力地应了一句，一副很失望的样子，不过很快又打起精神，“幸亏小池池是我们家的。”

荆池僵硬的脸颊扯出一抹冷硬的笑，眼神也柔和几许。

和林初九、荆池的一帆风顺不同，萧王府的马车驶进入城必经的小树林时，就遇到了高手伏击！

绝对是真正的高手，之前的监视者和他们相比，一瞬间就会被秒成渣。萧王府的侍卫本来还想卖力打两下，免得被对方发现端倪，不想对方只一招，就将他们所有人都放倒了。

“武神？”萧王府的侍卫倒在地上，脸上一阵扭曲。

他娘的，居然出动武神，还让不让人活了？

幸亏，幸亏他们家王妃提前跑了，不然遇到这样的高手，他们就是再拼命也无用。

被暗卫称为武神的老头放倒侍卫后，便直冲到马车旁：“哗啦”一声，马车整个被震碎，昏死过去又乔装打扮后的福寿长公主趴在矮榻上，身上还有淡淡的酒味。

“果然是萧王妃，把人带走！”武神老头满意地点头，立刻就有数人从林中蹿出，将他们口中的萧王妃扛在肩膀上，转身就走，没有半刻停留。

侍卫和翡翠几人都傻眼了，等到那一行人跑了，才反应过来，开始大喊大叫，同时放出求救的信号……

萧王府一行人在回城的路上遇到伏杀，太子等人在别院也遭到发疯的黑熊袭击，以至于太子等人没有看到萧王府的求救信号。

大黑熊最后被文王与侍卫联手击毙，虽说太子等人并没有受伤，却是受了极大的惊吓，当即不敢多待，纷纷告辞离去，结果发现找不到别院的主人，而就在此时，南方突然传来轰的一声巨响……

“皇姑姑？”太子的脸色十分难看，似乎想到了什么不好的事，发了疯似的朝安宁院跑去。

不会出事了吧？

萧子安与文王相视一眼，两人也顾不得狼狈与否，飞快地跟在太子身后。

太子对别院十分熟悉，三两步就跑到了安宁院，等他看到安宁院的景象时，整个人都吓呆了。

“怎么会这样？”萧子安与文王晚一步过来，站在太子身侧，就看到了已成废墟的安宁院。

刚听到声响，他们还心存侥幸，这下没法自欺欺人了。

“皇姑姑在里面？”文王指着那一堆废墟，试探地道。

“不会！”太子这才反应过来，转身大喊，“来人，快来人，给本宫挖……”

太子嘴上说不可能，心里却不这么认为，要不然也不会让人来挖这片废墟。

护卫匆匆赶来，看到倒塌的安宁院，一个个吓得脸色发白："这，这是……"

"是熊，我看到熊血和熊脚印了，大黑熊来过这里。"有机灵的侍卫上前，找出安宁院附近的痕迹，将责任全部推到狂暴的大黑熊身上去。

不怪他们如此，实在是现在的情况太糟糕了，要是福寿长公主没事还好，要是她有个三长两短，他们这群侍卫的下场就惨了。

"快，快挖！你，你们几个，快去找长公主。"太子的嘴唇哆嗦了一下，好歹稳住了情绪，没有做出不合宜的举动。

"皇兄，我和子安去找人。"这样的情况下，文王和萧子安也不能说走了。

一行人疯了似的，在别院四处寻找福寿长公主的下落，萧子安担心林初九的安危，悄悄地命人去探查林初九的下落。

别院很大，大部分人手都在挖废墟，文王和萧子安带着人分头寻找，足足找了一个时辰，也没有看到福寿长公主的下落。

两人无功而返，折回安宁院，远远的就听到里面传来太子愤怒而惊恐的声音："皇姑姑，不可能，不可能，这不可能是皇姑姑……" 两人不用问也知道，福寿长公主十有八九死在安宁院了。

"事情麻烦了。"萧子安与文王不约而同地跑进安宁院，就看到太子半跪在一个红衣女子身侧，那女子脸朝下，从身形和服饰来看是福寿长公主无疑。

"怎么回事？皇姑姑遇难了？"文王进来快速扫了一眼，视线落在女尸身上。

"这是皇姑姑？翻过来看看。"虽说衣服和身形都极像，稳妥起见，文王还是让侍卫把尸体翻过来，好露出正面。

不想侍卫还未曾动，太子就大喊大叫："不要，不要，不要翻过来……"话说到一半，就捂着心口在一旁狂吐，像是受了极大的惊吓一般。

"怎么回事？"文王眉头微皱，侍卫碍于太子的命令不敢乱动，文王也不多说，自己上去用脚轻轻一踢，把尸体翻了过来。

"呕……"正面看到尸体，饶是在战场上摸爬滚打过的文王，脸色也变得十分难看。

尸首的正面已看不出人形，脸上和胸前全是熊挠过的痕迹，脸许是被重物砸住，扁扁的比女鬼还要骇人。

"这是皇姑姑？"萧子安看似文弱，此时却最镇定，看着地上的女尸，眉头微皱。

他倒不是怀疑什么，只是觉得他那个皇姑姑，不会就这么轻易地死掉。

"是，是皇姑姑。侍女检查过，正是。"太子吐了一阵，脸色稍好，却仍不敢看那具被压扁的尸体。

"安宁院怎么倒的？皇姑姑怎么会被压在下面？"萧子安的眉头越皱越紧，直觉告诉他今天的事不简单，可这事似乎不太好查。

"回安王殿下的话，是大黑熊跑出来杀了长公主，院外的侍卫已经遭难，看伤口是黑熊抓死的。至于安宁院为何倒塌，卑职也不知情。”侍卫上前，一脸惶恐地对这个“意外”作解答。

“查，立刻让人查清楚到底是怎么一回事，另外，派人进城，将此事禀报给皇上知晓。”萧子安看了一眼脸色惨白、已慌了神的太子，摇了摇头……

等到太子来主持大局，不知得何年何月。

别院的侍卫知晓事情的严重性，看了一眼太子，见太子没有异议，立刻分头行动。

萧子安将事情交代下去后，便命他和太子还有文王带来的亲兵将别院封起来，拿花名册清点人头，不许任何人进出。

这个时候，每个人都有嫌疑。

太子对此仍旧没有异议，只让人安排他好好休息。

福寿长公主死在别院的消息，很快就传进皇宫，比这个消息早一步传进宫的，是林初九在城外遇到伏杀，受了重伤的消息。

皇上又气又怒，没想到福寿长公主，竟敢阳奉阴违，不听他的命令，对林初九下手。

同时，皇上也不信林初九受了重伤，怕林初九借机生事，当即派秦太医去萧王府为林初九诊治，不让林初九有装病的可能。

福寿长公主虽出手了，但林初九到底没有死，皇上本以为此事就此结束了，福寿长公主也算得了一个教训，不想一转头长公主身边的人就来报，长公主死了！

“长公主好好的怎么会死？”皇上大怒，他虽然不待见福寿长公主，但到底是他的皇妹，他也照拂了这么多年，突然听到她死于意外，皇上怎么可能不怒。

“回皇上的话，长公主是被熊拍死的。”前来报信的侍卫，浑身颤抖着将事情的经过说给皇上听。

而那头拍死长公主的大黑熊，则是她抓来吃的……

第十九章　害人终害己

萧王府并没有隐瞒林初九在城外遇到伏杀的事，当天在城门口的人都看到萧王府的侍卫，狼狈地赶着一辆破车进城。

萧王府的车马进出城自然是不需要检查的，守门侍卫并没有看到林初九，只听说萧王妃伤得不轻，恐危及性命。

皇上派秦太医到萧王府为林初九医治，但秦太医并没有见到林初九，据萧王府的人透露，萧王妃伤到了脸，不肯见人。

秦太医拿着皇上的旨意执意要进去，萧王府的下人不敢拦。不想，秦太医一进入内室，就被林初九砸破了头，秦太医无奈，只得退下。

秦太医顾不得包扎，带着伤匆匆回宫，刚到宫门口太监就上前，说是皇上召见。

秦太医只得顶着受伤的脑袋，匆匆去议事殿见皇上。

皇上此时已得知福寿长公主的死讯，所有人都说福寿长公主死于黑熊掌下，但皇上仍旧不信。

福寿长公主不是第一次抓熊，之前都没有出事，为何独独这一次出事？被关着的黑熊是谁放出来的？就算福寿长公主死于黑熊掌下，那么安宁院是怎么倒的？

即使没有到现场，皇上依旧认定这是人为，而嫌疑最大的人就是林初九。

“臣参见皇上，皇上……”秦太医快步进殿，气息微喘，皇上不等他说完，就打断道：“萧王妃怎么样了？”

“臣无能，没有为萧王妃诊治，只看到一眼，萧王妃的脸上确实有伤，从右眼至鼻梁，伤口外翻，应是刀伤无疑。如果那伤是真的，萧王妃的脸怕是好不了。”秦太医将自己看到的如实禀报，不带一点私人感情。

“真的毁了脸？”即使有秦太医的话，皇上仍旧不信。

福寿长公主和林初九之间的矛盾太深，福寿长公主绝不像是会给林初九赔罪的人，这一点皇上能想到，萧王府的人会想不到吗？

既然能想到，林初九去赴宴，又怎么可能会没有一丝防备？怎么会让人把脸给毁了？

“臣当时离得远，只看了一眼，就被萧王妃赶了出来。”为了证明自己的话，秦太医抬头，露出自己被伤的额头。

林初九当时朝秦太医丢了一个瓷枕，正中秦太医的脑门，当时秦太医痛得差点晕过去。

看到秦太医血淋淋的脑门，皇上皱眉：“下去包扎吧。”这伤绝对不是假的，皇上甚至能看到秦太医脑门上的血窟窿。

“臣谢主隆恩。”秦太医一脸感激地退下，皇上微微摆手，一脸沉思。

装醉提前返回，在半路上遇到武神级的高手，所有人都重伤，林初九甚至毁了容貌，这一切看似合理，却又让人觉得诡异。

对方出动武神级别的高手，引林初九出城，难道就是为了毁林初九的脸？

这事说得通，可又说不通。武神级别的高手，要从萧王府把林初九劫出来不容易，可要闯进去毁掉林初九的脸却不是什么太难的事，对方何必要大费周章地引林初九出城？

“叩叩……”皇上轻敲桌面，隐在暗处的一道黑影走了出来，跪在皇上面前。

“去查一查长公主最近和谁联系过？再查一查长公主身边的人。”长公主虽然死了，有些事却不能就此了结。

“卑职领旨。”黑影一个闪身，便消失不见。

而此时，众人都认为死了的福寿长公主，正被帝国张家的人当成林初九，丢上了张家前往中央帝国的货船。

把人丢进船底后，船上的管事再次确认了一遍：“你们肯定这位就是萧王妃？年纪似乎大了一些！”福寿长公主保养得不错，虽然生过两个孩子，可身姿曼妙，脸上没有一丝皱纹，上个浓妆就更不显年纪了。

“是从萧王府的马车里绑出来的，衣着打扮都和那个长公主说的一模一样。”帝国张家一直有派人盯着萧王府，只不过萧王府戒备森严，他们的人根本无法进去打听消息，只打听到林初九自从进城后就不曾露面，甚至皇上派去的太医也没有见到林初九。

船上的管事亲自看过人，虽说看上去成熟了一些，但确实是养尊处优的女子，联系萧王府反常的举动，管事便去了心中的怀疑，转头吩咐道：“去，派人给萧王送信，告诉他，他的王妃在我们手上，如果不想他的王妃变成千人枕、万人骑的妓女，就立刻退兵，带着诚意去张家粮铺，好好谈一谈赎回萧王妃的事。”

“是！”船上立刻有人上岸，骑着马朝前线方向狂奔，而张家的货船也在这个时候起航，朝中央帝国驶去。

昏死在船舱里的福寿长公主还不知道，她即将离开东文，前往她毫不知情的中央帝国，而她为林初九准备的一切，她自己将一一品尝！

太阳渐沉，夕阳西下，在天黑前，皇上派来的人接管了福寿长公主的别院：“三位殿下，皇上有旨，请三位殿下即刻回宫。”

萧子安和文王都没有意见，太子则关心了一句：“林夫人和林小姐呢？父皇可有安排？”

“皇上说林夫人与林小姐受惊了，可以直接回府。”侍卫一板一眼地重复着皇上的命令，哪怕对方是太子，也不见露出半点谄媚的神色。

得知林婉婷不用留在这里，太子满意地点头，带着自己的亲卫率先离开。

萧子安与文王紧随其后，不过二人一向是互看不顺眼，即使走在一起也没有话题可聊。

太子三人赶回来时，城门已经关闭，不过城门对这三人来说如同虚设，别说此时尚早，就是半夜三更，他们要进城，城门也得开。

城内，禁军早已在等候，三人一进来就被禁军护送着进宫，至于跟在三人身后的林夫人与林婉婷，则由太子的亲兵送回府。

林夫人和林婉婷今天吓得不轻，到此刻脑子都是蒙的，母女二人坐在马车上，完全不知如何是好，太子怎么说便怎么是……

皇上召见太子三人，自然是为了问清楚别院发生的事。

萧子安向着林初九，这一点皇上知晓，可皇上更相信他的儿子不会骗他。皇上先问萧子安，萧子安一一回答，太子和文王时不时补充两句，兄弟三人没有一丝隐瞒，将自己看到的情况全部说了出来，皇上一听就怒了！

从太子三人那里了解到的情况，足够证明此事与林初九无关，或者说，就算这件事是林初九做的，她也有足够的人证和物证，证明一切与她无关。

林初九的侍卫一直在院外没有进来，唯一的暗卫被福寿长公主的人放倒，人一直被侍卫看守着，直到现在还未清醒。

林初九是被福寿长公主灌醉的，提前离席确实是因为酒醉。别院的大黑熊发狂伤人，那就更与林初九无关了，那个时候林初九已经走了，这一点别院的侍卫都能作证。

也就是说，林初九和她带去的人有充分的不在场证明，皇上就是再怎么泼脏水，也无法将福寿长公主的死算到林初九头上。

皇上轻叹了口气，没有再揪着林初九不放，而是问道：“长公主的死，到底是何人所为？”

皇上这话像是在问太子三人，更像是自言自语，萧子安和文王低头，什么也不说，太子则是一脸犹豫，这样的情况下，皇上自然要追问太子。

太子踌躇片刻，支支吾吾地道：“父皇，听别院的人说，皇姑姑身边有一个男扮女装的男宠，是皇姑姑派人从江南寻来的，扮作女子服侍在皇姑姑左右，与皇姑姑同吃同住，甚是亲密。皇姑姑出事后，那人就不见了。”

太子说到最后，声音越来越小，即使不抬头他也知道父皇很生气。

“男宠？她居然又找了一个男宠？她真是该死！”皇上原本还有三分愧疚，现在却全部消失不见了。

皇室因福寿长公主豢养男宠一事，在百姓心中都没了好名声，皇上把福寿长公主丢到别院，就是让她修身养性，不想她之前惹到影月楼不算，现在还从江南买男宠。

这事一旦传出去，皇室的颜面何存？

皇上气得脸色铁青，太子三人大气也不敢喘一下，好半天才听皇上说道："此事你们就当不知，朕不想再听旁人提起。"

"儿臣明白。"太子三人忙跪下，就差发誓保证了。

"退下吧。"问出这么糟心的事，皇上也没有兴趣再盘问了，左右他派了密探去查，最晚明天就有消息了。

"儿臣告退。"太子三人不敢多待，一个接一个往外走。

太子和文王在宫外有府邸，萧子安现在还住在宫里，三人并不是同一个方向，是以出了殿门三人便分开了。

萧子安独自朝清和殿走去，太子与文王则朝另一个方向走去。临走时，太子回头看了一眼萧子安渐行渐远的身影，状似不经意地道："子安果然深得父皇喜欢，现在还住在宫里。本宫记得文皇兄一到十六便大婚出府了吧？"

文王心里明白，太子此举是在挑拨他和萧子安之间的关系，虽说他不喜欢萧子安，但并不表示他会上太子的当。

"子安和我们不一样，他之前的情况，父皇不放心他在外面实属正常。太子放心，过不了多久子安也会大婚出宫。"不管心里怎么想，文王面上都是一副浑不在意的样子，见太子还想说什么，文王先一步堵住他的嘴，"太子，听说皇婶受了伤，不如我们明天一道前去探望，如何？"

太子到嘴的挑拨话，被堵了一回，舌头打了一下结，才缓过来："皇姑姑出事，本宫没有心情出门。文皇兄找子安吧，他一向与皇婶走得近。"

太子进城时就问了一句，听说林初九毁了脸，不知为何，心里陡然升出一股诡异的快感。

没了那张艳冠群芳的脸，他看林初九如何做她的萧王妃，如何出现在人前！

林初九的脸毁了的消息如同长了翅膀，一瞬间就在上流社会传开，萧子安第二天带着七皇子上门求见，没有见到人！

文王也去了，同样没有见着人。

孟修远听到消息，快马加鞭从城外的学院赶来，依旧没有见到人！

林相和林夫人也在林初九受伤的第三天上门，林初九同样不肯见。

原本许多人还持怀疑态度，看到林相也吃了闭门羹，那些人就相信这事十有八九是真的了。当太子去看望林初九也被拒后，知晓此事的人九成都相信林初九的脸是真毁了。

林初九的脸毁了的消息传出来，最高兴的莫过于墨玉儿了："林初九，你也有今天，我倒要看看，没有那张如花似玉的脸，你拿什么留住王爷。"

即使被皇上软禁在宫里，墨玉儿仍旧没有丢了她冰美人的冷傲，此时听到林初九的脸毁了，墨玉儿却露出了不属于冰美人的一面。

墨玉儿高兴，林婉婷也高兴，在她看来林初九的脸毁了，萧王爷肯定会厌弃，到时候她这个妹妹就可以顺理成章地代替姐姐，嫁给萧天耀了。

只是这么一想，林婉婷就感觉自己要飞起来了，那双水灵灵的眸子更是春情荡漾，私底下甚至开始偷偷缝制嫁衣。

好在太子这几天忙着查福寿长公主的死因，没有工夫关注林婉婷，不然估计会气得吐血。

皇上本以为，有一两天的工夫，足可查清福寿长公主的死因，不承想密探居然花了四天的时间，才查到一点眉目。

“圣上，长公主身边那个男扮女装的男宠，是萧王府的人找来的，是江南那边的男妓，得了脏病被遗弃在外，被萧王府的人医好，送到了长公主身边。”

“长公主最近和北域的人走得很近，暗中还与帝国张家有来往。张家因之前粮铺被砸一事，对萧王妃怀恨在心，主动联系上长公主，让长公主把萧王妃引到城外，由张家人出手绑走萧王妃，用来威胁萧王。”

“在长公主出事的下午，张家有一艘货船去了中央帝国。据悉，开船前曾有人看到，张家抬了几个木箱上去，还有一人临时下船，朝前线的方向去了。”

“没有意外的话，萧王妃应该是伤了脸，人在萧王府休养，那人也确实是萧王妃无疑。”

密探头子十分高明，看似什么都没有说，实际上却把什么事都说清了。只要皇上把这几件事联系起来，立刻就能推断出事情真相。

皇上不是傻子，密探头子说得这么直白，他还有什么不明白的?

虽然没有证据，但从密探的话中，皇上大至可以推断出事情的经过。

福寿联合北域、帝国张家策划绑架林初九，结果被林初九提前知晓，林初九将计就计，联合安插在福寿身边的人，不知用了什么法子，用福寿换了林初九。帝国张家把福寿当成林初九绑走，到现在还不知他们绑错了人，甚至可笑到派人去给萧天耀送信。

把事情厘清后，皇上止不住冷笑：“好一个林初九，你果然不简单，朕看错你了。”

皇上随手抓起桌上的笔，紧紧地握住，手背上暴露出来的青筋，显示出他此时的心情有多差。

“啪……”皇上一个用力，生生将手中的笔折断，抬头看到跪在下方的密探头子，皇上冷着脸道：“滚下去！”

密探头子大气都不敢喘一下，一个闪身就消失不见了。

皇上坐在原地一动不动，断成两截的笔割破了手心，鲜红的血沁了出来，皇上却像是不知道痛一般，眼眸中闪动着复杂的光芒……

没有意外的话，福寿长公主没有死，她被帝国张家绑走了。

这一点不需要怀疑，现在的问题是，他要不要派人去救呢?

救？帝国张家他倒不惧，可他丢不起这个脸。

木已成舟，所有人都认为福寿长公主死了，他要是把人救出来，如何向文武百官和百姓们解释?

还有，他把人救了出来，就表示他知晓张家的阴谋，与张家直接撕破了脸。一个小小的张家不可怕，可怕的是他后面的中央帝国。

因为钱庄的事，中央帝国对东文十分不满。中央帝国正愁找不到他的麻烦，为了一个福寿，再次与中央帝国杠上值得吗？

可不救……

福寿到底是他的皇妹，他曾应下要好好保护的人。

“此事……”皇上闭上眼睛，张开紧握的双手，任手中的碎木片落下。

“来人！”皇上思索再三，终是下了决定。

“圣上！”依旧是密探，这个时候只有他在外面守着，任何人都无法进来。

“去，派人潜入张家的货船，尽量把长公主救出来。”皇上依旧没有睁开眼，“尽量”二字咬得很轻，这两个字一出口，密探头子就明白了皇上的意思。

尽量，就是事情不一定要成功，只要尽力去做，日后提起不会愧疚难安就成。

解决完一桩大事，皇上才有空关注自己的伤口，看到还在沁血的手心，皇上让人宣了秦太医过来。

这么一点小伤，完全没有必要宣秦太医进宫，但对于皇上的要求无人敢说不。

秦太医匆匆进宫，看到皇上的伤还没有包扎，行完礼后，忙跪到皇上的脚边，替皇上将伤口里的木屑挑出来，细心地包扎好。

前后不过一刻钟的时间，秦太医却急出一身的汗：“圣上，伤口包扎好了，这两天尽量少碰水。”

皇上没管自己的伤，而是说道：“秦爱卿，你说林初九的伤有没有可能是假的？”查清福寿长公主的事后，皇上就不相信林初九会受伤了。

林初九既然提前拿福寿长公主李代桃僵，那就表明她当时不在现场。

人都不在，脸怎么能伤？

“这，这……不无可能。”秦太医冷汗淋漓，隐隐有不好的预感，不等皇上发话，再次重申，“圣上，当时臣只是看到一眼，萧王妃的伤口十分吓人。”

当时秦太医就说了，林初九的伤口很深，如果是真的受伤，那么她的脸必然毁了，如果是假的，那就什么都不用说了。

“秦太医，你明儿个再去一趟萧王府，这一次无论如何，也要亲眼看到林初九的伤。”皇上缓缓开口，动了动右手，见右手依旧灵活，不影响写字，满意地点头。

秦太医很好，总是知道他需要什么，他可以受伤，但不能让臣子知晓。

“臣遵旨。”秦太医不敢说不，低头应是。

皇上也知秦太医难办，又补了一句：“朕命护龙卫送你前去，萧王妃要敢伤你，朕准你便宜行事。”

也就是说，为了查清林初九是否真的伤了脸，皇上不介意使用暴力手段。

秦太医长松了口气，有皇上这话，他就安心了！

同一时刻，萧王府书房里，白天不敢进门的苏茶，偷偷摸摸地溜进来，在书房里向林初九汇报事情的进展。

“事情很顺利，张家和富天钱庄的人，都认为王妃你颜面受损的消息，是萧王府故意放出来的，目的就是为了掩饰你失踪的事。张家还派人去给王爷送信，快马加鞭，半个月内应该就能到了。”苏茶说这话时，异常兴奋，双眼亮得吓人。

没有办法，他只要一想到帝国张家花了半天的工夫，结果却绑走一个冒牌货，就忍不住激动。

张家的人要是知道，他们千辛万苦劫绑了一个没用的福寿长公主，不知会不会气得吐血？

林初九笑了一声，转了转手中的笔，问道：“我们给王爷写的信，什么时候会到？”

林初九虽然不相信，萧天耀会为她向张家妥协，可这事牵扯太多，还是要事先报备一声，以免出差池。

“信是七天前送出去的，算算时间，最多还有七天，信就会到王爷手里。”苏茶一脸自信地说道，说完又看了林初九一眼，见林初九一脸满意，苏茶试探地问了一句：“王妃，你就不想知道，王爷得知你被张家绑架，会有什么反应吗？”

女人不是都爱玩这一套吗？他们家王妃怎么就不喜欢呢？

“不想。”林初九想也不想就道。

“啊？为什么不想？”苏茶一脸不解，林初九笑了一声，没有细说的打算，只道：“没有必要。”是的，没必要，她从来没有想过拿这种事去试探萧天耀。

试探是为了要一个答案，不管萧天耀给出什么答案，林初九都觉得自己无法承受。

要是萧天耀知道她被绑架却不管她，她一定会崩溃，就算日后萧天耀说再多，做再多，她心里都会有一个疙瘩。

要是萧天耀知道她被绑架，丢下一切去救她，害得与他同生共死的手下战死沙场，最后却发现一切不过是她的试探，她想萧天耀一定会恨死她。到那个时候，就算她做再多，说再多，萧天耀心里也会有疙瘩，那些因此而无辜枉死的将士们，就会成为他们两人之间，一道不能提的伤疤。

林初九从来没有想过，要拿自己的安危去试探萧天耀，那样太傻也太蠢。

苏茶看林初九不是矫情得假装深明大义，而是真的这么想，心里大大地松了口气。

作为萧天耀的兄弟，他当然不希望林初九恃宠而骄，仗着萧天耀的喜欢，做出给萧天耀添乱的事。

林初九明事懂理，萧天耀会省很多事，能找到一个这样的女人，苏茶为萧天耀高兴。

苏茶得到自己想要的答案，便没有再纠结，继续说起张家绑架福寿长公主这件事。

“皇上怀疑福寿长公主的死有蹊跷，派了密探去查，我让人稍稍阻挠了一下，但为了不让皇上起疑，并不敢做太多，没有意外的话，皇上这两天就会知道福寿长公主没有死，张家抓错了人。”

苏茶说到这里，忍不住感慨了一句：“王妃，你说……张家那群人是不是瞎了眼，福寿长公主那个老妖婆怎么能和你比，他们看到了福寿长公主那张脸，怎么就不怀疑呢？”他们家王妃，又不是那些被关在宫门的宫妃，一辈子没有见过人，他们家王妃经常往外跑好不好！

林初九笑道：“我平时只着淡妆，那天让人给福寿长公主化了浓妆，看不出本来面目，认不出来也正常。”

当然，这个不是重点，重点是张家派来绑林初九的人没有见过她，他们会先入为主地认为，依萧天耀的年纪，萧天耀的王妃也不会太年轻。

苏茶嘿嘿一笑，直夸林初九英明："现在都过去七八天了，张家就算知道绑错了人，也不敢回来，皇上想要救人，怕是不容易。"

张家要把福寿长公主送回来，不是明晃晃地告诉皇上，他们绑走了福寿长公主吗？到时候皇上想要放过他们都不行。张家已是骑虎难下，他们现在能做的，就是假装他们什么也没有做，悄悄地把福寿长公主处理干净。

不过，苏茶真的高估了张家人，张家人至今仍旧没有发现他们绑错了人。当然，不是福寿长公主不说，而是他们根本没有给福寿长公主说的机会。从福寿长公主上船起，张家人就一直给福寿长公主喂迷药，福寿长公主偶有清醒，脑子却仍旧不清楚，迷迷糊糊的，只觉得自己身上很不舒服。

福寿长公主觉得自己不舒服再正常不过，船上是没有女人的，船上那些个水手又个个年轻力壮，难免会有些想法。看守福寿长公主的人，除了管她的死活外，别的什么都不管。水手们壮着胆子试了一次没有被责罚，胆子就越发大了。张家人本就想要折辱萧天耀，就算管事知晓水手们做了什么，这个时候也会睁一只眼，闭一只眼，反正萧王妃不死就成，他们不说，谁知道萧王妃在船上遭遇到了什么？

苏茶和林初九就是算准了，哪怕张家发现自己绑错了人也不敢声张，皇上哪怕知晓了前因后果也不会挑明，才会壮着胆子李代桃僵，拿福寿长公主充数。

只是，这件事也不可能瞒一辈子，林初九总是要见人的，苏茶指着林初九完好的脸，说道："王妃，福寿长公主没有再回来的可能，你脸上的伤要怎么办？"

为了麻痹张家和皇上，林初九以脸上受伤为由躲了起来，不过这种手法骗骗张家还行，骗皇上却是不可能。皇上一知福寿长公主的事，就会怀疑林初九脸上的伤。

"再撑两天就好了，等过两天帝国花家的人来了，我脸上的伤自然有理由好了。"林初九心里早有安排，否则她也不会把伤口弄得那般夸张。

中央帝国神秘、富饶，连龙魄那等奇药都有，花家为了感谢萧王府救下他们小公子的恩情，送个能医好她脸上伤的药，又算得了什么？

"原来王妃早就想好了，那我就不用担心了。"苏茶笑了笑，又道，"王爷那里，我会写信交代，王妃尽管放手去做，王爷说了，不管出了什么事都有他在。"

"王爷什么时候说的？写信来了？"林初九挑眉反问。

自从上次送印鉴回来后，萧天耀已经很久没有给她回信了，她体谅他战事紧张，可她又没有要求萧天耀一定回个大长篇给她，随便回三五个字，她也会满足的好不好！

"这个，这个……"苏茶悄悄起来，弓着身子站在林初九面前，一点一点往后退，"王妃，你看时辰不早了，我该回去了，不然太晚了，太晚了……"

苏茶半天也寻不出一个理由，林初九好脾气地帮他找了个理由："太晚怎么了？怕宵禁吗？"

"是，是，是，就是怕……不对，现在已经宵禁了。"苏茶说到一半才反应过来，对上林初九那双似能洞悉一切的眸子，苏茶脸色一变，顾不得装了，转身就要跑。

“跑什么？莫不是私下扣了我的信？”林初九起身，没有追，只是往前走了两步，苏茶不敢再走，林初九上前一步，他就后退一步，可怜地道：“王妃你要相信我，我绝对没有私下扣你的信。王妃你别生气，我这就写信给王爷，问王爷为什么不给你回信。”

“哈啾，哈啾……”这时萧天耀刚打完一场胜仗，整个人就像是从血里捞出来的，突然不断地打起喷嚏，看得一旁的亲信一愣一愣的……

他们家王爷，居然会着凉？

东文和北历一战，自从萧天耀来到战场上，东文便逐渐占了上风，眼见就要把北历打退，不过南远的加入又使得战局变得扑朔迷离，谁也不知最后的胜利会属于谁？

萧天耀和南远的象兵打过，虽说象兵厉害，萧天耀和他的金吾卫也不是吃素的，如果只有南远的象兵，这一战萧天耀仍有必胜的把握，可是南远派来的不仅仅是象兵，与象兵一同前来的，还有几位神秘高手！

萧天耀之前并没有与之交手，曾远远地看过一眼，只一眼萧天耀就可以断定，对方是武神，一共三个！

萧天耀知道南远皇室有武神坐镇，这是各国不成文的规定，东文、北历和西武都有，不过四国皇室最多只能有两位武神，多了，被发现了，就要被中央帝国的人接走。

南远不可能一口气派出三位武神高手，别说南远不一定有，就是有也不敢光明正大地派出来。

而且，四国与中央帝国有约定，武神不得出现在战场上，要不是这样，萧天耀也不会一直压制实力，不让自己晋升。

现在，战场上光明正大地出现武神级别的高手，而中央帝国却一点反应也没有。

这种情况下，就是不用脑子想也明白，与南远象兵一同出现的三位武神高手，必然是中央帝国派来的。

中央帝国这么做，就是在警告萧天耀，凭萧天耀再狂再傲，中央帝国要杀死他，就和捏死一只蚂蚁一样简单。

如果只有三位武神，萧天耀还能写信回京搬救兵，让皇上把宫里的两位武神送到战场上来，反正大家都把武神派出来，中央帝国也不能独独说他们有错，到时候大家一对一谁胜谁负还不好说，可是战场上有五位武神！

除了中央帝国那三位，还有两位是北历派来的。

五位武神压阵，除非萧天耀能拉拢西武，让西武派出两个武神，不然东文皇帝把武神送来就是送死。

这种傻事，东文皇帝是不会做的，萧天耀想都不想，就放弃了让皇上派武神前来的计划。

好在，中央帝国来的三位武神自恃身份，轻易不会动手，萧天耀主要应付北历的两位武神，只是萧天耀刚刚步入武神级别，功力虽然很稳，但以一对二还是十分吃力。

这段时间，东文的大军很不好过。萧天耀在战场上被北历两位武神钳制，他手上的金吾卫被象兵钳制，虽说没有被北历破城，却也因此陷入被动。

“王爷，再这么打下去，吃亏的是我们。”天气渐冷，他们没有北历人抗寒，到时候被冻死的士兵都不知会有多少。

没看到，连王爷都着凉了吗？

“王爷，对方的实力太强了。五位武神呀！底下的那些兔崽子们，连握刀的手都在发抖。”萧天耀左手边的几位副将，一脸颓废，眼中布满血丝，隐隐还有泪光。

“中央帝国欺人太甚，这是我们东文和北历的战事，中央帝国凭什么插手？”萧天耀右手边的几位副将，稍微年轻一些，有几个沉不住气的当场骂了出来。

“中央帝国一向标榜自己处事公正，可结果呢？居然派武神来战场，率先打破四国的规矩。”

“中央帝国说得好听，说什么我们虽是臣属国，但不会干涉我们的内政，可现在他们哪样不干涉？中央帝国和中州那几个国家打仗，每次都要我们出人，一出就是数十万，一开战就拿我们的人当畜生，像赶猪一样赶到前锋，每次大战过后，能活着回来的人不到两成。”

说这话的副将，他的爷爷、父亲都死在中央帝国和中州几个国家的战役中：“王爷，这一战我们一定要赢，输了，输了……我们就只能任人摆布。”

这个副将的理想很好，可现实是：“赢？怎么赢？对方是五个武神。王爷是人不是神，王爷能以一敌二，可做不到以一敌五呀。”

“武神又怎么了，我，我和他们拼了！”

“拼？拿什么拼？你以为你是谁，就你这本事，武神抬抬手指就能捏死你，就是拼，你也拖不住武神的脚步。”

“你这么说，是不是觉得我们一点胜算也没有？这一战是不是不要打了，直接认输算了。”

“你在胡说什么？我才没有这么想，什么认不认输的，有王爷在，就算我们打不过武神，这一战也不会输。”

“你们别什么事都推给王爷，王爷一个人对付两个武神已经很吃力，剩下的三个武神，我们要想办法解决。”

“想办法解决？你不要太天真了，人家可是武神，而且还是三个，你以为武神是你说解决，就能解决的？也不看看自己有没有那个资格？”

“你别长他人威风，灭自己士气。办法总比困难多，武神也是人，是人就会有弱点，我们肯定能想到对付武神的办法。”

“天真，在强大的实力面前，什么办法都是徒劳。”

此言一出，全场皆静，实力决定一切，武神的实力摆在那里，有时候就是不认命也不行。

突然而来的安静，让几个吵昏了头的副将，瞬间反应过来自己刚刚说了什么，一个个惴惴不安地看着萧天耀，想要说什么，可张了张口却不敢说出来。

“吵完了？”萧天耀抬眸，冷冷地看着众副将。

“扑通……”众副将不约而同地跪下，异口同声道：“末将该死，请王爷责罚。”

“知道错了？”萧天耀脸黑得像锅底。

熟知萧天耀的人都知道，他最讨厌手底下的人吵来吵去，明显这群副将犯了他的忌讳。

“末将不该与同僚做无谓的争执，请王爷恕罪。”左手边第一个人，头一低，十分诚恳地认错，其他人有样学样，纷纷认错，求情。

法不责众，一干副将本以为大家都有错，萧天耀会高高举起，轻轻放下，不想待到所有人请完罪后，萧天耀才不疾不徐地开口道：“军中是讲纪律的地方，犯了错就该罚。拖下去，各打十军棍。”

十军棍，不多也不少，打下去他们没有办法坐，却不影响行动，明天不能骑马，但还是能继续打仗的！

一干副将都被拖下去打军棍，也就没人和萧天耀商量正事，萧天耀也懒得听那些人做毫无意义的争吵，直接将命令写下，叮嘱亲兵：“稍后交给众位将军，让他们按命令执行。”

交代完军中政务，萧天耀才回到自己的营帐，刚坐下来，暗卫便奉上一个盒子：“王爷，京城来的信。”

“嗯。”萧天耀冷硬的面容顿时软化下来，眼中的寒意也消了不少。

将盒子打开，取出里面的三封信，其中一封是苏茶寄来的，另外两封则是林初九的。

和以往的每一次相同，萧天耀先看苏茶的信。这是萧天耀小时候养成的习惯，好吃的东西，要留到最后，一口一口慢慢吃。

苏茶的信一如既往地简洁，信中写了钱庄的事，写了南诺瑶、纪丰羽现在在东文的待遇，还写了太子、安王和文王等人的动向，最后提了一句福寿长公主联合帝国张家、北域王一起算计林初九，却反被林初九算计的事。

萧天耀飞快地看完，知晓了京中的大致动向，便铺纸、研墨、提笔，给苏茶回信。萧天耀写得很快却不潦草，一件件事情交代下去，就好像不需要脑子想一般，信手拈来。

回信很快就写好了，萧天耀待到墨迹一干，就将信封口，丢在一旁。做好这一切，萧天耀才拆开林初九寄来的信，放松身体靠到椅子上，慢条斯理地看了起来。

同样是说开办钱庄的事，苏茶用两句话就写完了，林初九却洋洋洒洒写了两张纸，可见为了凑满三张纸，林初九写了多少没营养的废话。然而，就是这样，萧天耀也看得极认真，甚至在看信时，唇角不自觉地往上扬。

一个字一个字看完后，萧天耀按原来的折痕，将信折起，放回信封，又拆开另一封信。

一封信说一到两件事，似乎是林初九的习惯。第二封信说的是福寿长公主那件事，苏茶在信的末尾写了三行，林初九写了三张半纸。

林初九写得很详细，几乎将当天发生的事还原了，萧天耀人不在京城，通过林初九的文字，却能想像出林初九这只小狐狸是如何算计福寿长公主的，算计成功后，又如何一个人躲在角落里，暗自嘚瑟。

“还真是不肯吃亏的主，要不要给你回信呢？”萧天耀因五个武神带来的坏心情，在看到林初九的信后，一扫而空。

指腹摩挲着林初九落印的地方，萧天耀难得地犹豫了一下。他似乎许久没有给林初九回信了，再不回，那只小狐狸估计要气得抓狂了。

想到林初九气得跳脚，指控他不回信的哀怨样，萧天耀就忍不住轻笑一声，这一笑把暗卫吓坏了，只听见“咔嗒”一声，暗卫掉了下来，暴露了自己的行踪。

“惨了！”摔落下来的暗卫暗暗叫糟，可不等他爬起来，就听到萧天耀道：“去找流白，本王不想再看到你。”

这么蠢的暗卫，真不知流白是怎么调教出来的，简直是丢人！

“属下遵命。”暗卫爬了起来，行了个礼，一瘸一拐地往外走，边走边抹眼泪。

他好倒霉，他的运气怎么这么不好！

王爷什么时候笑不好，为什么在他当职的时候笑？

萧天耀被暗卫这么一打断，最终还是没有给林初九回信。

“能回去就不需要写信，不能回去，写信给你也是徒劳。”五个武神，就是萧天耀也没有把握能赢。他现在还能撑得住，是因为中央帝国派来的三个武神没有出手，一旦五个武神同时出手，他就是武功再高也不够看。

萧天耀闭上眼睛，靠在椅子上，右手轻揉眉心……

哪怕是五个武神联手，他也得活下去，他还有很重要的事没有做，他现在还不能死。

还有那个蠢女人，为了他得罪娘家，得罪皇帝，要是没了他的保护，不得被人生吞了。

“那么蠢，不给自己留一点退路，没了本王的保护，你要怎么办？”哪怕是为了那个蠢女人，他也得活着回去！

一瞬间，萧天耀又充满了斗志！

和萧天耀的斗志昂扬不同，林初九这个时候郁闷坏了。

一大早，秦太医就带着皇上的旨意和护龙卫来到萧王府，说是奉皇上的命，为萧王妃医治脸上的伤。

圣旨！只是医一个伤，居然下圣旨，这简直就是逼人抗旨！

“王妃，是圣旨，我们不能抗旨呀。”抗旨不遵，护龙卫便有了理由拿人。

“我没打算抗旨，不就是秦太医要给我医伤吗？让他进来。”林初九抚着脸上狰狞的伤疤，心里暗自庆幸，昨晚苏茶走后她因睡不着，闲得无聊就把伤口画好了，不然今天还真是要穿帮。

“可是，可是……”曹管家指着林初九脸上的“伤”，支支吾吾地说道，“王妃，你脸上的伤虽然看着逼真，秦太医一看就会穿帮的。”

秦太医的医术摆在那里，要是亲手检查后，还看不出林初九脸上的伤是真是假，那就对不起“太医”二字……

第二十章　萧王的危机

秦太医的医术有多高明，林初九再清楚不过，除非她真的在脸上划一道伤，不然别想瞒住秦太医。

是以，她绝不会让秦太医亲自碰她的伤口！

林初九站起身，一脸嚣张地道："萧王妃因容颜尽毁，性情大变，暴戾乖张……秦太医敢碰我，我就敢抽他。"

林初九下巴轻抬，一脸高傲："翡翠，去，给我取条马鞭来！"

秦太医这次是有备而来，翡翠刚给林初九把鞭子拿来，珍珠就在门口通报："王妃，秦太医求见。"

"什么秦太医，兽太医的，不见，不见，我不是说了嘛，我什么人都不见，滚滚滚……全部给我滚出去。"林初九扯着嗓子大喊大叫，伴随着林初九的喊叫声，还有踢打东西的声音。

"滚，滚，滚，通通给我滚出去，我不要见人，谁都不见，听到没有，我谁都不见。"林初九又哭又喊，没嚎两下嗓子就疼了，可她不能停，她还得歇斯底里地大喊大叫，装疯卖傻。

作为一个有名无实的王妃，她上卖得了蠢，能忽悠皇帝；中卖得了萌，能讨好王爷；下耍得了狠，能抽打太医，想想，她还真是蛮拼的！

等萧天耀回来，她一定要萧天耀给她提升待遇，不然她铁定不干了。

门外，珍珠一脸为难："秦太医，你也看到了，王妃不见任何人。"

"啪啪……"屋内有鞭子抽打地面的声音，还有重物落地的声音。

秦太医抬头看了一眼，可惜紧闭的门窗和垂挂的黑布，遮住了秦太医的视线。

没错，林初九养伤的房间，四周都被黑布围了起来，理由是林初九的脸受了伤，不肯见人，不肯见光。

伤者为大，林初九想要在外面围一圈黑布，没人敢说她的不是。

打量过后，秦太医这才看向挡路的珍珠，脸色凝亘地道："我奉皇上的命令给萧王妃医伤，你莫不是想要抗旨？"

"奴婢不敢。"珍珠扑通一声跪下，小脸惨白惨白。

"不敢就滚开，要是耽误了萧王妃脸上的伤，唯你是问。"秦太医扭头看了一眼身后的护龙卫，示意他们动手。

"这位姑娘，请……"护龙卫上前，十分客气地把珍珠"拉"了起来。

"不，不能，王妃，王妃不肯见人，奴婢奉命守在门外，你们不能进去。"珍珠拼命地挣扎，可她哪里是护龙卫的对手，三两下就被护龙卫拎到了一边。

曹管家等人也被护龙卫看住了，不过曹管家等人还有一些自由，见珍珠被护龙卫架走，曹管家上前劝说道："珍珠，我知道你只听从王妃的命令，可王妃脸上的伤不能不医，再过不久王爷就要回来了，要是王妃脸上的伤好不了，如何见人？皇上派来的秦太医，是太医院里医术最好的，有他在王妃脸上的伤一定能医好。"

曹管家一番劝说，不仅解释了珍珠阻拦的举动，也适时表明了一个奴仆对主子的担忧。

"可是，可是……王妃不肯见光，不肯见人，一见人就要打人。"珍珠一脸泪水，哭得十分伤心。

"王妃还打人？"秦太医推门的手一顿，里面的鞭子声，不会是在打下人吧？

珍珠没有回答，只是哭，曹管家叹了口气道："秦太医……王妃娘娘以前很好，她现在只是心情不好。"

这么说，就是真的会打人了？

秦太医淡定地后退一步，示意护龙卫上前。他之前被萧王妃砸破的脑袋，现在还没有好，他可不想送上去给林初九抽。

护龙卫职责所在，即使不满秦太医的奸诈，也不敢说什么。

上前，打开门，阳光洒入屋内……

"啊……"屋内，传来女子的尖叫声，"关门，快关门，出去，出去，我不要见人，我不要见人，听到没有。"

门被打开，阳光洒入，漆黑的屋内总算有了光，也让众人看到了屋内的狼藉。

屋内很空，只有床和木椅，此时除了床以外，其他的物件全都东倒西歪，椅子甚至摔断了脚，可见下手的人有多狠。

"出去，出去，听到没有，全部给我出去，我不要，不要……不要让人看到我这个样子。"

护卫循声望去，就看到林初九正蜷缩在墙角，手上握了一条鞭子，身体正不断地颤抖。

"出去，出去……我求求你们了，出去，我不要你们管，你们让我自生自灭吧。"林初九紧紧地抱着自己，哪怕是护龙卫也能看出来，她此刻极度不安。

"滚呀，滚出去……翡翠，你死哪里去了，快关门，听到没有，快把门关上，不然我抽死你。"林初九一会儿哀求，一会儿发狠，不过始终没有抬头，没有露出她的脸。

“王妃，王妃……奴婢这就去关门。”听到声音，护龙卫这才发现，屋内还有一个女子，不过那个女子躲在角落里，阳光照射不到。

等到那个女子走出来，护龙卫顿时倒吸了口气。那女子身上的衣服已被抽烂，身上到处都是被抽打的鞭痕，腿上、胳膊上，甚至脸上也有一道红痕。

没错，被抽打的女子就是翡翠，翡翠一瘸一拐地走出来，红着眼对秦太医和护龙卫道：“几位大人，我们家王妃身体不适，无法招待，还请几位大人出去。”

“你是照顾王妃的侍女？”护龙卫开口问道，同时将翡翠从头到脚打量一番。

打得还真重，萧王妃下手可真狠呀。

“翡翠，你还和他们说什么，快把人赶出去，不然我还抽你。”林初九挥舞着鞭子，证明自己说的不是假话。

翡翠瑟缩了一下，颤抖地道：“奴婢，奴婢请几位大人快快出去，把门关上，王妃现在不喜见光。”

“关门，关上，翡翠你快关门，珍珠呢？她死了吗？连个门都守不住，我说了，我不要见人，听到没有，我什么人都不见，王爷也不见。”

“啪啪……”林初九挥舞鞭子，抽打在地上，啪啪作响，翡翠腿一软，跌坐在地：“王妃，王妃饶命，奴婢，奴婢这就去关门。”

翡翠似乎吓坏了，直接在地上爬，随着她的动作，地上留下一道血痕。

翡翠的样子十分可怜，护龙卫很同情她，可就是再同情她，护龙卫也不会任她爬出去关门。

“把人带出去。”屋内的护龙卫下令，让外面的人进来把翡翠带走。

“不，王妃，王妃……”翡翠被护龙卫强行架走，拼命地哭喊、扭动身子，想要挣开护龙卫的钳制。

林初九听到这声音，也跟着哭了起来，可怜兮兮地道：“不要，不要……翡翠，不要走，你不要走，我不打你，我再不打你了。你不要走，不要丢下我一个人，我害怕，我害怕……”

“翡翠，你快回来，你快回来，我不打你了，我真的不打你了。”林初九再次抱紧自己，拼命地往角落里缩，似乎受了极大的惊吓，声音颤抖得不成声，断断续续的。

护龙卫相视一眼，没有一丝犹豫，两人上前，欲将林初九拉起来，不料他们还没有碰到林初九，就听到林初九大声尖叫：“啊啊啊……”

尖锐的声音很有杀伤力，似乎要将人的耳膜刺破，护龙卫一顿，也就是这一刹那的时间，林初九扬起鞭子，猛地抽向护龙卫：“滚，滚开，滚开……不要碰我，我说了不要碰我，听到没有。”

护龙卫虽有防备，可林初九这一鞭又快又狠：“啪啪”两声，两人都被鞭尾扫了一下，虽然没有见血却也十分痛。

护龙卫脸色大变，当林初九的鞭子再次甩过来时，两人极快地避开了。

林初九的鞭子就是胡乱甩的，并没有什么章法，护龙卫避开后，又立刻上前，欲将林初九手上的鞭子夺过来，一抬眸，就看到了林初九那张被刀斜切过的脸。

林初九脸上的伤已经结疤，黑色的厚痂就像大蜈蚣一样，将她娇艳的脸蛋破坏，整张脸像是染上了戾气，十分吓人。

"啊……"这次换护龙卫吓了一跳，他们知道萧王妃的脸受了伤，可没有想到会伤得这么重。

难怪萧王妃不肯见人，这真的太可怕了。

"王妃，王妃，老奴求求你了，你让秦太医给你看看吧，你的伤会好的。"门外，被护龙卫看住的曹管家，一脸伤心地劝说。

"王妃，奴婢求求你了，你就让太医看看，王妃……"

玛瑙、珊瑚苦苦哀求，可林初九不为所动："滚，滚，滚出去……我说了，我不需要太医，我不要你们管。"

林初九的嗓子已经哑了，但她仍旧大声嘶吼："你们这是嘲笑我吗？你们这是看不起我吗？

"你们看我的脸毁了，知道王爷不会要我了，你们就胆子大了，一个个敢欺负我了？

"我告诉你们，你们这是在做梦，我就是死也是萧王妃，哈哈哈……我是萧王妃，是萧王妃。我要你们死，我要你们全部死，你们死了，就没有人知道我的脸毁了，王爷就不会不要我了。"

林初九披头散发，双眼通红，配上脸上狰狞的伤疤，扮女鬼都不需要等天黑。

"啪啪……"就在护龙卫失神之际，林初九的鞭子猛地抽中他们的背："滚，滚，滚……再不滚，我杀了你们，杀了你们。"

林初九不知从哪里拿出一把匕首，胡乱地挥舞："不要，我不要看到你们，不能让人知道我的脸毁了，杀了你们，我要杀了你们……"

护龙卫不敢上前，怕伤到林初九，只得狼狈地闪躲。

林初九见人后退，追了一步，一碰到阳光又缩到角落里，只是这一次她没有蜷起来，而是傻傻地站在那里，两行泪从脸上落下，那样子既可恶又可怜。

秦太医站在护龙卫身后，看到这一幕眉头紧皱，他就知道林初九是个麻烦的病人，可没想到会这么麻烦。

这疯婆子一样的萧王妃，他要怎么医？

连护龙卫都无法靠近，他要怎么靠近？怎么检查林初九的伤？

"秦太医，现在怎么办？"护龙卫一脸为难。林初九不是普通人，他们不敢用强的，不然出了什么事，他们就惨了。

可是，不用强的，林初九根本不会乖乖配合医治。

秦太医眉头紧皱："你们都打不过萧王妃，我怎么知道怎么办。"护龙卫的作用，就是帮他制服林初九，好方便他医治，现在护龙卫也没有办法，还能指望他吗？

护龙卫一脸郁闷："秦太医，这里是萧王府，要是对萧王妃用强的，恐怕萧王府的侍卫不会善罢甘休。”

护龙卫是起震慑作用，当然他们也能动手，但他们不敢保证，动手后秦太医就能顺利地给林初九医治。

护龙卫见秦太医不说话，又道：“秦太医，就这样看成吗？萧王妃伤得很重，那伤也很明显。”

“确实是像受了伤，可不亲手摸一摸，我也不敢保证那伤是真是假！”秦太医是带着皇命来的，他可不敢随便糊弄。

皇上不是那么好糊弄的主，要是这次的差事没有办好，他之前所做的努力全部都会白费。

“那怎么办？”护龙卫一脸纠结，“要不我再叫几个人进来，萧王妃一个女子，她的力气有限。”打累了，他们总能出手了吧？

秦太医点点头，哪想到外面的护龙卫刚走进来，林初九就再次大声尖叫起来：“啊啊啊啊……”

尖叫还不算什么，林初九还把暗卫喊出来：“暗谱，救命，救命呀，有人要杀我，我的脸，我的脸……啊啊啊……”

林初九再次发疯，一边尖叫一边挥舞着鞭子，趁护龙卫不备，林初九一鞭子甩向秦太医：“出去，滚出去。暗谱，杀了他们，他们看到了我的脸……”

隐在暗处的暗谱，在林初九刚唤他时就出现了，他静静地站在林初九身前，替林初九挡住光。

“呜呜呜……”林初九这个时候终于安静下来，小心翼翼地躲在暗谱身后，拽着暗谱的衣摆，“王爷，王爷，我害怕，他们要杀我，要毁了我的脸，你快救我，快救我……”

暗谱暗自哆嗦了一下，全身发寒，鸡皮疙瘩都起来了，但还是坚定地挡在林初九面前，态度十分坚决，摆明不肯让护龙卫碰林初九。

护龙卫试着逼暗谱离开，两人同时出手，不料招式都被暗谱化解了，护龙卫无奈，只能试着与暗谱沟通：“你是萧王妃的暗卫？”

“嗯。”本着少说少错的原则，暗谱惜字如金，能用一个字解决的，绝不说两个字。

“萧王妃的脸受伤了，皇上派秦太医前来为萧王妃医治，也是为了萧王妃好，还请你让一步，好方便秦太医为萧王妃医治。”护龙卫自觉姿态摆得很低了，哪知暗谱不领情：“不行！”

“你这是要抗旨？”软的不行，护龙卫只能用硬的。

“不。”暗谱抿着唇，眼神冰冷，嘴上说着不，双脚却像是生了根一般，挡在林初九面前一动不动。

“暗谱，不要走……不要让他们碰我，不要让他们看到我的脸，不要……”林初九也很给力，她装疯子装得很像，时而清醒，时而糊涂，刚刚还错把暗谱认成萧天耀，这个时候又知晓面前的人是谁了。

曹管家一行人就在门外，屋里的对话听得一清二楚，忍耐力稍低的，一个个垂眉敛目，肩膀一颤一颤的，看上去似乎很伤心，实际上是忍笑。

曹管家的段数十分高，他一直将担心挂在脸上，红红的眼眶，无奈的眼神，还有那耷拉下来的肩膀，无不说明他这个管家有多操心，又有多么的无奈。

外面的护龙卫，一直注意着曹管家等人的表情，除了几个低头的，其他人都没有破绽，护龙卫看不出异常，只能一直盯着。

屋内，护龙卫和暗谱僵持不下，秦太医还是无法靠近林初九，一上前林初九就尖叫，手中的鞭子乱甩，暗谱都被打中好几下。

护龙卫一脸无奈，暗谱说了他出现后，最长的一句话："王妃情绪不好，请出去。"

"皇上旨意不能违。"护龙卫已萌怯意，秦太医却十分坚持。

"王妃，不能受打击。"暗谱再次开口，声音有些低，"会疯！"

林初九的状态就是半疯，要是秦太医执意医治，把林初九逼得完全疯了，萧天耀没法找皇上麻烦，还不敢找秦太医麻烦吗？

"王妃现在的状况就不好，她需要尽快医治，不然她还是会疯。"秦太医这话说得很客气，林初九这个样子和疯了有什么两样？

"等王爷的信。"暗谱又一次，爆出信息量巨大的话。

林初九脸上受伤的事，萧王府的人已经报给萧天耀知晓，现在只等萧天耀传信。

暗谱的话一落，秦太医还来不及思考应对之策，就听到林初九再次尖叫："不，不要……不能告诉王爷，不能告诉王爷，不能，你告诉王爷了？我要杀了你，我要杀了你！"

林初九一把推开暗谱，直推得暗谱撞向护龙卫和秦太医三人。

许是冲击力太大，暗谱这一撞，居然把护龙卫和秦太医撞倒了。

四人摔成一团："啪……"林初九的鞭子抽了过来，第一鞭没有意外，抽在了暗谱的身上。

暗谱连哼都没有哼一声，翻身跳了起来，林初九却像是没有看到一样："啪"的抽出第二鞭，这一次抽在护龙卫身上。

"啊……小心。"护龙卫吃痛，滚开了，林初九第三鞭抽下来，终于抽到了秦太医身上，而且还是抽在秦太医的右手上。

"啪……"这一鞭又快又响，秦太医根本躲不过，只能眼睁睁地看着鞭子落下，看着自己的右手鲜血淋漓。

"啊……"秦太医大叫一声，痛得脸色发白。

"秦太医……"护龙卫吓了一跳，忙上前把秦太医拖走。

"啪啪啪……"林初九继续抽，虽然鞭鞭落空却没有停手，护龙卫和秦太医不得不疲于应对。

护龙卫想要出手制止，却被暗谱挡住："不能伤王妃。"

"杀了你们，王爷就不知道了，我还是萧王妃，还是萧王妃。"林初九一头乱发，遮住了完好的脸，衬得脸上的那道伤更加骇人。

不知是被林初九发疯的狠劲吓到了，还是什么，护龙卫面对疯狂的林初九，竟是升出一股惧意，再加上暗谱阻拦，护龙卫只好打消了动手的念头，护着秦太医退到阳光处。

林初九只站在暗处，一看到阳光就后退，护龙卫和秦太医总算能喘口气了。

“快，快走……先出去再说。”秦太医吓得不轻，尤其是被鞭子抽中的右手疼得不行，秦太医怕伤了筋骨，想要出去看自己的伤。

护龙卫就等这句话了，听到秦太医这么说，护龙卫二话不说就带着秦太医出去了。

“关门，关门，不要开门，不要开门，我谁也不见，谁也不见。”屋内没人，林初九渐渐平静下来，没有再到处挥鞭子，却开始砸东西，“没人看到我，王爷就不知道我受伤了。”

“不见，不见，谁也不见。”

“哐哐哐……”林初九到处找东西砸，但护龙卫站在外面，看到林初九举起木椅朝暗谱砸去，不约而同地瑟缩一下，默默地为暗谱叫疼。

萧王妃果真是疯了！

暗谱却像是没事人一般，站在原地任林初九砸，只听“哐”的一声，椅子砸在暗谱身上，落在地上……

暗谱被砸了个正着，虽没有见血，护龙卫知道暗谱肯定受了伤，而且伤得不轻。

护龙卫看看屋内的暗谱，又看看屋外被抽得伤痕累累的翡翠，默默地抹了一把汗，萧王妃应该是真的疯了吧！

连自己身边的人都打，这是正常人会做的事吗？

“关门，快关门。”林初九砸了暗谱一次还嫌不够，又一次举起椅子朝暗谱砸去，这一次暗谱没有站在那里任她砸，而是飞快地跑开，把门关上。

就在门关上的刹那，“嘭”的一声巨响，站在屋外的护龙卫，看到朱红的大门晃了两下，显然是受了重力打砸。

护龙卫一个个睁大眼睛，简直不敢相信自己看到的，萧王妃看上去小小的，居然这么大的力气！

那椅子可是实木，就是他们搬起来都嫌重，萧王妃一个女子不仅能举起来，还能砸这么远，这还是女人吗？

难道疯了后，力气还会变大吗？

然而，事情真相是这样的……

暗谱关上门后，飞快地将一旁的木椅踹向房门，而林初九……

门一关，她就累得坐在地上，不断地揉手：“累死我了！”

装疯卖傻真是一个体力活，林初九觉得自己真要大病一场了。

太累了，不仅身体累，心还累。

暗谱默默地看了一眼，见林初九无事便消失了。累得爬不起来的林初九，只能继续坐在地上。

屋外，护龙卫你看看我，我看看你，最后默契地看向秦太医，等秦太医拿主意，只是秦太医此时自顾不暇，哪里有心思拿主意。

不知是有心还是巧合，林初九那一鞭子，伤到了秦太医的筋骨，他此时根本不敢乱动，就怕伤上加伤。

“先回宫。”秦太医托着右手，满头大汗，这是疼得。他此时的状态，实在不适合给林初九看病。

“是。”护龙卫听到这话，暗松了口气。

任务虽然没有完成，但他们真的尽力了，再耗下去也没用。萧王妃就是一个疯子，他们伤了萧王妃走不了，可萧王妃杀了他们都没事。

和来时一样，护龙卫和秦太医走的时候没有人送，怎么来的就怎么走了。

而护龙卫一走，萧王府上下都松了口气，曹管家赶紧地跑去开门：“王妃，王妃你没事吧。”王妃刚刚还真的和疯了没有两样，曹管家担心林初九真疯了。

珍珠和珊瑚紧随其后，玛瑙扶着受伤的翡翠，一起冲进屋内。

林初九依旧坐在地上，一副有气无力的样子，见曹管家等人进来，林初九只看了一眼，便道：“扶我起来，我累死了。”

不仅累，还疼，胳膊就像不是自己的，抬都抬不起来。

“王妃，小心……”珍珠和珊瑚赶紧上前，小心翼翼地把林初九扶起来，可是屋内乱成一团，根本没有可以落脚的地方。

“快，快去抬软轿过来。”曹管家极有眼色地说道。

林初九没有拒绝，在珍珠和珊瑚的搀扶下，小心地往外走，走到翡翠面前，林初九停下脚步：“翡翠，你还好吧？”

翡翠身上的伤是真伤，不过不是林初九抽的，是暗谱抽的，看上去很吓人，实际上并没有伤到筋骨，只是伤了表皮，养个十来天就能好。

伤得不重并不代表不痛，翡翠咬着唇，一脸苍白地摇头：“王妃放心，奴婢没事。”

“委屈你了。”想要骗过秦太医，不出一点血是不行的，林初九再心疼也只能忍了。

“能帮上王妃是奴婢的荣幸，奴婢不委屈。”翡翠扯出一抹笑，脸上没有一丝勉强。

弄出一身鞭伤是她的主意，王妃拒绝了的。

“好好休养，你放心……我必不会让你身上留疤。”林初九也没有多说，翡翠的牺牲她记着。

当然，林初九也没有忘记暗谱：“曹管家，派人照顾好翡翠与暗谱，不管是药材还是吃食都挑最好的，他们这次受委屈了。”

“王妃放心，老奴记得呢。”曹管家连连保证，殷勤地送林初九上软轿。

不管怎么说，林初九这一次算是平安度过，秦太医吃了这么大的亏，短时间内是不会再找上门，林初九现在要做的就是等，等帝国花家上门，然后她就可以宣布痊愈了。

秦太医这次可谓倒了大霉，虽说他不需要靠手吃饭，可对大夫来说，手是十分重要的，伤了手，他要如何给病人诊脉？

秦太医对自己的伤十分重视，饶是如此，他也不敢先包扎，而是先去见皇上。

在路上，秦太医做了简单的止血，进宫时，秦太医又将伤口弄开，任鲜血将包扎的白布条浸透。

秦太医一进宫，就扑通一声跪下，一脸悲愤地嚎道："皇上，臣有负皇上重望，请皇上降罪。"

"怎么回事？"皇上皱眉，面上闪过一抹不喜。

"皇上，萧王妃她好像疯了一般，一直不肯让臣接近，也不肯见人，臣带着护龙卫前往，结果却被打了出来。"为了证明自己所言不虚，秦太医将自己受伤的右手露了出来。

血浸透了白布，往下滴落，皇上大惊："怎么伤得这么重？是萧王妃打的？"林初九莫不是真疯了？连他派去的太医也敢打？

"是，就是萧王妃打的。臣不知萧王妃是真疯还是假疯，臣带着护龙卫进去时，就看到萧王妃在抽打下人，萧王妃不肯见光，不肯见人，谁碰她她就打谁。"秦太医不敢隐瞒，将当时的情况一一说了出来，完全没有半点夸大。

秦太医很清楚，皇上问过他之后，还会再去问护龙卫，这个时候骗皇上，一点好处也没有。

秦太医带着护龙卫都能铩羽而归，可想而知皇上有多愤怒，可看到秦太医血淋淋的右手，皇上也说不出责怪的话。

不是秦太医无能，是林初九太无耻，居然不顾亲王妃的脸面，装疯卖傻。对于这种能豁得出去的人，皇上也没办法。

"下去休息，此事朕知晓了。"无赏无罚，这对秦太医来说是最好的结果，秦太医连连叩谢，三步并作两步退了下去。

皇上伸手揉了揉鼻梁，正想再派谁去萧王府探查林初九的伤，就听到太监高吭而尖锐的喊声："西海关八百里加急，战报，战报！"

太监的声音急促而惊慌，光听就知出大事了。

"西海关？西武动手了？"皇上脸色微变。

如皇上所想，西武出兵了！

不过西武并没有派兵去北岭前线支援北历，而是派大军攻打西海关，东文已和西武打了几场小战。

"西武！"皇上愤愤地将战报砸在地上，虽说南远一出兵，皇上就知西武很快也会出兵，但真正收到战报，皇上还是十分愤怒的："好……你们欺人太甚。"

"传两位相爷、镇国将军、户部尚书、兵部尚书议事，着太子、安王、文王旁听。"皇上点出几位重臣，太监连连点头，忙不迭地跑出去传令。

传令太监刚走，又有一个小太监进来："圣上，西武皇子纪丰羽在外求见。"

"纪丰羽，他还敢来？宣……"虽说幕后黑手是中央帝国，皇上仍旧十分厌恶西武这趁人之危的小人行径。

……

西武大军压境，边境驻守的人马有限，皇上不得不调兵前往，同时还要筹措粮草，先一步把粮草送过去。

这一件件一桩桩都是紧要大事，和这些事相比，探查林初九脸上的伤是真是假，就成了微不足道的小事了，甚至福寿长公主的丧礼也成了无人关注的小事。

此刻，全国上下的注意力，都放在西武出兵攻打东文一事上，福寿长公主的丧事压根没人管，还是皇后将此事接了过来，草草将人葬了。

葬礼十分简陋，死的人又不是真的福寿长公主，皇上不仅没有不满，还暗示皇后，福寿长公主是嫁出去的人，不能葬入皇陵。

皇陵埋的都是皇族血脉，那具尸体也不知是什么人，就算她顶着福寿长公主的名义死的，也不能埋在皇陵。

皇后不知内情，以为皇上不待见福寿长公主，假意劝了两句便按皇上的意思办了。

前线战事不等人，皇上将全副精力都放在西武这一战上，一连忙了五六天才将事情安排妥当。

闲下来，皇上便想起林初九的事，可惜不等他做出安排，密探头子就来报："圣上，卑职的人追上张家的战船，被张家发现，船毁人亡，无一人活着回来。"

换句话说，他们没有把福寿长公主救回来，现在再派人也追不上了。

皇上听到密探头子这话，暗暗松了口气，嘴上却是遗憾地道："罢了，此事不必再提。"

人都埋了，福寿长公主就算回来，也不能拥有原来的身份，而且福寿长公主死了会比活着更好，少了一个给皇家抹黑的长公主，于他有利。

"谢圣上不罪之恩。"密探头子知晓，皇上这是放过他了，虽说早就知道会如此，但听到皇上开金口，密探头子才真正松了口气。

"圣上，张家派去给萧王送信的人，已抵达前线，信已送到萧王手上。"虽说皇上没有处罚，密探头子却不敢掉以轻心，立刻说出最新收到的情报。

"哦？萧王有什么反应？"皇上脸上并无喜意，萧天耀要是知道林初九无事，必然清楚被绑走的人是福寿。

"萧王让张家人回去，说是……来日必将亲去灭张家满门。"密探头子说这话时，心脏颤抖。

不是他胆小，实在是萧天耀太狂傲。来日必将亲去是什么意思？是亲自去中央帝国，是要在中央帝国灭张家满门吗？

"朕这弟弟，可真是张狂。"听到这话，皇上心里说不出来是失落还是羡慕。

皇上知道，萧天耀这话明着是说张家，实际上却是在警告中央帝国。理智告诉他，萧天耀说这话是在找死，是给东文添乱，可他也希望，自己有一天能张狂地对中央帝国的人，说出这样的话来。这样，他们就不用再受制于中央帝国。

可惜，他没有这个魄力。就好比这一次的事，他明知南远与西武是受中央帝国指使，却也只能装作不知。

皇上收起心中的失落，轻轻叹了口气：“如此一来，张家怕是更加坚定地认为，他们绑走的人是萧王妃。”

萧天耀的态度，无疑是给了张家信心。

皇上想了想，又道：“罢了，你让人防着一点，别让张家查出萧王妃的事。”内斗归内斗，面对中央帝国这个庞然大物，他不给萧天耀助力已是不妥，又怎能拖他后腿。

“卑职领命！”

在东文，能找林初九麻烦的只有皇上，除了皇上外，其他人哪怕是皇后，林初九也可以不给面子。

皇上被政务缠身，顾不上林初九，她就不用再担心脸上的伤被人看穿了：“虽说很不厚道，但我还是要说一句，西武这次出兵太是时候了。”

若非如此，她还得继续装疯卖傻，想想就觉得难受。

苏茶也想为林初九高兴，可他一想到在前线的萧天耀，就笑不出来，苦着脸道：“王妃，王爷他……”

苏茶很想告诉林初九，萧天耀此时面临的压力，却又不知从何开口。

“王爷怎么了？难道西武出兵，对王爷影响很大？”林初九收起脸上的笑容，严肃地问道。

西武出兵虽对东文不利，可这是皇上要头痛的事，和萧天耀这个带兵作战的王爷有什么关系？

不在其位，不谋其政。西武出兵对萧天耀必然是有影响的，但还不至于让苏茶犯愁，苏茶愁的是……

“前线战场上出现五位武神。其中有三位来自中央帝国，实力深不可测，每一个的实力都在王爷之上。王爷在前线的处境十分艰难，完全被人压制。”

林初九眉头微皱：“就派出三名武神，数量正好与东文的武神相当，中央帝国这次估计是气狠了。”

此前林初九在萧天耀的书房待了那么久，收获还是有的，至少她知道什么叫武神，也知晓各国武神的数量。

中央帝国只允许各国皇室有两名及以下的武神坐镇，再多中央帝国就要出面干涉。

中央帝国这次派出三位武神，明摆着是告诉萧天耀，他们知道萧天耀的情况，萧天耀这个准武神藏不了多久。

这是一种示威，也是一种警告！

“中央帝国的实力远在我们之上，如果他们真要报复，王爷这次可能要吃亏了。”苏茶说到这里，忍不住叹气，“中央帝国也真小气，我不就是开了一个小小的钱庄嘛，他们至于派武神出来施压吗？”

“不仅仅是钱庄的问题，更是国家的原则与尊严问题。这次我们东文借机开办钱庄，中央帝国要是一点反应也没有，只怕西武、南远和北历都会有样学样。毕竟没有哪个当皇帝的，愿意被人掌控。”尊严不容挑衅，中央帝国这么做不过是为了维护他强国、大国的尊严，林初九倒是能够理解。

苏茶不是不能理解，只是他所处的立场与中央帝国相反，就算理智上能理解，情感上也不能接受：“难不成我们要把钱庄关了？”

那么多心力，甚至得罪了富天钱庄和帝国张家，才把通元钱庄开起来，倘若就此关了，苏茶真不乐意。

“还没有到那一步，王爷既然说了武神的事，那有没有对策？”林初九是个固执的人，固执到撞了南墙也要试一试，看看能不能把南墙撞倒。

开钱庄前，林初九就知道会有很多困难，可她仍旧建议苏茶把钱庄办起来，现在钱庄好不容易才开起来，也在东文站稳了脚步，怎么能轻易放弃？

“有，但不好办。”苏茶想到萧天耀所说的事，忍不住叹了口气。

萧天耀把前线的情况告诉苏茶，当然不是为了诉苦，而是让苏茶明白前线的局势，然后火速去请人，去请能克制武神的人。

这世间能克制武神的人只有武神，除了东文皇宫的那两位武神外，东文再也没有传出哪里还有武神，但东文没有，并不表示别的地方没有。

萧天耀给苏茶提供了一个思路，比如影月楼，又比如天藏影月的那位少主时逸寒。

这世上没有永远的敌人，只有永远的利益。萧天耀之前以魔君重楼的身份，和时逸寒打过一架，可他们二人之间并没有仇恨，他们那一战更多的是因为利益，因为彼此的立场。

萧天耀对于请时逸寒出手，没有一丝勉强，也不觉得有哪里不妥。时逸寒的武功堪比武神，如若时逸寒肯出手，萧天耀就有必胜的把握，因为……

天藏阁与影月楼绝不会让自家少主出事，不说影月楼，单说天藏阁就有四位武神坐镇，只要他们能请到时逸寒出手，这四位武神也必然会出手。

只是，时逸寒这个人不好请！

上一次重楼与时逸寒交手后，苏茶就查过时逸寒，虽然查到的只是皮毛，人人都知道的消息，可也足够苏茶分析时逸寒这个人。

作为天藏影月的少主，时逸寒有钱有权，他什么都不缺，想要请他出手，以利诱之无用，卖人情也无用。

天藏阁与影月楼一向独善其身，作为少主，时逸寒一出生就是天之骄子。这天下能让他欠人情的没有，而能让时逸寒觉得，有必要卖人情的也没有。

苏茶想了半天，也想不出好法子，抱着死马当成活马医的态度，苏茶便想问问林初九有没有好法子。

“天藏影月的少主？王爷还真是有眼光。”苏茶还没有说完，林初九就忍不住翻白眼了。

她虽然没有见过那什么少主，可听苏茶这么一说，就知对方是个有钱、任性的主，要请这样的人出手，简直不亚于说服中央帝国收手。

“我去过影月楼，影月楼的楼主连我的来意都不听，就说他们少主不在，影月楼最近很忙，不接生意。”至于是真不在，还是假不在，那就仁者见仁，智者见智了。

“看样子影月楼知晓我们要做什么了。”拒绝得这么明显，林初九已经不想说话了。

天藏影月一直坚守立场，不插手四国之间的事，不倒卖四国情报，当然更不会插手中央帝国的事。

现在萧天耀明摆着与中央帝国杠上，天藏影月要是会出手，那就奇了。

林初九摇摇头：“别想打那少主的主意了，他只要不是傻子，就不会蹚这浑水。”除非那什么时逸寒欠他们人情，不得不出手，不然这个希望十分渺茫。

“如果天藏影月不出手，王爷就一点胜算也没有。王爷的武功再高，也做不到以一敌五，到时候那五个武神同时出手，王爷就只能……”后面的话，苏茶没有说下去，只是一脸烦躁地趴在桌子上，有气无力道，“王妃，我们要怎么办？天藏影月不出手，皇上也不会派武神上战场，西武和南远就更不用说了，他们没有趁机派出武神，就已经算是给面子了，指望他们帮我们，不如指望中央帝国退兵。”

当然，西武和南远不派武神出来，绝不是给东文面子，而是两国知道他们不可能一举将东文灭掉。这个时候把武神派出来，虽然能占一点便宜，可等到东文恢复元气，东文绝对会连本带利讨回去。

除此之外，还有一个很重要的原因，那就是……

不管是南远还是西武，他们都不想一辈子受中央帝国钳制，他们都和东文一样，想要挣脱中央帝国的钳制，夺得一个帝王该有的权力。

这一次东文开了钱庄，各国都看着也等着，他们希望东文能撑下来，能开成，这样他们也能把钱庄开起来，慢慢地拿到经济自主权。

虽说这个过程可能会很漫长，可总比一点希望也看不到的好。

四国不可能联手对付中央帝国，可在东文与中央帝国打擂台的时候，南远与西武也不想拖后腿，毕竟他们不敢保证，他们会不会有一天，也和中央帝国杠上。

真要有那么一天，他们希望东文能看在今日之事上，给他们一条生路。

这一点各国皇帝心里明白，就连中央帝国的皇帝也明白，即便如此，中央帝国也不能拿四国怎样。

中央帝国对四国一直采取控制、分化的政策，他不希望四国拧成一股绳，所以中央帝国不敢把四国逼得太紧，以免四国看不到希望后，抱成一团对抗中央帝国，到时候头痛的可就是中央帝国了。

而且，水至清则无鱼，帝国的原则和尊严不容践踏，在大是大非面前，中央帝国不会妥协，可在一些无关痛痒的小事上，适时的退让能博得四国的好感。

西武与南远的小算计，中央帝国并不看在眼里，在他们看来，有三位武神坐镇，他们已经决定了东文和北历一战的结局。

东文，只能输！

因为北历一败，中央帝国派出的三位武神，就必然会出手。

林初九和苏茶两人大眼瞪小眼，谁也想不到一个好法子。

林初九叹了口气，幽幽地道："这一战，王爷不能输吗？"

"能，王爷要是输了，他会输掉在东文的一切。你知道的，皇上不会放过这个机会。还有，你能保证，我们要是输了，中央帝国就会收手吗？"

苏茶并不是问林初九，不等林初九回答，就自己答道："我们输了，就表示我们退让了，到时候不仅通元钱庄要关门大吉，就是靠近北历的那几座重城，也会被划给北历。"

苏茶说到这里，重重地叹了口气："王妃，这是战争，我们要是输了，就得割地赔款，而且南远和西武也不会放过这个机会，一定会趁机狠狠地咬下一块肉。"

"不认输，我们去哪找五个武神？"不等苏茶开口，林初九又道，"天藏影月你就不要想了，事关中央帝国，就算那什么时少主任性，答应帮我们，天藏阁和影月楼的人也不会出面，到时候那什么时少主要是受了伤，我们又多树一个敌人，得不偿失。"

"呃……"苏茶无奈道，"王妃说得是，王爷在信里，也只是给我提一个醒，让我顺着这个思路想，并没有说非时少主不可。"

"哦……那王爷在信里，有没有告诉你，让你来找我？"提到信，林初九又不高兴了。

萧天耀有时间给苏茶写信，就不能挤点时间给她回一封信吗？

她的要求真的不高，哪怕只有一句话她也高兴，可萧天耀就是一个字也不给她回，简直是欺人太甚。

"这个，这个……"苏茶悄悄抹汗，一点一点移开椅子，想要遁走，林初九哪里会给他机会，怒道："小苏苏，没我的允许，你要敢从书房跑出去，我就告诉侍卫，以后见到你进门就打出去。"

"王妃……"苏茶作为一个出色的商人，见风使舵、趋利避害是本性，想也不想就坐好，讨好地道，"误会了，没有你的允许，我哪敢走。"

"不敢就好。"林初九威胁意味十足，再次问道，"说吧，王爷在信中，可有说让你来找我想办法？"

苏茶揉了揉额头："没，没有……"这种事，他瞒不了呀。

"既然没有，你来找我做什么？男主外，女主内，京城之内的事我独自解决，战场上的事与我何干？"林初九承认她就是迁怒了，可那又怎么样？

谁让萧天耀不给她回信，活该！

"这，这不是……夫妻一体，王爷要是出事了，王妃你也讨不到好不是。"苏茶支支吾吾半天，就说出这么一句话，却不知这话彻底把林初九惹毛了。

"哼哼……"林初九冷笑，"王爷不好，我也好不了？那我不好呢？王爷会如何？"

"这，这……"这话苏茶哪里敢接。他能和林初九说，林初九要是不好了，王爷可以十分潇洒地再娶吗？

"这什么这？"林初九气鼓鼓地瞪向苏茶，苏茶低头，弱弱地道："王妃，这事真不能说是王爷的错，你的荣辱都来自王爷，自然是王爷好你就好。你看，世人都称你是萧王妃，有人称王爷是你的夫婿吗？”

“你……说得对。”林初九语塞，愣愣地坐在椅子上，好半晌后，才自嘲地道，“是我着相了。”居然傻傻地去求公平，简直天真到愚蠢。

苏茶欲哭无泪：“王妃，你生气了吗？”

“没生气，只是有些事情我想明白了。”是的，想明白了，明白她和萧天耀较真是多么愚蠢的事。

她是萧王妃，先有萧天耀这个萧王，才能有她这个萧王妃，她本身就是萧天耀的附属，她享受了萧王妃这个称号带来的权势与荣耀，又有什么资格去说萧天耀太强势，让她成为附属？

“前线的事，我不敢保证能不能想出对策，不过我记在心上，一有办法就会告诉你。”林初九说得无比认真，这份认真却把苏茶吓得不轻。

王妃不是被他气傻了吧？

番　外　我做暗卫的那些年

在我们王爷没有成亲前，萧王府的暗卫做的是这世上最轻松的活儿。

我们王爷武功高强，武神都不是王爷的对手，暗卫在王爷身边几乎没有什么用武之地，基本上萧王府的暗卫，都能平安做到荣养。

但是，在王妃嫁入王府后，这份活儿的难度又上升了无数倍，成了这世间最难干的活儿，几乎没有人能从头干到尾……

暗卫是没有名字的，只有编号。作为第一个监视，不，是保护王妃的人，我的代号甲一。

萧王府的暗卫共有四等，甲、乙、丙、丁。刚进来的人都是丁等，经过一年的训练后，优秀者可以进入丙，之后每隔半年就有一次考核，优者上升，劣者降级，甚至淘汰。

能升到甲等，可见我的本事不弱，按照前辈的经验，像我这种水平的暗卫，除非遇到天灾人祸。比如，突然来场大战争，武神高手出动，不然我能一直平安无事地做到退下来为止。

萧王府的暗卫选拔严格，考核苛刻，待遇也确实是好。我们王爷待属下一向宽厚，旁人家的暗卫都是干到死，什么时候死什么时候结束，但我们王府的暗卫只需要干十年，十年后便可以退下来。

退下来的暗卫，可以帮着王爷训练新的暗卫，或者帮着王爷打理一些产业，都是一些轻闲的差事。如若不愿意，直接养老也可以，王爷会给我们所有人养老。

我从暗卫营出来后，第一个任务就是“保护”王妃，我一直以为这是一个很简单的活，毕竟要“保护”一个待在后宅的女子，能有什么难度？

我觉得，我闭着眼睛就能完成，流白大人把甲等里最优秀的我，派来“保护”王妃，简直是大材小用，可不想……

现实狠狠地给了我一巴掌。

三个月！

我只在暗中“保护”了王妃三个月，就因失职被换了下来。

我没有“保护”好王妃，让她受伤了，虽然她会受伤是因为王爷，但作为暗卫，我责无旁贷。

王爷亲口下令将我换了下来，我被打入了乙等营，要重新考核才能进入甲等，才能接到新的任务。

“甲一，回来了？”

“听说你贿赂管事，挑了一个最简单的活跑去保护王妃，怎么？连这么简单的活都干不好，你不是个怂蛋吧？”

“哥们儿，栽女人手里了？”

“怎么？王妃是不是很难缠？跟我们说说，传一点经验给我们，万一我们被分去保护王妃，也不至于两眼一抹黑。”

“甲一，恭喜你成为第一个被打回来的暗卫。听说流白大人都因为你受了牵连，兄弟，你可以呀。”

……

在普通人眼里，暗卫沉默寡言，躲在暗处，常年不动也不出身，他们这些暗卫，在普通人眼中跟木头桩子没有什么两样。

别人家的暗卫他不知道，但他们萧王府的暗卫真不是木头桩子，看看这一个个嘴碎的，比娘们还要惹人厌，不揍他们都不行。

回到暗卫营的第一天，我跟兄弟们打了一个群架，然后，我的兄弟们被罚了。

哈哈哈……

虽然我被打到乙等，但身为甲等第一人的实力还在，打他们简直不要太容易。

我们暗卫营有规定，打架可以，只要不打死人就行了，打输的要受罚，打赢的吃香的喝辣的，作为胜利者，回到暗卫营的第一天，我吃得好，睡得好，心情也美好。

之后，我照常训练，很快就回到了甲等，可以分任务了，这时……

王妃身边的暗卫，又被打回来了，这一次是四个。

这一次，整个暗卫营都安静了。

第一个被打回来，可以说是意外，连着打回两批，就是他们暗卫有问题了。

作为同样被打回来的暗卫，我自认与他们有话聊，便趁众人不注意，悄悄找上第二批被打回来的暗卫，问他们发生了什么事。

结果，他们给了我一个一言难尽的表情，什么话都不说。

好奇心害死猫，作为一个暗卫，按说不应该有好奇心，但我好奇了。

为了这份好奇，我拼了命地训练，成功成为甲等第一人，在第三批暗卫被打回来时，我再次被安排到王妃身边保护她。

这一次是真保护，而为了不再次被打回来，我不敢有丝毫懈怠，十二个时辰保持高度警觉。

这一次，我成功了。

在保护王妃数个月后，我有了属于自己的名字——暗谱。

有了名字，我就成了王妃的专属暗卫，以后只听命于王妃，对于这个结果我很满意，因为……

我真的，真的不想再被打回去了！

跟在王妃身边越久，知道得越多，我就越害怕哪一天，我会被恼羞成怒的王爷打回去。

跟在王妃身边，我才知道，我们眼中如同天神一样的王爷，在皇上面前从不曾弯下腰的王爷，在王妃面前居然……

下跪求饶！

那天晚上，我帮人代班，在屋外执行保护王妃的任务，我虽没有亲眼所见，但那一声惊天动地的响声，我是听到了的，那不是下跪是什么？

跟在王妃身边，我才知道，我们眼中无往不胜的王爷，居然会有被人赶出来，还不敢生气的一天。

那天晚上，我帮人代班，在屋外执行保护王妃的任务，亲眼看到王爷被王妃赶出来，连个屁都不敢放，只能对我们撒撒火。

没错，在我们这群暗卫面前牛哄哄，动不动就把我丢回去重新训练的王爷，在王妃面前乖得跟鹌鹑似的，一点男子气概都没有。

除了这些人人皆知的事情外，还有许多许多……事关王爷的颜面，却不能对外人说的事。

比如，王爷会给王妃倒洗澡水；为了哄王妃多吃一口，什么亲亲、宝宝的都能喊出来；为了能在王妃的床上占个位置，可以让王妃骑在他的脖子上走……

咳咳……

不能说，不能说！

作为一个暗卫，我知道这么多，却不敢对外说，我一直在想，总有一天，我会被活活憋死……